절연

절연

아시아의
젊은 작가들

정세랑

무라타 사야카

알피안 사아트

하오징팡

위왓 럿위왓웡사

홍라이추

라샴자

응우옌 응옥 뚜

렌밍웨이

홍은주 옮김

문학동네

차례

일러두기

1. 「無」「절연」을 제외한 작품은 원어를 일본어로 옮긴 것을 중역했다.
2. '옮긴이' 표기가 된 주석은 한국어판의 옮긴이, 나머지는 각 작품의 일본어판 옮
   긴이가 남긴 주석이다.
3. 해설은 각 작품의 원어 번역자가 작성했다.

끊어지고 이어지는 것들에 부쳐

처음의 제안은 동시대 일본 작가와 함께 한 권을 써보지 않겠느냐는 것이었습니다. 그 제안도 무척 반갑고 의욕을 불러일으키기는 했습니다. 조금 이상한 이야기일지도 모르지만 저는 마음이 어두워질 때 이웃나라의 작가들, 문화인들을 생각하곤 하거든요. 한국과 일본의 문화계는 오래도록 서로를 사랑해와서, 외교 분위기가 삼엄할 때에도 다정한 서신들을 교환하고는 합니다. '여러모로 또 엉망이 되었지만, 우린 다시 만날 거잖아요?' '분위기가 바뀌면 바로 멈추어둔 일들을 이어 합시다' 하는 식이지요. 혐한의 공기가 우려스럽게 심해졌던 시기에, 일본 문학인들이 목소리를 내주었던 일도 기억합니다. 그런 우정이 전 세계적으로 가능하다면 모든 게 얼마나 나아질 수 있을지, 암담한 뉴스를 접할 때마다 복기

하곤 합니다. 그래서 이미 경험한 바 있어 소중히 여기고 있는 단단한 우정의 범위를, 살짝 더 넓혀보고 싶었습니다. 한국과 일본뿐 아니라 아시아 여러 지역의 작가들과 함께하는 기획이면 좋겠다고 다시 제안드렸을 때 흔쾌히 받아들여주셔서 감사합니다. 늘 마음에 품고 있던 기획이었고, 실행할 수 있는 협력자를 기다려왔습니다.

여러 작가가 같은 키워드로 소설을 쓸 때, 그 키워드는 무엇이어야 할지도 즐거운 고민이었습니다. 어렵지 않게 '절연'이라는 단어에 가닿았습니다. 우리가 휩쓸려 살아가는 이 시대를 잘 압축해 표현할 수 있는 단어라고 생각했기 때문입니다. 격변하는 세계에서 시시각각 가치판단을 내려야 하는 개개인들은, 끝없이 서로 헤어지고 있습니다. 어디까지가 건강한 갈등이고 어디부터가 돌이킬 수 없는 균열의 시작인지 사람마다 안쪽의 기준이 다르기 때문이겠지요. 어떤 절연은 커다란 소리로 발화되고, 또 어떤 절연은 한 사람의 내면에서 일어납니다. 짧게 발음되는 단어가 한 사람 한 사람을 통과해 어떻게 풍성해졌을지 궁금합니다. 아무쪼록 절연에 대한 이야기들이 부식된 것은 끊어내고 더 강력한 연결점을 찾기 위한 자극이 되길 바랍니다.

언어의 차이와 공간적 거리를 넘어 이 책이 탄생할 수 있게 힘을 실어주신 모든 분께 큰 감사를 드립니다. 드물고 어렵게 한 번 열리는 열매를, 조심스럽게 수확해 이제 독자분들께 올려봅니다.

이 책이 가깝고 먼 곳의 다채로운 향취를 품고 있길 바랍니다.

2022년 겨울 서울에서,

정세랑

無

무라타 사야카

무라타 사야카村田沙耶香

1979년 일본 지바에서 태어났다. 2003년 『수유授乳』로 군조신인문학상을 수상하며 작품 활동을 시작했다. 2009년 『은색의 노래』로 노마문예신인상을, 2013년 『적의를 담아 애정을 고백하는 법』으로 미시마유키오상을 수상했다. 2016년 아쿠타가와상을 수상한 『편의점 인간』은 삼십여 개 언어로 번역되었으며 일본에서만 백만 부 이상 판매되었다. 소설집 『살인출산』『무성 교실』장편소설 『멀리 갈 수 있는 배』『소멸세계』『지구별 인간』등이 있다.

▲

　"딸애가 장래에 '무無'가 되고 싶대서, 난처하네요."

　도가와 씨가 한숨을 내쉰 것은 회사 점심시간, 근처에 새로 생긴 국숫집에 가보자는 말이 나와 모처럼 동료 여럿이 같이 밥을 먹던 때였다.

　"아, '무'? 최근에 더 늘어난 모양이던데."

　"정말 난감해요. 학원도 그만두고, 이제 학교도 안 가겠다면서 말을 안 들어요. 고집불통이라 어떡해야 할지."

　성실한 도가와 씨는 딸 걱정으로 우울한 눈치였다. 나보다 열 살쯤 아래, '안정 지향 심플 세대'인 만큼 더 불안해하는지도 모른다.

"젊은 애들은 무슨 생각을 하는지 알 수가 없다니까. 시라쿠라 씨네는? 취직했던가요?"

"네, 우리 딸은 빈틈이 없다고 할까요, 혼자 요령 좋게 착착 결정하는 편이에요."

"부러워요. 우리 애도 건실하게 살면 좋겠는데."

도가와 씨가 고개를 숙인다.

시간제 근로자 구조 씨는 나보다 조금 위의 '과소비 쾌락 세대'답게 "뭐 어떻게 되겠지. '무'도 몇 년씩 계속될 리는 없고, 지금뿐이야" 하고 낙관적이다.

"회사 근처에도 '무가無街'가 생기는 거 아세요? 그냥 좀 어디 안 보이는 데 모여서 살아주면 좋겠는데. 우리 딸처럼 영향을 받는 애들이 있으니까요. 말하기 좀 그렇지만 무가는 치안도 안 좋고……"

"따님이 몇 살이랬죠?"

"열두 살이요, 초등학교 육학년. 기가 찬 건, 딸애가 담임한테 상담을 했더니 아주 성심성의껏 '무'에 대해 가르쳐준 모양이에요. 담임이야 속 편하죠. 아이 장래야 어떻게 되건 그 자리만 보전하면 되니까. 아이들한테 좋은 선생님 소리 들으면 본인은 기분좋겠지만, 평생 책임져줄 것도 아니면서. 항의하러 갈까도 생각중인데, 그 바람에 고토네가, 아, 우리 딸이 고토네라고 하는데요, 본격적으로 장래에 '무'가 될 마음을 굳혀버렸어요."

"걱정되겠다. '무'라니. 우리 세대는 생각도 못하잖아요."

"그러니까요……"

나는 멍하니 창밖을 내다보았다. 빌딩들에 가려 도쿄타워는 보이지 않는다. 하지만 이 순간에도 도쿄타워와 나는 견고히 접속해 있다. 몸속을 도쿄타워의 전파가 할퀴고 있다. 애처로움이 서서히 내 안에서 부풀어오른다. 나는 그것이 시키는 대로, 실눈을 뜨고, 도가와 씨의 처지를 진심으로 동정하면서 그녀를 바라본다.

어릴 때 엄마에게 "있잖아, 기쁨이나 슬픔은 어디서 와?"라고 물은 적이 있다.

실은 낮에 유치원에서 선생님이 읽어준 그림책에 나온 말이었다. 아기 요정이 날아다니며 해님과 구름에게 이것저것 묻는 이야기였는데, 요정이 해님에게 "있잖아요, 기쁨이나 슬픔은 어디서 와요?"라고 묻자 해님이 따사로운 햇살을 비추며 "가슴에 손을 대 보렴, 따뜻한 게 조용히 뛰고 있지? 따뜻한 네 '마음'에서 오는 거란다"라고 대답한다. 나는 매우 따분한 이야기라고 생각했다. 주위를 둘러보니 멋대로 장난감을 갖고 노는 아이, 코를 후비는 아이가 태반이었다. 선생님이 시큰둥한 공기를 눈치챘는지 다른 그림책을 고르면서 "이거 내가 정말 좋아하는 그림책인데" "그렇구나, 우리 친구들한텐 너무 빠른가"라고 말했다. 오호, 어른들은 이런 걸 좋아하는구나 생각하고, 집에 돌아와 엄마에게 서비스해봤다.

저녁을 준비하던 엄마는 내 말을 듣지 못한 것 같았다. 한번 더 큰 소리로 물었다. "있지, 엄마! 기쁨이나 슬픔은 어디서 오는 것 같아?"

엄마는 카레라이스를 만들며 이쪽을 돌아보지도 않고 "도쿄타워지!!" 하고 빽 소리쳤다.

헉, 왜? 어떻게? 나는 패닉에 빠졌지만, 엄마의 등에서 '말 그만 걸어라' 하는 무언의 압력을 느끼고 아무것도 더 물을 수 없었다.

그날의 카레라이스는 맛이 느껴지지 않았다. 엄마가 무서웠지만 절반 넘게 남기고, 뒤숭숭한 마음을 안은 채 이 감정도, 지금, 도쿄타워가 보내는 건가 생각하니 잠도 오지 않았다.

이튿날 유치원 그림책 코너의 '세계 산책 그림책' 시리즈에서 『일본』을 찾아내, 거기에 실린 도쿄타워 사진을 찬찬히 들여다보았다.

빨간색과 흰색의 가느다란 관이 뜨개질한 것처럼 얽혀 있는 모습은 과연 우리 동네의 집이나 빌딩과는 전혀 달랐고, 『신비로운 우리 몸』이라는 그림책에서 본 혈관과 비슷했다.

그때부터 전신주나 전선을 보면 '여기 '감정'이 흐르고 있구나' 실감했고, 텔레비전이나 그림책에서 도쿄타워를 보면 무서워서 도망쳤다. '무섭다'는 이 기분도 도쿄타워에서 만들어내는지 모른다고 생각하니 이제 무엇을 믿어야 할지 알 수가 없었다.

그 무렵부터 통학로 여기저기에 방범카메라가 설치되어 내 생각은 확신으로 변했다. 분명 카메라가 우리를 이십사 시간 감시해 상황에 따라 그때그때 적절한 감정을 흘려보내주는 것이다. 유심히 보니 학교 안팎 구석구석과 전철역 플랫폼 등 사방에서 카메라가 내가 놀라거나, 슬퍼하거나, 웃거나 하는 모습을 계속 찍고 있었다.

중학생이 됐을 무렵 '그린 걸' 붐이 일어났다. 모두가 손톱과 머리를 초록색으로 물들이고, 초록색 패션으로 몸을 감싸고, 립도 아이섀도도 초록색만 발랐다.

기묘한 붐이었지만 어째서인지 나도 초록색을 몸에 걸치고 싶은 충동을 참을 수 없었다. 초록색만 보면 욕망이 마구 꿈틀거려, 모아뒀던 세뱃돈을 퍼부어 초록색 액세서리며 가방을 사들였다.

"왜 이런 게 갖고 싶은지."

현관에 놓인 새 초록색 스니커즈를 내려다보며 엄마가 한숨을 뱉었다. 나는 속으로 '도쿄타워지!' 하고 빽 소리쳤다. 난들 이유를 알랴. 아마도 도쿄타워 탓일 거다. 저 도쿄타워에서 욕망이 흘러들어와 이토록 초록색 물건에 홀리고 마는 것이다.

대학생이 된 무렵 그린 걸 붐이 가고 '상복 걸'이 왔다. 검은색 슈트와 타이츠, 염주까지 갖춘 상복 차림에 간소한 화장이 대대적으로 유행해서, 나도 초록색 옷을 전부 갖다 버리고 염주 액세서리와 향냄새가 나는 향수를 부지런히 사들였다.

대학에는 다양한 패션으로 치장한 사람들이 있었지만, 상복 걸이 압도적으로 많았다.

"우리 이거, 경제를 움직이고 있는 거 맞지?"

햄버거가게에서 모두가 인터넷 쇼핑몰을 열어 인기 브랜드의 후쿠사*와 부의금 봉투 모양 지갑의 예약 구매를 신청하다가 한 아이가 말했다. 모두 일제히 고개를 끄덕인다.

"누가 아니래! 줄곧 한 가지 패션만 유행했다면 이렇게 아르바이트로 세월을 보낼 일도 없고, 그 돈을 다 갖다 바칠 일도 없다고."

"초록색 옷 같은 거, 지금은 창피해서 어떻게 입냐고."

그런가, 그때 생각했다. 분명 우리는 경제를 돌리기 위해 통제되는구나. 그러니까 이렇게 저항할 수 없이 밀어붙여져 돈을 써버리는 걸 테지.

내가 상복 걸이던 당시의 남자친구 역시 도쿄타워에서 흘러들어오는 남자 대학생 한정 유행에 저항하지 못하고, 일대 붐이던 고급 양말에 아르바이트로 번 돈을 모조리 털어넣다시피 했다. 인디즈 양말은 몇만 엔씩 하니까, 구멍나서 너덜너덜해진 것을 전문업자에게 수선을 맡겨가며 애지중지 신고 다녔다.

남자친구가 "도쿄타워로 데이트 안 갈래?"라고 말했을 때는 오싹했다. 얘는 혹시 자기 돈을 계속 뜯어가는 도쿄타워에 복수하려

---

* 축의금이나 부의금이 든 봉투를 싸는 비단보―옮긴이.

는 게 아닐까.

그는 비장의 이십 년 된 빈티지 양말을 신고, 나는 상복 패션으로 몸을 감싸고 도쿄타워로 향했다. 나는 도쿄타워를 가능한 한 보지 않음으로써 그것이 발생시키는 감정 전파를 뒤집어쓰지 않도록 조심해왔다. 이렇게도 도쿄타워에 지배당하는 인생이다. 가까이서 보는 게 무서웠다.

남자친구와 도쿄타워 전망대에 올라 밖을 구경할 때에도 무서워서 안절부절못했다. 그가 밖을 내다보면서 감개무량한 표정으로 "굉장하다. 여기서 전국에 텔레비전을 방송하고, 전국에 전기를 보내고, 심지어 스마트폰 전파도 우리집 와이파이도 전부 이 꼭대기에서 날리는 거잖아" 하고 중얼거렸다.

엇, 뭐야 그거, 그렇다고? 뭐가 뭔지 알 수 없어 집에 가서 인터넷에 검색해봤다. 남자친구도 틀렸지만, 나는 더 틀렸지 뭔가. 그렇지만, 아무래도, 도쿄타워가 단순한 전파탑이라고는 생각할 수 없었다.

도쿄타워 안에 지하 같은 곳으로 이어지는 계단이 있었던 걸 떠올렸다. 분명 그 계단 밑에 커다란 지하실이 있고, 거기서 '감정'이 만들어진다. 그곳에서 나 같은 바보와는 다른 어마어마한 엘리트들이 대거 활동하는 것이리라. 어떤 감정을 만들어 송출해야 경제 발전에 효과적이며 마침 그러기에 적절한 개체수의 인간이 번식하는지, 완벽히 계산하고 있을 것이다. 그렇게 생각하니 '감사'

가 내 안에 흘러들어 가슴이 찡해졌다.

　대학을 졸업하고 도쿄에서 취직해 자취를 시작했다. 회사에서도 집에서도, 방범카메라 너머 도쿄타워가 늘 나를 바라보고 있었다.

　이윽고 이십대 중반, 때를 맞춘 것처럼 '연애 감정' '발정' '고독감' 따위가 도쿄타워에서 흘러들었다. 그 감정에 순응해 스물다섯 살에 회사 동료와 결혼했고, 남편이 원하는 대로 곧바로 아이를 낳았다.

　나는 올해 쉰한 살이 된다. 내 또래 세대를 나는 속으로 '리치 내추럴 세대'라 부른다. 각 세대별 라이프스타일이며 성격의 유행에 나만 아는 이름을 붙이는 걸 좋아한다. 나보다 위의 과소비 쾌락 세대에게는 이해 불가일, 얼핏 보기에 즐거운 소비나 쾌락은 아닌 것에 지갑을 여는 일로 "너무 수수한데? 인생은 즐겨야지!" 하고 구조 씨에게 한마디 듣거나 한다. 한편 안정 지향 심플 세대가 보면 순 낭비인 고급 인테리어 가전제품에 돈을 써서 도가와 씨가 "와, 그걸 사셨다고요? 굉장하네요" 하고 어색한 반응을 보이거나 한다.

　내 딸이 대학생이 되자 '무'라는 라이프스타일이 유행했다. 나는 속으로 딸 세대를 '무' 세대라 부른다. 지금까지는 대체로 오륙 년 주기로 성격이나 라이프스타일의 유행이 바뀐다고 체감했는데, 무슨 영문인지 '무'는 붐이 길게 가서 좀처럼 끝날 기미가 보이지 않았다. 그렇지만 붐은 붐일 뿐이므로, 아마 이러다가 전혀 다른 라이프스타일이 유행하기 시작할 것이다.

지금 우리 리치 내추럴 세대는 돈을 들인 내추럴함을 좋게 여긴다. 왜 일제히 같은 성격과 라이프스타일로 만들지 않고 몇 년 단위로 끊어 유행시키는지는 모르지만, 그 편이 통제하기 수월하다든가, 행동을 계산하기 쉽다든가, 경제 효과가 있다든가, 뭔가 머리 좋은 사람들만 아는 이유가 있을 터다.

나는 머리가 좋지 않으니 머리 좋은 사람들을 따르면 문제없을 것이다. 그들이 얼개를 짜주는 세계를 그저 담담히 살면 된다.

남편은 이십대 중반쯤 붙이었던 '친구가 없는 캐릭터'에 정착한 이래 꾸준히 소셜 게임에 적지 않은 돈을 쓴다. 경제란 참 적절히 돌아가게 되어 있네, 하고 남편의 스마트폰 요금 명세서를 볼 때마다 감탄한다.

오늘도 도쿄타워는 우리를 응시하고, 우리에게 감정을 송출하고, 유행을 송출하고, 라이프스타일의 붐을 일으키거나 잠재우며 능란하게 통제한다. 오늘도 고생 많으셨습니다. 시야 한구석에 오렌지색 빛이 보이면 나는 속으로 인사한다. 한밤중에 눈이 뜨였을 때도 도쿄타워는 쉬지 않는다. 딸이 집을 나가 조용해진 맨션에서 와르르, 내일을 향한 기쁨이 흘러들어온다.

도쿄타워 지하에서 쉼없이 일하는 머리 좋은 사람들에게 나는 기도한다. 오늘도 저를 지배해주셔서 고맙습니다. 기도가 가닿기라도 한 것처럼, 감긴 눈꺼풀에도 느껴질 만큼 강하게, 도쿄타워가 번쩍번쩍 발광發光을 계속한다.

"나나코는 연락 없었나?"
저녁을 준비하는데 남편이 불쑥 물어서 뜨끔했다.
"응, 왜? 특별히 없는데?"
"아니, 없으면 됐고⋯⋯"
남편이 맥없이 중얼거렸다.
실은 딸 나나코와는 가끔 연락을 주고받고 있었다.
당시 대학생이던 나나코가 느닷없이 "나, '무'가 되려고" 하면
서 집을 나간 지 벌써 오 년이 지나려 한다.
'무'에 대해서는 잘 모르지만, 본래라면 '무'의 대척점에 있을
스마트폰 따위는 버리고 싶을 터다. 하지만 남편이 꽤 강압적인
수단으로 딸을 다시 데려오려고 했던 전력이 있는지라, 새로운 움
직임이 없는지 내가 망을 봐야 했다.
왜 내가, 싫지만 트러블이 생기면 어차피 말려들 게 뻔하니까
진저리치면서도 일단 딸을 돕고 있었다.
남편은 딸이 집을 나간 후 더한층 스마트폰에 빠져 아예 스마트
폰 속에서 살다시피 했다. 나는 껍데기만 남은 남편의 육체가 죽
지 않게끔 밥을 차려주고, 잔시중을 들고, 세탁과 청소를 한다. 체
력적인 문제로 비록 풀타임 근무는 아니지만 회사도 다닌다. 출근
해서 회사의 노예가 되는 동안은 집의 노예가 아니라는 기분을 맛

볼 수 있다.

남편은 분명 도쿄타워에 지쳤으리라. 도쿄타워에서 흘러드는 감정을 토하고, 세상을 지배하는 붐의 파도에 올라타 소비하고, 노동하고, 때로는 번식한다. 도쿄타워가 보내는 그 은밀한 지령이 남편은 괴로운지도 모른다.

"그애는 지금 '무' 기간이잖아. 이미 스마트폰도 버린 거 아닐까."

"그러게…… 어쩌자고 시시하게 '무' 따위에 물들어서……"

남편이 못마땅한 얼굴로 한숨을 뱉는다.

그러는 본인도 유행하는 성격에 얹혀 자기 세대의 전형적 캐릭터로서 인생을 걸어온 주제에 왜 딸은 그러면 안 된다는 건지.

나의 그린 걸이나 상복 걸이나 리치 내추럴이 딸 세대에서는 '무'일 터다. 우리 세대에 비하면 사뭇 검박하고 따분한 인상이라 그게 어디가 재미있을까 싶지만, '무'가 한창 유행일 때 '무'로 살아가는 것처럼 즐거운 일도 또 없을 것이다.

나는 내 세대의 전형적인 어린 시절과 사춘기를 보내고, 전형적 가치관을 지니고 전형적 연애와 결혼을 해서 동세대의 전형적 인생을 살고 있다. 만일 다른 세대에 태어났다면 그 세대의 전형이 되어 있을 자신이 있다. 그러므로 딸이 딸 세대의 전형적 인생을 사는 일에 의문은 전혀 없었다.

"성격에도 유행이 있잖아."

유치원 친구 아코가 레스토랑에서 불쑥 말했을 때 나는 자리를 박차고 일어날 뻔했다. 서둘러 크게 고개를 끄덕였다.

"응, 알지, 알지. 진짜 그래."

"응, 응. 성격도 그렇고 라이프스타일도 그렇잖아? 빠르면 오 년, 길어도 십 년쯤이면 완전히 다른 차원에 사는 느낌이지."

아코도 나도 전형적인 리치 내추럴 세대다. 물론 훨씬 유복한 진짜배기 리치 내추럴 생활을 누리는 사람도 있고, 리치 내추럴로 살아갈 여유가 없는 사람도 많다. 용케 그 나름의 전형적 인생을 살 수 있는 나도, 아코도, 행운이라 생각한다.

그거, 도쿄타워에서 흘러드는 거지? 라는 말은 못했다. 그래도 아코도 어렴풋이 알아차리고 있는 게 분명하다. 아니면 굳이 이런 말을 꺼낼 리가.

지금, 온몸의 혈관을 간질이는 감각과 더불어 내 안에 '기쁨'이 흘러들어오는 것을 느낀다.

아코가 투명한 네일 컬러를 바른 손끝으로, 염색하지 않은 윤기 나는 머리를 만지작거린다.

"우리 세대는 십대 때 그런 걸이 유행했고, 다음엔 상복 걸 붐에 푹 빠졌지만, 그후로는 대개 내추럴 지향이잖아? 이십대 무렵 전에 없던 내추럴 붐이 와서, 자연체로 있을 수 있는 친구와 지내고 자연체로 있을 수 있는 상대와 자연스럽게 만나 결혼해 육아도

자연체 마마로, 조금 리치한 내추럴함을 추구하는 걸 좋게 본다고
할까, 그걸 목표로 삼는 게 대세라고 할까."

"맞아. 내추럴이지만 역시 어른만이 누릴 수 있는 럭셔리한 즐
거움이 없으면 허전하지. 그래서 지금 딸 세대에 '무'가 유행하는
건 아무래도 와닿질 않아."

"내 말이. 느닷없이 '무'라니. 그나저나 미요, 나나코가 '무'가
되는 걸 용케 허락했다?"

"응? 아니 그러게, 사는 차원이 서로 다르니까. 세대가 다르다
는 건 세계가 들려주는 이야기가 다른 거잖아?"

내 말에 아코가 난처한 것처럼 띄엄띄엄 말을 이었다.

"미요…… 저기, 그 정도로 내버려두는 건 좀 심한 거 아닐
까…… 음, 있잖아, 미요, 사실은 나나코한테 많이 화나 있는 거
아니야?"

아코의 반응에 아, 얘는 도쿄타워를 모르는구나 짐작하고 "그럴
지도 몰라…… 정말이지 나나코를 떠올리면 심란해" 하고 짐짓
한숨을 뱉었다.

"나나코도 언젠가 미요의 마음을 알아줄 날이 올 거야."

"그렇겠지? 지금은 기다리는 수밖에. 아 미안, 칙칙한 얘기를
해버렸다!"

"아니아니! 미요, 괜찮아? 딸을 걱정하는 건 당연하지만 자신의
시간도 소중히 하고, 마음 편히 먹는 게 좋아!"

내 얼굴을 엿보는 아코의 회색 입술을 보고 아, 지난번에 내가 산 것과 거의 똑같다고 생각한다. 떨어져 있어도 우리는 같은 전파를 수신하고 있다.

우리는 물질로도 대화한다. 아코의 밝은 회색에 가까운 립 틴트, 라인만 살짝 그렸을 뿐 투명한 마스카라를 바른 눈, 색깔 없는 네일에 가는 반지만 하나. 한눈에도 좋은 소재임이 드러나는 니트를 입고, 목걸이는 하지 않은 대신 시계는 고급 앤티크 제품을 소중히 사용한다.

나와 아코는 결혼하고는 만날 일이 거의 없어졌지만 전철로 한 시간 걸리는 거리, 나는 도쿄, 아코는 가나가와에서 닮은 인생을 살고 있다. 리치 내추럴에 잘 안착한 동지답게 지난달 내가 다녀온 온천 료칸을 아코가 다음주에 가거나, 아코의 단골 레스토랑을 나는 테이크아웃으로 즐기거나 하며 여기저기서 접촉하고, 스쳐지나고, 같은 체험을 공유한다. 어떤 의미로는 남편보다도 같은 시대를 호흡하며 같은 인생을 걷는 존재였다.

"그건 그렇고 최근 영양수 메이커를 살까 말까 고민중이야."

"아, 우리집도! 다이아몬드 알파 콜라겐을 영양수로 섭취하고 싶은데, 취급하는 제조원이 별로 없더라고. 조금 더 기다리는 게 좋으려나."

"알지, 알지. 관리도 좀더 간편한 제품이 나오면 좋겠어."

살까 말까 고민하는 물건마저 똑같거나 해서 남편이 아니라 아코와, 혹은 동세대의 무수한 전형들과 함께 사는 게 아닌가 멍하니 생각할 때도 있다.

"그래도 나나코를 이대로 둬도 돼?"

아이 키우는 데도 유행이 있다. 아코는 딸과 '끈끈하지 않은 자연스러운 관계'를 한결같이 유지한다. 우리한테 유행하는 아이와의 관계가, 아이 세계에서 유행하는 라이프스타일과 반드시 일치하지는 않는 것이 문제라면 문제다.

"아코네는 '무' 붐 안 왔어?"

"왔어왔어, 우린 아직 중학생인데 매일 싸워! 그래도 절대 허락 안 해. 패션이나 음식이면 몰라도 대학과 취업까지 유행으로 결정했다가 나중에 무슨 고생을 하려고."

그럴까. 나는 생각한다. 우리는 지금도 이렇게 유행으로 결정하면서? 속으로만 중얼거리며 '그러니까' 하고 고개를 끄덕인다.

"이렇게 제 행복만 생각하는데, 반항하니까 나도 고달프다, 정말."

"하하, 누가 아니래."

적당히 맞장구를 치고, 나와 똑같은 인생을 걷고 있는 아코에게 웃음 짓는다. 도쿄타워는 이 순간에도 우리가 '전형적 인생'에서 일탈하는 일이 없도록, 여기저기의 카메라를 활용해 이쪽을 가만히 응시한다.

집에 돌아오니 남편은 아직 들어오지 않았다. 서둘러 저녁을 준비하려고 부엌으로 가다가 문득 욕실 옆 문 앞에서 발을 멈췄다. 빈방이 된 딸의 방이다.

문을 열자 방안은 딸이 나갔을 때 그대로였다. 남편이 아무것도 건드리지 못하게 한 까닭이다.

딸은 어지간히 나를 부려먹는 존재였으므로 없어져서 꽤 편해진 면은 있다.

딸을 낳은 것은 남편이 원해서였지만, 장래에 나를 보살펴줄 살아 있는 가전제품 같은 존재를 하나 만들어두면 훗날 편하리라 생각한 것도 크다. 요컨대 노후를 위한 가축. 그것이 딸이었다.

막상 낳고 보니 내가 가축이었다. 남편에게 나는 오래되고 더럽기는 해도 성욕 처리가 가능하며, 가만히 두면 집안일을 해주는 피와 살을 지닌 도구였다. 딸은 나를 이용해 성욕을 처리하는 일은 없지만, 아무리 성장해도 당연하다는 얼굴로 나를 계속 부려먹었다. 하지만 언젠가는, 미래에는 딸이 우리의 도구가 된다. 그것만이 마음의 버팀목이었다.

그러나 '무'가 되어버리면 딸은 이미 가축이 아니다.

딱 한 번, 딸이 고등학생이 되었을 때, '나는 장래에 반드시 부모님의 노후를 돌보겠습니다'라는 계약서를 작성할 수는 없는지 온라인 법률 상담소에 자문을 구한 일이 있다. 익명 대화방이었으니 상대가 얼마나 신뢰할 만한 법률가였는지는 몰라도, 가차 없는 질책이 돌아와 바로 로그아웃했다.

노후를 돌봐주지 않을 거면 평생 이쪽을 부려먹을 뿐이니 '무'가 되어주어서 다행인지도 모른다. 질척거리는 '친구 같은 모녀관계' 붐이 아닐 때라 운이 좋았다.

이런 생각을 할 때면 평소엔 어딘지 무서워서 외면하는 도쿄타워를 간절히 바라보고 만다.

왜.

왜 도쿄타워는, 내게 '모성'을 송출해주지 않았을까.

딸을 낳고 나서, 당연히, 여느 때처럼 도쿄타워가 모성을 송출해주겠거니 했다. 도쿄타워는 워낙 많은 인간의 감정을 만드느라 다소 늦어질 수도 있다. 카메라가 내 양수가 터진 걸 놓쳤을 가능성도 있으므로 나는 끈기 있게 도쿄타워에서 신호가 오기를 기다렸다. 아무리 기다려도 모성은 흘러들어오지 않았고, 대신 와르르 흘러들어온 것은 원념怨念이었다.

도쿄타워에 무언가 버그가 생겼는지도 모른다. 그후로도 내게 딱히 모성이 흘러들어오는 일은 없었다. 덕분에 나에게는 '한동안 실컷 가축 취급 당했다'라는 감각뿐이었다.

딸의 물건이 고스란히 남아 있는 방의 문을 닫았다. 창고로 만들어버리면 딱 좋겠는데, 남편을 자극하지 않으려고 그대로 둔다. 없어지고도 이렇게 거추장스러우면 대체 뭐가 '무'라는 건지, 생각하긴 하지만.

그럴 때는 도쿄타워를 바라본다. 우리를 지배하는 저 빛을 보면 나는 여러 가지를 포기할 수 있었다. 전부 도쿄타워 탓이니까 별 수 없다. 그렇게 생각하면 이것도 저것도 아무래도 좋아져서 마음이 매우 편안해진다.

도가와 씨의 딸 고토네를 딸이 사는 무가에 데려가게 된 것은 우연이었다. 다른 '세대'가 '무'를 보는 눈이 썩 곱지 못해 말이 많은지라 회사에선 함구할 작정이었는데, '무'가 되려고 회사를 그만둔다는 젊은 여성 신입사원이 거주할 예정이라는 무가가 마침 딸이 있는 지역이어서 이야기를 꺼낸 적이 있다.

단단히 입막음을 해뒀건만 어찌된 셈인지 말이 새버린 모양이었다. 도가와 씨가 "저기, 말씀하기 싫을 일을 군이 건드리는 꼴이라 심히 죄송한데요⋯⋯"라고 서두를 떼어 내 딸도 '무'가 된 걸 알아버렸다고 했을 때는 아, 들켰네 정도의 기분이었는데, "뻔뻔한 부탁인 줄 알지만, 딸에게 가혹한 '무'의 생활을 보여주고 미련 없이 포기하게 하고 싶어서요"라고 말을 이었을 때는 정말 뻔뻔해서 무척 놀랐다.

늘 소극적이고 누구한테도 싫다는 소리를 못해서 걱정일 지경이던 도가와 씨도 딸과 관련된 일이라면 이렇게 거침없어질 수 있구나. 내 눈에는 도가와 씨도 자기 세대의 전형적 성격이고, 전형적 라이프스타일을 택한 사람이다. 세대에 따라 '전형적 인생'이다를 뿐인데 저렇게 필사적으로 나오면 얼마나 민폐인가, 도가와 씨의 딸 고토네가 불쌍했다.

나나코는 의외로 견학을 선선히 승낙했지만, 나는 귀찮았다. 모처럼의 휴일이 또 딸에게 잡아먹힌다.

베란다로 나가 평소에는 되도록 보지 않는 도쿄타워를 바라보았다.

여느 때는 빨강에 가까운 오렌지색인 도쿄타워가 오늘은 파랗게 빛나고 있었다.

부디 거기서, 지금이라도, 모성이 흘러들어와주기를. 나는 평생을 가족의 가축으로 살 게 분명하지만, 그것이 있으면, 이 짓밟히기만 하는 일상에서도 틀림없이 따뜻한 기쁨을 느낄 수 있을 것이다.

파랗게 빛나는 도쿄타워는 어릴 때 곧잘 잡아 죽이곤 했던 곤충의 등껍질과 어딘지 비슷했다.

그 밑에서 일하는, 세계를 움직이는 똑똑한 분들, 부디 저 좀 봐주세요. 저를 세뇌해주세요.

시야 한구석에서 맨션의 방범카메라가 번뜩인 것 같았다.

○

눈을 뜨니 회색 천장 아래, 형광등 불빛에 감싸여 있었다.

썩 깊게 잠들지 못했는지 몸이 나른했다.

슬슬 생리가 시작될지도 모른다. '무'로 살게 된 뒤로도 생리로 배출되는 피는 규칙적으로 내게서 빠져나간다. 그 바람에 지금이 대략 며칠쯤인지 어렴풋이 짐작이 가고 만다. 수술로 가능한 한 몸에서 성별을 없애는 사람도 있지만, 나는 그런 비용까지 감당할 여유는 없어서 자궁은 그대로 몸속에 있었다.

바깥은 비가 오는 것 같은데 실내는 잠잠하다.

스니커즈를 신고 복도로 나왔다.

'무'의 하루는 되도록 오감을 사용하지 않는 것이 일이다. 건강 관리는 중요하니 맨션 안을 걷는다. 창이 없는 회색 복도를 걷고 실내 계단을 내려가, 십층 건물인 맨션 안을 나아간다.

숨이 차기 시작하면 창 없는 복도가 조금 답답하게 느껴진다. 참지 못하고 밖으로 나가 걷는 사람도 있지만, 나는 최대한 '무'로 있게끔 복도와 맨션 지하의 무인 헬스장에서 건강을 유지하려 한 다. 맨션 안을 한 시간 걷고, 아무도 없는 지하 헬스장에서 실내자 전거를 한 시간 타고 방으로 돌아왔다.

짐작건대 '무'가 사들이기 전까지는 이 방에도 창문이 있었으 리라. 리모델링으로 이중이 된 회색 벽 어디쯤이 창문인지는 모른 다. 나는 냉장고에서 '무'를 꺼내 물과 함께 삼켰다.

무맛의 식사를 마치고, 갈증이 가시지 않아 물을 더 마신다. 컵 을 쓰지 않고 수도꼭지에 직접 입을 대고 마신 물은 희미하게 수 돗물 특유의 맛이 나 혀를 자극한다. 그것이 화가 난다.

물을 마시고 나니 왠지 불안으로 가슴이 울렁거려서, 주춤주춤 냉장고 옆에 있는 작은 시큐리티박스에 숫자를 입력했다. 안에서 스마트폰을 꺼낸다.

'무'를 택한 이상 스마트폰 따위는 지니기 싫지만, 매복해 있던 할머니에게 붙들려 다시 집으로 끌려갈 뻔한 사건이 있고부터는 내 소재지가 들통나지 않았는지 엄마를 통해 확인하지 않으면 불안했다.

신기하게도 엄마는 내가 '무'로 살아가는 일에 처음부터 협조적이었다.

엄마는 내가 보기에 지극히 평범한 사람이었다.

저렇게 살면서 따분하지 않나 어릴 때부터 자주 궁금했다. 왜 자신의 삶을 스스로 선택하지 않을까. 왜 무난한 라이프스타일로 만족할까.

딸이 '무'가 되겠다고 선언하면 엄마는 맹렬히 반대하거나 무기력하거나, 둘 중 하나일 거라 짐작했다. 엄마의 반응은 후자였다.

나는 거스르는 법이라고는 모르는 엄마의 성격을 이용했다.

엄마는 대단히 편리한 존재였다. '무'로 사는 생활이 궤도에 오를 때까지 철저히 이용하고, 마지막에 엄마를 버리기로 그때 막연하게 마음먹었다. 최후에 망각하는 것은 엄마로 하자고.

엄마가 보낸 메시지를 읽고, 그 김에 시간을 보는 바람에 오늘이 2월 8일 화요일, 아침 일곱시란 것을 인식하고 말았다. 실온은 중앙 통제니까 알 수 없지만, 바깥은 꽤 추울지도 모른다.

엄마의 메시지는 여느 때처럼 편리하고 간결했다. 아버지는 얼마 전에도 수색 청원을 내겠다고 소란을 떨었지만 지금은 어느 정도 차분해져서, 기다리는 수밖에 없다고 말한다. 할머니는 허리가 고장나서 아마 당분간은 무가에 나를 찾으러 올 기력이 없을 것이라고 했다.

웬일로 엄마의 부탁도 곁들여 있었다.

'어려우면 거절해도 돼. 회사 동료 딸이 초등학교 육학년인데 '무'의 생활을 견학시키고 싶대. 생활하는 모습을 조금 보여주는 일은 가능할까? 무리일 줄 알면서 물어보는 거야. 귀찮으면 부담 없이 거절해.'

'무'의 생활에 완전히 들어오기 전에 견학을 하고 싶다고 부탁받는 일은 가끔 있었으므로 '알았어요. 저는 괜찮아요'라고 답신했다.

몸에는 '이십사 시간'이라는 '혼돈'에서의 시간 구분 리듬이 여전히 남아서, 정신이 말똥말똥한 시간과 잠이 오는 시간이 있다. 방에는 커다랗고 깨끗한 침대가 있는데, 거기서 잠든 횟수는 그러니까 대충 그 정도일 터다. '무'의 생활 주기에 돌입하고 반년. 아직도 몸에 리듬이 남아 있는 게 저주 같아서 무섭다.

얼른 메시지를 마무리하지 않으면 이것저것 또 주섬주섬 떠올릴 것 같아 서둘러 입력했다.

'앞으로도 아버지의 움직임이 있으면 알려주세요. 동료분 따님 견학은 원하는 날짜 보내주세요'라고 답을 보냈다.

누군가와 만나는 일은 그날까지 날짜와 시간의 존재를 계속 떠올리는 일이기도 하다. 우울한 기분으로 바닥에서 눈을 감았다.

'무'로 살기 위해 집을 나오고 오 년이 흘렀다. 이사는 세 번쯤 했다. 지금의 무가 맨션에 이사온 지는 일 년이 된다.

노동 기간 두 달을 채우고 반년이 경과했다. '무'에 취직할 때 다양한 코스가 있다는 설명을 들었는데, 나는 일 년 사이클 코스를 선택했다.

일 년 코스는 특히 인기가 있는데, 일 년 중 몇 달간 일해서 '무'로 지내기 위한 돈을 버는 것이다. 내 경우는 두 달 내내 쉬지 않고 일하고 열 달은 '무'로 지내는, 비교적 '무' 기간이 긴 코스를 선택할 수 있었다. 같이 '무'에 취직한 친구들이 부러워했다.

이번 회에는 두 달 동안 공장, 편의점, 빌딩 청소 등 날마다 다른 일을 했다. 장소도 내용도 제각각인 일을 함으로써 혼돈에서 일하는 동안에도 최대한 인간관계나 시간 감각을 잃은 채 지낼 수 있도록, 이라고 센터 직원은 설명했다. 그때는 '무'로 지내는 기간이 열 달이면 충분할 줄 알았는데, 지금은 줄곧 '무'로 지내면 좋겠다고 생각한다. 다음 '노동' 기간까지 앞으로 넉 달. 그때까지 조금이라도 많은 것을 망각하고 싶었다.

꾸벅꾸벅 졸다가 눈을 뜨니 몸이 조금 차가웠다. 아침인지 밤인지 모르는 채 세면도구를 챙겨 공동 샤워실로 향했다.

다시 지하까지 걷고 있자니 건너편에서 낯익은 얼굴이 다가왔다. 아, 또 제대로 망각하지 못했구나. 나는 그 사람을 옆방 인간이라고 '인식'하고 만다. 그 사실을 부끄러워하면서 "저기요" 하고 말을 걸었다.

"저, 옆방 사는 Bqq아809709파66009GQQ인데요."

"아, 네."

목소리 때문인지 얼굴 때문인지 Bqq806548QQQ 씨도 나를 '기억해내고' 만 눈치였다. 내심 미안했지만 말을 잇는다.

"다음주에 가족이 찾아오기로 해서요. 저, 물론 이미 가족이라고 생각하진 않지만, 그 지인 따님이 '무'를 견학하고 싶대서요. 그날 조금 시끄러울 수도 있는데 괜찮으실까요? 폐가 된다면 지금이라도 거절할 수 있으니까……"

"아, 감사합니다. 방음이 잘 되니까 염려 없고, 앞으로 '무'가 될 어린이의 견학이라니 반가운 일이네요. 고생 많으십니다."

"죄송합니다, 폐를 끼치게 됐습니다."

Bqq806548QQQ 씨에게 고개를 숙이면서, 한동안 사용하지 않았던 '폐를 끼치게 됐습니다'라는 말을 기억해내고 말았다.

Bqq806548QQQ 씨는 묵례가 생각나지 않는지 고개를 까닥거리는 것 같은 부자연스러운 동작을 하며 계단을 올라갔다.

　망각은 내 특기라고 생각했다.
　최초로 잊은 것은 초등학교 삼학년 무렵이었다. 운동회 때 갑자기 담임선생님이 남자인지 여자인지, 늙었는지 젊었는지 전혀 기억나지 않았다. 선생님 달리기 경주 때 누구를 응원해야 하는지 몰라 난감했다. 주위에서 아이들이 "다카노 선생니임!" 하고 외치기에 모호하게 작은 소리로 "선생니임!" 하고 응원했다.
　운동회가 끝나고 처음 보는 키 큰 중년 남자가 "다들 열심히 잘했어!" 하며 눈물을 글썽이는 걸 봐도 아, 담임이다 하고 기억해내지 못했다.
　셔츠 목깃 사이로 살짝 보일 만큼 가슴털이 많다는 것과, 가까이서 보면 왼쪽 손등에 사마귀가 있다는 특징만은 기억할 수 있었다. 가슴털이 있는 선생님은 많지 않았으므로 다음부터는 가슴털과 사마귀를 표지로 담임과 다른 선생을 판별했다.
　그때는 어찌어찌 넘어갔는데, 초등학교 육학년 수학여행 때는 학교 이름을 잊었다. 닛코에서 어느 버스가 우리가 타고 온 관광버스인지 표시를 보고도 알 수 없어 쩔쩔매거나, 우리 학교 사람들은 료칸의 어느 방에서 밥을 먹는 것인지 몰라 복도에 멀거니 서 있거나 했다. 걸핏하면 미아가 돼서 담임인 보라색 배낭 선생(여선생님이었던 것 같은데, 이때도 기억을 못해서 배낭으로 판별했다)에게 꾸중깨나 들었다.

학교에서만 곤란한 게 아니었다. 부모님 얼굴도 걸핏하면 잊었다. 아버지는 가느다란 은테 안경을 썼고, 주말이면 늘 똑같은 검푸른 스니커즈를 신어서 그나마 판별할 수 있었다. 엄마 얼굴은 거의 기억하지 못했다.

미요, 라는 엄마 이름도 수시로 잊었다. 아버지와 엄마는 서로 '아빠' '엄마'라 불렀으므로 내가 두 사람의 이름을 들을 일은 거의 없었다.

중학생이 되고 어느 날, 가족끼리 차를 타고 간 대형 홈센터에서 문구류를 구경하고 있었다. 마음에 든 샤프펜슬 심을 찾아내고 고개를 드니 부모님의 이름도 얼굴도 떠오르지 않았다.

집에서 멀리 떨어진 곳이라 근처에 전철역이 있는지 어떤지도 몰랐다. 이 나이에 제 발로 미아센터에 갈까도 생각했지만, 창피하기도 했거니와 애초에 내 성도 기억나지 않으니 안내 방송을 할 수도 없었다.

난처한걸. 이것저것 생각하다가 아버지가 게임용 헤드폰을 보고 싶다고 했던 것이 떠올라 헤드폰 매장으로 갔다. 조금 있자 어디서 본 듯한 은테 안경을 끼고 검푸른 스니커즈를 신은 남자가 나타나 "오, 나나코, 왜? 뭐 갖고 싶은 게 있었어?" 해서 아마 이 사람이겠거니 싶어 안도하며 "응" 하고 고개를 끄덕였다.

집으로 돌아오는 차 안에서 생각했다. 이번엔 아버지가 있었기에 망정이지 엄마와 단둘이었으면 넓디넓은 홈센터에서 어쩔 뻔했나. 엄마는 취미가 없다. 혹시 있을지도 모르지만 나는 모른다. 식물 매장, 그릇 매장, 화장품 매장, 음악 관련 매장, 어느 곳에 있는 엄마도 상상할 수 없었다.

심각한 건망증에 대해 상담할 수 있는 사람은 근처에 사는 소꿉 친구 나오미뿐이었다. 나오미는 유치원 친구로, 집이 가까워 방과 후 빈번히 서로의 집을 드나들며 자랐다. 나는 나오미의 얼굴도 걸핏하면 잊었지만, 다행히 나오미는 큼직한 검은 뿔테 안경을 쓰고 있어 기억해내기 수월했다.

"전부터 생각했는데, 나나코 '무'에 재능 있는 거 아냐?"

주말에 또 부모님의 얼굴을 잊은 사실을 털어놓자 나오미가 말했다.

"'무'?"

"응. 지금 해외에서 엄청 유행하는 새로운 라이프스타일이래. 우리나라도 그걸 선택하는 사람이 늘어나서, 사촌언니가 지금 캐나다의 무가로 옮겨가서 살아."

나오미의 설명을 듣고도 잘 알 수는 없었지만, '무'로 사는 사람들에게 잊는 것은 매우 좋은 일인 듯했다. 잘 잊어버리는 게 실례는 아닌지, 내가 유독 정이 얕은 인간은 아닌지 고민하던 터라 오히려 그걸 좋게 봐주는 세계가 있다는 말에 귀가 번쩍 뜨였다.

"그런 게 있구나. 부럽다. 우리나라에서도 유행하면 좋을 텐데."

"사촌언니가 캐나다로 이주할 때, 일본에도 반드시 유행이 올 거랬어! 빨리 그렇게 되면 좋겠다. 그럼 다들 나나코를 부러워할 거야, 역전 홈런이잖아."

내가 몇 번이나 얼굴도 이름도 잊었는데 나오미는 화내지 않았다. 검은 뿔테 안경 속에서 다정하게 웃으면 가늘어지는 새까맣고 깊은 눈동자를 볼 때마다 왜 나는 늘 이렇게 소중한 것을 잊고 말까, 가슴이 쓰렸다.

생각해보면 그날 나오미의 말은 예언 같은 것이었다. 내가 대학생이 될 무렵 '무'는 폭발적으로 유행해 우리 세대에 퍼졌다.

심플한 옷차림을 좋아했던 나는 "시라쿠라 씨도 '무'? 나도야!" 하는 말을 자주 듣게 되었다.

"텔레비전에서 '무'가 젊은 층에서 붐이라는 둥 떠드는 걸 보면 뭘 모르네 싶어 짜증나. 그런 거랑 똑같이 취급하지 말았으면 해."

"알지. 쥐뿔도 모르면서 젊은 세대를 다 이해한다는 양 잘난 척하는 사람들, 진짜 싫어."

'무'의 아이들은 곧잘 그렇게 말했고, 그 기분에는 동감이었다. 대학에는 이미 '무'로 살아가겠다고 마음을 굳힌 아이가 꽤 있었다.

"시라쿠라 씨, 잊어버리는 게 특기면 무조건 '무'로 가는 게 좋아. 굉장한 재능이니까. '혼돈'보다 훨씬 적성에 맞는 거 아냐?"

이름은 잊었지만 대학 때 같은 반이던 아이가 '무'를 열심히 권했다.

앞으로는 '무'의 시대다. 일시적인 붐이 아니라 대세로 자리잡는다. 그것은 우리 모두가 공통으로 안고 있는 '예감'이었다.

'무'의 아이들은 그렇지 않은 세계를 혼돈이라 부른다. 무가도 전국 여기저기에 생겨나기 시작했다. 미래에는 분명 무가와 혼돈의 비율이 역전되거나, 그 정도는 아닐지언정 비등해지리라고 다들 느꼈다.

나오미와는 고등학교가 달라진 후로 연락이 뜸해졌다. 얼굴은 잊었지만 그녀의 검은 뿔테 안경은 종종 떠올렸다.

나오미가 자살했다는 소식을 들은 것은 대학 일학년 겨울 무렵이었다.

집에 돌아오니 엄마가 상복을 입고 있어서 흠칫했다. 엄마는 "염주라니 뭔가 옛날 생각 나네" 하며 거울 앞에서 묘하게 기뻐하는 눈치였다.

"누구 장례식이었어?"

"그게 오늘 갑자기 연락이 왔는데, 전야식이었어. 나오미 기억해? 나나코, 사이좋았잖아?"

놀라서 말이 나오지 않았다. 나오미는 무가에 살았는데, '무'에 재능이 없는 걸 비관해 자살했다고 엄마는 담담히 말했다.

"내일 장례식은 가족끼리 치른다고 했지만, 나나코도 분향이라도 하고 오지?"

이튿날 나오미 집에 가자 나오미 엄마가 울면서 맞아주었다.

"고등학생 되고 느닷없이 '무'가 되겠다면서 집을 나가버려서…… 친구도 없단다."

뭐든 가져가라고 해서 나오미 방에 들어갔다가 검은 뿔테 안경이 몇 개나 있는 것을 발견했다. 도수가 변해 새로 맞출 때 옛날 안경을 버리지 않고 보관한 모양이었다. 어느 것이 중학생 때 안경인지 알 수 없었지만 제일 비슷하다 싶은 걸로 가져왔다.

나오미가 남겼다는 '재능'이라는 말이 자꾸 마음에 걸렸다.

뭔가에 재능이 있다는 말은 당신은 그쪽에 있어야 한다는 말과 비슷하다. 재능이 있다는 건 인생을 자신의 특질에 지배당하는 일이기도 하다. 아주 일찌감치, 내 진로는 '무'라고 세계가 결정했는지도 모른다. 그것은 인간의 특성을 존중하는 행위로 위장한 폭력처럼 느껴지기도 했지만, 그때는 그대로 따르는 것 이외의 선택지를 떠올릴 수 없었다.

무가에서는 정기적으로 그룹 워크를 실시한다. 곧바로 혼자서 '무'가 될 수 있다면야 가장 좋겠지만, 어려움도 많다. 그룹도 종류가 다양한데, 언어를 최대한 잊기 위해 '아'라는 소리로만 이야기하는 모임, 망각이 너무 순조로워 일상생활이 곤란한 사람들의 모임도 있다. 나는 '무'가 좀처럼 궤도에 오르지 못해 초조하거나 열등감을 느끼는 사람들의 그룹 워크에 참가 신청을 했다.

그룹 워크는 무가 한쪽에 있는 넓은 공원에서 열린다. 오랜만에 밖으로 나와, 눈부신 햇빛에 얼굴을 찡그렸다.

새파란 하늘, 변화하는 바람, 날카로운 햇빛, 도로가 반사하는 빛 따위가 나를 사납게 공격하는 듯한 기분이 들었다.

공원에 도착하자 한눈에도 무가 사람임을 알아볼 수 있는 회색 옷을 입은 집단이 있었다. 나이는 천차만별이었고, 같은 맨션 사람이 있는지 어떤지는 알 수 없었다.

"그쪽도 그룹 워크에 왔죠? 자, 모두 모여 동그랗게 앉아봅시다."

리더라는 사람이 척척 그룹 워크를 주재해나간다.

이 그룹 워크에서는 한 사람씩, 최근 '잘 되는 감각'과 '잘 안 되는 감각'을 발표한다고 했다. 아니, 잘 되는 게 없으니까 왔잖아, 하고 불안해졌다. 얼굴에 드러났는지 리더가 나를 보면서 "괜찮아요, 괜찮아, 거창하게 생각할 것 없고 사소한 일도 좋아요. 성공 체험을 공유함으로써 자신감이 붙는 사람도 있으니까. 마지막엔 서로 고민도 털어놓을 거고요"라고 설명했다.

잔디 위에 둥글게 둘러앉아 한 사람 한 사람, 우선 성공 체험을 이야기했다.

"저는 무가에 이사오고 삼 년쯤 됐을 때, 간신히 굵직한 망각을 해냈어요. 눈을 떴는데 제가 태어나 자란 곳이 어딘지 알 수 없더라고요. 그때까지는 단편적으로 잊는 일은 있었어도 금세 생각나서 보완되곤 했거든요. 그런데 이번엔 전혀 생각이 안 나는 거예요. 바다 근처인지, 산인지, 도시인지, 시골인지……"

"그건 굉장하네요."

"어떤 감각인가요, 대략?"

"제 몸의 세포에서 쓸데없는 정보나 인식 같은 불순물이 떨어져 나가고 순수한 생물이 된 느낌이랄까요."

황홀한 표정으로 이야기한 다음, 여자는 고개를 숙이고 "그래도 그후로는 도통…… 그 이상의 체험은 앞으로 없을 것 같다는 생각이 들어요"라고 기운 없는 목소리로 중얼거렸다.

내 옆에 있던 여자가 "좋겠다. 저는 그런 커다란 성공 체험은 없어요" 하고 한숨을 뱉었다.

연애며 성애의 감정이 소멸했다는 사람, '웃는' 감각을 잃었다는 사람, 일본어를 반쯤 잊은 것 같다는 사람, 간신히 자신의 얼굴과 이름을 잊었다는 사람, 저마다 '무'의 체험을 말하고 내 차례가 왔다.

"저는…… 아무것도 없어요. 여기 와서는 죄다 생각나는 것투성이에요."

잠긴 목소리로 말하자, 리더가 명랑한 어조로 독려했다.

"뭐든 좋아요, 사소한 일이라도! 초조해하지 말고, 초조해하지 말고!"

"무가에 오기 전엔 망각이 제 특기인 줄 알았는데요, 여기서 지

내다보니 기억이 속속 되살아나요. 무서워요. 잊은 줄 알았는데 전부, 실은 내 안에 잠들어 있었구나 싶어요."

"괜찮아요, 괜찮아."

여자가 말하며 내 등을 쓰다듬는다. 흠칫했다. 흐르는 듯한 그 움직임은 초등학교 때 소풍 가는 버스에서 멀미하는 친구에게, 중학교 때 실연하고 우는 친구에게 내가 지극히 자연스럽게 했던 몸짓이었다. 그 반사적인 동작을 조금 전까지는 까맣게 잊고 있었는데.

괜찮아, 하면서 누군가의 등을 쓸어주는 인간의 동작이 내 안에서 선명히 되살아난다. 내 어깨를 안은 채 여자가 리더를 간절하게 올려다본다.

"저요, Bqq아809709파66009GQQ 씨 기분 알아요. 저도 처음엔 자신만만했거든요. 그도 그럴 것이 우리는 혼돈에서 살 때도 계속 잊어왔잖아요? 망각하고, 신진대사를 하면서 살았잖아요? 전부 '무'가 되기는 좀 무리여도 나라면 더 할 수 있다. 한결 순수한 존재로 돌아갈 수 있을 거라고 당연히 믿었는데."

조금 머뭇거리다가, 얼굴을 숙인 여자의 등을 나도 똑같이 쓰다듬어봤다. 중학교 때 수영장 가장자리에서, 유치원 때 엄마와, 대학교 때 친구에게, 고등학교 체육대회 때 이런 동작을 했던 나. 동작과 손바닥에 전해져오는 체온에 연동해 기억이 와르르 되살아난다.

"우린 정말로 '무'에 가까워질 수 있나요?"

내 목소리는 떨렸고, 그러고 보니 눈물이 나올 때면 이렇게 머리가 싸하게 쑤셨지, 하고 또 되살아난 육체의 기억을 필사적으로 달으려 손수건으로 이마를 눌렀다.

리더가 생글생글 웃는다.

"진정해요."

"혼돈에 있을 때가, 훨씬 '무'였다는 기분까지 들어요."

"처음엔 누구나 그래요."

"저는 벌써 오 년이나, 인생을 통째로 걸고 망각만 계속하고 있다고요!?"

목소리의 볼륨과 표정이 폭발적으로 부풀어 아 이건, '분노'다, 깨닫는다.

그것은 분명 내 안에 있던 것이었다. 오랫동안 잊고 지낸 감각이다. 한동안 사용하지 않아 녹슬었던 온몸의 회로에 발연한 감정의 소용돌이가 흘러들어간다.

"정말로 전부 잊는 일은 무리 아닐까요? 저는 사실은 전부, 기억하는 거 아닐까요?"

"오 년으로는 무리지. 다들 그래요, 처음엔 순조롭다가 몇 년 지나면 '기억해내는' 시기에 접어들죠. 잊어버리고, 기억해내고, 다시 잊어버리고, 몇 번이고 되풀이하면서 망각해가는 거야."

"혼돈으로 돌아갈까……"

내가 등을 쓸어주고 있는 여자가 중얼거린다.

"자, 자, 결론을 서두르지 말고. 기왕 무가에 왔으니 조금 더 노력해봅시다."

리더가 명랑하게 목청을 높였고, 속 편한 소리에 짜증이 났다.

"큼직한 걸 잊으면 좋아요. 일반적으로는 가족 정도. 가장 간단하고, 그게 되면 상당히 명쾌해지죠."

"가족, 이라고요."

"그쪽은 밖에 거의 안 나가지 않나? 그것도 물론 유효하지만, 때로는 기억이 강렬히 남아 있는 장소를 찾아가 망각으로 덮어쓰는 것도 좋죠. 한번 시도해볼 만하다고 생각하는데."

리더의 태도는 진저리가 났지만, 가족을 잊는다는 말은 가슴에 남았다. 그것은 이곳에 오기 위한 망각의 시작인 동시에 내가 가장 자신 있는 망실忘失일 터였다.

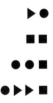

'고토네, 일요일 낮 열두시로 잡혔어. 학원은 쉬지 않아도 되니까 선생님께 말씀드려.'

엄마의 메시지가 도착한 것은 방과후 교실에서, 흐느껴 우는 미유키를 모두가 위로하던 때였습니다.

나는 다른 아이들 모르게 재빨리 메시지를 체크하고, 다시 진중한 얼굴을 하고 모두가 있는 원 속으로 돌아갔습니다.

미유키는 인터넷에서 만난 회사원과 자주 섹스를 했는데, 조금 전 실연해버려서 다 함께 그 사랑의 명복을 빌어주던 참입니다.

엄마가 들으면 놀라 자빠지며 그건 사랑이 아니라 범죄라고 소란을 피울 테죠. 하지만 미유키가 사랑이라면 우리한테는 사랑입니다. 그것을 짓밟는 인간에게 늘 사실을 밝히지는 않습니다.

대충 이야기를 들어보고, 미유키는 다른 사랑, 다른 섹스를 함으로써만 지금의 상실감을 메울 수 있다고 느끼는 상태이리라 짐작했습니다. 그렇다고 친구들이 모여 그녀를 위해 울고 있는 이 시간이 꼭 낭비는 아닐 터입니다.

나도 엄마가 아는 만큼은 안다고 생각합니다. 일의 앞뒤로 미루어보건대 미유키는 사랑이 아니라 상담이 필요한 정신 상태고, 미유키 옆에서 엉엉 우는 마나도 제법 위태위태한 상황이며, 부모님이나 선생님이 아니라 전문가의 도움 없이는 필연적으로 같은 일이 되풀이될 뿐일 테죠. 그게 '정론'이라는 것은 나도 인식하지만, 정론처럼 쓸데없는 건 없는 상황이 세상엔 얼마든지 있다는 사실도 잘 압니다.

나는 최대한 진중한 표정을 짓고 있습니다.

창밖이 빨갛게 물들어 있습니다.

일요일에는 '무'를 견학하러 갑니다. 기회를 마련해준 엄마에게는 깍듯이 감사 인사를 해야겠습니다.

엄마는 약한 사람입니다. 내가 '무'로 가버리고 난 다음의 일은 조금 걱정입니다. 남동생은 아직 어리고 아버지를 많이 따르고 있어서, 내가 없으면 엄마는 꽤 고독해질 겁니다. 하지만 나는 이미 존재하는 일에 지쳐버렸습니다.

초등학교에 들어갈 무렵 일찌감치 내가 다른 아이들보다 매우 우위에 있다는 사실을 알아차렸던 것 같습니다.

아버지는 회사를 경영했는데 그건 유치원에서는 말해선 안 되는 일이었습니다.

"회사라 봤자 구멍가게만한데, 유치원에서 엄마들이 오해하면 곤란하잖아. 우리집은 가난한데."

나는 그런가보다 했고, 유치원 선생님이 "아버지가 사장님이라니 정말?!" 하고 물어도 그렇게 설명했습니다. 실제로 썩 크지 않은 업소용 샴푸 회사라고 들었고, 내가 자란 집도 대단히 크지는 않았습니다.

실은 아버지 사업이 순조로워서 경제적으로 꽤 윤택하다는 사실을 안 것은 크리스마스 무렵입니다. 유치원에서 산타 할아버지에게 뭘 받았는지 그려보라고 했는데, 다른 집 산타는 대체로 선물이 하나뿐이라는 걸 그림을 보고서 알았습니다.

내가 입는 고급 브랜드 아동복, 데리러 오는 엄마의 옷과 가방, 소풍 도시락과 신상품 배낭 등 소소한 요소로 회사는 작아도 이 아이의 집은 경제적으로 매우 넉넉하다는 사실이 드러나는 모양이었습니다.

엄마는 나를 명문 사립 초등학교에 넣고 싶었던 것 같은데, 아버지가 '아무리 그래도 입시 경쟁은 너무 이르다'고 반대해서 단념했습니다.

학교 수업이 엄마가 보내준 학원과 수준 차이가 너무 나서 입학해서는 조금 당황했습니다. 선생님도 저학년 때부터 그것을 알고 "도가와 양은 모르는 친구들한테 가르쳐주어요"라고, 어떻게든 내게 할일을 주려고 애썼습니다.

엄마도 결혼 전에는 꽤 큰 기업에서 일했다고 합니다. 결혼하면서 그만둘 수밖에 없었고, 아버지 사업을 돕느라 끝내 복직하지 못했다고 억울하다는 듯 내게 이야기하곤 했습니다. 작년부터 엄마는 아버지 회사 일에서 손을 떼고, 나를 학원에 데려가고 데려오는 게 가능한 단시간 근무가 허용되는 회사에서 일하기 시작했습니다. 그래도 "예전 회사에 비하면 보람이 없어"라고 수시로 말하는 걸 보면, 머지않아 정리하고 내 중학교 수험에 집중할 생각인지도 모릅니다.

경제적으로 윤택하다는 사실, 그에 따라 학원 공부로 얻은 지식, 영양이 고루 갖춰진 식사가 제공되기에 가능한 육체적 건강,

내가 가진 모든 것이 나는 부끄럽습니다.

유일한 불리함이랄 수 있는 것이 성별이지 싶습니다. 여성이라는 이유로 종종 불평등을 겪기는 하지만, 여자아이로서 착취당할 때 내가 누리는 경제적 윤택함이라는 격차를 속죄하는 듯한 기분이 듭니다. 여기다 성별까지 혜택받았더라면 훨씬 빨리 '무'로 뛰어들었을 테죠.

나는 사람에 따라서는 '타고났다'고 평해주는 외모를 지녔습니다. 그로 인해 "너는 심지어 그 면에서도 '우위'로군" 하고 빈정대는 사람이 얼마든지 있겠죠. 열 살 넘게 나이가 많은 담임선생님이 진지하게 사귀자고 해서, 자칫 자극할세라 미소 짓고 둔한 시능을 하며 응대해야 하는 상황에 놓이는 게 '우위'라면 당장 내다 버리고 싶었지만, 다행히 보이스 채팅으로 알게 된 대학생과 사회인 여성이 "그건 피해야"라고 일러준 덕에 더이상 자신을 역겹게 생각하지 않고 끝났습니다.

나 자신이 피해자일 때가, 착취하는 쪽 인간일 때보다는 한결나은 생물이라는 기분이 듭니다. 엄마나, 보이스 채팅에서 만난여성들이나, 같은 반 여자애들에게는 절대 말할 수 없지만.

다른 면에서는 나는 압도적으로 혜택받고 착취하는 쪽 인간입니다. 이것은 내가 평생을 들여 갚아나가야 한다고 초등학교 오학년 무렵까지는 생각했습니다. 혜택받은 환경에서 얻은 지식과 돈을 전부 사용해 불리한 사람들이 더는 불리하지 않게끔 내 인생을 사는 것 말고 스스로를 비겁한 인간이라 여기지 않을 방법은 없었습니다.

하지만 이제 지쳐버렸습니다. 갚고 또 갚아도, 내가 누리는 혜택은 다 갚을 수 있는 성질의 것이 아니었습니다.

"알지, 알지, 그 때문에 '무'가 되는 사람도 있어."

보이스 채팅에서 친해진, 마찬가지로 '혜택'받은 여대생이 대수롭지 않게 한 말에 나도 모르게 털어놓았습니다.

"'무' 말이죠. 솔직히 몇 번 생각한 적 있어요."

"거꾸로 생활이 괴로워서 '무'가 되는 사람도 많지만. 그쪽으로 간다고 '혜택'의 고단함이 덜어지리라 생각하진 않는데, 기분은 알아."

"불필요한 얘기는 좀 자제하면 어떨까, 고토네는 아직 초등학생인데."

다른 사람이 당황해서 말했을 때는 이미 '무'에 마음이 크게 흔들리고 있었습니다.

사실은 제대로 혼돈의 세계에서, 사회에 봉사함으로써 '혜택'을 차곡차곡 보상하며 살아야 한다는 걸 잘 압니다. 하지만 완전히 지쳐버렸습니다. 자신을 경멸하지 않아도 되는 세계에 갈 수 있다면 당장이라도 그곳으로 도망치고 싶었습니다.

약속 장소에 나타난 두 여성을 보고 한눈에 나이 많은 쪽이 '경

제적으로 꽤 우위에 있는 존재', 이십대로 보이는 쪽이 '불리한 존
재'라 인식했습니다. 두 사람은 모녀니까, 딸도 적어도 경제적으
로는 유리한 입장이었을 터입니다. 역시 '무'가 되는 일은 '우위'
를 버리는 일인가 생각하자 그만 털썩 주저앉고 싶을 만큼 안도감
이 밀려왔습니다.

날 때부터 우월한 장소에 머물며 여러 특권을 지니는 일이 예상
보다 더 스스로를 좀먹었던 모양입니다. 혜택받은 삶을 누리면서
이토록 마음이 좀먹었다는 사실이 부끄러워서, 이대로 죽어버리
고 싶은 심정이었습니다.

엄마가 소개해준 모녀가 우리만큼은 아닐지언정 어느 정도 '우
위 쪽 사람'인 것 같아 겨우 그 자리에서 혀를 깨물지는 않고 넘어
갔습니다. 모친인 미요 씨는 '우위를 자각하지 못하는 유형'인 듯
했고, 그런 사람 앞에서는 자신을 더는 부끄러워하지 않아도 되니
그나마 한결 나은 정신 상태를 유지할 수 있었습니다.

결론부터 말하면 '무'는 기대한 것과는 달라서, 실망과 허탈감
으로 바로 돌아가고 싶어졌습니다.

말로는 '무'라지만 그 안에서 이미 우열과 착취가 발생해, 용모
만 해도 대부분은 머리와 옷차림을 똑같이 할 뿐이었습니다. 돈이
있는 사람은 '평균'이라 불리는 '무'의 사람이 고안한 무한히 '무'
에 가까운 용모로 성형하고, 육체적 성별도 되도록 없애는 수술을

하는 것 같았습니다. 무가의 주민들에게 그것은 더없이 명예로우며 멋진 일, 부러움과 선망의 대상이었습니다. 요컨대 구조만 다를 뿐이지 이곳도 우위와 불리의 세계였습니다. 이토록 우위가 선명하게 존재하는 장소를 입을 모아 황홀하게 '무'라 부르다니, 불쾌했습니다.

띄엄띄엄 들은 이야기를 종합해보건대 나나코 씨가 '두 달만 일하면 되는' 코스를 선택할 수 있었던 것도 그녀가 혼돈에서 우위를 점한 사람이었기에 좋은 일터에서 돈을 벌기 쉬웠을 뿐, 전혀 혼돈에서 해방된 게 아닌데 그 점을 전혀 깨닫지 못할뿐더러 오히려 스스로를 불행하다고 여기는 눈치였습니다.

"어때, 할 만해 보여?"

최대한 친절한 말투로, 하고 다짐하듯 내게 묻는 나나코 씨의 목소리에 '봐, 어설픈 마음으로 올 수 있는 장소가 아니지?' 하는 감정이 짙게 묻어 있어서, '불리한 존재'라는 첫인상은 그녀가 이곳에서는 성적이 열등한 탓일 뿐임을 알게 되었습니다.

"집에 가서 좀 생각해볼게요."

긍정적이지 않은 게 분명한, 낮고 가냘픈 내 목소리에 엄마도 나나코 씨도 조금 안도한 기색이었습니다. 나나코 씨는 '불행하고 고생스러운 세계'로 나를 끌어들이고 싶지 않았는지도 모릅니다.

나나코 씨의 어머니 미요 씨는 신기한 사람이었습니다. 처음 보는 딸의 생활에 조금도 흥미가 없었습니다.

우리 엄마가 의아하게 여기지 않을 만큼은 흥미 있는 척했지만, 실은 무덤덤한 것 같았습니다.

"아, 미안합니다. 전화가."

엄마의 스마트폰이 울리자 나나코 씨가 난처한 표정을 지었습니다.

"저기, 메시지나 메일은 괜찮은데 통화는 정해진 구역에서만 할 수 있거든요. 아까 안내했던 지하 헬스장 옆에 있는데요……"

"어떡하죠, 고토네 학원 선생님인데. 미안합니다, 잠깐 전화 좀 하고 와도 괜찮을까요?"

허둥대는 엄마에게 "그럼 나랑 같이 가요. 고토네도 천천히 방을 둘러보는 편이 좋을 테고"라고 미요 씨가 말해서 두 사람은 방을 나갔습니다.

"저기, 뭐 궁금한 거 있으면 물어봐도 돼. 모처럼의 기회니까."

둘만 남자 나나코 씨가 한결 친절하게 말을 붙였습니다.

"나나코 씨는 '무'에서 해보고 싶었던 일이라든가 목표라든가, 그런 게 있어요?"

나나코 씨는 잠깐 고민한 다음 "커다란 망각을 해보고 싶달까. 부끄럽지만 아직 커다란 망각 경험이 없어. 엄마한테는 말하지 말아줘. 벌써 오 년이나 '무'로 지내는데" 하고 중얼거렸습니다.

"커다란 망각이요?"

"응. 그걸 못하는 내가 정말 부끄러워. 미안, '무'에 조금 더 꿈

같은 걸 꾸고 싶을 텐데. 그렇지만 여기서는 열등감만 자극받아."

나나코 씨의 한숨을 깨뜨리지 않도록 주의하면서 나는 신중하게 말했습니다.

"뭔가 강렬한 암시 같은 것일 테죠, 그건 분명. 커다란 망각이란 건."

나나코 씨가 새까만 눈으로 내 얼굴을 들여다보았습니다.

"암시……"

"아, 학교에서 음, 그러니까 그런 책을 읽었던 것 같아요. 망각도 암시의 일종이라는."

"그렇구나."

나나코 씨가 막다른 길을 맞닥뜨린 듯해 나는 되도록 망각할 수 있는 방법을 제안하고자 했습니다. 물론 나나코 씨의 자존심을 건드리지 않게 어린아이다운 순진한 말투를 잊지 않고, 나나코 씨에게 지식이 없는 것이 아니라 어린애가 어쩌다 읽은 책의 몇 줄을 그대로 입에 올릴 뿐이라는 분위기를 내려고 애썼습니다.

"의식이란 거, 재미있어 보이던데요. 잠 안 올 때 하면 좋다고 도서관에서 읽은 책에 적혀 있어 해봤거든요. 작은 주문呪文 같은, 스스로 최면술 거는 거랑 비슷해요."

"오, 어떤 느낌인데?"

나나코 씨는 미요 씨나 우리 엄마가 방에 있을 때보다 사뭇 편안한 기색으로, 내 이야기에 흥미를 품은 것 같았습니다.

"끈 잇기라고 하더라고요. 뭔가 잠이 오는 대상을 의식과 이어주는 거래요. 제 방 창문에서 햄버거 가게가 보이는데요, 밤 열한 시면 불이 꺼지거든요. 저는 그걸 보면 몸에서 기운이 스르르 빠지면서 정말 잠들어버려요. 최근엔 안 하지만 어렸을 때, 잠이 안 오면 해봤어요. 엄청 효과 있어요."

"와, 굉장한데. 어린애니까 가능하겠지 싶지만, 나도 해볼까나."

"재미있어요. 창문이 마치 집안에 모신 불단처럼 생각되거든요. 이런 걸 제단이라고 하던가? 조금 무섭지만요."

나나코 씨가 처음으로 웃어서, 눈썹도 속눈썹도 정성껏 깎아 최대한 '무'에 가까워진 얼굴이 개성적인 눈꼬리와 입가를 움직여 '나나코 씨의 표정'으로 웃는 얼굴이 되었습니다. 그것을 버리는 일이 정말로 '무'인지, 나는 알 수 없었습니다.

나나코 씨가 느닷없이 연락해온 것은 내가 중학생이 되고 나서, 엄마와 함께 무가를 견학하러 간 일 따위는 까맣게 잊어버린 무렵이었습니다.

"미안해, 갑자기. 기억하려나? 저기 나, 시라쿠라 나나코. 초등학생 때 무가에 견학 왔었잖아? 그때 만나서 연락처 교환했는데."

횡설수설하면서 설명하는 말에 가까스로 나나코 씨의 창백한 얼굴을 기억해내고 "아아!" 하고 소리를 냈습니다.

"그때는 뻔뻔하게 찾아가서 죄송했습니다. 저, 결국 '혼돈'을 택했어요."

"그랬구나. 잘됐다."

'무'를 권유할 셈인가 싶어 긴장했던 나는 조금 안도했습니다.

하기야 나나코 씨와 만나고 이 년쯤 지나 '무'가 폭발적으로 늘어났으니 권유할 것도 없는지 모릅니다.

"나, '무'에서 도망치려고 해."

그러니까 나나코 씨 얘기는 의외였습니다.

나나코 씨는 '무'에서 빠져나오고 싶어 도와줄 사람을 찾는 것 같았습니다. 나는 아직 중학생이라 썩 미덥지 않을 법한데, 무가로 옮겨갔을 때 어머니 이외의 연락처는 삭제해버렸던 모양입니다.

"네, 제가 할 수 있는 일이라면. 미요 씨는 힘이 되어주지 않나요?"

"엄마는 이미 연락도 안 되고 나를 잊었어. 그 사람, '무'가 됐거든."

의외인 것도 같고, 나나코 씨를 찾아갔던 그날 미요 씨는 이미 '무'였던 것도 같은 기묘한 기분으로 나는 "그렇군요"라고 그저 한마디 했을 뿐입니다.

무가에서 혼돈으로 빠져나오게 돕는 일은 그다지 힘들 것이 없었습니다. 나는 비행기표를 구해, 택시로 데리러 갔습니다.

"그날은 고마웠어. 고토네가 와줬던 날의 일. 잊은 적이 없어.

기적 같은 하루였지. 그날이 없었다면 이런 결단은 엄두도 못 냈어. 고토네가 그날 올곧게 '무'의 이상함을 지적해줘서. 작은 어린아인데 말 한마디 한마디가 어쩜 다 벼락 같던지. 엄마도 고토네 어머니도 깜짝 놀랐었잖아. 그날이 있었기에 '무'를 벗어날 준비를 할 수 있었어."

나는 속으로 고개를 갸웃했습니다. 아무래도 그날의 짤막한 대화의 기억은 나나코 씨 안에서 상당히 다듬어지고 미화된 것 같았습니다. 나나코 씨에게 매우 '중요한 날'이 되어버린 것은 알겠는데, 내 기억도 정확하다고 할 수는 없으니까 굳이 뭐라 말하지는 않았습니다. 나나코 씨는 내 기억 속 나나코 씨와는 꽤 다르게 나를 전폭적으로 신뢰하는 눈치로, 무가의 상황을 털어놓았습니다.

"엄마가 커다란 제단을 만들었어. 그로 인해 '무'가 급속히 퍼졌고."

무가에서는 현금을 거의 지니지 않는 모양이라, 내 세뱃돈으로 택시를 타고 하네다 공항으로 향했습니다.

택시 안에서 아마 오랜만일 바깥 광경을 눈부신 듯 바라보며 띄엄띄엄, 나나코 씨가 설명했습니다.

"커다란 제단을 만드는 것으로 엄마가 '완벽한 무'에 성공했어. 그런 다음 무가는 변해버렸지."

나는 '완벽한 무' 같은 것이 과연 세상에 있을까 생각하면서 신중하게 고개를 끄덕였습니다.

"그랬군요. 커다란 제단이라면 '무'에 종교적 요소가 추가됐다는 말인가요?"

"엄마는 도쿄타워를 제단 삼아 매일 밤 '무'의 의식을 거행해."

나나코 씨의 설명은 곧바로 이해하기 힘들었습니다.

"고토네를 만난 날, 엄마를 지하철역까지 바래다주면서 어쩌다 '끈 잇기' 얘기를 꺼냈어. 고토네는 초등학생인데 아주 똑똑하더라는 뜻으로. 엄마는 그후 집에서 도쿄타워를 제단 삼아 줄곧 멘털 트레이닝을 했던가봐. 엄마가 무가에 온 건 자신의 의지도 아니었어. 너무나 '완벽한 무'라서 무가의 높은 사람들이 엄마를 보호했지."

"저기, 잘 몰라서 그러는데요. '완벽한 무'라니, 그런 게 세상에 있나요?"

참지 못하고 무심결에 묻고서 '무'에 인생을 바쳤던 나나코 씨에게는 꽤 실례가 되는 말임을 깨닫고 입을 다물었습니다. 적당히 만회할 말을 찾느라 고민하는데, 나나코 씨가 내 마음을 들여다본 것처럼 힘없는 얼굴로 고개를 끄덕였습니다.

"그러게. 망각이란 그렇게 간단한 게 아니잖아. 엄마가 망각했다고 생각하는 모든 것도 엄마 속에 잠들어 있지 않을까, 나도 속으로는 생각해. 딸로서 품는 끈끈한 정, 뭐 그런 살짝 으스스한 생각은 아니고. 어쩐지 인간의 뇌는 그렇게 만들어졌다 싶어서. 무가에서 싫도록 깨달았으니까."

나나코 씨가 한숨을 내쉬고는 고개를 숙였습니다.

"아무튼 엄마는 무가의 상징적 존재가 됐어. 그래서 전부 이상해져버렸고. 지금까지의 '무'는 환상이었다는 얘기가 된 거야."

"어째서요? 그렇게 많은 사람들이, 그렇게 일제히?"

내 소박한 의문에 나나코 씨는 말하기 곤란한 듯 작은 목소리로 대답했습니다.

"모두가 엄마의 '무'를 복사하거든. 지금까지는 '무'의 본보기라봤자 눈에 보이는 형태로 모방할 수 있는 건 복장이나 육체 수술 정도뿐이었으니까. '무'의 각 방에 빠짐없이 대형 모니터가 설치되어 엄마의 모습이 비치고, 저마다 그걸 복사해 완전히 '무'가 되는 거야."

"미요 씨가 이십사 시간 카메라로 모습을 보여준다는 건가요? 어디 사시는데요?"

"나도 몰라. 어째선지 영상의 배경은 붉은 방이고, 아무것도 입지 않은 엄마가 무표정하게 장승처럼 서 있어. 도쿄타워 소등 시간에만 그곳을 나와 '순례'를 가는데, 그 밖의 시간은 그냥 서 있거나 자거나 해. 물론 조금은 '무맛'의 음식을 먹거나 화장실도 가지만. 도쿄타워의 불이 꺼지면 '무'가 더한층 증폭된 듯한 얼굴로 붉은 방에 돌아와."

"영상은 미요 씨 양해를 구하고 송출되나요?"

나나코 씨는 기운 없이 "모르지"라고 말했습니다.

"아무튼 절대적인 '무의 견본'이 생긴 덕에 '무'가 갈수록 궤도에 오르고 있어. 그때까지는 잘 안 되는 사람도 많았는데. 지금은 엄마만이 아니라 무가 전체에서 도쿄타워가 거대한 제단이 되는 추세야. 기억의 묘지처럼."

"도쿄타워가 묘표墓標라는 건가요."

나나코 씨는 안절부절못하면서 내가 사준 보조배터리로 충전중인 스마트폰을 보고 "저기, 시간이 조금 있을까?"라고 조심스럽게 물었습니다.

"아직 고속도로를 타기 전이고, 이른 아침 비행기니까 잠깐쯤은요. 어디 가고 싶은 곳이 있나요?"

"이 돈은 반드시 갚을 테니까. 잠시 들르고 싶은 곳이 있어. 나, 아마 이대로 일본에는 남지 않을 거야. 망각에는 실패했지만 혼돈으로 돌아갈 일은 없으니까. 마지막으로 엄마를 내 눈으로 보고 싶어서."

드라마에 흔히 나오는 모녀간 애정의 잔해 같은 것일까 싶어 나나코 씨의 눈동자를 바라보았습니다. 하지만 조금 다른 것 같았습니다. 나나코 씨는 희미하게 웃고 있었습니다.

"엄마의 적나라한 '무'를 보고 싶어. 그 사람이 줄곧 감춰왔던 '무'가 껍데기를 부수고 부화한 것을, 내 눈으로."

나나코 씨가 무슨 말을 하는지 잘 알 수 없었습니다. "알았어요, 도와드릴게요. 그래서, 어디로 가면 되죠?"라고만 물었습니다.

도쿄타워는 예전에는 사랑을 기원하는 장소였던 모양입니다.

엄마도 학창시절에 사귀던 사람과 함께 가봤다는 얘기를 들은 적이 있습니다.

지금 그곳은 '무'를 기원하는 사람들로 북적대고 있었습니다.

갑자기 사람들의 물결이 흔들리고, 건너편에서 천을 두른 등이 구부정한 여성이 나타났습니다.

"아."

엄마, 도 아니고 엄마다, 도 아니고 '아'라는 단편밖에 나나코 씨는 중얼거릴 수 없는 것 같았습니다.

미요 씨는, 몰라보게 변했다기보다는 당시 느꼈던 미요 씨에 대한 흐릿한 위화감이 몇 갑절 순도를 높인 모습으로 거기 있었습니다.

미요 씨는 천을 뒤집어쓰고, 멍하니, 오렌지색 도쿄타워를 바라봤습니다. 분명 그 모습은 뭔가가 떨어져나간 것처럼 보였습니다. 하지만 미요 씨는 내가 만났을 때 이미 공허였던 것 같다는 생각도 들었습니다.

"아, 꺼진다."

비가 내리기 시작했습니다. 나나코 씨는 하늘에서 물이 떨어지는 감각을 기억해냈는지 놀란 얼굴로 캄캄한 허공에서 희미하게 빛나는 빗방울을 올려다봤습니다.

"누누누누누, 누누누누누누누누누."

나는 인간이 최후에 소리 하나를 남긴다면 '아'가 아닐까 생각했지만, 무가에서는 '누'로만 이야기하는 것이 대세인 모양입니다. 짖어대는 미요 씨를 보고, '누'는 최후에 남은 말이 아니라 공허한 미요 씨 안에 남아 있던 마지막 비명이 아니었을까 생각했습니다.

"누누누누누누! 누―누누누누누누누누!"

아무래도 그 모습은 비명을 내지르는 것으로밖에 보이지 않았습니다.

"봐, 굉장하다. 저게 그 '무'야."

"좋다, 역시 도쿄타워는 영검이 있구나. 나도 저렇게 '무'가 될 수 있을까."

미요 씨를 보면서 많은 사람이 미소 짓습니다. 미요 씨처럼 되고 싶다는 감미로운 동경을 품고, 근사한 '무'라고 절찬하면서, 황홀하게 바라봅니다.

"다행이다."

나나코 씨가 중얼거렸습니다.

"아주 못 만나게 되기 전에 엄마의 본성을 볼 수 있어서 다행이야. 줄곧 저 사람이 으스스했거든. 저 사람이 괴물이었다는 걸, 제대로 기억해내고 싶었어."

나나코 씨는 아로새기듯 자기 엄마의 모습을 바라보았습니다.

이 광경을 나나코 씨는 분명 조금씩 잊고, 그런데도 잊지 않았다고 믿으며 야금야금 다른 광경으로 바뀌나갈 테죠. 미요 씨가 한순간 이쪽을 쳐다보았다는 기분이 들었습니다. 왠지 달려들어 죽일 것 같은 느낌이었지만 미요 씨는 그저 계속 으르렁거릴 뿐이었습니다.

나 또한 이 광경을 조만간 잊고, 어쩌면 살짝 손질할 테죠. 인간에게는 흥미 있는 토픽, 지배적인 토픽이 있어서 모든 기억은 결국 그 구멍 속으로 떨어집니다.

나는 내게 가장 흥미로운 토픽인 우위와 불리가 도사린 구멍에 이 광경을 떨어뜨릴 겁니다.

미요 씨는 어두워져서 보이지 않는 도쿄타워의 꼭대기를 언제까지고 바라봤습니다. 나도 덩달아 올려다봤지만 새까만 빗방울밖에 볼 수 없었습니다.

홍은주

무라타 사야카는 2003년 『수유授乳』로 군조신인문학상 우수상을 수상하며 소설가로 활동을 시작했다. 2009년에는 『은색의 노래』로 노마문예신인상을, 2013년에는 『적의를 담아 애정을 고백하는 법』으로 미시마유키오상을, 2016년에는 『편의점 인간』으로 아쿠타가와상을 수상했다. 수상 경력이 화려하다고 반드시 훌륭한 작가는 아니겠지만, 데뷔 이래 권위 있는 문학상을 차곡차곡 석권하며 일본 문단에서 독보적 존재감을 새겨온 것은 분명하다. 특히 2018년 일본에서 누적 발행 부수 백만 부를 넘긴 『편의점 인간』은 우리나라를 비롯한 세계 38개국에서 번역되어 독자들을 사로잡았고, 그 밖의 작품들도 속속 세계의 독자와 만나는 중이다.

열 명을 낳으면 한 명을 죽일 권리가 주어지는, 출산과 살의가 맞물려 성립하는 세계를 그린 「살인 출산」, '성별'이 금지된 학교를 배경으로 젠더 문제를 파고든 「무성 교실」(이상 소설집의 표제작), 부부의 섹스가 근친상간으로 여겨지고 인공수정으로 아이를 낳는 일이 당연한 세계를 소재로 한 『소멸 세계』, 연애와 생식을 당연하게 요구하는 사회에 적응하지 못하는 인물들이 가닿은 충격적 결말을 보여준 『지구별 인간』 등 무라타 사야카는 주로 기존의 가치관을 뒤흔드는, '금기'와 '현실'이 자리를 맞바꾼 세계를 그려왔다.

애써 독자의 공감을 구하려는 생각도 없어 보이고, 따뜻한 감동보다는 마치 편치 않은 충격(호불호의 문제이며 개인차가 있을 테지만)을 던져주려고 쓴 것 같은 그녀의 글이 일본을 넘어 세계의 독자를 매료시킨 이유는 무엇일까.

파격적인 소재로 인해 곧잘 따라다니는 '문제작' '위험한 소설집' 등의 수식어를 걷어내고 들여다보면 그녀의 글은 매우 가차없지만 천진하고, 기괴하되 때로 한없이 귀여운 상상력으로 채워지며, 그로테스크함과 해맑음이 공존한다.

무라타 사야카는 여러 매체와의 인터뷰나 대담을 통해 수조水槽를 들여다보듯 소설을 구상한다고 밝힌 바 있다. "우선 머릿속의 수조에 인물이나 설정을 집어넣고, 그 인물과 마찰을 일으킬 법한 인물도 넣어본다. 그러면 어느 순간 그것들이 움직이기 시작하고, 나는 거기서 벌어지는 일을 그저 성실하게 적을 뿐"*이라는 것이다. 그녀의 작품을 읽을 때 화자의 시점과는 별개로 어디선가 굽어보는 듯한 또하나의 시선이 느껴지는 것은 이러한 글쓰기 방식과 관계가 있는지도 모른다. 작품에 입체감을 주는 중립적인 그 시선은 사회에 편입되지 못하고 이물처럼 겉도는 인물들에게 '뭐 어때, 그대로도 괜찮은데'라고 무심한 위로를 한마디 건네는 듯도 하다. 그리하여 독자들은 마음을 세차게 휘저어 두고두고 뒷맛을 남기는 그녀의 작품을 두려움과 기대 속에서 한 권 또 한 권 펼치게 되는 것이 아닐까.

 "딸애가 장래에 '무無'가 되고 싶대서, 난처하네요"라는 기묘한 문장으로 시작하는 「無」는 그간의 작품들에 비해 '파격'의 난도가 썩 높지는 않은 편이다. 그럼에도 지금껏 무라타 사야카를 읽어온 독자라면 단번에 알아볼 특유의 색채가 배어 있다. 가족과 사회가 당연하게 요구하는 유형무형의 역할에 위화감을 느끼는 인물들이 이 작품에도 등장한다. 엄마는 딸에게 모성을 느끼지 못하고, 딸은 엄마를 편리할 대로 이용한 다음 버릴 생각이다. 자신이 누리는 경제적 윤택함과 우월한 외모를 외려 부끄럽게 여기는 초등학생은 성별로 인해 겪는 불평등의 경험으로 죄책감을 상쇄하려 한다. 이들은 이물감을 품은 채 '세뇌' '불안' '속죄' 등의 말을 수시로 입에 올리며 좌절하고 갈등하면서도 끝내는 제 갈 길로 간다.

＊2022년 6월 29일, 아사히신문 디지털판 '좋은 책 좋은 날好書好日' 인터뷰.

작품 속의 서로 다른 세 시점(세대)의 중심에는 이른바 '무' 세대가 있다. 망각할 수 있는 것은 전부 망각하고, 가능하다면 자신의 존재까지 잊어 완전한 '무'가 되려는 사람들이다.

작가가 딱히 의식했는지 아닌지는 알 수 없지만, 어쩐지 일본의 '사토리(깨달음) 세대'가 떠오르는 대목이다. '건실하고, 큰 야망 없이 평범한 삶을 구가하는 경향이 있다'는 말로 뭉뚱그려지는 이들은 대개 1980년대 후반에서 1990년대 중반, 경제 불황의 한복판에서 태어났다. 낭비를 싫어하고, 출세에 관심이 없으며, 여행이나 자동차에도 큰 흥미를 보이지 않는다. 휴일은 주로 집에서 보내고, 굳이 연애를 하려 애쓰지 않으며, 최근의 한 조사에 따르면 술도 잘 마시지 않는다고 한다. 어쩌면 현실이 팍팍한 탓에 싫어도 '깨우침을 얻은 사람'처럼 살아야 하는 세대, 오직 현재에 집중하며 최대한 미니멀한 삶을 사는 세대다.

한편 몇 년 주기로 바뀌는 라이프스타일의 유행을 부단히 따라온 '엄마'가 속한 세대는 암묵적인 커뮤니케이션을 중시하는 일본 사회의 단면을 투영한다. 상대가 확실하게 의사를 표시하지 않아도 이쪽이 미루어 헤아리는 것이 미덕이고, 혼자 튀지 않도록 때로 숨을 죽여야 한다. 이런 일을 매끄럽게 해내지 못하면 '눈치 없는 인간' 취급을 받는다. '무'가 한창 유행일 때 '무'로 살아가는 것처럼 즐거운 일도 또 없을 것이라는 엄마의 진지한 주장은 모두에게 맞춰야 한다는 강박관념에서 결코 자유롭기 힘든 일본 사회의 공기를 역설적으로 풍자한다.

「無」는 절제된 파격과 위트가 돋보이는 매력적인 작품이다. 무라타 사야카의 오랜 독자뿐만 아니라 이 앤솔러지를 통해 작가와 처음 만나는 이들에게도 즐거운 독서가 되리라 생각한다.

아내

알피안 사아트

알피안 사아트 Alfian Sa'at

1977년 싱가포르에서 태어났다. 1998년 시집 『치열한 시간』을 출간하며 작품활동을 시작
했다. 2000년에는 희곡 『아시안 소년들』 3부작으로 극작가로 데뷔했다. 싱가포르문학상,
골든포인트상, 싱가포르 국립예술위원회 젊은예술가상 등을 수상했다. 시집 『기억상실의
역사』 『보이지 않는 원고』 소설집 『복도』와 『말레이 소묘집』 등이 있다.

남편이 아이샤의 이름을 입에 올렸을 때 사우다는 심장의 고동이 빨라지는 것을 느꼈다. "어느 쪽 아이샤?"라고 사우다는 물었다.

"아이샤가 그렇게 몇 명이나 됐던가?" 남편 이드리스가 대답했다.

실은 그랬다. 흔한 이름이라고는 해도 부부가 아는 아이샤는 한 사람밖에 없다. 갑자기 다른 아이샤를 날조하고 싶어졌을 뿐이다. 마치 남편이 말한 그 이름을 곱씹어보거나, 표정을 만들 시간을 벌려는 것처럼.

"베독에 사는 아이샤가 있잖아." 사우다가 말했다. "피부가 하얗고, 중국계 어머니가 있는."

"그쪽 아이샤는 모르는데."

그쪽 아이샤. 남편이 보다 중요하게 여기는 '이쪽 아이샤'에는 자기 사람이라는 뚜렷한 울림이 있다. 이드리스가 앞에 서고 사우다가 뒤에 서서 일몰 후의 마그립 예배를 마친 참이었다. 이드리스의 동작 하나하나를 사우다는 충실히 따라 했다―양손을 귓불에 댔다가 아랫배에서 단정히 모아 무릎에 댄 다음, 예배용 매트에 갖다 대고 엎드린다. 물론 그런 움직임은 몸에 밴 지 오래고, 이드리스가 일로 집을 비웠을 때는 혼자 예배를 드렸다. 부부가 함께 예배하는 것은 예배의 방식을 배운다기보다는 추종을 배우는 일이자, 리더와 팔로워 사이의 결정적인 시간차를 환기하는 행위였다. 이따금 사우다가 남편보다 먼저 경전 한 구절의 독송을 마칠 때가 있다. 그럴 때도 남편이 움직이기를 진득하게 기다렸다. 그러면서 내심 생각하는 것이다. 자다가도 읊을 정도로 아랍어 어휘가 입에 익어 독송 속도가 빨라진 모양이라고.

　　우리를 바른 길로 인도하소서
　　당신 은총을 베푸신 이들
　　분노를 사지 않고
　　길도 잃지 않는 자들의 길로

　지금 부부는 거실에서 말레이어 텔레비전 방송국의 뉴스를 보고 있다. 그것이 두 사람의 매일 저녁 루틴이었다. 저녁식사, 예배 그리고 뉴스. 따분한 리포트가 몇 개 이어지고, 국회의원이 새로 완공된 버스 인터체인지에서 리본 커팅을 했다는 소식을 캐스터가 읽을 때 이드리스가 불쑥 말했다. 아이샤를 우연히 마주쳤다고. 동료와 부킷판장에 현지 조사를 갔다가 점심을 먹으려고 근처 대형 푸드코트에 들렀는데, 무슬림 인도 요리 계산대에서 주문하고 있을 때, 옆에 아이샤가 있더란다.

"어느 쪽 아이샤인지 알겠어?"

"그럼, 피부가 하얗지 않은 쪽이네."

"당신이 말하는 사람이 아닌 쪽. 그렇지만 이쪽 아이샤도 피부가 검지는 않아."

또 한번, 마치 자기 사람인 양 이야기한다. 이번에는 아이샤를 지키고 싶다는 마음까지 담겨 있다. 대체 무엇으로부터 지킨다는 건지.

"그러니까, 동급생?"

"맞아. 그 아이샤. 이사한 줄은 몰랐는데. 집을 줄여 전보다 작은 아파트에 입주했더군."

"남편은?"

"결혼은 안 했어."

"그래? 부모님은?"

"두 분 다 돌아가셨어. 지금은 혼자 살아."

"안됐네"라고 사우다는 말했지만 사실은 "찾아갔었어?"라고 묻고 싶었다. 이드리스는 조금 전, 여섯시 반에 귀가해 저녁식사를 했다. 사우다가 만든 타마린드수프와 밥에, 반찬은 소금에 절인 생선튀김과 삶은 달걀 소금절임이었다. 이드리스는 밥을 한 그릇 더 달래서 맛있게 비우고 사우다의 요리 솜씨를 칭찬했다. 물기를 계속 만져 쪼글쪼글해진 남편의 손끝을 보고 식사를 제대로 즐긴 것 같아 사우다는 만족했다. 짐작건대 아이샤는 푸드코트에 저녁거리를 사러 왔던 것이리라. 요리를 미처 준비하지 못했거나, 썩 솜씨가 없거나.

"어때 보였는데?" 사우다가 물었다.

"예전 그대로야. 지금은 히잡을 쓰고 있어."

첫마디에 불안해졌던 사우다는 뒷말을 듣고 안도했다. 살짝 여유마저 생겨 남편이 원한다면 옛 추억에 잠기게 해줘도 괜찮겠다 싶었다.

"꽤 오랜만에 얘기가 나왔네. 부모님은 왜 돌아가셨어?"

"어머니는 뇌졸중으로 쓰러진 지 오 년 만에 돌아가셨어. 두세 달 뒤에 아버지도 세상을 떠났고. 사인이 뭐였더라."

"어쩌면 뒤따라갔는지도 모르지." 말은 그렇게 했지만, 그런 일은 영화에나 나온다는 것쯤은 사우다도 알았다. "부부 금슬이 하도 좋아서 같이 있고 싶었나보다."

"그러면 딸은 외톨이가 되는데? 책임 있는 부모가 할 일은 아니야."

"그 딸도 이미 어른이잖아? 아버지에게 의지했던 것도 아니고."

아이샤는 야신과 하사나의 외동딸이었다. 야신은 경비원으로 일했고, 하사나는 동네 엄마들이 일하러 나간 동안 시간제로 아이들을 봐주었다. 가계가 쪼들려 둘째는 갖지 않았는데, 친척들은 입이 하나 늘어도 신께서 어떻게든 도와주신다느니, 아이샤가 혼자 크는 게 안됐다느니 한마디씩 하곤 했다.

아이샤의 부모는 딸을 엄하게 키웠다. 귀가 시간을 엄수시키고, 전화 통화를 제한했는데, 한번은 딸의 동급생에게 "걔는 공부하느라 바쁘니까 전화하지 말거라"라고 말한 적도 있다(아이샤는 그때 전혀 바쁘지 않았고, 엄마가 비난을 담아 '동화'라 부르는 이야기를 읽고 있었다). 아이샤는 두 발을 따뜻한 담요 안에 넣으려면 어깨는 찬 공기에 내놓아야 한다는 걸 일찌감치 터득한 아이였다. 자신에게 주어지는 것이 무엇 하나 거저가 아님을 잊은 적은 없었다. 자식을 위해 부모가 희생을 치른다는 사실을 알고 있었다. 무엇을 희생하는지는 잘 몰랐지만. 아버지는 밤새 고되게 일하고 낮에 자느라 생체리듬이 고장났을 것이다. 어머니는 남의 집 아이들을 먹이고 씻기고 재우느라 묻혀온 새된 목소리와 짜증 때문에 고단했으리라. 남는 시간에는 두 사람이 입을 모아 '우리처럼 살지는 말아야지' '열심히 공부해서 번듯한 생활을 해야 한다'고 말했다. 한참 후에 아이샤는 깨달았다. 부모가 희생했던 것은 부모로서의 존엄이었다.

그렇게 성장한 아이가 부채와 의무에 대해 배우면 그것들은 자책감 비슷한 것이 된다. 그리하여 시험 전날이면 어머니가 쭈그려 앉아 초록색 플라스틱 볼에 무언가를 섞으면서 다른 손을 뻗어 헝겊 기저귀를 찬 동네 아이의 엉덩이를 토닥이는 모습이 머리를 스친다. 장학금 면접을 앞두고는 아버지가 저녁식사를 마치고 야근하면서 졸음을 쫓기 위해 마시는 진한 커피의 숨막히게 달콤한 향기가 되살아난다. 부모님은 아이샤가 교사가 되기를 바랐는데 이유는 명쾌했다. 딸이 연공서열의 사다리를 애써 오르지 않고도 존경받기를 원했다. 교실에 들어선 순간 실내가 조용해지고, 의자가 바닥을 끄는 소리와 함께 이름에 분명한 경칭을 붙인 단조로운 억양의 인사가 울린다. 아이샤는 작가나 저널리스트가 되겠다는 꿈을 접고, 문학을 가르치다보면 언젠가 창작으로도 이어질 것이라고 스스로를 타일렀다.

다니던 대학의 교육학부 캠퍼스는 공학부와 같은 부지 안에 있었다. 정부 발안에 따른 국책의 결과다. 교육학부는 여학생 비율이, 공학부는 남학생 비율이 압도적으로 높았다. 말하자면 두 학부 학생들의 만남을 장려해 우수한 2세를 얻고자 하는 다분히 우생학적 발상이었다. 이드리스와 아이샤는 '싱가포르 연구'라는 교양과목을 들었는데, 어쩌다 같은 그룹이 되어 싱가포르 영화에서 마이너리티가 지니는 표상을 주제로 발표했다. 강의에 말레이 학생은 그들 말고는 한 명뿐이었고 그룹도 달랐다. 발표가 끝날 즈음 그 학생의 눈가가 젖어 있는 것을 둘은 알아차렸다. 두 사람을 보는 눈에는 감사와 긍지가 섞여 있었다.

둘이 힘을 합치면 세계는 바꾸지 못해도 의미 있는 것을 만들 수 있지 않을까. 이드리스와 아이샤는 그런 생각에 빠졌다. 연애란 독선적 행위라고 생각해왔던 아이샤가 특히 그 생각에 매료되었다. 그것은 약함이 아니고, 인생에 뭔가가 부족하다고 인정하는 일도 아니며, 완강함이자 그때까지 없었던 장소에 결여를 만들어내는 행위였다. 아이샤는 애초부터 이드리스를 자신의 숨은 (혹은 억압된) 욕구를 채워줄 상대로 보지는 않았다. 이드리스의 훤칠한 키와 천연 곱슬머리에 마음이 끌린 것은 사실이다. 웃을 때면 눈을 내리깔아 어여쁜 날개를 펼치는 새처럼 속눈썹을 보여주는 동작에도. 다만 아이샤에게 그는 이를테면 감미료 같은, 단조로운 통학길 끝에 만날 수 있는 반가운 얼굴, 혹은 기분좋은 하루를 보내게 해주는 문자메시지의 발신인이었다.

"좋은 아침." 대강의실에서 나올 때 휴대전화를 확인하면 이드리스의 메시지가 와 있다. 아이샤는 주위를 한번 둘러보고 소리 없이 웃었다. 무성하게 우거진 익소라가 꽃다발처럼 몸을 내밀고, 햇살조차 그냥 쏟아지는 게 아니라 아이샤를 덮혀주려고 쏟아졌다.

이드리스 쪽은 아이샤의 냉담함에 애가 탔다. 저녁 약속을 일부러 취소하고 짐짓 아이샤의 반응을 살핀 적도 몇 번 있었다. 아이샤는 매번 무덤덤한 태도를 보여 그를 불안에 빠뜨렸다. 이드리스는 자신이 '반드시 마스터할 것'이 아니라 '가능하면 마스터하기'라는 라벨을 붙인 파일 속에 분류된 기분이었다. 아이샤가 없으면 싱숭생숭해서 혼자 그녀의 모습을 그려보곤 했다—제 손으로 잘랐다는 앞머리, 하트를 닮은 얼굴선, 빛을 찾는 식물처럼 총명한 눈. 차분한 분위기와 군더더기 없는 우아함은 꼬리를 몸에 붙여둘 줄 아는 고양이를 연상시켰다. 이드리스는 흠뻑 빠져 있었다.

두 사람 모두 마지막 학년 시험을 마쳤을 때 이드리스는 아이샤에게 청혼했다. 벌써 둘이 마이너리티의 교사와 토목 기술자 부부로서 아이들과 함께 모범적인 가정을 이룬 광경을 상상했다. 자동차 뒤에 매단 유아차, 앙증맞은 축구화, 핑크색 레이스가 달린 공주 드레스의 이미지가 머릿속에서 갈수록 부풀었다.

"우리 부모님이 언제쯤 너희 집에 가면 될까?" 이드리스가 물었다.

"정말로 오고 싶어하셔?"

"물론이지. 너를 마음에 들어하시고."

아이샤는 몇 번인가 이드리스의 집을 찾은 일이 있었다. 처음에는 그룹 과제를 상의하기 위해, 나중에는 가족들과 저녁을 먹기 위해. 이드리스의 부모님은 부동산 중개업에 종사했고, 두 여동생은 대학생이었다. 가족들은 마린퍼레이드 지구의 분양 맨션에 살았는데, 주말마다 이드리스와 여동생들은 십 분 거리의 해변 근처에서 자전거를 타곤 했다. 여동생들은 햇볕에 그을렸지만, 남의 시선은 아랑곳하지 않았다. 품평의 눈이 닿는 곳은 따로 있었다. 입은 옷의 브랜드, 티나지 않게 염색한 머리, 아는 사람만 가치를 알아보는 자전거.

집에서 가족들은 영어와 말레이어를 섞어 사용했다. 아이샤는 그 둘이 어느 지점에서 어떻게 교체되는지 관찰했다. '나' '너' '우리' 같은 대명사나 회화의 대부분은 영어를 사용한다. 그러다가 '먹다' '맛있다' '천천히' '예배하다' '자다' 같은 어휘에는 말레이어가 불쑥 등장한다. 아이샤가 보건대 그런 어휘는 그 집에 있는 장식, 요컨대 바틱 쿠션 커버나 전통적인 식물무늬 테두리가 둘러진 벽거울과 별반 다르지 않았다. 말하자면 자신들이 말레이인이라는 자기 주장이었다—말레이인이 무엇이냐 하는 정의는 종류와 취사선택이라는 복잡한 과정을 거친 것이긴 했지만. 아이샤가 보기에는 퍼포먼스이자 타인에게 인정받고 싶어서라기보다는 자신들이 인정하는 무언가를 과시하는 행위였다.

그러는 아이샤도 그들을 상대로 연기를 했다. 가정환경을 이야기할 때는 어려서 장난감을 가지고 노는 대신 책을 읽어야 했다고 해두었다. 온 가족이 휴가를 가는 일은 별로 없었고 주말이면 어머니 손에 이끌려 주롱이스트의 공공도서관에 가곤 했다고. 가난했다고 말했다면 저녁식사 자리가 어색해졌겠지만, 표현을 다듬어서 부모님을 가난뱅이가 아니라 노력가로 묘사할 수 있었다.

　말레이어 신문에서 어려운 환경에서도 우수한 성적을 거둔 학생에 관한 기사를 읽은 적이 있었다. 그런 스토리가 말레이인 사회에, 그리고 이드리스의 가족들에게 어떤 매력을 지니는지는 익히 알고 있었다. 하나같이 비슷비슷한 스토리였다. 빽빽한 임대 아파트, 자식 교육에 열심인 노동자 계급 부모. 사진도 판에 박은 듯 똑같다— 전교 일등인 아이가 교복 차림으로 숙제하는 모습을 가족들이 어깨 너머로 바라본다. 고생이라 해도 뻔하다면 뻔해서, 공부할 시간과 장소를 어떻게 확보했으며, 부모님과 선생님은 어떻게 응원하고 이해해주었는지 하는 후일담이었다. 숨막히는 수치심이나 무력감으로 인한 마음의 고통 같은 그 밖의 고생에 대해서는 한마디도 없었다. 그런 기사에 따라오는 사진은 그저 스톡 사진일 뿐이었다. 소박하고, 사람을 기만하는 사진.

　아이샤는 그 스톡 사진을 이드리스 가족과 저녁을 먹는 자리에서 훌륭하게 재현했다. 별수없었다. 이 가족에게 받아들여지기 위한 티켓이었던 것이다. 그렇게 심어둔 첫인상이 나중에 찾아올 실망에 예방선이 되리라. 아이샤의 집을 방문한 이드리스의 부모가 애써 기분을 띄우는 모습으로 보건대 그 직감은 옳았다.

　아이샤의 어머니가 내온 홍차는 너무 달았다. 이드리스의 부모는 차를 좀 식혀야겠다고 말끝을 흐리며 찻잔에 거의 손을 대지 않았다. 그들 눈에 이 집은 어떻게 비칠까. 코바늘 도일리를 덮은 텔레비전은 창을 등지고 놓여 있어 텔레비전을 볼 때면 바깥 복도를 오가는 사람들이 눈에 들어온다. 등나무 테두리를 두른 소파에 앉으면 두 개의 침실 문이 정면으로 보였는데, 초록색 문턱과 노란색 미닫이문이 꼭 크레용으로 색칠한 아이들 그림 같았다. 현관과 마주보는 부엌 입구와 유리창으로 가차없이 드러난 검박한 살림살이는 어디 볼 테면 보라고 도발이라도 하는 것 같았다. 이드리스가 어색해하는 눈치여서 혹시 이런 자리를 마련한 것을 후회하고 있을까 하고 생각했다. 도중에 서로 눈이 마주치자 이드리스는 원하는 결과를 얻기 위해 아무튼 상견례를 완수하자는 눈짓을 보내왔다. 아이샤는 안도하고 아버지 야신 쪽으로 얼굴을 돌렸다.

"댁이나 저희나 아이들이 이제 막 대학을 졸업했고," 야신은 말했다. "두 사람이 조금 더 시간을 갖도록 하는 편이 좋지 않을까요."

"물론 결혼을 재촉할 생각은 없습니다." 이드리스의 아버지가 대답했다. "대신 약혼 기간을 생각해주시면 어떨까 합니다."

"어느 정도를요?"

"삼 년쯤이면 어떨까요."

"딸애는 이미 취직했습니다. 만일 신이 원하신다면 이 지역 학교에 부임하게 됩니다."

"이드리스도 일하고 있습니다."

"다시 말해 둘 다 상당히 바빠지죠."

"아무리 바빠도 아이 만드는 건 잊어버리지 않아야 할 텐데요!"

야신은 웃지 않았다. 무표정한 얼굴로 홍차를 한 모금 마시고, 슬로모션처럼 느리게 눈을 깜박였을 뿐이다. 머릿속에서 리허설이라도 한 듯 자연스러운 움직임이었다. 아이샤는 문득 그만하라고 부르짖고 싶었다. 결말이 보였다. 지금 야신은 누구의 비위도 맞출 필요가 없다. 그의 비위를 맞춰야 하는 것은 맞은편에 앉은 사람들이다. 한 마을의 장로처럼 과묵하게, 야신은 속을 가늠할 수 없는 얼굴로 앉아 있었다.

"두 분이 발걸음을 해주신 것은 진심으로 감사드립니다. 보시다시피 내세울 게 딱히 없는 집입니다. 내놓은 요리도 그렇고요. 다 평범하죠." 야신은 말했다.

"초대해주셔서 기쁩니다." 이드리스의 아버지가 대답했다. "저희 제안도 검토해주시면 감사하겠습니다."

"저희 생각으로는, 아직 때가 아닙니다. 만일 신이 원하신다면 조금 더 좋은 시기가 있을 테지요."

이드리스가 난처한 표정을 지었다. 그것은 곧 떫은 얼굴이 되었다가, 본심을 감추는 가면으로 바뀌었다.

"얘들 세대는 저희들과는 달라요." 야신은 말을 이었다. "저희는 딸애가 최대한 공부하기를 바라고 대학에 보냈습니다. 제가 젊었을 땐 여자아이는 의무교육조차 받지 못했어요. 이 아이를 결혼시키면, 지금껏 시켜놓은 교육은 어떻게 됩니까?"

무슨 말이라도 해야 한다고 아이샤는 생각했다. "아버지, 그래도 일은 할 거니까요."

"아이가 생기면 어쩌고? 어떻게 기를 생각이냐? 네 엄마는 동네 엄마들이 일을 나가는 탓에 그 많은 아이를 보살핀다. 그 아이들이 그렇게 자라야 한다고 생각하니? 제일 중요한 것은 엄마의 사랑인데?"

이쯤에서 멈춰줬으면, 하고 아이샤는 빌었다. 결혼 이야기를 퇴짜놓는 이유가 고급 맨션 주민들에게 굴욕을 당하며 버텨온 나날들에 대한 보복이라면(이드리스의 부모가 고급 맨션에 산다고 귀띔해버린 일을 그녀는 후회했다), 딱 거기까지만 해야 한다. 그러나 야신은 품위 있는 어휘를 선택해 이야기하는 데 익숙하지 않았고, 딸을 내놓기 싫은 진짜 이유를 감추기는 불가능했다.

"저도 집사람도 늙었습니다. 집사람은 몸도 좋지 않아요. 저희가 믿을 사람은 아이샤뿐입니다. 이애가 제 남편과 가정에 얽매어 꼼짝 못하게 되면 저희에겐 뭐가 남습니까."

그리하여 그것은 표명되었다. 부모가 자신에게 투자해온 전부를 아이샤는 변제해야 한다. 부모의 모든 헌신은 딸에게도 똑같은 헌신을 요구한다. 이드리스의 부모에게는 속 좁고 탐욕스러운 태도로 보일 테지만, 내 부모를 탓할 수 있을까. 아이샤는 부모님이 그저 애처로울 뿐이었고, 거실에 있는 사람들도 자신과 같은 마음이면 좋겠다고 생각했다. 이드리스는 여전히 떫은 얼굴이었다. 아이샤는 갑자기 두 팔이 몹시 따끔거렸다. 흡사 지혈대가 헐거워져 따뜻한 피가 한꺼번에 흘러가는 것 같았다. 그때 아이샤는 깨달았다. 자신이 이드리스를 생각보다 깊이 사랑한다는 사실을.

뉴스가 끝나고도 이드리스는 텔레비전에서 눈을 떼지 않았다. 사우다는 자기 방으로 들어갔다. 부부는 안방에서 같이 잤지만 각자 방이 있었다. 이드리스의 방은 책꽂이와 데스크톱이 있으므로 '서재'라 불렸다. 사우다의 방은 텔레비전이 또 한 대 있어서 '텔레비전 방'이었다. 거기라면 한국 드라마나 인도네시아 드라마를 보더라도 도무지 개연성 없는 스토리 전개가 이드리스의 빈축을 살 걱정은 없다. 또하나의 방은 '운동 방'으로, 로잉머신과 사이클링머신이 있었다.

아이가 생길 줄 알고 두 사람은 방이 네 개 있는 아파트를 샀다. 고액의 불임 치료를 받고 결혼 오 년 만에 사우다는 임신했다. 불행히도 결과는 유산이었다. 입양도 고려해봤지만, 이렇게나 데이터에 쉽게 접근하는 세상이니 아이가 이십대가 되면 진짜 부모를 찾아 떠나버리리라는 데 두 사람의 의견은 일치했다. 아이 얘기를 남들이 물어보는 일은 거의 없었지만, 결혼식에 참석하거나 했을 때 사정을 모르는 사람이 화제로 올리면 "루즈키(운)가 닿지 않아서"라고 대답하곤 했다. '루즈키'에는 보양, 보답, 신의 호의 같은 의미도 있다.

사우다의 아버지는 이드리스의 두번째 직장의 상사였다. 민간

건설회사에서 정부의 행정기관으로 이직했을 때 이드리스는 서른 살이었다. 같은 부서에 무슬림은 둘뿐이라 금요일 점심시간에 예배에 가면서 자연스럽게 친해졌다. 이 젊은이의 섬세한 배려심, 불평하지 않는 성격, 연장자의 체면을 세워주려는 것처럼 보이는 쑥스러운 웃음을 사우다의 아버지는 매우 좋게 보았다. 그는 이드리스가 일을 시작하고 반년쯤 되었을 때 저녁식사에 초대했다. 딸 사우다를 만나게 해줄 작정이었다.

저녁식사 후에 사우다의 아버지는 이드리스를 집까지 데려다주었다. 이드리스에게 왠지 묘한 공상이 싹텄다. 장거리 이동중에 흔히 그러듯이 대신 운전하겠다고 해볼까. 그러고는 세대가 다른 남자들끼리 신뢰와 안전과 장래에 대해 주거니 받거니 이야기하는 것이다.

"아들놈들은 둘 다 대학에 갔다네. 딸애는 어째 주니어 칼리지에 가려 들지 않았어. 진학할 수 있는 성적이었지만."

"주니어 칼리지에는 본인이 원하는 것이 없었는지도 모르겠군요."

"그럴지도 모르지. 유아교육 자격증은 땄네. 원래 아이들을 좋아했거든. 자네는 어떤가?"

"무엇을 말씀이신가요?"

"아이들은 좋아하나?"

"네. 좋아한다고 생각합니다."

"이게 말이야, 내 인생은 둘로 나뉜다네. 아이가 태어나기 전과 후. 아이가 생기면 인생이 한결 의미 있어진다든가 하는 얘기가 아니야. 사실 정신없이 일하다보면 이게 다 대체 무엇을 위한 것이냐는 의문이 생길 때도 있지. 돈을 위해서? 그러니까 뭘 위한 돈? 아이가 있으면 알기 쉬워지네. 부모도 철이 들어서 제멋대로 살지 않게 돼."

사우다는 이드리스보다 두 살 아래로, 유치원 교사였다. 이드리스는 한번 유치원을 찾아가 창 너머에서 사우다를 본 일이 있었다. 사우다는 조그마한 걸상에 앉아 그림책을 읽어주고 있었다. 의자가 작은 탓인지 몸집이 거대해 보여, 저렇게 해서 그림책의 등장인물처럼 보이게 하는구나 하고 이드리스는 신기하게 여겼다. 포니테일로 묶은 머리, 빛나는 은색 귀걸이, 반짝이는 눈. 치열은 조금 고르지 않았지만 이도 반짝였다. 생생하되 야단스럽지는 않다. 겸손히 아이들을 즐겁게 해주는 요령을 터득한 사람이었다.

아이샤 이후 이드리스가 진지하게 교제한 여성은 둘이었다. 그러나 막상 그들의 부모와 인사하게 될 것 같으면 뒷걸음질을 쳤다. 사우다로 말하자면 그런 공포심은 전혀 없었다. 교제를 고려하기도 전에 부모의 도장을 받아둔 셈이었다. 때로 이드리스는 생각했다. 시작부터 수월했던 덕에 뭔가 감사한 마음을 가졌고, 그것이 나중에 사우다에 대한 애정으로 바뀐 것이었을까. 물론 그런 생각도 오래가지는 않았지만.

텔레비전 방 안에서 사우다는 화면에 집중할 수 없었다. 아이샤와 무슨 얘기를 했는지 남편에게 묻고 싶었지만 그러지 못했다. 일단 입에 올려버리면 물어야 할 말이 줄줄이 나올 테니까―아이샤가 예전 그대로라니, 전과 다름없이 예뻤다는 말이야? 얘기는 얼마나 했는데? 푸드코트에 같이 앉아서 밥을 먹었어? 내 이야기는 했어? 전화번호를 교환했다거나? 그리하여 파멸적 호기심이 지핀 질투심이 돌개바람처럼 일어나 점점 나쁜 쪽으로 치닫는 것은 아닐까. 어떤 대답이 돌아와도 자신은 끄떡없다는 환상을 품음으로써.

이튿날 아침 사우다는 현관에서 이드리스를 배웅하며 작별인사로 한 손에 키스했다. 밤새 한 번, 침대를 살짝 빠져나와 화장대 위에서 충전중이던 이드리스의 휴대전화를 집어들었다. 예상대로 잠겨 있었다. 지금, 배웅을 마친 그녀는 남편이 청구서나 여권, 고장난 손목시계를 보관하는 서랍을 열었다. 주소록이 들어 있을 것이다. 남편이 중요한 전화번호를 따로 적어두는 주소록이. 표지에 핑크색 페이즐리 무늬가 인쇄된 수첩을 발견하고 처음 몇 쪽을 넘겨보았다.

그러자 눈에 들어왔다. 아이샤 빈테 야신이라는 이름이 남편 글씨로 적혀 있다. 옆의 주소가 부킷판장인 걸로 보아 새로 적은 것이 틀림없다. 사우다의 두 손이 떨리기 시작했다. 수첩을 덮었다가 다시 펼쳤다. 이름, 전화번호, 주소. 아직도 거기에 있는 그녀의 어리석음을 꾸짖는다.

지금쯤 아이샤는 일하고 있을까. 유산한 뒤, 원장으로 막 승진한 사우다에게 이드리스는 휴가를 내는 편이 좋겠다고 권했다. 반년의 유급휴가를 쓸 작정이었지만, 휴가가 끝났을 때 결국 사직했다. 그뒤로 새 직장은 찾지 않고 낮 동안은 집안을 정리하거나 느긋하게 요리를 하곤 했다. 적적할 줄 알았는지 이드리스의 여동생들이 전화를 걸어오는 일도 있었다. 시누이들이 뭘 알까. 시조카가 학교에서 말레이어 과목 때문에 고생한다느니, 깜짝 놀랄 만큼 똑똑한 말이나 우스운 소리를 했다느니 하는 얘기를 듣노라면 고독감만 짙어졌다.

아이샤는 교사였다. 점심시간이 불규칙할 것이다. 어쨌거나 정오가 되기를 기다려 그 번호로 전화를 걸어보았다. 일이 끝나는 시간까지 기다렸다가는 이드리스가 돌아올 테니까. 신호음이 세 번 울렸을 때 피로한 목소리가 전화를 받았다.

"여보세요."

"앗살라무 알라이쿰(당신에게 평안 있으라)."

"앗살라무 알라이쿰. 아이샤 씨 되세요?"

"네. 누구세요?"

"사우다라고 합니다."

"사우다?"

"만난 적은 없어요."

"제 번호는 어떻게?"

"이드리스 아내예요. 최근에 남편을 만나셨죠?"

전화선 너머에 침묵이 흘렀다.

"바쁠 때였다면 미안합니다. 시간 있으세요?"

"괜찮습니다만."

"댁에 실례 좀 했으면 해서요."

"왜요?"

"몇 가지 물어볼 게 있어서요."

"무슨 일인데요? 지금 물어보시면 안 돼요?"

"만나서 이야기하는 편이 좋을 것 같아요."

다시 침묵. 그리고 한숨.

"어디 사세요? 저는 부킷판장이에요."

"전 동쪽이요. 제가 그쪽으로 갈게요. 댁에 계신가요?"

"지금은 학교가 방학이라 괜찮아요. 주소는……"

사우다는 주소를 받아 적는 시늉을 했다. 두 사람은 다음날 오후 세시에 만나기로 했다.

부킷판장까지 택시를 타도 되었지만 사우다는 전철로 가기로 했다. 집과 아이샤가 사는 곳 사이에 있는 스물아홉 개 역 어디서 라도 내릴 수 있다는 선택지가 필요했다. 아이샤의 집에서 가장 가까운 역까지는 한 시간쯤 걸릴 터였다.

전에도 이드리스에게 아이샤 이야기를 들은 적은 있었다. 뱀 같은 양친이 몸을 서린 채 놓아주지 않았던 딸. 처음에는 그 이름이 나올 때마다 화가 치밀었다. 첫사랑은 언제나 높다란 단에 올려져, 살아 있는 인간이라기보다는 하나의 상像, 범해서는 안 될 상징으로 군림한다. 그러나 차츰 그녀가 안됐다는 생각이 들었다. 아이샤에게는 고통이었을 사건의 결과로 자신이 덕을 봤다는 죄책감과 비슷한 기분을 느낄 때도 있었다. 아이샤의 집에서 퇴짜를 맞지 않았더라면 이드리스가 자신을 바라봐주었을까.

싱가포르의 공동주택은 일견 비슷비슷하지만, 찬찬히 관찰하면 차이점이 보인다. 아이샤가 사는 건물의 일층 벽이 축구공 부딪친 흔적으로 더러워진 것을 사우다의 눈은 놓치지 않았다. 형광등에는 파손 방지용 금속 격자가 씌워져 있었다. 엘리베이터는 협소하고, 판벽은 귀퉁이가 떨어져나갔다. 복도를 걸으면서 이 동의 구조가 2DK*라는 사실을 사우다는 알아차렸다.

초인종이 없어서 문을 두드렸다. 문을 연 아이샤가 왜소해 사우다는 내심 놀랐다. 아이샤는 연보랏빛 히잡을 쓰고, 검은 바탕에 보라색 꽃무늬가 들어간 바주 쿠룽** 차림이었다. 가볍게 화장한 얼굴은 표정이 딱딱하고 불안해 보였으며 탈쿰 파우더와 땀냄새

---

* 방 두 개와 다이닝 키친으로 이루어진 구조―옮긴이.
** 긴소매 블라우스와 롱스커트를 맞춰 입는 말레이시아의 여성용 전통의상―옮긴이.

가 났다. 병수발을 오래 들다보면 외모도 닳아 해지기 마련인데, 양친을 떠나보낸 아이샤가 이제 조금씩 아름다움을 되찾으려 하는 기척이 느껴졌다. 실제로 되찾는 중이었다.

가구는 간소했고, 장식품은 집주인이 말레이인임을 짐작하게 했다. 아랍어 장식 문자가 벽에 걸렸고, 조화를 꽂은 화병이 있었으며, 새틴 커튼에는 프릴이 달렸다. 아이샤가 홍차를 내온 도자기 티 세트는 검박한 이 집과 어울리지 않았다. 각설탕이 든 종지에 핀셋처럼 앙증맞은 집게까지 달려 있었다. 사우다는 각설탕 하나를 집어 잔에 넣고 저었다.

"여기 산 지 얼마나 되었어요?" 사우다가 물었다.

"이사온 지 얼마 안 되었어요. 전에는 퀸즈타운의 조금 더 큰 집에 살았어요. 하지만 엄마 몸이 안 좋아졌을 때 집을 팔아서."

"치료비 때문에요?"

"그래요. 그런 다음 아버지 치료비도 들었고."

"외동딸이죠?"

아이샤가 고개를 끄덕이고는 물었다. "이드리스와 결혼한 지 얼마나 됐어요?"

"십이 년이요. 올해 남편이 마흔넷. 나는 마흔둘."

"그럼 우리 동갑이네요."

"아마도. 우리한테 아이가 없는 건 알죠? 루즈키가 닿지 않아서."

루즈키, 라고 아이샤는 되뇌었다. 말은 허공을 잠시 떠돌았다. 사우다는 생각했다. 오로지 신만이 창조물에 나눠줄 루즈키를 결정할 수 있을까. 사람은 제 몫의 루즈키를 만들어낼 수 있을까. 혹은 타인에게 루즈키를 베풀 수 있을까.

"한 가지 묻고 싶은 게 있어서요. 충격을 받지 않으면 좋겠는데."

"뭔데요?"

"내 마두가 되어주지 않겠어요?" 사우다가 물었다.

말해버렸다. 그 한마디는 어떤 관계를 정의하는 것이자 정의에 의해 관계를 맺을 것을 요구한다. '마두'는 다른 여자와 남편을 공유하는 여자다. 이름이 있음으로써 그 여자에게는 지위가 주어진다. 제삼자도, 가정의 파괴자도, 애정을 놓고 다투는 라이벌도 아니다. 마두다. 마두를 넣은 문장을 몇 개 만들어 마두가 인생에 어떻게 얽히는지 확인해보면 된다. 당신 마두는 누구야? 당신 마두는 지금 뭘 하고 있대? 당신의 마두에 대해 어떤 기분이야? 미움도 시샘도 아니다. 그런 낱말은 모로 쓰러지게 놓아두고, 아직 해당하는 낱말이 없어 보이는 감정을 위해 길을 비우자.

"이드리스가 부탁하던가요?" 아이샤가 물었다.

"아뇨, 남편은 몰라요. 나 혼자 결정하고 여기 왔어요."

"그는 어떻게 생각할까요?"

"나중에 얘기하면 돼요. 우린 언제나 남자들에게 결정권을 주고 따를 뿐이잖아요. 하나쯤 우리가 결정해도 되지 않겠어요?"

"글쎄요. 누군가의 두번째 아내가 되다니, 생각해본 적이 없어서."

"신은 우리를 고통에 빠뜨리는 일 같은 건 생각하지 않으세요. 그걸 받아들이지 못하는 사람도 있을지 모르지만, 우리한테 뭐가 제일 좋은지 신은 아실 거예요."

"왜 이런 일을 하려는 건데요?"

한 시간 내내 사우다의 머릿속을 맴돌았던 물음이다. 달리는 전철 안에서 사우다는 혼자 묻고 혼자 대답했다—왜냐하면 우리집엔 방이 하나 남아서 당신이 와서 살 수 있으니까. 왜냐하면 집에한 사람 더 있는 편이 덜 외로우니까. 왜냐하면 당신이 아이를 낳지 못하는 건 나도 알고, 앞으로도 이야기가 꼬이는 일은 없을 테니까. 왜냐하면 내 배려에 이드리스는 감동하고 나를 더 깊이 사랑해줄 테니까. 왜냐하면 이로써 우리는 각자의 운명을 바로잡는셈이니까.

"잘 생각해봐요." 사우다는 말하고서 홍차를 조금 마셨다. 채녹지 않은 각설탕이 이에 부딪쳤다.

사우다가 한 일을 알자 이드리스는 처음에는 동요하고, 혼란에빠졌다가, 끝내는 고마워했다. 예배를 마치자 아내가 늘 그러듯이한 손을 잡고 키스하고 싶은 기분에 휩싸였다. 그러나 그럴 수 없다는 것도 알고 있었다. 이드리스가 그렇게 했었던 사람은 어머니와 할머니와 고모들뿐이었다. 사우다는 그 어느 때보다 빛나는 기분이었다. 남편에게 허락했을 뿐 아니라 선물도 했다는 감각. 부탁받지도 않았고 의논한 적도 없는 선물이지만, 그 빛남이 태어남으로써 둘의 인생에서 아픔과 후회는 사라지리라.

이 결단을 가족에게 이해시키는 것이 큰일이었다. 사우다의 부모님도 오빠도 좋은 낯빛은 하지 않았지만, 몇백 명이나 초대하는 결혼식은 없다는 사실을 알고는 결국 안심했다. 이드리스의 가족은 부부가 나란히 과격주의 설교사에게 감화당한 것이라 넘겨짚었다. 최근에는 굳이 설교사를 만나지 않고도 온라인 시청 몇 번으로 쉽게 물들어버린다면서.

가족과 이야기할 때마다 사우다는 진이 빠졌다. 할렘이나 컬트 집단밖에 떠올리지 못하는 상대를 설득하려 해도 무의미하지 않은가. 가족이 경고와 반대의 목소리를 내면 낼수록 이 상황이 얼마나 명쾌하며 완벽하게 우아한지가 보였다. 두번째 연인이 첫번째 아내가 된다. 첫번째 연인이 두번째 아내가 된다. 그 대칭성 위에서 언젠가 여성 동지들의 친밀한 얽힘이 숙성되리라.

사우다는 아이샤에게 아파트를 팔라고 말했다. 이드리스가 부킷판장으로 가 아이샤와 하룻밤을 보내는 것은 이치에 맞지 않는다. 사우다는 텔레비전 방에서 쓸 침대를 사고, 운동 방에 놓을 침대도 사서 아이샤의 방으로 만들 생각이었다. 첫번째 아내들 가운

데는 두번째 아내를 다른 집에 살게 하는 경우도 있지만, 반드시 아내들끼리 사이가 나빠서만은 아니었다. 자기 순서가 아닌 밤에 따돌려지는 기분이 드는 것을 견디지 못해서였다.

사우다도 실제로 그 장면을 몇 번이고 머릿속에서 그려보았다. 자신의 방 문을 닫고, 텔레비전으로 정신을 다른 데로 돌린다. 잠이 오지 않으면 언제든 수면유도제가 손에 들어온다. 유산한 후에 처방받은 적이 있으므로 약효는 익히 안다.

아이샤는 대개 늦은 오후에 찾아왔다. 사우다를 도와 같이 저녁을 준비하고, 이드리스가 돌아오면 셋이서 식사를 했다. 사우다는 아이샤가 신부 의상을 고르는 데 따라가고, 운동 방에 침대를 넣고 옷을 정리하는 일을 도왔다. 아이샤에게 잘하는 요리를 만들어달라고 한 적도 있다. 한번은 부엌에서 감자 껍질을 벗기며 일은 왜 그만뒀느냐고 아이샤가 물었다.

"아이 옆에 있는 걸 견딜 수 없어져서." 사우다가 대답했다.

"미안. 상처를 건드리려던 건……"

"때로 내 인생이 둘로 나뉜 듯한 기분이 들어. 전반은 분명 아이를 낳겠거니 생각했던 나. 후반은 그게 불가능하다는 걸 알게 된 나."

"난 아이를 낳고 싶지 않았을 거라 생각해. 혹시 낳을 수 있었다 해도." 아이샤가 말했다.

"어째서?"

"사랑할 수 없는 게 아닐까 생각하면 무서워서."

"이상한 얘길 하네."

"사랑이 없어져버리는 일이 있다고 생각해?"

"왜 없어져버리는데?"

"사람한테 너무 오랫동안 헌신하면 애정이 남지 않게 돼. 의무감만 남지."

어느 날 사우다는 유치원 교사와 사무직 구인 정보 몇 가지를 아이샤에게 보여주었다. 다시 일하고 싶은 기분이 싹터 있었다. 그때까지는 아이들의 새된 목소리며 가벼운 몸, 무모할 정도의 신뢰를 눈앞에서 보면 어떤 기분이 들지 알 수 없어서 두려웠다. 거기에 내 아이는 없다는 생각이 늘 따라다닐 것이었다. 번쩍 안아 집으로 데려와, 목욕을 시키고 옷을 입혀, 코를 묻고 미친듯이 냄새를 맡을 내 아이는 없다. 인생에 아이샤를 불러들임으로써 사우다는 소유의 의미를 다시 생각했다.

다른 집 남편들, 다른 집 아이들. 차지하고 끌어안는다. 떠나보낸다.

석 달이 흘렀다. 사우다는 유치원에 취직했다. 아이샤는 아파트를 살 사람을 찾았고, 이드리스와 결혼 등록을 했다. 해야 할 일은 이제 하나. 혼례의 밤, 최후의 시련이다.

저녁을 먹고 세 사람은 함께 예배했다. 이드리스가 앞에, 여자들은 뒤에 섰다. 여덟시에 뉴스를 봤다. 그런 다음 이드리스는 서재로 들어가 책상 앞에 앉았다. 아이샤는 부엌으로 가 조금 전에 씻은 접시를 닦아 정리하고, 사우다는 거실에 혼자 남았다.

사우다는 잠깐 더 앉아 있다가 텔레비전 방으로 들어갔다. 좋아하는 한국 드라마가 아홉시부터 시작된다. 그때까지는 멍하니 채널을 이리저리 바꾸었다. 아이샤가 거실을 가로질러 자기 방으로 들어가는 모습이 눈에 들어왔다. 방 밖에서 두 사람이 기다린다. 두 사람을 기다리게 할 힘이 사우다에게는 있다. 아홉시 오 분 전, 사우다가 자기 방 문을 닫았다.

아홉시쯤 이드리스의 침실 문이 달칵 닫히는 소리가 들렸다. 사우다는 갑자기 두레박줄이 끊어진 우물 속으로 곤두박질치는 것 같았다. 그때까지는 셋이 공동의 치유 행위로 하나가 되어, 간단히 설명할 수 없는 심원한 관계를 맺음으로써 인생을 다시 시작할 기회를 베푼다는 이미지에 매달려왔다. 그런데 사우다에게 내밀어진 것은 어떤 기회일까. 자신이 이상적인 아내임을, 희생과 인내를 아는 여자임을 증명할 기회? 누가 뭐라 해도 그녀는 새로운 사람을 가정에 들여 부부의 공간을 나눠 가지고, 가족을 완전하게 만들었다.

다만 침실에 있는 그 여자는 아이가 아니다.

후지이 히카루藤井光

알피안 사아트의 신작 단편 「아내」는 사우다(아내)와 이드리스(남편)라는 사십대 초반 말레이인 부부의 생활을 그린다. 이드리스가 어느 날 대학 시절의 연인으로 결혼을 진지하게 생각했던 아이샤와 우연히 재회함으로써 둘의 기억이 되살아남과 동시에 현재의 부부생활에도 변화가 찾아온다. 아내 사우다를 축으로 한, 한 편의 연극 같은 가족 드라마의 섬세한 심리묘사가 이야기를 마지막까지 끌어간다.

이드리스와 아이샤는 대학 시절에 만났다. 인구조사에 의한 민족 그룹별 교육 수준을 보면 말레이인 대학 졸업자 비율은 2010년에 5.5퍼센트에 불과해 다른 민족 그룹에 크게 뒤진다(2020년에는 10.8퍼센트로 증가). 그와 연동해 가계소득에서도 말레이인은 다른 그룹에 비해 낮은 상태다. 말레이인 그룹 내부에서도 직업에 따른 격차가 큰데, 그것이 「아내」에서 이드리스와 아이샤의 관계에도 그림자를 드리우게 된다.

작품 후반에 중요하게 등장하는 '마두'는 말레이어로 일부다처제에서 '다른 아내'를 가리킨다. 싱가포르에서 무슬림끼리의 결혼은 무슬림 결혼 등록소의 관할이며, 이슬람법은 무슬림 남성에게 여성 네 명까지와 결혼을 인정한다. 다만 무슬림 남성 가운데 2015년 '마두'와 결혼을 등록한 남성은 0.3퍼센트에 그쳐, 말레이인 사회에서도 극히 소수에 불과하다.

그런 상황을 배경으로 한 「아내」의 이야기는 이 소설집의 주제 '절연'을 몇 겹이나 끌어안고 있다. 이야기에서 등장인물들이 무언가 결단을 내릴 때 세대간에도, 말레이인 사회 내부에도, 등장인물과 독자 사이에도 존재하는 절연 혹은 단절이 드러난다. 그것을 어떻게 받아들이고 사고할 것인가가 작품이 던지는 물음이 아닐까.

알피안은 싱가포르의 말레이인 작가다. 싱가포르에서 '말레이인'이라는 범주에는 약 오십만 명이 속해 있는데, 대다수가 무슬림이며 말레이어를 사용한다는 공통점을 지닌다. 다만 말레이 인구의 과반수인 말레이반도 혹은 수마트라섬에 뿌리를 둔 그룹 외에도 자바인, 바웨안인, 부기인, 미낭카바우인, 그 밖에 기독교도 집단도 존재한다.

알피안은 아버지 쪽이 자바인, 어머니 쪽이 미낭카바우인이다. 출생 당시의 성은 '에이드리언'이었으나 'Adrian'이라는 영자 표기가 유럽인과 아시아인 양쪽에 뿌리를 둔 유라시안과 혼동되기 쉽다는 이유로 초등학교 입학 전 한눈에 말레이인임을 드러내는 '알피안'으로 개명할 것을 양친이 결의했다.

학업에 뛰어났던 알피안은 명문 남학교 래플스주니어 칼리지(현 래플스 인스티튜션)에 입학해 의사의 길로 나아갔다. 다만 당시부터 작가가 되겠다는 뚜렷한 희망을 지녔던지라, 의학부 진학은 말레이계라는 마이너리티도 의사가 될 수 있음을 사회에 증명하기 위해서였다고 한다. 결국 싱가포르 국립대학 의학부에 진학했으나 졸업은 하지 않고 작가의 길을 선택했다.

작가 자신이 학업과 본심의 괴리를 두고 '마이너리티라는 사실은 그처럼 거짓인 자기 자신으로 살아가는 일이기도 하다'라고 돌아보듯이, 싱가포르에서 말레이인은 사회의 스테레오타입을 끊임없이 의식할 수밖에 없다. 약물 남용, 비만, 이혼 등 '문제가 있는 마이너리티'라는 공식이 미디어를 중심으로 성립한 가운데 작가로서 활동을 시작한 알피안이 직면한 물음은 '무엇을 쓸 것인가'보다도 '무엇에 맞서 쓸 것인가'였다.

그러한 초기의 문제의식은 작가로서 이후의 행보에도 여러 형태로 드러난다. 2012년에 출간한 『말레이 소묘집*Malay Sketches*』은 매우 짤막한 스케치풍 소설을 묶어 세대도 사회적 지위도 다양한 싱가포르 말레이인의 현재를 그린다. 군인과 여학생, 피트니스 트레이너와 싱글맘 등의 경험을 통해 각자가 품은 갈등과 희망을 부각시킴으로써 일면적 스테레오타입에 이의를 제기하는 작품이다.

작가로서 이런 자세는 '말레이인'이라는 범주에 머물지 않고, 싱가포르란 무엇이냐는 물음을 늘 배경으로 한다. 다작하는 극작가이기도 한 알피안은 2015년 싱가포르 건국 50주년이라는 중대한 기념일에 대대적으로 선전된 싱가포르의 공적인 역사에 대항하고자 다섯 시간에 걸친 대작 연극 〈호텔*Hotel*〉을 발표했다. 어느 호텔의 한 방에 머무른 손님의 모습을 1915년부터 2015년까지 십년마다 따라가는 구성으로, '또하나의 싱가포르 백년사'를 부각시키려는 시도였다.

싱가포르를 묻는 시도는 물론 이 작은 나라의 내부에만 머무르지 않는다. 최근의 연극 작품 가운데 하나인 〈말라야의 호랑이*Tiger of Malaya*〉(2018)는 1930년대를 중심으로 말레이반도에서 활동한 일본인 도적 '하리마오', 즉 다니 유타카를 그린 1943년의 일본 영화 〈말레이의 호랑이〉를 소재로 한다. 영국인과 중국인이 악역으로 등장하는 이 영화에서, 살해당한 가족의 복수를 맹세한 다니는 말레이반도에서 싱가포르로 향하는 일본군의 진군을 돕기 위해 위험한 임무를 맡는다…… 이 전형적인 전시 프로파간다 영화를 현대 배우들이 싱가포르 극장에서 '재연'하는 과정을 관객이 목격한다는 것이 연극 〈말라야의 호랑이〉의 설정이다. 영화에서는 그려지지 않으나 실제로는 다니가 무슬림이었다는 사실 등을 드러냄으로써 일방적 시점으로 본 '영웅' 이야기에 수정을 가했을 뿐 아니라 싱가포르가 늘 복수의 문화와 집단, 외부로부터의 의미 부여와 군사적 전략이 교차하는 토지였음을 보여준다. 그 '외부'에는 물론 20세기와 21세기의 일본도 포함된다.

긍정 벽돌

하오징팡

* 『天出』 2019년 5호에 처음 게재. 소설집 『장수의 탑』(구이저우 인민출판사, 2020) 수록.

하오징팡郝景芳

1984년 중국 톈진에서 태어났다. 칭화대 물리학과를 졸업하고, 같은 대학에서 천체물리학
으로 석사학위를, 경제학으로 박사학위를 받았다. 2007년 「할머니 댁에서의 여름」으로 은
하상을 수상하며 작품활동을 시작했다. 구주상, 휴고상 등을 수상했다. 소설집 『고독 깊은
곳』『먼 곳에 가다』『인간의 피안』『장수의 탑』장편소설『떠도는 마우스』『칼론으로 돌아가
다』『1984년에 태어나』『유랑창궁』『우주 전이자』등이 있다.

저우춰는 매일 아침 출근 전 어김없이 창가로 가 식물의 냄새를 맡는다.

꽃은 아직 피지 않았지만 그 초록은 실내에서 가장 눈길을 끄는 색이다.

저우춰는 그것이 검게 변색하지 않도록 세심한 주의를 기울인다. 그럴 리 없다는 걸 머리로는 알면서도 아무래도 마음이 놓이지 않는다.

실내를 둘러볼 용기는 없다. 사방 벽과 바닥, 벽에 걸린 장식이며 테이블까지 온통 검게 변했다. 고개를 숙여 발끝만 내려다보며 방을 나간다. 한 발 한 발 옮길 때마다 잿더미를 밟는 기분이다. 온통 검회색으로 물든 방을 보고 싶지 않아서 그는 매운 고추를

씹은 사람처럼 눈을 질끈 감는다.

긍정 시티에서는 건물과 가구가 인간의 감정을 감지하고 몸에 닿는 즉시—그것이 어느 부위건—감정 인자에 대응해 색을 바꾼다. 긍정적인 감정은 따뜻한 색으로, 부정적인 감정은 검은색으로.

다시 눈을 뜨자 복도를 메운 산뜻한 붉은빛과 금빛이 눈동자로 뛰어들었다.

건물 현관이 열리는 순간 저우춰는 햇살을 받으며 만면에 웃음을 떠올렸다.

"저우춰 씨, 안녕하세요." 아래층 고기만둣집 아주머니가 살갑게 말을 붙인다. "아침부터 반가운 사람을 마주치고, 오늘은 좋은 일이 있으려나보네."

"아주머니의 웃는 얼굴은 어쩜 이리 따뜻한지요. 그 웃음을 열로 바꾸면 오전 내내 불 없이도 만두를 찔 수 있겠어요." 저우춰가 웃으며 한껏 밝은 목소리로 대답했다.

두 사람의 발밑이 막 피어난 연꽃처럼 핑크빛으로 물들었다.

"저우춰 씨는 예의도 바르셔라. 호청년 그 자체라니까." 아래층 여자가 지나가다가 그 광경을 보고 생긋 웃었다. 여자는 저우춰의 어깨를 살짝 두드린 다음 부끄러워하는 아이를 끌어당겨 앞에 세우고 말했다. "봐, 너도 저우춰 아저씨처럼 남을 기쁘게 하는 사람이 되어야 해."

"그게 제 일인걸요." 저우춰가 말했다. "저는 꿀벌이랍니다. 여러분 마음에 꽃이 피기를."

저우춰는 주춤주춤 뒷걸음질치는 아이의 발밑 바닥이 검게 변한 것을 알아차리고 얼른 한쪽 무릎을 꿇어 아이의 어깨에 손을 얹었다. "아무 말 안 해도 돼. 그냥 이렇게 상상해보자. 달님과 빛나는 조각배가 있는 세계를 떠올려보렴. 너는 조각배를 타고 구름 속을 날아가는 거야."

잔잔한 웃음을 지으며 말하자 발밑의 검은빛이 물러나는 것이 보였다. 그는 짧게 한숨을 뱉었다.

그러고는 몸을 일으켜 손을 앞으로 뻗으며 말했다. "여러분, 그럼 먼저 가보겠습니다. 어서 일터로 가 할일을 해야죠. 언제 어디서나 사람들을 웃게 하는 것이 저의 크나큰 긍지랍니다."

길은 그야말로 영롱한 무지갯빛이다. 지붕은 옅은 빨강, 벽은 주황, 계단과 창문은 노랑, 커튼은 싱그러운 초록. 온 거리가 햇살이 쏟아지는 알록달록한 초원 같다. 오가는 사람들의 갖가지 감정에 반응해 도로가 빨주노초파남보로 쉴새없이 일렁거린다.

택시를 타고 거리를 빠져나가는 저우춰는 어딘지 멍한 얼굴이다. 차체를 검게 변색시키지 않도록 조심하고 있었지만, 때때로 스쳐가는 감정은 그를 자꾸만 반짝이는 풍경 밖으로 끌어냈다.

저우춰는 스물일곱 살, 여자친구가 있었던 적은 한 번도 없다.

직장과 집만을 왕복하는 혼자만의 생활. 혹 병에 걸려도 돌봐줄 사람 하나 없다. 평소에는 그런 걱정은 되도록 덮어두려 애썼다. 그러지 않으면 하루하루 업무를 완수하기 힘들었다.

긍정 시티에는 긍정 정책이 있다. 누구나 긍정적인 감정을 표현하지 않으면 안 된다. 즐거움, 행복, 만족감 같은 감정은 타인에게 전해져 그들을 한층 긍정적으로 만든다. 한편 슬픔, 괴로움, 두려움, 분노 같은 부정적인 감정은 타인의 심리마저 부정적으로 만든다. 시티의 과학 연구 시스템이 작성한 보고서의 결론은 다음과 같았다. 시티에서는 긍정적인 감정만을 표현해야 하며, 감정 물질을 산뜻한 색으로 바꾸는 일을 적극 장려한다. 만일 부정적인 감정으로 물질을 검게 변색시키고 주변을 물들여 타인에게 악영향을 끼칠 경우 그 장본인은 격리한다.

저우춰는 16,724명의 동료와 함께 시티의 긍정 멘털 테라피스트로 일한다. 거리 곳곳과 텔레비전 방송국 스튜디오에서 즐겁고 유쾌한 장면을 선보임으로써 시민들을 기쁘게 하는 것이 주된 업무다. 저우춰는 특히 보디랭귀지를 사용한 코미디 센스가 뛰어나 카메라 앞에서 빛을 발했다. 비록 지금은 직급이 낮지만, 그는 자신의 앞날에 희망을 품고 있었다.

출근한 사람은 아직 몇 안 되지만 누구나 따스한 봄날 같은 분위기를 발산하고 있다.

"우리 사무실의 촉망받는 샛별께선 오늘따라 얼굴이 아주 훤하네?" 왕지에가 저우춰에게 말을 붙였다.

"당신도 예뻐." 저우춰가 대답했다. "치마가 잘 어울린다. 거리의 등롱처럼 밝고 상냥해 보여."

저우춰는 책상 위로 몸을 숙인 채 웃으며 이야기를 나누는 두 동료 옆을 지나갔다.

"웨슬리, 지난주에 통장 잔고라도 확인한 거야? 안색이 별로다?" 아서가 웨슬리에게 말한다.

"그러지 마." 웨슬리는 일순 당황했지만 곧바로 만면에 웃음을 떠올렸다. "웃긴 얘기 하나 해줄게. 오늘 아침에 읽다가 배꼽 빠질 뻔했잖아."

두 사람이 팔을 짚고 있는 회색 책상이 이내 황금빛으로 출렁였다. 저우춰는 싱긋 웃어 보이고는 잠자코 곁을 지나갔다.

자리에 앉기 무섭게 책상 위 디스플레이의 팝업이 눈에 들어왔다. 당신은 1차 심사에 통과하지 못했습니다.

머릿속이 새하얘지고 눈앞이 캄캄해졌다. 저우춰는 관자놀이를 문지르고 눈을 한참 감았다 떴다. 틀림없다. 1차 심사를 통과하지 못한 게 확실하다. 이유는 모호하게 얼버무려진 채 버터스카치처럼 달콤한 위로가 듬뿍 얹혀 있었다. 당신의 퍼포먼스는 총명하고 개성적이며 유머러스하지만, 컬러가 조금 부족한 탓에 1차 심사를 통과하지 못했습니다.

좋지 않은 감정이 몸안에 퍼지는 게 느껴졌다. 사내 오디션 형식의 승진 시험에서 선발되면 기업이 야심차게 미는 '샛별'로서 긍정 시티의 해피 앰배서더가 되는 길이 열린다. 그는 자신이 가볍게 심사를 통과해 결승전에 진출하여 거리 곳곳의 디스플레이를 장식할 새 얼굴이 되리라 확신했었다. 결승전에서 선보일 콩트까지 미리 준비해뒀는데. 설마 1차 심사에서 떨어질 줄이야.

팔이 닿은 책상 표면이 거무스름해지는 걸 보고 흠칫해서 손을 쳐들었다. 손을 허공에 띄운 채 아무것도 건드리지 않았건만 의자와 발밑 바닥도 변색하기 시작했다. 차츰차츰, 회색이 먹물처럼 번져나간다.

그는 용수철처럼 튀어올랐다. 까치발을 해 바닥과의 접촉면을 최대한 줄였다. 이러다가는 주위의 시선을 끌고 만다. 난처한걸, 어떻게든 감정을 가라앉혀야 해. 다시 자리에 앉아 평소 좋아하는 한시를 읊조렸다. "외로운 돛단배 멀어져 푸른 하늘로 사라지니, 보이는 것은 하늘에 맞닿아 흐르는 장강뿐.* 외로운 돛단배 멀어져 푸른 하늘로 사라지니, 보이는 것은 하늘에 맞닿아 흐르는 장강뿐." 그는 아득히 먼 하늘의 흰 구름과 산자락을 마음속에 그리고 구름 밑에 펼쳐진 신록의 초원을 떠올렸다. 그러는 사이 검은

---

* 당나라 시인 이백(701~762)의 칠언절구 「황학루에서 맹호연을 광릉으로 보내며 黃鶴樓送孟浩然之廣陵」의 제3, 4구.

빛이 물러나기 시작했다.

간신히 가슴을 쓸어내리는 순간 디스플레이에 새 메시지가 떴다. 저우춰, 디렉터 사무실로 와요.

저우춰의 심장이 쿵쾅거렸다. 거울을 보며 황급히 옷매무새를 가다듬고, 디렉터 사무실 문을 노크한다. 실내는 마음이 편안해지는 베이지와 황록색이다. 구석구석까지 충만한 내추럴한 분위기는 디렉터가 긍정적인 감정과 지대한 플러스 영향력의 소유자임을 실감케 한다. 저우춰는 약간 주눅이 들었지만, 발밑이 회색으로 변하기 전에 얼른 찜찜한 기분을 잠재웠다. 마음을 가다듬고 활짝 웃으며 입을 연다. "디렉터님, 부르셨어요? 오늘은 무슨 일로 이런 영광이 다 있을까요. 어젯밤에 가자미를 먹은 덕분일까요?"

디렉터가 잔잔한 웃음을 띠우고 우아하게 대답했다. "저우춰, 오늘쯤 알림이 떴을지도 모르겠군. 자네가 지난번 1차 심사를 통과하지 못했다는 알림 말이야. 괜찮은가?"

저우춰가 웃었다. "무슨 말씀을요, 좋은 일인데요. 심사에서 떨어진 덕에 저는 이제부터 마음 편히 관객이 될 수 있는걸요. 어린 시절부터 관객 노릇은 제 특기랍니다. 응원이라면 레퍼토리를 백 개는 보유했다고요. 심사장에서 후보자들을 위해 열심히 분위기를 띄워보겠습니다. 게다가 저희 어머니 말씀으로는 저한테 타고난 장점이 하나 있는데, 역경이 닥칠수록 분발하는 거라네요. 보세요, 심지어 이름도 저우춰周錯 아닙니까, '곧잘 그르침'이라는 뜻이라고요. 저는요, 그르치고 실패할수록 기분이 상쾌해지고 얼굴엔 웃음꽃이 핀답니다."

그가 익살스럽게 엉덩이를 톡톡 두드리자 디렉터도 웃음을 터뜨렸다.

"저우춰, 자네는 역시 재능이 넘쳐." 디렉터가 상냥하게 말했다. "실은 이번에 자네가 해줬으면 하는 일이 있어서 말이야. 후보자는 아니지만, 그보다 더 자랑스러운 일이지. 다음주에 시장님이 시찰을 나오셔서 우리 긍정 시티의 유쾌한 모습을 둘러보신다는군. 그러니까 이번주부터 거리를 더한층 컬러풀하게 만들 필요가 있어. 우리 회사는 친화력 좋고 유머 감각이 뛰어난 멘털 테라피스트 몇 명을 파견해 행인들을 한껏 즐겁게 해줄 계획이라네."

"굉장한 역할인데요." 저우춰가 흥분해서 대답했다. "저한테 이렇게 잘해주시다니요."

"그럼 부탁하네." 디렉터가 흡족하게 웃었다. "열심히 해주게. 기대가 크니까."

저우춰는 의욕과 함께 세찬 흥분이 일어나는 것을 느꼈다. 자리로 돌아올 때는 한 발짝 내디딜 때마다 바닥이 환한 오렌지빛으로 물들었다.

저우춰는 그날 오후 내내 길에 서서 노래와 춤, 익살스러운 얼굴을 보여주고, 웃긴 이야기를 들려주거나 상냥하게 말도 붙이며 행인들에게서 따뜻한 웃음을 이끌어냈다.

그의 주위는 온통 영롱한 색으로 빛났다. 지면의 벽돌은 황금빛과 오렌지빛으로 반짝이거나 부드러운 장밋빛으로 물들었다. 저우춰는 퍼포먼스를 하는 내내 땅바닥을 힐끔거렸고, 상큼한 황록색이 나타날 때면 특히 고무되었다. 참으로 신기한 벽돌이다. 매끄러운 질감과 표면의 광택이 흡사 세계에 강림해 지혜를 드러내는 신기神器가 아닌가.

심사에서 탈락한 일이나 검회색에 잠긴 차갑고 쓸쓸한 자신의 방을 떠올릴 때만 잠깐씩 먹물 같은 우울이 그림자를 드리웠다. 그는 그 감정이 번지지 않게끔 매번 우스갯소리로 차단했고, 쨍한 빨강으로 그것들을 모두 폭포처럼 흘려보냈다.

"아가씨, 각주구검* 이야기를 아시나요? 아가씨 같은 미인을 보다니 이 저우춰, 너무 설레 제 몸에 각주구검을 하고 말겠네요. 이번 생은 이걸로 여한도 없습니다."

여자가 활짝 웃었고 바닥에 심홍색 파문이 번졌다.

문득 동료 둘의 모습이 눈에 들어왔다. 일을 마치고 그가 공연하는 대로를 통과해 귀가하는 길이다. 저우춰가 들뜬 걸음으로 다

---

* 『여씨춘추』에 실린 고사. 어떤 이가 배로 강을 건너다 칼을 강물에 떨어뜨렸는데, 다급한 나머지 뱃전에 그 자리를 표시한 뒤 강기슭에 도착해 물에 들어가 찾았지만 칼을 발견하지 못했다는 이야기.

가가며 이름을 불렀지만, 그들은 알아차리지 못하고 가버렸다. 그러고 보니 그는 백 년 전 예모에 정장을 갖춰 입고, 큼직한 검은색 뿔테 안경을 쓴데다 콧수염도 두 개나 붙인 채였다. 알아보지 못하는 것도 무리는 아니다.

그는 인사라도 하려고 다시 쫓아갔다. 두 사람은 빨간불 앞에서 걸음을 멈췄다. 뒤에서 어깨를 두드리려는 순간 불쑥 자신의 이름이 귀에 들어왔다. "저우춰 말이야." 동료 하나가 말했다. "제일 아깝게 됐지. 디렉터 조카만 낙하산으로 떨어지지 않았어도 합격했을 텐데."

저우춰의 손이 허공에서 멈췄다. "누가 아니래." 다른 동료가 말했다. "저우춰가 1차 심사 때 춘 팝댄스 아주 그럴싸했잖아."

신호가 파란불로 바뀌고, 잠시 머뭇거리는 사이 동료들은 멀어졌다.

퇴근 시간이 되자 저우춰는 모자를 벗고 집에 돌아갈 채비를 했다. 그러나 왠지 발은 절로 사무실 쪽으로 향하고 있었다.

아직 충격이 가시지 않아 머릿속이 새하얬다. 그 말을 들었을 때 자신이 어떤 기분이었는지 기억도 나지 않는다. 정신이 들고 보니 이미 안면 인증을 통과해 사무실에 들어와 있었다.

아무도 없는 널찍한 실내를 마주하자 갑자기 몸이 떨리면서 어느 정도 제정신이 돌아왔다. 사방 벽의 무지갯빛이 적막한 공기

속에서 점차 엷어지는 느낌이었다. 무슨 생각인지 불쑥 디렉터 사무실에 가보고 싶어졌다.

방에는 오늘 아침 느꼈던 따스함이 여전히 감돌았다. 디렉터의 조카에 대한 정보를 뭐든 찾아내고 싶었지만 어디서부터 손대야 할지 몰라 책상 위의 전자문서 리더기를 되는 대로 넘겨보았다. 단서라 할 만한 것은 없었다. 어쩌다 컴퓨터 화면을 건드리는 바람에 AI의 음성이 울리기 시작했다. "얼굴을 식별할 수 없습니다, 다른 ID 정보를 입력하십시오." 목소리는 저녁의 적막을 깨트렸고, 저우춰는 소스라쳐 저도 모르게 뒷걸음질을 쳤다. 등이 책꽂이에 부딪쳐 사람 모양의 흔적이 새까맣게 남았고, 그는 기겁해서 엉덩방아를 찧었다.

찾는 정보는 눈에 띄지 않았다. 대신 그는 잊지 못할 광경을 목격하게 된다. 디렉터의 책상 밑, 남들의 눈길이 닿지 않는 곳에 시꺼먼 발자국이 패여 있었다. 흡사 기나긴 세월 동안 그 자리에 고여 있던 먹물 같은, 바닥을 알 수 없을 정도로 깊고 검은 발자국이.

그는 잠시 넋을 놓고 있다가 부리나케 도망쳤다.

그날 밤. 저우춰는 작은 방의 마른 숯덩이 같은 침대 위에서 이불을 끌어안고 웅크린 채 잠을 이루지 못했다. 소지품이 회색이나 검은색으로 변색된 사람은 자신뿐인 줄 알았는데. 디렉터 사무실에서 본 검은 발자국이 뇌리에서 지워지지 않았다. 생각하면 할수록 사고의 범주를 넘어서는 일투성이였고, 침대는 걷잡을 수 없이 검어지며 딱딱해졌다. 온몸이 욱신거려 하는 수 없이 이불을 안고 바닥에 드러누웠다.

기분을 전환해보려고 인터넷 방송을 켰지만, 죄다 기쁨에 들썩이는 광경뿐이라 몰입이 되지 않는다. 한 채널에서는 젊은 여자가 포지티브 스트리트댄스를 선보였고, 다른 채널에서는 두 사람이 새출발을 자축했다. 너도나도 흥에 겨워 폴짝대거나 깡충거리는 통에 머리가 지끈거려 그들의 감정에 전혀 공감을 할 수 없다. 이불 속에 웅크리고 있자니 이불도 회색빛으로 물들다가 결국 쪼그라들고 말았다. 너무 추워서 이불만큼은 어떻게든 건져보고 싶었지만 원상회복은 불가능했고, 그 결과 낙담만 깊어져 더욱 몹쓸 기분이 되었다. 흡사 방 전체가 작은 콘크리트 덩어리가 되어버린 것 같았다.

마침내 구제불능 단계까지 와버렸다는 생각에 누군가와 이야기라도 나누고 싶었지만 사정을 털어놓을 용기도 없거니와 그럴 상대도 없다. 기진맥진해 이러지도 저러지도 못하고 있을 때 누군가 문을 두드렸다. 만사가 귀찮아 모르는 척하고 싶었지만 억지로 몸을 일으켜 나갔다. 문 앞에 옆집에 사는 왕슈가 서 있었다.

왕슈의 손과 얼굴은 하얀 김에 뒤덮여 있다. 자세히 보니 따끈따끈한 물만두 그릇을 들고 있었다. 한눈에도 갓 만든 듯했다.

"어쩌다보니 너무 많이 만들어버려서." 왕슈가 말했다. "맛이나 좀 보시라고요. 뜨거울 때 들어요."

"이렇게 친절하시다니요." 저우춰는 찡해서 눈시울이 뜨끈해졌지만 서둘러 감정을 억눌렀다. "그래도 역시 가져가서 드세요. 저는 이렇게 많이는 필요 없습니다."

"괜찮아요. 사양 말고 받아요." 왕슈가 손사래를 쳤다. "어차피 며칠 뒤엔 이사할지도 몰라서 냉장고를 비우는 중이거든요. 집에 아직 많아요."

"이사하세요? 왜요?"

"이 일대는 집세가 감당이 안 돼서요." 왕슈의 얼굴에 안타까움이 떠올랐다. "아직 확정된 건 아니지만. 연락을 기다리고 있어요."

그날 밤 저우춰는 방에서 뜨거운 만두를 먹었다. 입천장이 델 것 같은 만두소가 입속에서 춤을 추었고, 마음속에서는 깊은 만족감이 솟구쳤다. 그는 감동에 흠뻑 젖었고 큰 위안을 얻었으며 모처럼 단잠을 잘 수 있었다.

다음날 밤 그릇과 젓가락을 돌려주러 왕슈를 찾아갔지만 문을 두드려도 응답이 없었다. 그다음날 아침 출근 전에 노크를 해봐도 반응이 없다. 몇 번을 찾아가도 마찬가지였다.

벌써 이사가버린 모양이네. 저우춰는 배웅하지 못한 것을 아쉬워했지만, 다음날 다른 이웃에게서 의외의 소식을 들었다. 왕슈가 길에서 싸우다 정서 구치소에 보내져 벽돌 만들기 노역을 하고 있다는 것이다. 저우췌는 놀랐다. 온화한 사람인 줄로만 알았는데 정서 구치소라니. 자세히 묻자 왕슈는 최근 무언가 성가신 일에 말려든 눈치로 기분이 줄곧 불안정했다고 했다.

저우췌는 즉각 구치소에 면회를 신청했다. 하루종일을 뒤숭숭한 마음으로 보내고, 퇴근하기 무섭게 구치소로 달려갔다. 소문의 그 장소에 가기는 난생처음이었다. 지금껏 후미진 교외의 요양원 같은 곳을 상상했는데 뜻밖에 시티의 외곽, 중심부에서 불과 십 킬로미터쯤 떨어진 곳에 있었고 언뜻 봐서는 평범한 공원이었다.

"안녕하세요, 저우췌 씨." 입구의 내비게이터가 인사했다. "긍정 감정 케어·가이던스 센터에 잘 오셨습니다. 바닥의 점등 표시를 따라가면 면회 희망자를 만나실 수 있습니다. 위험하니까 표시가 가리키는 루트에서 벗어나 마음대로 다니는 일이 없도록 주의해주세요. 긍정 감정 케어·가이던스 센터는 당신의 마음에 가장 가까이 다가가는 라이프 서비스 스테이션입니다."

저우췌는 조금 머뭇거리다가 물었다. "어떤 사람들이 여기 들어와 있어?"

내비게이터가 대답했다. "부정적인 감정으로 타인에게 악영향을 끼친 사람입니다."

"그럼, 여기서 나가는 사람은 어떤 사람인데?"

"긍정 감정을 일으켜 다른 이에게 보여줄 수 있는 사람입니다."

"왜 부정적인 감정을 지녀서는 안 되는 걸까?"

"위대한 긍정 시티에서는 모든 것이 쾌적하고 멋지며, 누구나 긍정 감정을 지님으로써 타인에게 선한 영향을 줍니다. 이러한 환경에서 멋대로 부정적인 감정을 드러내는 행위는 다른 사람들의 위대한 노력을 무시하는 일, 나아가 시티를 파괴하는 일입니다."

"너한테도 감정이 있니?" 저우춰가 내비게이터에게 물었다. 그것은 흡사 한 덩어리의 돌기둥처럼 보였다.

"저는 영원히 긍정적이고 적극적이며 사람들에게 따스함을 전합니다. 그것이야말로 저의 감정이라고 생각합니다." 내비게이터가 대답했다.

면회실에 들어서자 왕슈가 먼저 와서 기다리고 있었다. 감시 기계에 끌려와 있는 모습에 마음이 짠해서 저우춰는 유리 칸막이로 다가가 말을 건넸다.

"괜찮으세요?"

"아, 괜찮아요, 괜찮아." 왕슈가 안심시키려는 것처럼 조금 웃어 보였다.

"안에선 어떻게 지내세요? 뭘 강제로 시키거나 폭력을 행사하는 일은 없나요?"

"폭력 같은 건 없고요." 왕슈가 고개를 저었다. "대신 강제는 조금 있죠. 식사나 수면은 나쁘지 않아요. 그래도 노동이 있어요. 벽돌 만들기…… 요컨대 망치로 두들기는 거예요. 뭐랄까, 텔레비전에 나오는 고대 벽돌 공장 같은 거요. 왜 그런 일을 하는지는 저도 모르지만요. 아, 만드는 건 건물이나 가구 재료인 듯해요. 신형 고분자 폴리머라나 뭐라나요. 이를테면 이런 거 말이에요……" 왕슈가 손을 뻗어 눈앞의 책상을 가볍게 두드렸다. "다만 우리가 만드는 건 원형인 것 같았어요. 그걸 가공 공장으로 가져가 여러 형태로 빚겠죠."

"그게 정서 개선과 무슨 관계가 있는데요?" 저우춰가 물었다. 어릴 때부터 정서 구치소가 무서운 곳이란 말은 익히 들어왔기에 그는 늘 자신을 통제해왔다. 혹시라도 붙잡혀 수감되는 일이 생길까봐 몹시 두려웠다.

"저도 설명하기 힘든데요." 왕슈가 말했다. "아마 벽돌의 소재가 혈관 신경 속의 뭐라뭐라 하는 화학 원소를 감지할 만큼 극히 민감한 물질이라 정서 개선에 도움이 된다나봐요. 뭐, 제가 보기엔 단순한 육체노동 효과 아닌가 싶지만요. 어릴 때 아버지가 입버릇처럼 말씀하셨죠, 육체노동을 하면 기분이 상쾌해진다고요. 당시엔 에이 설마, 했는데 요 며칠 지내보니 확실히 맞는 말 같네요."

"그렇다면 다행이고요." 저우춰가 짧게 한숨을 뱉었다. "혹시 괴로운 일이라도 당하시는 건 아닐까 걱정했거든요."

왕슈가 고개를 저었다. "그런 일은 없어요. 다만 좀 부자유스럽긴 하니까, 그래도 어서 나가고 싶긴 해요."

"아, 맞다. 그나저나 대체 무슨 일입니까? 왜 여기 들어와 계세요?"

"빚이 좀 있었어요. 욱해서 길에서 언쟁을 벌이다 거리를 죄 까맣게 물들여버렸지 뭐예요."

"어쩌다가 빚은 또."

"아." 왕슈가 한숨을 내쉬었다. "실은 요 몇 년, 안정된 일이 없네요. 빚내서 장사에 손을 댔다가…… 어떻게도 할 수 없었어요."

저우춰도 안다. '어떻게도 할 수 없었다'는 것은 분명 많은 손해를 냈다는 말이다. 빌린 돈도 짐작건대 적지 않은 금액이리라.

"애초에 일자리는 왜 잃으셨고요?" 저우춰가 물었다. "창업 당시부터 다니시던 회사잖아요?"

"그럼 뭐합니까. 보스가 필요 없다면 잘리는 거죠. 보스 전처의 아들이 국제적인 상을 타고 귀국했다나 뭐라나 해서 자리를 빼앗겼죠. 이 나이에 일을 찾기란 참 쉽지 않더군요."

저우춰는 어쩐지 남의 일 같지 않아 유리 칸막이 너머 왕슈의 어깨 쪽으로 손을 뻗었다. 손끝이 닿자 부드러운 광택을 띤 칸막이 틀에 검은 손자국이 남았다. 그가 불에 덴 듯 손을 거두었다.

"사실 저도 최근에 비슷한 일이 있었답니다." 저우춰는 알 수 없는 충동에 이끌려 말을 꺼냈다. "회사에서 억울한 일을 당했어요. 며칠 전 오디션에서 낙하산 참가자에게 밀려났지 뭐예요. 오랫동안 기다린 기회였는데, 이번에 놓치면 또 얼마나 기다려야 할지. 디렉터의 조카라는 말이 있더라고요. 어디까지 사실인지는 모르지만. 아무튼 저도 똑같아요. 그 심정 충분히 이해합니다."

그러는 사이 저우춰가 팔을 짚고 있는 작은 책상이 조금씩 회색으로 변했다. 이번에는 검은색이 아니라 어슴푸레한 진회색 덩어리를 이루며, 물속에 떨어뜨린 먹물처럼 천천히 번진다. 이야기하면서 무심코 칸막이 틀을 잡자 거기도 거뭇한 손자국이 남았다.

가까이서 감시카메라가 경보를 울리기 시작했다. 이야기에 빠진 저우춰와 왕슈의 귀에는 소리가 들어오지 않는다. 평소 가까이 지내는 사람이 딱히 없었던 그들은 유리 한 장을 사이에 두고, 어쩌면 그 덕에 외려 편안히, 가슴속에 첩첩이 쌓였던 울분을 터놓고 완전히 의기투합했다. 색이 짙어짐에 따라 감시카메라의 경고음도 커졌다.

갑자기 등뒤의 출입구가 열리고 소형 순찰차 두 대가 들어와, 자동 팔 두 개를 좌우에서 뻗어 저우춰의 팔을 붙들었다. 저우춰가 놀라서 몸부림쳤지만 팔은 더욱 세게 조여든다. "뭐야. 왜 이래. 이거 놔." 순찰차를 향해 소리쳐도 소용없었다. 그것들은 끄떡도 않고 양쪽에서 저우춰의 다리를 차체에 고정하더니 그를 사이에 끼운 채 달려간다. 이번에는 출입구가 아니라 복도 끝에 있는 녹색 문을 향해서. 저우춰가 새파랗게 질려 소리쳤다.

"왜?" 저우춰는 울부짖었다. "나한테 왜 이러는 거야?"

"당신이 드러낸 부정적인 감정이 정상 한계치를 넘어 불건강한 레벨로 들어갔습니다. 사회로 돌아가면 타인에게 위해를 가할 우려가 있으므로 격리 치료가 필요합니다." 순찰차가 억양 없는 소리로 대답했다.

그날 밤 저우춰는 구치소의 작은 방에 누운 채 잠들지 못했다.

진정하고 보니 그 작은 방은 결코 불편하지 않았다. 불편은커녕 저우춰의 방보다 한결 쾌적했다. 적어도 침대는 마른 숯덩이 같은 그의 침대와 달리 안락한 신품이다. 전부터 새 침대를 사고 싶었지만 요즘 가구값이 워낙 비싸 한 달 월급을 다 털어도 어림없어서 그냥 버티던 차였다. 구치소 독방에서 마침내 그는 간절히 원했던 푹신한 침대를 손에 넣은 것이다.

그러나 그는 잠들지 못했다.

비몽사몽간에, 혹은 깜박 잠들었다가 악몽이라도 꿔서 나쁜 감정이 증폭해 구치소 침대까지 검게 물들였다가는 낭패다. 자칫하면 영영 이곳에 처박히는 신세가 될지도 모른다. 이튿날부터 시작된다는 벽돌 제조 작업도 걱정이었다. 어떤 노동일까. 혹시 고대 노예들처럼 로봇이 휘두르는 채찍을 맞아가며 일하게 될까? 왕슈와 나누었던 대화도 떠올렸다. 우연찮게 서로 흉금을 털어놓고 넋두리를 주거니 받거니 한 그날 오후, 자신과 똑같은 고민을 지닌 사람이 있다는 사실에 내심 얼마나 위안이 되던지.

새벽 무렵, 몸은 녹초인데다 머리가 어지러워 금방이라도 곯아 떨어질 것 같은 순간, 한 가지 생각이 뇌리를 스쳐 정신이 번쩍 들었다. 사무실을 나올 때 컴퓨터를 켜둔 채로 두었던 것이다. 디렉터의 컴퓨터에 침입해 부정행위의 증거를 찾으려 했던 기록이 고스란히 남아 있을 터다.

저우춰는 화들짝 놀라 몸을 일으켰다. 여기서 나가 다들 출근하기 전에 컴퓨터의 데이터를 지우고 전원을 꺼야 한다.

문을 열어봤지만 밀어도 당겨도 꿈쩍도 하지 않는다. 도어록이나 열쇠를 찾아봐도 눈에 띄지 않는다. 유리창을 열자 탄탄한 철창이 가로막고 있다. 화장실 천장에서 용케 철창이 없는 작은 창을 발견했다. 그만한 높이면 어렵지 않게 올라갈 수 있을 것 같았다.

복도로 나오자 방향감각이 완전히 사라졌다. 똑같이 생긴 복도에 몇 개씩 모퉁이가 있어 미궁에 빠진 것처럼 눈이 어지러웠다. 일단 제일 길고 똑바른 복도를 달려 맨 끝 출구로 향했다. 숨이 턱에 차서 가까스로 도착해 문을 밀자 가장 보고 싶지 않았던 광경이 눈앞에 펼쳐졌다. 벽돌 공장이다.

그 자리에 서서 적막하고 텅 빈 공장을 바라보았다. 인적이라고는 없는데 무수한 웅성거림이 들려오는 것 같다.

저도 모르게 발을 내디뎌 작업장으로 다가가 망치 하나를 집어 들었다. 재료 풀 속의 원료 덩어리를 향해 망치를 내리쳤다. 원료가 둔탁한 소리를 내고, 묘한 탄력이 손바닥에 전해진다. 뭐지, 하면서 한번 더 내리쳤다. 또 한번. 풀 속의 원료가 점차 모양을 만들어간다. 그럴수록 독특한 상쾌함을 느꼈다. 망치를 한번 또 한번 내리칠 때마다 해묵은 불쾌감이 후련하게 털려나오는 느낌이다. 큰맘 먹고 손에 힘을 넣었다. 힘을 넣으면 넣을수록 통쾌함도 배가된다. 망치 밑의 원료는 몹시 기묘해, 세차게 때릴수록 단단해지면서 모양이 다듬어진다. 순식간에 풀의 모양대로 네모난 벽돌이 완성되었다.

더 두드리고 싶었지만 갑자기 사이렌이 울렸다. 돌아보니 순찰차 세 대가 그림자를 드리우며 다가온다. 정신이 번쩍 들었다. 신속히 움직여야 한다.

그는 가까운 창문 앞으로 달려가 가지고 있던 망치를 쳐들어 힘껏 때렸다. 단번에 유리에 커다란 금이 갔다. 곁눈질로 순찰차를 주시하면서 젖 먹던 힘까지 쥐어짜 창을 계속 때렸다. 세번째에 유리가 깨졌다. 파편을 대충 걷어내고 아슬아슬한 타이밍에 창밖으로 몸을 날렸다. 파편에 몸을 긁혔지만 순찰차의 팔에 붙들리는 일은 면했다.

경보가 일제히 울리기 시작했다. 저우춰는 벽의 배수관을 잡고 미끄러져내려가 눈을 질끈 감고 뛰어내렸다. 두 발로 착지해 그대로 지면을 몇 번 구른 끝에 가까스로 일어나 냅다 달렸다. 착지하다 오른쪽 발뒤꿈치를 비끗했지만 심각한 정도는 아니었다. 다리를 끌면서 필사적으로 게이트를 향해 뛰었다. 발뒤꿈치에 묵직한 통증이 느껴지고 긁힌 상처가 쓰라렸다. 긴장과 패닉이 눈덩이처럼 커져 발을 뗄 때마다 바닥에 점점이 검은 발자국이 남았다.

게이트는 잠겨 있고 순찰차는 다가온다. 저우취는 게이트와 순찰차를 번갈아 노려보며 우왕좌왕하다가 게이트를 등지고 서서 순찰차를 기다렸다. 차량이 일 미터 앞까지 접근한 순간 몸을 비틀어 잽싸게 뒤로 가 차체에 올라타고 두 개의 기다란 쇠 팔을 양손으로 틀어쥐었다. 예상대로 차량을 식별해 게이트가 소리 없이 열렸다.

나머지 두 대가 계속 쫓아온다. 차마 뛰어내릴 용기는 없어 일단 버튼을 눌러 자신이 매달린 순찰차를 수동 조작으로 전환했다. 이제 저우취는 핸들을 잡고 똑바로 전진한다. 이삼 킬로미터를 가자 자동차가 꼬리를 물고 달리는 시티의 도로가 보이기 시작했다.

핸들을 꺾어 도로로 들어서자 쫓아오던 두 대도 사라졌다. 그는 짧은 숨을 토했다. 어딘가 인적 없는 장소에 차를 버리고 도망갈 생각이었다.

모퉁이를 돌아 좁은 옆길로 들어갔다. 바로 옆에 거대한 공사 현장이 있었다. 제어 키를 이것저것 눌러봤지만 차는 멈출 기미가 없었고, 별수없이 밖으로 뛰어내려 차를 울타리에 충돌시켜 세우기로 했다.

그 벽돌 울타리가 임시로 설치한 칸막이라 탄탄히 고정되지 않았던 게 불운이었다. 달려온 금속덩어리와 충돌한 울타리는 와그르르 넘어가면서 바로 옆에 설치중이던 비계에 부딪쳤다. 채 완성되지 않은 비계의 철골 뼈대가 크게 휘청거렸다.

철골 뼈대가 음식이 놓인 가까운 테이블 쪽으로 쓰러지기 시작한다. 저우춰가 돌진해 뼈대의 기둥을 끌어안았지만, 밀려드는 중량을 이기지 못하고 비칠대다가 주저앉고 말았다. 기둥은 테이블을 스쳐 옆에 있던 크레인 위로 쓰러졌다. 피해는 나오지 않았다.

저우춰가 긴 한숨을 뱉었다. 가슴을 쓸어내린 순간 깨달았다. 그가 꼭 끌어안은 기둥에 거대한 검은 그림자가 나타나 빠른 속도로 주위에 번지고 있다.

아침부터 줄곧 패닉 상태라 자신의 감정이 커다란 기복을 그리고 있다는 걸 알아채지 못했는지도 모른다. 온갖 공포와 걱정, 억압과 분노가 가슴속에 차곡차곡 쌓여 도주중에도 발산하지 못한 채였다. 스스로 그 사실을 잊고 있었지만 바야흐로 이 순간, 필사적으로 기둥을 끌어안고 있는 지금, 모든 감정이 봇물 터지듯 쏟아져나왔다. 그것들은 불과 몇 초 사이에 기둥을 검게 물들이고 말았다.

그게 다가 아니었다. 검은 기둥 밑에 깔린 크레인도 검게 물들기 시작했다. 저우춰는 이전에도 검은색이 번지는 광경을 본 적이 있지만 이 정도로 빠르게 퍼지는 것은 처음이다. 대체 무슨 일일까. 몸도 마음도 도무지 사태를 따라잡지 못한다. 현장 사람들이 소음을 듣고 모여들었다. 변색한 기둥과 검게 물드는 크레인을 보고 "와, 뭐냐—" 하고 부산을 떨며 소리친다. 누구는 기둥을 받치고 누구는 크레인을 움직이려 하지만 우왕좌왕하면 할수록 검은빛은 짙어져만 간다. 운전사가 달려와 방향을 틀려 했지만 다른 사람들은 반대 방향으로 끌어당기고 있다. 쿵 소리를 내며 크레인이 공사중인 건물 위로 쓰러졌다.

그것만으로는 큰 문제가 아니었다. 절반쯤 올라간 빌딩의 한쪽 외벽이 무너졌다. 사람들이 놀란 이유는 따로 있었다. 허물어진 벽 속, 그러니까 외벽의 심이 시커멓지 않은가. 분명 긍정 물질을 썼을 텐데 벽돌 하나하나 안에 시커먼 핵이 도사리고 있다. 주위에 널브러진 모든 벽돌 파편에 검은 핵이 박혀 있다.

현장 사람들은 경악했다. 그들은 지금껏 아름다운 빌딩을 숱하게 건설해왔다. 긍정 벽돌은 일견 하나같이 반짝였고, 특히 사람들이 고양되거나 긍지를 느낄 때면 빌딩 전체를 무지갯빛으로 물들이곤 했다. 건축가도 인부들도 오랫동안 고층 빌딩을 지어왔지만 굳이 벽돌을 깨서 속을 들여다본 적은 없었다.

사람들은 충격과 두려움에 빠졌다. 눈앞에서 번져나간 검은빛이 그들의 마음속에도 스며들었다. 패닉이 패닉을 불렀다. 빠르게 퍼지는 검은 물살 앞에서 저마다의 마음속에 도사렸던 어두운 감정이 해방되고, 억눌렸던 부정적 감정이 거침없이 터져나왔다. 검은색은 순식간에 공사 현장을 집어삼키고 시내로 확산된다.

시티 전체가 검게 변해간다. 빌딩에서 빌딩으로. 외벽을 영롱하게 빛내던 색채가 사라진 자리에 벽돌 속에 갇혀 있던 검회색빛과 어지럽고 침울한 무늬가 떠오른다. 거리를 걷던 사람들은 천지를 뒤덮는 검은빛을 목격하고 집단 패닉을 일으켜 감정을 폭발시킨다. 시티가 마비되기 시작한다.

시티의 중추가 신호를 접수했고, AI에 내장된 긍정 시스템이 긍정적인 음악과 영상을 흘려보낸다. 음악이 울려퍼지는 곳에서는 산뜻한 색이 되살아나지만, 바로 옆에서는 공포에 사로잡힌 사람들이 사방으로 도망치며 도로를 검회색으로 다시 물들인다. 시티는 비 온 뒤의 물웅덩이 같은 짙은 검정 위에 컬러풀한 색들을 띄운 채 쉴새없이 요동친다. 결국 언 발에 오줌 누기다. 공포와 부정적 감정에 휩싸인 군중이 뛰어다니는 걸 제지하기란 불가능하다. 비관적인 감정이 빠른 속도로 증폭하며 전염된다. 군중은 비명을 질러대고 시티는 혼란 속에서 검게 응축한 건축물의 집합체로 변했다.

저우춰는 반쯤 넋이 나가 모든 광경을 지켜본다. 벽돌 하나하나에 박힌 검은 핵의 존재도 충격이거니와 자신의 우연한 실수가 이토록 거대한 혼란을 일으켰다는 사실이 두려웠다. 눈앞에서 시티가 검게 물들고 전복되는 광경을 보고 있으면서도 도저히 믿기 힘든 심정이다. 그는 깊은 자책감에 휩싸여 필사적으로 군중 속에서 빠져나와 사태를 수습하고자 했다.

그는 거리로 달려가 큰 소리로 외쳤다. "진정하세요! 냉정을 찾읍시다!" 교차로에 서서 평소 갈고닦은 퍼포먼스를 시작했다. 웃긴 이야기도 들려주고 익살도 떨었지만 헛일이었다. 이 와중에 대체 누가 그런 걸 감상할 마음의 여유가 있으랴.

그때 혼란에 빠진 군중 틈에서 혼자 울고 있는 여자아이가 눈에 들어왔다. 사람들에게 부대껴 떨어뜨린 인형이 이리저리 차여 진흙 발자국으로 얼룩져 있다. 아이는 울면서 인형을 주우려 하지만 손이 닿지 않아 발만 동동거린다. 저우춰가 인파를 헤치고 사람들의 발밑으로 기어들어갔다. 숱하게 짓밟히고 걷어차인 끝에 마침내 인형을 집어들었다.

"자, 네 친구 맞지?" 그가 아이에게 인형을 건넸다. "그새 보물 탐험을 다녀왔다는데? 멀리, 화산 꼭대기 분화구까지 찾으러 가느라 좀 더러워졌지만."

"정말?" 아이가 눈을 비비며 울음을 그치고 코를 훌쩍였다.

"그럼, 정말이지." 저우춰가 말했다. "봐, 얘가 말하잖아. 후후, 분화구에서 무척 영롱한 보석을 발견했어. 가장 눈부신 보석은 용암 속 깊은 밑바닥에서만 만들어지거든. 어때, 예쁘지?"

저우춰가 인형의 손바닥을 펼쳐 보인다. 아이의 얼굴에 환한 웃음이 떠올랐다. "정말이네, 예쁘다."

두 사람의 발밑이 출렁이고, 폭풍우 속의 오색 샘물 같은 무지개가 나타나 시티 한복판을 가로질렀다.

몇 년 전 우연한 계기로 이 소설을 썼다.

출발점은 어머니와 나 사이의 몇 가지 작은 충돌이었다. 평소 어머니는 나의 사고방식이 당신이 기대하는 만큼 긍정적이지 않다며 곧잘 언짢아했다. 어머니는 늘 정열적으로, 떠들썩하게, 명랑하고 온화하게 지내고 싶어했다―그리고 몇 번이고 현실에 패배하고 만다. 왜 당신 바람처럼 언제나 긍정적으로 살 수 없을까. 어머니는 쉬이 납득하지 못하고 넋두리를 하곤 했다.

대개의 경우 내게는 어머니를 위로할 방법이 없다. 내가 보기에 문제는 현실이 상상처럼 멋지지 않아서가 아니다. 외려 현실이 슬픔과 고통으로 가득하다는 사실을 받아들이지 못하는 게 문제다―희로애락은 하나하나가 생활의 일부다. 시도 때도 없이 찾아오는 슬픔, 고통, 아픔을 기꺼이 받아들이고 공존하는 것이 인생 아닐까.

나중에 나는 깨달았다. 어머니 세대의 사람들은 젊을 때 온갖 것이 발전을 향해 나아가야 하고, 언제나 분발하고 노력하고 적극적이어야 하며, 혁명적 낙관주의의 정신을 잊지 말아야 한다고 배웠다. 이른바 '대단원'을 추구하는 중국의 전통적 사고방식을 체득해야 한다고도 배웠다. 그 결과 일상의 감정은 밝고 긍정적이어야 하며, 유쾌함과 낙관은 건실한 감정인 반면 분노나 슬픔은 그렇지 못하므로 지워버려야 한다고 믿게 되었다. 긍정 에너지를 전달하는 작품이야말로 진심으로 공감할 수 있는 문학이라 여기고, 대다수 작품이 지니는 슬픔과 분노, 야유, 고통 같은 기조를 이해하지 못한다.

사람의 마음은 그 자체로 완전해서 따로 나눌 수 없다. 인격과 의식 속에는 즐겁고 밝은 일면만이 아니라 극히 자연스러운 부負의 감정이 존재한다. 빛과 그림자처럼 밝음이 있으면 어둠이 있고, 어둠이 있으면 밝음이 있다.

쓸데없는 일을 '성가시다'고 느끼고, 미지의 위험에 '불안'해하며, 불공평한 일에 '분노'한다. 잃어버렸거나 손상된 무언가를 '슬퍼'하고, 잔혹한 행위를 '두려워'하며, 어리석고 꼴사나운 짓을 '조소'하고, 무자비한 일을 당한 사람을 '딱하게' 여기며, 상처를 입히려 드는 사람을 '미워'한다…… 전부 사람의 건실한 감정이다. 이런 감정을 직시하지도 인정하지도 못한 채 두려워하고 억압하면 건실한 자아의 많은 부분이 잠재의식 속으로 밀려난다. 산 아래 갇힌 요괴가 그 자리에서 줄곧 꿈실거리는 것과 비슷하다.

정신분석학에 따르면 인격과 심리의 그림자 부분이 이유 없이 소멸하는 일은 없다. 특히 자신을 직시하지 못하거나 회복시키지 못할 때, 억압되고 배척된 갖가지 그림자는 다른 장소로 이동해 간다. 어떤 것은 잠재의식 속에 가라앉아 급기야 우울증, 조증, 분열, 자해, 타인과의 충돌로 변한다. 또 어떤 것은 자의식의 완전함을 유지하기 위해 몸 밖으로 나가 타인을 향한 무의식적 공격성으로 모양을 바꾸어, 끝내는 타인과 자신에게 상처를 입힌다.

거기까지 생각했을 때 이 소설을 쓰기 시작했다. 나는 인간의 의식이 하나의 완전체임을 말하고 싶었다―만일 일상 속에서 긍정적이고 즐거운 감정밖에 드러낼 수 없다면 숱한 분노나 슬픔은 어디로 갈까. 두말할 필요 없이 그림자처럼 도사린 채 폭발할 때를 기다리리라.

이 소설에는 딱히 기발한 설정은 없다. 오직 한 가지―사람으로 태어난 이상, 어떻게 자기 안에 있는 모든 빛과 그림자를 통합해 완전함을 지닌 인간이 될 것인지 물을 뿐이다.

불사르다

위왓 렁위왓웡사

위왓 럿위왓웡사 Wiwat Lertwiwatwongsa

1978년 태국 푸켓에서 태어났다. 'Filmsick'이라는 활동명으로 영화 비평을 쓰고 영화 기획자로 활동하고 있다. 소설집 『부서진 유토피아』『기형아의 사랑』『불타는 우주』 중편소설 『위로의 84단락』 등이 있다.

1

고양이가 사라지고 얼마나 됐는지 당신은 기억하지 못한다. 이름은 없고 '고양이'라고 불렀던 고양이다. 벌써 며칠, 어쩌면 일주일이 넘었는지도 모른다. 그런데도 잠깐씩 졸 때면 어김없이 따스한 털의 감촉을 느낀다. 당신의 몸을 쓰다듬는 듯한 움직임, 희미하고 나직하게 골골대는 소리. 그 감각에 몸을 맡긴 채 당신은 잠에 빠져든다.

이 방에서 그와 사랑을 나누었다. 방으로 데려와 유혹한 것은 당신이다. 해변에서 그와 재회했다. 고등학교 친구였던 그는 삼십대 중반이 되었어도 그때와 다름없이 안쓰러웠다. 본가를 한 번도 벗어난 적 없이 여전히 어머니와 살고 있었다. 가진 것이라고는 컴퓨터와 오토바이 한 대. 당신과는 내리 삼 년 동안 같은 반이었다. 그는 누구와도 가까이 지내지 않았다. 기묘하다면 기묘한 고립이었다. 공부를 잘하고 차분한 아이였다. 친구들도 인정했다. 그러나 그룹 행동을 피했고 친한 아이도 없었다. 그가 학교에 소설책을 가지고 다녔던 것을 기억한다. 그나마 당신과 친해진 것은 그가 당신을 짝사랑해서였다. 그가 책을 빌려주곤 했다. 때로 메모가 끼워져 있었다. 그는 귀여운 카드를 쓰거나, 뭔가를 암시하듯 책의 한 구절을 인용하기도 했다. 그 무렵 당신은 그가 보내는 모든 신호에 적당한 성의를 품고 응했다. 연심과 착취 사이에서 밀고 당기는, 당신의 첫 게임이었다.

고등학교를 졸업한 후로는 만난 적이 없었다. 당신 인생에도 변화가 찾아왔다. 여기저기 전전하다 다시 집으로 돌아왔다. 이미 당신을 필요로 하지 않는 집. 완전한 방랑. 당신과, 투명한 고양이가 한 마리.

볕이 거의 들지 않는 방의 작은 창문을 당신은 늘 열어두고 지낸다. 이따금 집주인이 아파트 앞에 차를 세운다. 늘 똑같은 자리에 똑같은 방향으로. 그러면 바다에서 온 빛이 자동차 유리창에 반사되어 방으로 들어온다. 불과 십 분쯤이지만 그때만큼은 가령 아무리 배가 고프다 한들 마음이 평온해진다. 그 비밀을 그에게 귀띔해주었다. 처음 방에 데려왔을 때, 그 빛을 보는 일은 대단한 행운이라고 일러주었다.

당신은 옷을 거의 벗지 않고 그와 몸을 섞었다. 쾌감에 떠는 추한 얼굴을 보지 않아도 되도록 눈을 감았다. 눈을 떴을 때 그는 당신이 아니라 작은 방에 아주 잠시만 머무는 햇빛을 바라보고 있었다. 갑자기 그의 노래를 떠올린다. 하층계급 청년의 실연으로 가득한 슬픈 러브송들. 지금은 전부 달라졌다. 그가 복사해주었던 CD는 이미 재생할 수도 없는데 몇 장인가 보관하고 있다. 가사가 머릿속을 뛰어다닌다. '우리를 만나게 해놓고/하나가 되지 못하게 하는/세계를 원망해' '세계가 우리를 괴롭혀/당신은 화를 낼까'. 그리하여 당신은 그의 목을 끌어당겨 키스한다.

아니나 다를까. 당신을 단 한 번 가진 것만으로 그는 순한 어린아이가 되었다. 꿈속에서 빛바랠 뿐이던 욕망을 채워준 것이다. 당신은 그에게 이것저것 요구했다. 당신을 만나려면 시내에서부터 오토바이를 달려 산을 넘어 바다까지 와야 한다. 그는 기꺼이 왔다. 고등학교 때처럼, 당신은 다시 그를 친구로 삼았다. 소년 소녀. 학교 지정 체육복을 입고 책방에 나타나는 어리석은 몽상가들. 슬플 만큼 밝은 바다색 폴로셔츠와 저지 바지. 그는 이제 책을 읽지 않았다. 당신도 그렇다. 음악도 옛날 것을 계속 듣는다. 그에게 당신을 허락한 것은 한 번뿐이다. 그후로는 방에도 들이지 않았다. 당신들은 바다로 간다. 햇빛을 하염없이 바라보고, 어둑함을 주고받는다. 눈앞에 있는 것이 오르막길이 아니라 내리막길임을 배운다.

그와 재회한 것은 불길 속에서였다. 당신은 여러 가지가 불타는 광경을 보고 있었다. 고화질의 영상 속에서, 존엄과 더불어 불붙어 타오르고 부서지고 빛나는 불꽃을 보았다. 불은 머리보다 높이 타올랐다. 더없이 아름답고 더없이 위험한 불꽃. 그라고 확신했다. 그가 꿈꾸던 것을 마침내 행동으로 옮겼다고. 제 몸을 불사르는 성냥처럼.

일찍이 당신들은 비밀을 공유했다. 처음은 고등학교 때다. 그의 집 건너편에 있는 남자 선배의 집에서 나오는 모습을 들켰다. 지독히 더운 일요일 오후였다. 모든 것이 눅눅하고 진득거려 어둡고 탁한 물속을 걷는 것 같았다. 누구의 연인도 된 일이 없던 당신은 볕이 쏟아져들어오는 방에서 오후를 보냈다. 한낮의 태양을 향해 창문이 난, 미치도록 더운 방이었다. 피부가 아릴 만큼 더웠고 땀이 온몸을 더럽혔다는 것 말고 그 성교의 기억은 없다. 선배에 대한 기억도 없다. 그렇지만 그는 기억난다. 선배는 벌거벗은 채 방에 남아 있고, 당신은 혼자 그 집 대문을 열고 나왔다. 그때 당신에게 와닿던 기묘한 시선. 절반은 흔들리는 꿈을 서럽게 바라보는 개의 눈빛. 절반은 똑바로 응시하는 남자의 눈빛. 절반은 질투와 슬픔, 절반은 미움과 고통.

엄마가 죽은 뒤로 당신은 떠돌았다. 당신이 대학생일 때 엄마가 죽었다. 당신을 좋아했다고는 할 수 없는 엄마를 간병하기 위해

본가에 돌아왔다. 병들어 스스로를 통제하지 못하는 엄마, 먼저 죽은 새 연인의 꿈에 빠져 있던 엄마. 엄마와 그 남자의 일은 익히 알고 있었다. 남자의 아내가 전화를 걸어 엄마를 매춘부라고 닦아 세웠다. 나중에 당신도 그의 입에서 듣게 되는 말. 당신과 엄마는 닮은 데가 없는데, 그 사실이 생략되고 복수형으로 하나가 될 때. 타인의 얼굴에 내던지기 위해서나 존재하는 도덕을 따르지 않았다는 이유만으로 방탕과 경멸의 상징이 된다.

엄마가 죽고 대학을 그만두었다. 바닷가를 전전했다. 온갖 일을 했다. 식당 종업원, 바텐더, 여행회사 직원, 세븐일레븐 점원, 바리스타, 2급 홍보모델. 온갖 남자를 사귀었다. 취하면 손찌검을 하는 선량한 남자, 쓰레기 같은 지방 정치가, 입으로만 예술을 하는 사람들, 반정부 시위에 참가하는 사람들. 그 지역의 공항을 점거하러 간 시위대의 일원도 있었다. 본가로 돌아오고 얼마 되지 않아 술집에서 일하던 무렵이다. 남자가 공항을 봉쇄하는 데 같이 가자고 했다. 당신은 쓴웃음을 짓고 일어나 옷을 입고, 집에 돌아가 공들여 몸을 씻은 다음, 다시는 남자를 만나지 않았다.

선거가 있던 해였다는 것은 용케 기억한다. 당신의 본가와 그의 집은 그리 멀지 않다. 주민등록을 옮겼던 적도 없다. 한 일 년, 떠났다 돌아오기를 거듭하다가 고향에 눌러앉았다. 시내 쪽에는 얼씬도 하지 않았다. 엄마가 죽고 나서 관계를 끊었던 친척들과 마주치고 싶지 않았다. 하루에 한 번밖에 해가 들지 않는 아파트에 살면서, 낮에는 자고 밤에는 일을 나갔다. 그와 재회한 것은 한 해의 마지막 밤, 바닷가에서다. 온갖 것이 허공에서 불타는 밤. 누구와 갔는지는 잊었지만, 취해서 굳이 종이등을 샀던 것은 기억한다. 밑에 불을 붙이면 공기가 올라가 종이등이 조금씩 부푼다. 충분히 부풀면 손을 뗀다. 종이등이 하늘로 올라간다. 한밤의 온화한 공기 속으로 종이등은 사라져간다. 당신의 종이등이 불탔던 것을 또렷이 기억한다. 전에 그가 들려줬던 노래처럼 불꽃을 감싸는 종이. 밤하늘을 날아가는 다른 종이등과 폭죽 틈에서 당신의 종이등이 죽어간다. 그때 노래가 들린다. '이제 더이상 만나지 않는다는 의미의 재회'. 돌아본 곳에 그가 있었다. 여전히 음악을 듣는구나. 그게 가장 처음 떠오른 생각이다.

당신이 먼저 다가가 말을 걸었다. 다른 친구들이 늘 그랬던 것처럼 본명을 풀네임으로 불렀다. 별명은 있었지만 아무도 부르지 않았다. 모두 그를 본명으로 불렀고, 남부 태국어를 사용하는 걸 뻔히 알면서 중앙 태국어로 말을 걸었다. 그도 남부 언어로 대답하는 일은 없었다. 안전한 중앙의 말로 피난했다. 그는 조금 허둥댔다. 당신을 기억했고, 먼저 알아봤으면서도 그는 말을 걸어오지 않았다. 당신은 그렇게 확신했다. 뜻밖의 장소에서 뜻밖의 사람을 만나는 일은 그에게는 피난의 균형을 무너뜨리는 일이다.

이야기하는 내내 그는 차분하지 못했다. 그도 무슨 말인가를 했지만, 새해를 축하하는 폭죽소리에 묻혀 잘 들리지 않았다. 헤어지기 전에 라인을 교환했고, 그가 메시지를 보내왔다. 옛날처럼 게임이 다시 시작됐다.

당신은 바에서 네이선을 알게 되었다. 그가 당신에게 술을 주문했고, 당신이 그에게 술을 따라줬다. 선이 가늘고 청결한 홍콩 청년. 말끔하게 면도한 얼굴과 대모테 안경. 체구는 작지만 자신이 넘쳤고, 자신이 넘쳤지만 슬퍼 보였다. 영어를 잘하고, 당신보다 몇 살 많았다. 우산혁명*이 조용히 종말을 맞고 몇 년이 지났을 때 당신과 그는 만났다. 그는 바에서 혼자 술을 진탕 마시며 조용히 슬퍼하고 있었다. 사흘째에 당신이 말을 걸었고, 이레째에는 그의 방으로 갔다. 거기서 아침까지 시간을 보내며 사랑을 나누었다. 사랑을 나누지 않는 동안은 이야기를 나누었다. 당신에게는 당신의 붉은 옷 시위**가 있고, 그에게는 그의 우산혁명이 있었다. 투쟁의 젖먹이들끼리 끌어안고 아픔을 나눠 가졌다. 그는 몽콕 사건의 전말을, 중국으로부터의 독립을 당당히 주장하는 친구들에 대한 이야기를 들려주었다. 당신은 사원에서의 저격 사건을 들려주었다. 그해, 당신은 천천히 움직이는 버스를 타고 어딘가에서 어딘가로 향하던 길이었다. 도심에서 벌어진 학살이 담긴 동영상을 보며 당신은 울었다. 그가 룸서비스로 음식을 주문했다. 멀리 바

---

* 2014년 홍콩에서 일어난 대규모 민주화 시위—옮긴이.
** 2006년 이래 태국에서 쿠데타 반대와 민주주의 회복의 상징으로 붉은 옷을 입고 벌인 크고 작은 시위—옮긴이.

다가 보였다. 변화의 바람이 도시의 상공에 불고 있었다. 당신들은 미친듯이 먹고, 오랜 시간 몸을 섞었다. 크기가 알맞은 네이선의 성기가 당신의 몸속에서 천천히 뜨거워졌다. 투사와의 첫 키스. 패배자와의 천번째 키스. 해방의 키스. 혁명가의 눈물.

투표일에 당신은 그와 사랑을 나누었다. 슬픈 날이었다. 아침 일찍 일어난 그는 커피를 마시고, 오토바이를 타고 산을 넘어왔다. 굳이 에둘러 해안도로를 달려왔다. 날이 무더웠다. 당신의 이름은 아직 그와 같은 선거구에 등록되어 있었다. 본가에 가보겠느냐고, 누구 만나고 싶은 사람이 있느냐고 그가 물었지만 당신은 고개를 저었다. 그 무렵에는 아직 희망이 조금 남아 있었다. 그러므로 그와 몸을 섞는 일은 희망이 되었다. 더 좋은, 새로운 미래에 대한 희망을 교환하는 행위였다. 거의 어리석다고도 할 수 있는 희망. 투표를 마치고 점심 먹을 곳을 찾아 헤맸다. 하늘색과 오렌지색과 붉은색 선거 포스터가 거리를 장식했다. 오래된 동네 가게에서 중화면을 먹으며, 오래된 국기 무늬의 스티커와 '충성'이란 글자가 새겨진 스티커를 바라보았다. 말려올라간 스티커 귀퉁이에 먼지가 쌓여 있었다. 날은 무덥고, 가게는 천장이 낮아 숨이 답답했다. 돌아가는 길은 그가 데려다주었다. 파란 오토바이가 공허 속을 달렸다. 당신은 그를 방으로 들였다. 보이지 않는 고양이가 울었다. 당신도 고양이와 똑같다. 투명하고, 맨몸이고, 이곳저

곳을 떠돈다. 그러면서도 패배를 인정하지 않는다. 당신은 온갖 것에 대해 그에게 감사하고 싶어진다. 당신 자신과 과거를 잇는 다리를 모조리 불태워버린 이래 남은 것은 그와, 그 자신의 사진으로 재킷을 만든, 이제는 듣지 못하는 오래된 CD뿐이다. 작은 보은의 마음과 욕망으로 당신들은 몸을 섞었다. 당신이 없을 때 방으로 찾아와 식물에 물을 주라고, 투명한 고양이에게 밥을 주라고 그에게 부탁했다. 헐벗은 엉덩이와 졸린 얼굴, 무더운 오후, 안타까운 선거, 깨끗하게 정리된 가방, 오후 내내 뙤약볕 아래 서 있는 오토바이, 드러누워 천장을 바라보는 당신, 침이 말라붙은 젖가슴. 난생처음 마음이 조용해졌다. 가령 한순간뿐이었다 해도.

한때 그는 작가를 꿈꾸었다. 단편소설을 여기저기 응모하는 사이 세월이 지났다. 온갖 이야기를 블로그에 썼다. 그것만이 도피수단인 것처럼 닥치는 대로 썼다. 그의 작품을 읽은 일이 있다. 이 작가와 저 번역가의 말을 그대로 갖다 베낀 분수에 맞지 않는 이야기, 본인도 잘 모르는 채 쓴 평범하고 흔해빠진 이야기였다. 그래도 그 성실함은 좋았다. 그가 지닌 유일한 재산이 성실함이었다. 너무 확실히 드러나는 탓에 그를 안쓰러운 사람으로 만들어버리는 성실함. 그가 조금 더 불성실했더라면 작품도 조금쯤 재미있었으리라. 그는 여전히 글을 쓴다. 책을 읽는 일도, 인생을 사는 일도 그만두다시피 해놓고 아직도 슬프게 분투하는 것이다.

그날 오후, 귀를 늘어뜨리고 주인을 기다리는 강아지처럼 그가 당신 집 앞에서 기다리고 있었다. 네이선이 빌려온 값싼 흰색 친환경 자동차가 햇빛에 반짝였다. 당신이 차창을 내리고 손짓했다. 네이선이 차에서 내려 그에게 말을 걸었을 때 그의 표정이 희미하게 어두워지는 것을 당신은 보았다. 그가 부끄러울 정도로 성실한 탓이다. 젊은 두 남자가 어색하게 인사를 나누는 광경을 당신은 선글라스 너머로 지켜봤다. 그가 뒷좌석 문을 열고 멍한 얼굴로 올라탔다. 당신이 그의 노래를 틀었다. 그가 녹음해준 고리타분한 태국어 곡들. 지금은 스마트폰의 스트리밍 앱으로 들을 수 있는 파일로 바뀌었지만. 차가 바다를 향해 달린다.

"때때로 나는 뭔가를 불사르고 싶어져. 위대한 것들과 잘난 척하는 것들이 불타는 광경을 보고 싶어져. 몇 년 전 거리로 나왔을 때, 최루가스를 들쓰고 도로를 달리던 때, 나는 불타는 것을 떠올렸어. 저 태양이 보이지? 불타는, 위대한 것. 위대한 것은 그게 무엇이든 불이 붙어. 우리에게 밀랍 날개가 있다 한들 언젠가는 위대한 것에 불살라져 재가 되지."

해가 저문다. 오렌지빛이 하늘을 불사른다. 파도가 잔잔했고 해변은 사람들로 북적였다. 당신들은 네이선이 가져온 와인을 마셨다. 당신은 그의 허벅지를 베고 네이선의 허벅지에 발을 올렸다. 두 남자는 넘어가는 해를 멍하니 바라보았다. 네이선이 자신의 시위를 들려주었다. 당신들은 각자의 고뇌를 교환했다. 2010년에 그는 페이스북에서 상황을 주시하거나, 생각한 바를 쓰거나, 뉴스를 공유하며 멀리서 시위를 응원했을 뿐이라고 네이선에게 말했다. 나중에, 마치 처음부터 존재하지 않았던 것처럼 소멸한 시위에 실제로 참가한 일은 한 번도 없었다. 그해, 그는 그때까지 뿌리내리고 있던 자신의 세계를 모두 잃었다. 과거의 친구, 과거에 함께 불렀던 노래, 과거에 읽었던 문학, 과거에 동경했던 예술가, 과거에 사랑했던 사람, 과거의 가족. 그 사람들은 그후에도 훌륭한 생활을 계속했지만 그는 그때 죽어서, 산 유령이 되었다. 페이스북에서 완전히 모습을 감추고, 동창회에도 나가지 않고, 백화점에서 우연히 스쳐지나갈 것 같으면 미리 피했다. 사회의 일부가 되는 일은 자신이 범죄에 가담했다고 인정하는 일이다. 그걸 증명하기 위해 인생의 가장 좋은 시기를 미련 없이 버렸다.

어둠이 내려오고 해변에서 사람들이 사라졌다. 당신들은 아직 시트 위에서 뒹군다. 와인과 저항의 기억에 취해 해변에 머문다. 쓰디쓰게 눌어붙은 정치의 비탄에 좀먹어 인생의 어떤 아픔도 저만큼 밀려나 있다. 네이선은 당신과 그 사이에서 잠든다. 울적한 파도와, 모래를 밟는 발과, 차가운 밤바람소리 사이에서. 네이선이 얼굴을 돌려 당신에게 키스한다. 당신도 네이선에게 키스한다. 네이선이 얼굴을 돌려 그에게 키스한다. 그도 네이선에게 키스한다. 둘의 안경이 부딪친다. 모래가 물보라에 키스한다. 한밤의 바람이 머리카락에 키스한다. 슬픈 두발짐승 세 마리가 몽상과 별빛

속에서, 최루가스와 화염 속에서, 알코올과 고무 총탄 속에서, 키스한다.

헐벗은 몸 세 개가 바다를 바라보는 방에서 끌어안고 있다. 새벽에 속이 울렁거려 잠을 깬 당신은 화장실로 달려가 토했다. 숙취로 정신이 몽롱했다. 당신이 일어나자 네이선이 몸을 움직여 그를 끌어안았다. 두 청년이 형제처럼 끌어안고 한 침대에 잠들어 있다. 당신은 미니바에서 찬물을 꺼내 소파에 앉아, 먼 곳에서 오는 빛을 응시한다. 동쪽은 방의 반대쪽이다. 서쪽의 아침 바다는 인생처럼 흐릿하다. 당신들의 관계처럼 흐릿하다. 당신은 한 번도 존재하지 않았던 집과, 한 번도 손에 넣은 일이 없는 사랑을 그리워했다. 침대로 돌아가 아직 잠이 덜 깬 두 사람 사이로 파고든다. 세 개의 맨살과 그것들이 맞닿아 태어난 상처의 흔적이 생명의 화염처럼 불탄다. 두 사람 사이에서 당신은 처음으로 따뜻한 포옹을 느꼈다. 집을 느꼈다. 둘의 팔을 끌어당겨 각각 당신을 끌어안게 한다. 두 개의 시든 음경이 아랫배와 엉덩이에 느껴진다. 젖었던 것은 마르고, 모양을 잃은 콘돔들이 바닥에서 끌어안고 있다. 열린 창에서 스며드는 아침햇살이 레이스 커튼을 건드린다. 설령 무슨 일이 일어나더라도 이 시간을 인생의 마지막 순간까지 기억하리라 확신하면서 당신은 조금씩 잠에 빠져든다.

상상했던 대로, 그리고 상상과 달리, 당신들은 바로 헤어졌다. 당신들은 네이선을 공항까지 배웅했다. 다시는 만날 일이 없다는 걸 깨닫지 못하고 그는 손을 흔들었다. 당신은 네이선의 청결한 미소와 식민지화된 역사에서 태어난 해방의 꿈을 떠올린다. 믿기 어려운 꿈을 믿는 회계사. 그의 꿈은 당신들의 꿈속에 있다. 국가의 울타리가 없었더라면 당신들은 싸움의 동지였을 터다. 얼마 후 도망범 조례에 항의하는 시위가 시작됐다. 네이선은 당신들에게 두세 번 라인 메시지를 보내 투쟁 상황을 전해주었다. 당신들은 그를 격려했다. 홍콩 이공대학이 경찰에 포위되면서 네이선은 소식이 끊어졌다. 화염, 벽돌, 농성하며 경찰과 대치하는 학생들의 모습, 불타는 홍콩. 그 모든 영상에서 네이선을 찾았지만, 없었다. 당신은 그를 찾아내지 못했다.

2

　이런 이야기로 시작하게 될 줄은 몰랐다. 2월에 신미래당이 해산되었다. 그녀는 4월에 코로나19 바이러스 1차 유행이 밀려오는 것과 동시에 자취를 감추었다. 어머니는 7월에 죽었다. 불과 일 년 사이에 당신은 정치와, 사랑과, 인생에 대해 품었던 순진무구함을 모두 잃었다.
　때로 길고양이가 당신 집을 찾아든다. 가끔 밥을 주는, 이름은 없고 '고양이'라 불렀던 고양이다. 며칠, 어쩌면 일주일이 넘었는지도 모른다. 그런데도 잠깐씩 졸 때면 어김없이 따스한 털의 감촉을 느낀다. 몸을 쓰다듬는 듯한 움직임, 희미하고 나직하게 골골대는 소리. 그 감각에 몸을 맡긴 채 당신은 잠에 빠져든다.

당신이 돌아왔을 때 그녀는 없었다. 헤어지자는 말도, 작은 신호 하나도 없이 가버렸다. 지금껏 있었던 전부가 꿈처럼 사라졌다. 시작은 네이선과의 헤어짐이다. 그가 홍콩으로 돌아가자 세계는 다시 당신과 그녀의 것이 되었다. 무엇이든 한번 정점에 다다르면 떨어지게 마련이다. 당신은 오랫동안 그녀를 원했지만 그녀는 변한 것이 없었다. 유혹하고 거절한다. 문을 열어 세워두고 안으로 들이지 않는다. 그런 식으로 당신을 붙든 채 밀어냈다. 당신의 행복은 소유할 수 없는 것, 바라만 보는 것, 서글픈 동경일 뿐이다. 당신이 네이선이 되는 상상도 진지하게 해보았다. 승산 없는 투쟁으로 나아가는 젊은 투사. 그에게 일어날 수 있는 유일한 승리는 승리가 아니라 투쟁 자체다. 지금까지 인생에서 만났던 사람들을 빠짐없이 질투했듯 당신은 네이선을 질투했다. 질투하면서 사랑도 했다. 결국 당신이 애지중지 길러져 세상과 동떨어진 어린아이라는 사실만 분명해졌을 뿐이다. 당신은 모든 것을 손에 넣었지만 어느 것도 진정으로 갖지 못했다. 전부 잠깐 빌린 것일 뿐, 당신을 사랑하는 부모가 언제라도 거두어갈 수 있었다. 당신은 소유를 원했지만 실은 소유당하는 데 익숙했다. 그녀가 당신을 소유하게 둠으로써 그녀를 소유하고 싶었다. 나중에 그녀가 아무것도 소유하려 하지 않는다는 걸 알았지만—그렇다면 파괴는—
그건 또다른 이야기다.

당신들 세 사람의 라인 대화는 홍콩 이공대학의 대규모 항쟁 한
복판에서 끝을 맞았다. 네이선이 보낸 마지막 메시지는 졸리다고
호소하는 우스꽝스러운 이모티콘이었다. 당신들이 알기로 그는
대학 구내에서 농성중이었다. 당신과 그녀의 대화가 이어졌지만
그는 답이 없었다. 네이선도 그녀도 그룹 대화방을 나가지 않았
다. 그녀는 개별적으로는 당신에게 답을 쓰지 않는다. 당신과 그
녀는 그룹 대화방에서만 얘기했고, 당신은 그녀에게 가는 메시지
는 태국어로 입력했다. 그녀의 마지막 메시지도 네이선의 것처럼
우스꽝스러운 이모티콘이었다.

당신이 갔을 때 그녀의 방에는 다른 사람이 살고 있었다. 해가
들지 않아 쿰쿰한 냄새가 나는 방. 까무잡잡하고 입이 튀어나온,
고양이를 기르는 마른 여자는 어떻게 되었느냐고 집주인에게 물
었다. 그런 여자는 살지 않았으며, 고양이를 길러도 된다고 허락
한 적도 없다고 집주인은 대답했다. 그럴 리 없다고, 그녀를 꼭 만
나야 한다고 당신이 말했다. 경찰을 부르겠다고 집주인이 말했다.
별수없이 물러나, 사나흘 뒤 건너편 편의점 앞에 앉아 무작정 기
다렸다. 그녀는 끝내 나타나지 않았다.

그러니까 그녀는 또 사라진 것이다. 그녀의 엄마가 죽었을 때처
럼. 그녀는 갑자기 학교에 오지 않게 되었고, 집을 찾아가볼 용기

가 당신에게는 없었다. 시간이 조금 흘러, 울음을 참는 소녀의 다 물린 입처럼 그녀의 집 대문이 닫힌 것을 발견했다. 그녀가 이사를 갔다고 일러준 이는 건너편에 살던 선배였다. 길고양이 같은 그 여자는 흡사 없는 것처럼 있다가 사라졌다. 당신 때문에 그녀가 사라졌다고 믿은 채 몇 달을 보냈다. 슬프고 유혹적인 착각이다. 그녀와 네이선은 멀리 어딘가에서 같이 지낸다. 그들은 힘을 합쳐 세계의 온갖 독재에 맞서는 중이다. 그런 생각으로 당신의 세계는 돌고 있었다. 악취가 떠다니는 거리에 당신은 혼자 남겨졌다. 결국 당신은 두 혁명가의 사랑 이야기의 무대 배경일 뿐이다. 당신을 에워싸는 괴로움은 인생을 구동하는 동시에 좀먹는다. 당신은 오래된 러브송을 다시 듣기 시작했다. 당신의 팝송, 어머니의 가요곡, 아버지의 포크송. 설탕으로 코팅한 모호한 이상에 허우적대면서 정치 뉴스를 좇고 어머니와 대화했다. 그러나 그 시기의 일은 입에 올리지 않았다. 고통으로 흡족해져서, 온갖 사람의 인생이 당신을 중심으로 돈다고 믿기까지 했다. 그리고 어머니가 죽었다.

어머니의 물건은 건드리지 않았다. 집이 고스란히 쪼그라들게 놔둔 채 당신 몫의 작은 공간만 남겨두었다. 어머니 잠자리 옆에 당신의 잠자리를 만들고, 책상의 절반만을 차지했다. 부엌을 뒤져 소비기한이 지난 식재료를 버리고, 버린 만큼만 새로 샀다. 망가진 어머니의 정원에 물을 주고 잡초를 뽑았다. 온갖 것이 얇은 유리벽에 둘러싸여가는 것 같았다. 스치기만 해도 크고 깊은 상처가 난다. 집은 당신이 관장이자 유일한 관객인 미술관이었다. 당신이 관리인이고 사서이며 학예사였다.

당신은 의지가지없는 고아가 되었다. 아버지는 어머니보다 몇 해 앞서 죽었다. 어머니는 아버지가 물려준 갖가지 것들을 충실히 지켰다. 아버지의 사상과 조언과 커피 취향까지. 과거에 아버지는 어머니의 전부였다. 어머니는 자신이 아버지의 재산 가운데 하나임을 큰 긍지로 여겼다. 보살피고, 시중들고, 사랑을 돌려받는 일을 기꺼워했다. 당신도 자신이 어머니의 재산 가운데 하나임을 긍지로 여겼다. 그것이 당신들이 함께 사는 집에 균형을 창출하는 수단이었다. 서로를 위해 인생을 산다고 말하면 될까. 아버지는 키가 훤칠한 화교의 자손이었다. 어머니도 마찬가지다. 어릴 때는 갖은 역경을 뛰어넘어온 두 남녀의 완벽한 관계 속에서 당신이 방해물이란 생각을 이따금 했다. 할아버지 회사에서 사무와 회계를 담당했던 아버지는 어머니와 사랑에 빠져 허락 없이 집을 나왔다. 아버지가 맨손으로 생활을 일구는 동안 어머니는 나머지를 도맡았다.

그리고 아버지가 죽었다. 세상의 나이 많은 남자들이 대개 그러하듯이 깨끗이 가버렸다. 주립 병원에서 주렁주렁 관에 연결되어 서너 달. 장례식 내내 어머니는 울지 않았다. 어머니 장례식 내내 당신이 울지 않았듯이. 결국 아늑한 집으로 돌아오기 위해 밖으로 일을 나가는 셈이다. 모두 죽고도 떠나지 않는 집으로. 집은 죽은 자의 물건으로 가득했고, 아버지는 여전히 여기저기에 있었다. 지금 당신이 하는 일과 같다. 사랑했던 사람은 죽고 당신은 산다. 당신보다 힘센 죽은 자가 아직 머무르는 것을 두려워하고 애틋해하면서.

어머니는 라마 9세 국왕의 치세 첫해에 태어났다. 사릿 타나랏 장군 시대에 꽃다운 나이였던 그녀는 이를 악물고 그 시대를 살아냈다. 어머니가 서른일곱 때 당신이 태어났다. 이제 아이가 태어날 일은 없을 줄 알았던 가정에 마지막으로 찾아온 늦둥이였다. 당신은 허리띠를 계속 졸라매야 하는 형편 속에서 자랐다. 어머니를 돌보게 되었을 때도 절약 습관은 바뀌지 않았다. 더 정확히 말하면, 남편이 세상을 뜨고도 아들을 대학까지 졸업시킨 것은 자신이 입에서 단내가 나도록 열심히 산 덕분이라고 어머니는 자부했다.

어릴 때 힘들게 산 탓인지 어머니는 좀처럼 물건을 버리지 못하고 무엇이든 주워다놓았다. 언젠가 쓸 날이 있을 거라고 입버릇처럼 말했다. 비닐주머니, 종잇조각, 고장난 가전제품, 사은품으로 받은 접시, 치약, 이제는 입지 못하는 옷, 깨진 화분, 물병, 작은 캔, 은행에서 얻어온 국왕의 초상화 달력. 어머니는 벽에 긴 못을 박아 몇 년 치 달력을 겹겹이 걸었다. 선반 뒤에도 돌돌 말아 비닐주머니에 넣은 큼직한 달력이 하나 더 있었다. 버리기도 아깝지만 접어서 냄비받침으로 쓰기에도 송구스럽다는 것이다. 아버지의 옷도 고스란히 보관했다. 당신도 어머니가 사용하는 걸 본 적 없는 도구함을 보관한다. 기억과 경의와 결속은 마지막에는 일종의 억압이 된다. 어머니가 죽고 얼마 되지 않아 폭풍우가 휘몰아치던 밤, 당신은 집에서 혼자, 어머니 때문에 덩달아 보기 시작한 드라마를 보고 있었다. 어머니가 마지막 회까지 보지 못하고 떠난 것이 아쉬웠다. 거센 빗줄기가 지붕을 때리고 바람이 창으로 들이친다. 달력들이 부대끼다 떨어져 바닥에 흩어졌다. 이미 세상에 없는 어머니의 꾸중을 들을세라 당신은 그것을 버리지 못한다. 달력을 집어 올해 것과 합쳐 둘둘 말아, 다른 것과 함께 선반 뒤에 처박았다. 이것이 당신이 사는 방식이다. 죄다 선반 뒤에 처박아두고 자신만의 좁은 공간에서 살아간다.

당신이 대학을 졸업한 것은 탁신 친나왓 추방 운동이 시작된 첫해였다. 집에서 어머니와 함께 〈이번주의 태국〉이란 텔레비전 프로그램을 보고 있었는데, 드라마와 채널을 다퉈야 해서 어머니는 썩 마땅치 않은 눈치였다. 결국 오욕과 더불어 끝을 맞았던 각성과 저항의 달콤한 시간을 당신은 용케 기억한다. 정치는 더럽고 상종 못할 것이라 믿는 어머니와도 당신은 대화를 시도했다. 나중에 한 진영에서 다른 진영으로, 구국의 동맹에서 붉은 옷의 지지자로 사상을 바꾸기는 했지만. 반면 어머니는 끝내 자신의 견해를 관철했다. 신념과 변명의 중간쯤에 있는, 정치판은 지저분하고 정치가는 하나같이 무능하다는 견해를. 어머니에게는 친족의 기일에 절을 찾고, 고향을 떠나온 화교의 관습에 따라 선조의 넋을 기리고, 계율을 지켜 아흐레 동안 채식을 하는 것만이 인생의 하루하루에 새겨진 표시였다. 지방 출신의 저학력 여성이었던 어머니는 침묵하는 돌처럼 견실함을 유지했다. 일족의 혈통을 제대로 물려받고 있음을 자각했다. 아득히 먼 옛날에 죽은 사랑하는 남자와 국가의 원수에게 은의를 느꼈다. 죽을 때까지 어머니는 그렇게 살았다. 한편 믿지 못할 인간인 당신은 미친 것처럼 변화를 거듭하는 정치 상황의 한복판에서 몇 번이고 자신을 잃었다.

'느림'이 모든 것을 치유한다. 당신은 여느 때처럼 일하러 갔고, 밤에는 조용한 것보다 훨씬 조용한 집에서 지냈다. 당신이 사는 구시가는 어머니와 함께 죽었다. 감염의 1차 유행이 물러갈 즈음 가까운 가게 대부분이 문을 닫았다. 집 뒤편의 타운하우스도 임대 기간이 끝나 세입자가 줄줄이 나갔다. 전 항공편이 운항을 중지하고 도시는 급속히 죽어갔다. 관광객이 사라져 헐벗은 거리가 볼품없는 민낯을 드러냈다. 카페, 마사지숍, 옷가게, 약국까지. 마지막에는 어디나 철문이 잠겼고, 밤이면 편의점만 불을 밝혔다.

당신을 진정으로 치유해준 것은 먼 곳의 시위 뉴스였다. 소셜 미디어를 통해 시위 현장으로 언제든 갈 수 있었다. 평생 정치적 견해 따위는 지니지 않겠노라 공언했던 어머니를 피해 이어폰을 쓸 필요도 없었다. 시위 동영상을 얼마든지 큰 볼륨으로 볼 수 있었다.

뉴스미디어의 라이브 스트리밍에서 자신의 얼굴을 발견하고 당신은 몹시 기묘한 기분이 되었다. 그 주에는 줄곧 비가 내렸고, 그날 밤 당신은 일찌감치 돌아와 작고 따뜻한 방에서 스마트폰 화면을 들여다보며 시간을 보냈다. 새로 생긴 뉴스미디어가 텔레비전은 방송하지 않는 소식을 중계했다. 당신은 어두운 방에서, 어슴푸레한 빛 사이로 떨어지는 푸른 빗줄기를 뚫어져라 바라보았다. 분노로 가슴이 쿵쿵거린다. 육백 킬로미터쯤 떨어진 곳에서, 당신이 모르는 아이들이 스카이워크에서 내려와 도로를 우산으로 뒤덮으며 싸우고 있다. 푸른 빗줄기가 그들의 살갗을 찌르고 간질였다. 카메라가 좌우로 움직인 순간 당신은 자신의 모습을 발견했다. 아마도 남방 화교의 자손일 터인 넓적한 얼굴, 안쓰럽게 살찐 몸, 사이즈도 모양도 맞지 않는 싸구려 바지, 한때 당신도 썼던 두툼한 대모테 안경, 앞가르마를 탄 머리와 대학 제복 셔츠. 불과 일 초에서 이 초 남짓한 영상이었지만 스무 살 때의 당신과 판박이였다.

이튿날, 거울 앞에 벌거벗고 서서 당신은 몸 구석구석을 관찰했다. 턱수염과 머리카락에 희끗희끗한 것이 섞여 있다. 유심히 들여다보는 사이, 안에서부터 사람을 좀먹는 시간의 존재를 이해할 것 같았다. 시간은 우리 곁에 있지만, 이기는 쪽은 언제나 시간이다. 시들어가는 자신을 아침결에 바라보는 것은 내면의 짙은 슬픔만큼 아름답고 고요한 일일 터다. 소년은 멀리 떨어진 파툼완 교차로의 군중 속에 있다. 당신은 집의 욕실에서, 어느 거리의 시위에도 참여한 적 없는 몸의 쇠락을 면밀히 뜯어보고 있다. 사회를 향한 원통함과 쓰라림과 저항 정신도 갈 데까지 가면 그것을 포용하기 위한 강함이 필요해진다. 끊임없이 빛을 뿜는 태양을 천으로 에워싸는 것과 같다. 젊은이들은 사회를 향한 원통함과 쓰라림과 저항 정신을 끊임없이 표출한다. 중년의 그것은 그저 우울하고 어두울 뿐. 마음은 있어도 생각할 머리가 없는 인간의 전형. 그게 당신이다. 온갖 것에서 고립된 채 실패만 맛보는 사람. 유일한 성공이라면 나약하되 융통성은 없는 인간이 된 일이다. 당신을 길러주는 것은 흡사 악마처럼 당신을 보호하면서도 안에서부터 먹어치우려 한다. 당신은 그걸 깨닫지 못한다.

온갖 곳에서 변화가 일어나고 있다. 당신은 십 년 만에 깊이 숨을 들이쉬었다. 여러 뉴스미디어와 친구들이 투고한 동영상에 비치는 군중 속에서 소년을 열심히 찾았다. 시위대는 계속 이동했고, 세 개의 요구와 하나의 꿈이 중계되어 퍼져나간다. 소년은 두세 개의 동영상 속에 있었다. 그러니까 당신이 만들어낸 환상이 아니라 실재하는 소년이었다. 당신이 젊은 날의 도플갱어를 다시 발견한 것은 10월 30일 밤이었다. 체포장이 발부돼 수감된 시위대의 초기 리더들이 재판소의 명령으로 보석 방면되기 무섭게 다른 영장이 발부되어 다시 구속될 상황이었다. 밤새도록 라이브 중계를 틀어놨던 당신은 미리 의논한 것도 아닌데 자연스레 경찰서 앞에 집

결해 동지들의 석방을 요구하는 사람들을 보고 있었다. 변호사는 피의자가 출두해 조사가 종료된 이상 불법 구속이며 있어서는 안 될 일이라고 주장했다. 리더 가운데 한 대학생이 구속을 거부했다. 그는 수감과 혼란스러움으로 상처받고 지쳐 있었다. 그가 경찰서 안에 있는 친구의 이름을 외친다. 그러자 경찰서 앞의 거대한 국왕 초상화 뒤에서 한 소녀가 모습을 드러낸다. 곳곳에 있는 국왕의 초상화는 누가 어디서 어떤 사진을 찍든 어김없이 배경에 나타난다. 소녀도 친구의 이름을 외치고, 군중을 헤치면서 동지를 향해 나아 간다. 둘은 경찰서 앞에 의자를 놓고 앉아 연설을 시작한다. 군중 이 점차 늘어난다. 당신은 멀리서, 방에 외따로 앉아 기도할 뿐이 다. 그때였다. 소년의 모습을 군중 속에서 다시 발견했다.

이름이 선이었다. 적어도 틴더의 프로필에는 그렇게 적혀 있었 다. 소년에게는 '문'이라는 이름의 쌍둥이 누이가 있다. 자신은 일 식, 누이동생은 보름달빛이라고 소년이 말했다. 당신이 오른쪽으 로 스와이프하자 바로 그와 매치되었다. 그가 처음 보내온 메시지 는 '안녕하세요'가 아니라 'Motercycle Emptiness'*였다. 당신의 프로필에 적어둔 그 곡의 가사 첫 구절로 당신이 대답을 보낸다. 그리하여 당신은 타인의 얼굴, 요컨대 소년의 얼굴에서 자신을 발

---

* 영국의 록 밴드 매닉 스트리트 프리처스의 앨범 〈Generation Terrorists〉 수록 곡—옮긴이.

견하게 된다. 얼굴이 다가와 둘의 안경이 포개질 때 마치 자신에게 키스하는 기분이 든다. 그런 얼굴에.

서로 몸을 맞대는 순간까지, 그가 그렇게 가까이 있을 줄은 생각도 못했다. 둘이 누워 뒹구는 모습은 형과 아우, 아버지와 아들, 쌍둥이 혹은 도플갱어 동지들의 그것이었다. 당신은 방콕에 이삼일 가서 몇 가지 볼일을 보려 했을 뿐이었다. 그 김에 한 번쯤은 시위에 참가할 생각이었다. 그러는 와중에도 낯선 이의 품에서 잠깐의 따뜻함을 찾고 있었다. 그리고 그를 만났다. 전율할 만큼 당신과 닮은, 비밀을 품은 소년. 시위대에서 소년을 봤다는 말은 하지 않았다. 당신들은 상처나 역사나 동경이 아니라 서로의 몸을 먹고 마시고 맛본다. 당신은 처음으로 자기 자신 속에 깊게 가라앉는다. 부드러운 몸을 끌어안는다. 병원균을 천천히 들이마시고 죽어가는 백혈구처럼. 소년은 낮은 신음을 내며 가쁜 숨을 뱉었다. 성기가 존재하지 않는 정사. 오로지 보듬고 어루만지며 서로를 가진다. 당신의 호텔 방에 떠도는 영원한 공허를 들이켠다. 점멸하는 푸른 네온사인이 창으로 흘러들어 당신들의 살갗을 물들인다. 홍콩에서, 방콕에서, 시위하는 사람들을 향해 날아갔던 액체에 섞여 있던 바로 그 색. 당신들의 맨몸을 지배할 수 있는 유일한 색. 실패에 에워싸인 당신이 어떠한 저항의 현장에도 나가지 못하는 것처럼, 약함도 당신을 끌어안고 있다. 소년은 당신의 힘을 거스르고 위에서 몸을 포개어 여기저기에 키스했다. 맞당기는 팔은 상대를 가루 내어 무너뜨리고, 녹아서 하나로 섞이고자 하는 듯했다. 그런데도 몸을 섞는 당신들의 몸짓은 닮은꼴이었다.

창을 연다. 밤바람이 운하의 악취와 몸 파는 사람들의 체취를 방으로 실어온다. 그가 담배를 나눠주었다. 푸르스름한 빛에 물든 그의 피부를, 음악을 고르려고 스와이프하는 스마트폰의 하얀 빛에 젖은 얼굴을 당신은 조용히 바라본다.

매닉스, 좋아해요? 소년이 묻는다.

알아? 당신이 대답한다.

모르면 매칭이 됐겠어요? 소년이 웃음을 참으며 말한다.

그 밴드의 곡과 함께 어른이 됐어. 당신이 대답한다. 공허한 인생에서 유일하게 선택을 그르치지 않았던 일인 것처럼, 잘난 체하면서.

난 태어나지 않았을 땐데.

당신은 소년의 머리칼에 손을 넣어 헝클어뜨리고, 그의 스마트폰 화면을 스와이프해 곡을 골랐다. '천국은/아무것도 태어나지 않는 장소일까'라는 가사의 노래다. 어두운 방에서, 맨몸의 당신들이 서로의 음경을 어루만진다. 제임스 딘 브래드필드의 기타와 화난 듯한 목소리 안에 당신들은 떠 있다. 서로 얼굴을 보는 대신 베란다 바깥의 네온이 물들인 푸른 천장과 푸른 벽을 멍하니 바라본다. 베란다 맞은편 너머는 전철역이다. 온갖 장소에서 온 사람들이 골판지 상자를 깔고 역 앞 광장에서 뒹굴고 있다. 가장 밝은 것은 조명으로 장식된 국왕의 거대한 초상화다.

"때때로 나는 뭔가를 불사르고 싶어져. 위대한 것들과 잘난 척하는 것들이 불타는 광경을 보고 싶어져. 위대한 것에는 그게 무엇이든 불이 붙어. 우리에게 밀랍 날개가 있다 한들 언젠가는 위대한 것에 불살라져 재가 되지." 당신이 말했다. 가사를 불러주듯. 소년을 향해 말했지만 자신에게 들려주듯. 오늘밤이 그날 밤을 떠올리게 했다. 바다를 향해 창이 열린 호텔 방을. 안경을 쓴 야윈 청년을. 까무잡잡한 그녀를. 안중에도 없는 친구가, 쓸모없는 아이가, 잃어버린 아버지와 어머니를 떠올리듯 떠올렸다.

그 밤, 당신들은 정치 얘기를 하지 않았다. 당신들이 하지 않은 얘기가 공중에 떠다녔다. 당신들은 두 번 사랑을 나누고 헤어졌다. 푸른 빛 속에서 벌거벗었던 당신들은 무심히 각자의 옷을 걸치고 돌아갔다. 그런 다음 소년이 보내온 라인 메시지에 당신은 잔잔히 웃었다. (전부를 의심해줘/그걸 바라는 건 너무한가?)

당신은 밤새 뒤치락거리며 호텔 방의 유령이 내는 목소리를 들었다. 버림받고 그 방에서 고독하게 죽어간 사람의 신음을 들었다. 바깥, 역의 플랫폼, 역의 입구, 육교 밑, 온갖 건물 안, 아무것도 보지 않아도 되게끔 기꺼이 장님이 된 중산계급이 점거한 한낮의 대로. 도시 전체가 그런 목소리에 싸여 있다. 유령의 목소리가 공기가 된다. 목소리는 너무 커서 조용해진다. 공정하게 대우받지 못하고 죽어간 사람의 목소리는 동물의 울음을, 냉장고와 에어컨 소리를 닮았다. 꿈속에서 당신은 무언가가 사방에서 불타는 광경을 보았다. 살갗이 열기로 따끔거리고, 감은 눈꺼풀 너머에서 오렌지빛이 번쩍인다. 그게 무엇인지는 알 수 없었다. 다만 당신 손에 라이터가 쥐어진 것은 알 수 있었다.

3

벽돌 세 개가 포개져 있다. 두 개는 받침처럼 세로로, 하나는 그 위에 옆으로 눕혀져서. 마치 예술작품처럼 도로에 산재하지만, 실은 전진해오는 경찰차의 움직임을 늦추기 위한 것이다. 화염병이 날아가 깨지면 오후의 하늘에 불이 붙는다. 도로에 기름이 번지고 화염이 올라간다. 강제 진압으로부터 사람들을 지키는 벽처럼. 늘 뭔가가 불타고 있다. 파괴하기 위해서가 아니라 지키기 위해서. 화염은 당국의 돌격으로부터 시위대를 지키는 갑옷으로 변한다. 그들은 불과 얼마 전, 대학 구내에서 화염병 만드는 법을 배웠다. 얼굴들은 방독면이나 헝겊 마스크나 부직포 마스크, 좌우지간 손에 들어온 것 뒤에 감춰져 있다. 달리면 마스크 안의 땀과 열기로 안경에 김이 서려 길이 거의 보이지 않는다. 피로와 공복이 구석구석 번져 있다. 셔츠와 반바지 제복 차림의 젊은이. 접는 우산,

운동화, 모자, 마스크. 갈증도 해소하고 최루가스도 씻어내는 물은 배낭 안에 있다. 모든 것이 지금은 검은색이다. 불길이 밤하늘로 올라간다. 완전 무장한 경찰대의 고광도 플래시라이트가 건물 안을 훑으면 시위대는 싸구려 초록색 레이저 포인트로 대항한다. 앰프가 뱉어내는 시끄러운 소리가 투항을 재촉하면 시위대는 확성기로 맞선다. 지면을 때리며 달리는 소리, 가쁜 숨소리, 마음 안쪽과 바깥쪽에서 불길이 타오르는 소리, 타이어가 길바닥의 벽돌을 뭉개는 소리. 무언가가 끝을 맞으려 한다. 그럼에도 소중한 것은 신들에게 예배하듯 지켜야 한다. 낮밤 없이 촛불을 밝혀야 한다. 한순간도 꺼트리지 않고 밀랍을 새로 흘려넣는다. 보이지 않는 불길은 단순한 파괴로는 사라지지 않는다.

뚜껑을 잘라낸 양철 캔에는 두 가지 용도가 있다. 하나는 비스듬히 자른 뒤 손잡이를 박아 쓰레받기로 쓰기. 또하나는 잘 뒀다가 조상에게 제사를 올릴 때 금색 은색의 지폐를 태우기. 중화계 주민들이 사는 타운하우스 안에는 천장이 높은 세탁장이 있다. 중정이자 부엌이자 공용 공간으로 사용하는 작은 광장이다. 비 내린 한밤의 세탁장 한복판에 양철 캔이 놓여 있다. 선반 뒤며 서랍에서 꺼내온 물건들, 1992년도 영수증, 이제는 있지도 않은 회사의 이름이 인쇄된 월급봉투, 낡아 해진 옷, 더럽고 깨지고 오래된 공구함, 흰개미가 반쯤 먹어치운 하드커버 책, 카세트테이프, 빈 CD 재킷, 절반이 뜯겨나간 탈지면과 몹시 지저분한 나머지 절반,

복권의 마지막 두 자리와 세 자리 숫자를 메모해둔 노트, 구형 가전제품의 취급 설명서, 3, 4, 5권뿐인 만화책, 지자체와 이름이 이상한 단체의 홍보지, 십 년 전의 출가식과 결혼식 초대장, 모르는 이름이 찍힌 명함, 화장대 밑에 깔았던 신문지, 왜 보관했는지 알 수 없는 낯모르는 사람의 사진, 전부가 오래된 양철 캔 속에서 바야흐로 불살라질 것이다. 마지막으로 수십 년을 선반 뒤에 처박혀 있던 돌돌 말린 두툼한 종이 다발. 시작은 작은 불꽃이다. 불꽃이 조금씩, 신중하게 번진다. 허공으로 올라가 밤빛에 섞이는 검은 연기만 그곳에 있다. 오렌지색 불길이 텅 빈 눈동자에도 번진다. 추억과 사랑과 경의와 가르침과 근심과 동정 속에 버려지고 좀먹고 갇혀 있던 사람의 눈동자에 불길이 찌르는 듯한 아픔과 뜨거움을 남긴다. 그 아픔이 당신이 아직 살아 있다고 경고한다. 먼 곳의 시위 소리가 컴퓨터 스피커에서 들려온다. 뿌리가 잘려도 나무는 죽지 않을 것이다. 어쩌면 새 땅에서 다시 자라리라. 재 안에서 태어나는 새처럼.

거대한 방수 시트에 인쇄된 사진, 나무틀, 그것을 둘러싸는 자잘한 무늬가 찍힌 발포 스티로폼. 전부에 불이 붙어 매운 냄새를 피운다. 우선 방수 시트. 핥듯이 번진 불이 이슬처럼 지면에 떨어진다. 검은 연기가 주춤거리며 밤하늘로 올라간다. 중정을 밝히는 조명 불빛이 발포 스티로폼을 비춘다. 불길은 재빨리 번져 어둠 속에서 엄숙하게 일어선다. 정말로 모든 것에 불이 붙었다. 밤바람이 느리게 지나간다. 공연을 지켜보는 관객처럼 모두가 조용해진다. 네모난 나무틀이 바람에 흔들리다 천천히 타들어간다. 이튿날 아침 해가 뜰 무렵이면 검은 잔해가 되어 있으리라. 과거에 영화를 누리고 조락해간 것의 잔해가.

4

군중 속에서 빠르게 움직이는 등이 보인다. 제각기 나뉜 작은 그룹의 연설을 들으며 당신은 낯익은 그 등을 쫓아간다. 거리 미술을 선보이는 사람이 있는가 하면 여성의 권리를 호소하는 사람, 생활수준 향상을 요구하는 사람도 있다. 동북 지방의 민요까지 들린다. 사람들이 저마다 요구를 쏟아낸다. 시위 현장 여기저기에 있는 무대에서 누구는 케이팝 댄스를 커버하고 누구는 템포 빠른 가요곡에 맞춰 춤춘다. 사람들이 거리로 나왔다. 절망으로 얼룩진 도시의 상공에 희망의 바람이 분다. 중고생은 트위터를 이용해 온갖 밈을 갖다 쓴 날 선 항의로 총리의 퇴진을 요구한다. 만화, 튀는 오카마* 캐릭터가 등장하는 호러 코미디 영화처럼 지금껏 무익하게 취급됐던 것의 의미가 일그러지고 새 의미를 얻어 투쟁에 이

---

* 일본에서 여장 남성을 포함해 남성 동성애자를 비하해 부르는 용어 ─옮긴이.

용된다. 정부 쪽 인간이 부정과 독직瀆職을 합법으로 포장한다면 우리도 해주는 거야. 독재 정권을 뱀 보듯 했던 과거의 혁명 음악가들이 지금은 독재자에 봉사한다면 우리는 팝송을 혁명가로 바꾸는 거야. 기존의 세계는 전복됐다. 당신은 도로를 걸어간다. 바닥에 주저앉은 사람들이 메인 무대의 연설을 들으면서 머릿속으로는 자신들이 펼칠 주장을 생각한다.

당신은 방콕으로 이주하기로 했다. 감염의 1차 유행이 오고 얼마쯤 지나, 지인 남성의 픽업트럭을 얻어 탔다. 남자는 본가로 돌아가 새로운 생활을 시작한다고 했다. 섬의 봉쇄가 발표되기 전 마지막 아침, 짐을 쌌다. 플라스틱 바구니 세 개로 충분했다. 바구니 하나에 옷을, 또하나에 화장품과 생필품을, 마지막 하나에 신발 두세 켤레, 전기 포트, 담요, 그가 사준 책 몇 권을 담았다. 고양이는 두고 가야 했다. 키울 여력이 없었다. 전날 밤, 마치 사태를 예감한 것처럼 고양이는 사라졌다. 누군가에게 맡길 요량이었지만, 출발하는 날 아침에 아무리 찾아도 없었다. 그래서 그냥 떠났다. 당신이나 고양이나 결국 비슷한 끝을 맞을 운명일 터다. 도로는 몇 킬로미터나 정체됐고, 운전석 뒤에 앉은 당신은 화장실 한번 가지 못한 채 검문소에 도착했다. 감염병과 봉쇄를 두려워하는 사람들의 고성 가운데 차에서 내려 서류를 제출했다. 기다리고 또 기다려 오후가 되어서야 다리를 건널 수 있다는 허가가 떨어졌다. 모르는 곳처럼 변해버린 집을 떠난다. 약간의 술과 약간의 바다,

고양이 한 마리와 두 남자가 있었던 몹시 행복했던 시간을 남겨두고 떠난다.

곧바로 방콕의 친구를 찾아가, 함께 더럽고 오래된 아파트를 빌렸다. 아득히 멀리 있는 바다는 어둡고 나른했다. 가게들은 문을 닫고 도로들은 모두 세계가 멸망한 다음날처럼 텅 비었다. 길 한복판에서 춤추는 고고바의 젊은 여자들은 없다. 취한 관광객도 없다. 꽃 파는 아이도 없다. 젊은 연인들도 없다. 오로지 몸을 섞기 위해 몸을 섞는 행위도 없다. 길게 이어지는 해변도 없다. 닭 꼬치구이, 파파야샐러드, 로티, 동북풍 소시지 노점도 없다. 전부 팬데믹이 하나씩 삼켰다. 팬데믹이 사람들의 생활과 노동을 집어삼키고, 살진 도시를 짓이겨 서럽도록 앙상하게 만들었다.

그에게도 네이션에게도 아무 말 하지 않았다. 혼란하고 괴로운 나날의 연속이었다. 편의점에 일자리를 얻었다. 연속 2교대로 하루 열여섯 시간 근무. 빈 시간에는 시위 뉴스를 훑었다. 바이러스의 확대가 모든 것을 짙고 촘촘하게 만든다. 죽음과 좌절의 냄새가 공기 중에 떠다닌다. 휴일이면 버스를 타고 민주기념탑, 왕궁 앞 광장, 센트럴월드, 삼얀, 어디라도 갔다. 권력을 비웃는 숱한 얼굴들 중 하나가 되기 위해서. 사람들은 권력에 분노하고 권력을 조롱했다. 시위에서 모르는 사람들 틈에 있었을 뿐인데 처음 친구가 생겼다. 때로 그와 네이션을 떠올렸다. 온갖 것을 불사른다는 그 대화를 떠올렸다. 가본 적 없는 홍콩의 도로를, 얼굴 없는 영웅의 초고처럼 느껴지는 청년들을 떠올렸다. 이따금 군중 속에서 그를 찾았다. 그는 멀리 떨어진 곳에서, 그의 인생을 살뜰하게 관리해온 어머니와 살고 있다는 걸 알면서도.

그와 몹시 닮은 소년이었다. 처음 봤을 때 얼마나 놀랐던지. 소년은 처음 만났을 무렵의 그와 판박이였다. 기묘하고, 사람들과 거리를 두고, 안쓰럽던 그. 시위 현장의 혼란 속에서 소년을 쫓아갔지만 놓쳤다. 그날 밤은 사람들의 연설도 감정도 죄다 진득거렸다. 시위는 때로 정부에 의해 진압됐고, 감염병 확대로 인해 좀처럼 열리지 못했고, 리더들은 거듭 체포됐다. 감염병 대책과 경제 대책이 지지부진한 실패를 거듭하자 사람들은 거리로 나왔다. 무더운 밤이었다. 당신은 도로 봉쇄로 노선이 바뀐 버스에서 내려, 오토바이 택시를 타고 집회장 입구를 찾았다. 대부분 봉쇄되어 있었다. 운전사가 일단 내려서 도로를 따라 걷다가 경찰대가 지키는 곳으로 들어가라고 일러주었다. 당신은 가방을 가슴께로 끌어올려 티셔츠의 프린트를 감추고, 두려움과 분노를 느끼며 고개를 숙이고 걸었다. 이윽고 노점 리어카가 즐비하고 연설 소리가 울리는 집회장 입구에 닿았다. 거기 있는 누구 한 사람 알지 못한다. 누군가와 약속한 것도 아니다. 그저 시위대 숫자를 늘리기 위해 혼자 일대를 돌아다녔다. 오늘도 당국이 시위를 진압할 것이라는 말이 사방에서 들렸다. 소년을 발견한 것은 그때였다.

소년을 놓치고도 시위 현장에서 하릴없이 두 시간쯤 보내며 아

티스트들의 노상 퍼포먼스와 신세대 페미니스트들의 연설과 케이
팝 커버 댄스를 보고 들었다. 무엇이든 저항의 행위가 되었다. 당
신의 마음은 표류했다. 난생처음 자신이 그 일부인 동시에 일부가
아닐 수 있는 것과 만난 심정이었다. 자기 자신이지만 자기 자신
을 잃고 시위대라 불리는 것의 일부가 되어 있었다.

택시를 불러 돌아가려 할 때 소년을 발견했다. 그도 집에 돌아
가려는 기색이었다. 뒤를 밟았다. 그가 큰길을 벗어나 작은 길로
들어갔다. 그리고 거기서 처음, 당신은 뭔가를 '불사르는' 현장을
목격했다. 딸깍 하는 라이터 소리. 작은 불길이 일어나 차츰 커진
다. 그 색깔을 보고, 뜨거움을 얼굴로 느끼고, 매캐한 냄새를 맡았
다. 거친 불길은 자신이 어디에 옮겨붙어 무엇을 태우는지 아랑곳
도 않는다. 내가 불타면 너도 같이 불탈 뿐이다.

누군가 알아들을 수 없는 비명을 질렀고, 소년이 달리기 시작했
다. 당신도 달린다. 뭐가 뭔지 몰라도 좌우지간 달려야 했다. 화학
물질 타는 냄새가 코를 찌른다. 당신과 소년은 다른 방향으로 달
렸고, 또 헤어졌다. 소년을 다시 본 것은 편의점 앞이다. 어둡게
가라앉은 거리에서 유일하게 빛나는 장소. 소년은 가게 앞에 주저
앉아 숨을 몰아쉬고 있었다. 멀리서 보니 네이선으로 보였고, 가
까이 가보니 소년이었다. 만일 그가 그 무렵 이런 그였다면 당신
은 사랑에 빠졌으리라.

이름이 선이었다. 나중에 알았는데, 소년은 당신이 몇 년이나 신

문과 웹 칼럼을 읽어온 학자의 아들이었다. 당신이 소년에게 맥주를 샀다. 마치 이런 시대가 되기 전부터 올바른 것에 바싹 붙어 있었던, 체제 전복을 꾸미는 놈들이라는 비판의 폭풍우 속에 계속 서 있었던 그의 아버지에게 맥주를 사는 일이라도 되는 것처럼. 그는 아버지는 좋아하지 않아도 정치 신념은 존경한다고 했다. 당신이 먼저 다가가기는 처음이다. 불길에 끌린 것이다. 그가 무슨 일을 했는지 봤다고 당신이 말한다. 소년은 일순 놀랐지만 태연한 척했다. 아무에게도 말하지 않겠다고 당신이 말한다. 공범이 되면 사람은 가까워진다. 소년이 웃고, 재미있는 사람, 하고 말했다. 당신이 재미있다는 사람을 만난 것도 처음이었다. 당신은 옛날에 예쁜 여자, 자고 싶은 여자, 재수 없는 여자, 몹쓸 년, 아무나 무는 독뱀, 매춘부, 가난뱅이, 외톨이 아이였던 적은 있다. 재미있는 사람이 된 적은 없었다. 웃음소리와 얼굴에 남은 불꽃의 열기와 화염이 피운 불길한 냄새 탓에 당신은 그만 그에게 키스했다.

소년은 방까지 따라왔다. 상점 이층에 있는 당신의 좁고 작은 방으로. 밤에도 더운 방이다. 욕실만은 외려 그럴싸한 편인지도 모른다. 방 안쪽 문을 열어 바깥 공기를 들였다. 먼 곳의 배수로 냄새가 희미하게 올라온다. 당신에게는 그것이 이 도시의 냄새다. 플라스틱 타는 냄새가 투쟁의 진정한 냄새인 것처럼.

소년은 유명 대학의 마지막 학년이었다. 당신과 그도 한때 소년처럼 되고 싶었다. 배움을 사랑하는 학생이자 투사. 소년은 새 밀레니엄의 첫해에 태어났다. 사람들은 서력상의 앞자리가 19에서 20으로 바뀔 때 세계가 끝날지도 모른다고 두려워하며 숫자를 헤아렸다. 방콕에서 학살이 있었을 때 소년은 아직 어린아이였다. 역사는 의식 속에서 세부로 분할된다. 소년의 부모는 정치적 견해의 불일치로 그해에 헤어졌다. 쌍둥이 누나*가 아버지를 따라가서 그는 어머니와 남을 수밖에 없었다. 응석받이 아들이 여기도 하나 있었다. 그 선택이 어찌 보면 붕괴하려는 가족의 균형을 잡아주는 희생이라 생각한 적도 있었다. 달리 보면 어머니가 상냥한 사람인 반면 아버지는 반란자에다 그냥 이상한 아저씨였다는 얘기일 뿐.

그리하여 소년은 시위에 참가해 호루라기를 불고, 학살당한 사람들의 피를 씻어 없애는 부끄러운 역사에 참가하게 되었다. 그리하여 소년은 스스로의 행위를 부끄러워하며 성장했고 결국 어머니를 거스르는 아들로 변했다.

침대는 썩 쾌적하달 수는 없었다. 양판점에서 산 요란한 무늬의 싸구려 요와 아래쪽에 둘둘 말아둔 담요. 소년은 흥분하는 대신 부끄러워했고, 몸으로 대화하기보다는 자신의 이야기를 하고 싶어했다. 당신은 가만히 앉아 소년이 만족할 때까지 자기 이야기를 하게 두었다. 당신이 키스하자 소년도 키스했다. 당신이 먼저 소년의 바지 속으로 손을 가져갔다. 그의 성기는 딱딱해졌다가 말

---

* 저자는 의도적으로 '쌍둥이 동생'과 '쌍둥이 누나'를 혼용하고 있다―옮긴이.

랑해지고, 말랑해졌다가 딱딱해졌다. 그는 긴장했다고, 자신은 양성애자라고 말했다. 그것이 당신을 강렬히 유혹했다. 젖은 당신이 그의 손을 끌어 그곳에 갖다댔다. 그것이 그를 뜨겁게 했다. 그럼에도 그의 손은 몹시 차가웠다. 생각보다 두 사람이 꼭 닮았음을 당신은 깨달았다. 젖먹이만큼이나 성에 무지했다.

당신들은 그렇게 끌어안고 있었다. 말없는 연상의 노동자 여자의 지저분한 침대에서 뒹굴며 보듬고, 키스하고, 옷을 벗지 않은 채 서로를 만졌다. 땀내를, 더러운 강물 냄새를, 불탄 비닐 냄새를 맡으면서 서로의 손에 사정했다. 그러고는 누나와 동생으로, 엄마와 아이로, 피행위자와 투사로 잠들었다.

당신들 두 사람이 곤한 잠에 빠졌을 때, 먼 곳에서, 네이선이 자기 방에 앉아 예약한 편도 항공권을 바라보며 옆방에서 울리는 부모의 코 고는 소리를 들을 때, 텅 빈 집에서 당신이 홀로, 너무 조용한 탓에, 귀가 아플 만큼 조용한 탓에 잠들지 못할 때. 그때 당신들의 몸보다 커다란 온갖 것에 화르르 불이 붙는다. 불길은 소리도 없이 올라가고, 코를 찌르는 매운 냄새와 더러운 도시의 악취가 섞인다. 작은 것도 큰 것도, 종이도 플라스틱도 나무도, 전부 불붙는다. 어둠 속에서 오렌지색 불꽃이 번쩍하고 흔들린다. 장소를 불문하고, 온갖 곳에서.

5

아침 해가 뜨겁다. 어디를 보든 국왕의 초상화가 눈에 들어온다. 당신은 잠에서 깬다. 방안의 공기에 도시의 악취가 섞여 있다. '누나'는 아기처럼 잔다. 당신은 일어나 얼굴을 대충 씻고 방을 나왔다.

오전의 햇볕에 살갗이 따끔거려 당신은 눈을 뜬다. 밤새도록 방 안쪽 문을 열어두고 잔 모양이다. 소년은 보이지 않는다. 이따금 찾아드는 길고양이처럼 소년은 사라졌다. 일어나 앉자 볕이 눈을 찌른다. 거리의 냄새는 이제 느껴지지 않는다. 간밤의 감촉이 짙게 남은 손에 볕이 닿는다.

털썩 드러누워 창 바깥쪽 격자로 눈길을 던진다. 그 너머로 건물이 보인다. 바깥의 소음에 귀를 기울이면서 당신은 행여 경찰이 문을 두드리지는 않을까 두려워한다. 해가 방바닥에 격자무늬 그림자를 만든다. 어쨌거나 이 도시를 떠나야 할 것 같다. 역사의 단면을 보건대 투쟁은 끝을 맞이했고 당신은 졌다. 그럼에도 사람들의 혼으로 불살라지는 무언가가 있음을 당신은 알고 있다.

일터에 도착하자 가슴속에서 묵직한 것이 조금씩 올라온다. 동료들이 스스럼없이 전날 밤 일을 화제로 삼는다. 자신들의 정치적 신조를 굽힌 적이 없는 그들의 말을 당신은 침묵한 채 듣는다. 그들은 큰 소리로 시위 이야기를 하고, 경찰에 체포된 젊은이들을

한껏 비웃는다. 새로운 감염의 파도가 몰려와 도시는 침묵에 잠긴
다. 해변은 이 고장 사람들의 휴식처가 되었다. 마스크 뒤에서 무
언가가 죽어간다. 거리가 죽어간다. 당신은 살아 있음으로써 천천
히 스스로를 불살라간다.

• 인티라 차로엔푸라와, 그녀의 투사 동지들에게 바친다.
• 이창동의 영화 〈버닝〉에서 착상을 얻었다.

후쿠토미 쇼福富涉

위왓 럿위왓웡사(1978~)는 태국 남부 푸켓 출신의 작가다. FILMSTICK이라는 이름으로 영화 비평도 하는 한편 영화제 등의 상영 작품을 큐레이션하는 필름 프로그래머로도 활동한다. 평소에는 병원에서 약사로 근무하며 정력적으로 집필하고 있다.

「불사르다」는 다섯 장으로 이루어졌다. 각 장마다 이인칭 '당신'이 서로 다른 인물을 가리키며 등장해 독자를 살짝 혼란에 빠뜨리는데, 문맥을 간단히 풀어보자.

헌사에도 나와 있듯이 이 작품은 이창동 감독의 영화 〈버닝〉(2018)에서 착상을 얻은 소설로, 한 여성과 두 남성의 관계, 그리고 무언가를 '불태우다/불사르다'라는 행위가 기본 모티프이다. 거기서 뻗어나온 이야기는 푸켓과 수도 방콕을 무대로 2020년 이

후 태국에서 확산된 민주화 운동을 그린다. 헌사에 언급된 또 한 사람은 민주화 운동 한복판에 몸을 던지고 젊은이들에게 자금과 물자도 지원한 배우 인티라 차로엔푸라다.

1장의 '당신'은 푸켓에서 여러 일을 전전하며 생계를 잇는 여성이다. 그녀와, 고교 동창으로 작가를 꿈꾸는, 그녀의 눈에는 예나 지금이나 '안쓰러운' 남성, 그리고 우산혁명의 실망을 떨쳐내지 못하는 홍콩 청년 네이선까지 세 사람의 거리낌 없고 축축한 관계를 그린다. 배경에는 2000년대의 정치적 혼란이 엿보인다.

푸켓을 포함하는 남부에서는 국정에서도 지방 정치에서도 왕당파 정당인 민주당의 힘이 세다. 탁신 친나왓 전 총리를 지지하는 붉은 옷 시위와 왕실 보호 유지를 호소하는 노란 옷 시위의 대립으로 후자가 남부 각지의 공항을 점거해 공항이 폐쇄되는 사태도 일어났다. 2008년의 일이다.

2010년에는 방콕을 비롯한 각지에서 붉은 옷 시위가 강제 진압되고 많은 사망자가 나왔다. 왕실을 지지하는 시민은 자원봉사대를 결성해 시위대가 살해된 현장을 환호 속에서 청소했다. 이후에도 대립이 계속되다가 2014년 군사 쿠데타가 일어나 왕당파와 군에 의한 강압적인 지배 구조가 현재까지 이어지고 있다.

그런 땅에서 주류 정치의 지향점과 역행하는 삶을 살기란 쉽지 않다. 과거의 연인은 공항 봉쇄에 참가하고, 식당에 가면 국가와 왕실에 충성을 다짐하는 스티커가 붙어 있는 실의와 괴로움의 나날 속에서 '당신'은 같은 생각을 품은 '그'와도 네이션과도 몸을 포갠다.

2장의 '당신'은 1장에서 작가 지망생으로 그려진 남자다. 때는 코로나19 바이러스 감염이 세계적으로 확산된 2020년. 1장의 여성은 남자 앞에서 모습을 감추고, 남자는 민주화 시위 영상에서 발견한 자신과 꼭 닮은 소년과 방콕에서 하룻밤을 보내게 된다.

2019년 3월, 태국에서 팔 년 만에 (유효함이 인정된) 총선이 실시되었다. 군사정권 치하에서 희망의 별로 떠오른 것이 전해에 결성된 신미래당이다. 실업가 타나손을 당대표로 해 사회민주주의적 정책과 군의 영향력 배제를 명확히 호소하는 이 정당은 젊은 세대를 중심으로 열광적 지지를 얻어, 결성된 지 불과 일 년 후 치러진 총선에서 제3당으로 약진했다.

이듬해 2월, 헌법재판소는 신미래당에 해체 명령을 내린다. 당대표 타나손이 당에 부정 융자를 해주었다는 이유였지만, 정부와 사법 당국이 결탁해 정적 배제를 시도한 자의적 판결이라는 의혹을 받았다. 이 해체를 계기로 청년층의 민주화 운동이 확대되었다.

당초 군사정권 퇴진과 헌법 개정을 요구했던 젊은이들의 창끝은 차츰 사실상 최고 권력이자 태국에서 숱한 불의와 폭력 구조의 기저에 있던 왕실로 향했다. 1959년에 수립한 군부독재 사릿 정권과 손잡고, '자식'이라 할 국민을 통솔하는 '아버지'로서 존경을 받아온 라마 9세와 그의 아들 라마 10세. 갖가지 프로파간다와 왕실 찬미 교육, 단순한 물음조차 가로막는 형법 112조—불경죄—
에 의해 '절대'로 여겨졌던 존재에게 뚜렷한 반감을 드러낸 젊은
이들의 행위는 충격적으로 받아들여졌다.

그로 인해 젊은이들이 위험에 처하기도 했다. 민주화 운동의 리
더 격인 대학생들과 고등학생 다수가 앞서 언급한 112조나 형법
116조의 선동죄로 체포, 투옥되었다. 하나의 시위 혐의에서 보석
방면되어도 즉각 다른 시위 혐의로 다시 체포되는 일이 잇따라 청
년들의 권리는 현재도 제한된 상태이다.

이 장의 '당신'은 그런 젊은이들의 모습을 멀리서 바라봄으로써
여성을 잃고, 어머니를 잃고, 전염병으로 인해 고향을 잃은 마음
의 빈틈을 메운다. 이윽고 방콕으로 향한 '당신'은 많은 목숨을 빼
앗아간 2010년을 떠올리면서 그때는 무력하기만 했던 자신의 모
습과 거리로 나와 싸우는 신세대 젊은이들의 모습을 포개본다.

인터미션 같은 3장은 홍콩의 시위, 2장의 '당신' 어머니의 유품
정리, 방콕의 시위를 화염과 연결짓는다.

푸켓 남성인 '당신'은 작품 속에서 여러 번 자신이 화교의 가계
에서 자랐음을 언급한다. 차오저우계가 많은 방콕 등과 달리 푸켓
에는 스스로를 '바바'나 '페라나칸'이라 정의하는 푸젠계 화교가
많이 거주한다. 두 개념의 차이를 여기서 자세히 언급하지는 않겠
지만, 구해협식민지나 주변 지역에 이주해 토착화한 화교와 그 자
손을 가리킨다는 정도만 적어둔다. 이들의 언어와 문화는 태국에

서 다수파인 화교의 것과는 다르다. 저자 위왓도 느슨하나마 자신을 '바바'라 인식하고 있다.

4장에서는 1장의 여성이 다시 '당신'으로 등장한다. 감염병 유행을 피해 방콕에서 일하게 된 그녀는 각지의 민주화 시위에 참가하면서 자신의 자리를 발견한다. 어느 날 시위에서 돌아오는 길에 한 소년(선)이 저지른 행위를 목격하고, 그를 집으로 데려간다.

1장에서부터 종종 묘사되는 무언가를 불사르는 장면. 국왕 라마 10세의 '초상화'를 불태우는 행위를 상기시킨다. 불경죄가 있는 태국에서는 당연히 중죄에 해당한다. 선은―실제로 2020년부터 운동에 참여한 젊은이들도―그 만행을 저질렀다. 마치 '위대한 것'을 태우는 불길이 네이선이나 '당신'이 품은 실망과 공허를 덥히고 메워주는 듯하다.

불길이 번쩍였던 밤이 지나간 이후를 이야기하는 5장. 선, 여성, 네이선, 남성, 네 명의 '당신'의 새로운 하루를 한 단락씩 그린다. 희망을 품고, 절망을 맛보고, 현실에 부대끼며 살아가는 각자의 모습을 보여주면서 이야기는 끝난다.

뚜렷한 구원이 있는 것도 아니지만 폐쇄감만 남기고 끝나지도 않는다. 등장인물들을 둘러싸는 무겁고 진득한 공기를 위왓 특유의 예리하고 리드미컬한 언어로 짜나간 「불사르다」는 절연과 접속을 되풀이하며 태국의 현재를 그린 현대문학 작품이다.

비밀경찰

홍라이추

홍라이추 韓麗珠

1978년 홍콩에서 태어났다. 1992년 싱도일보에 「옷장」을 발표하며 작품활동을 시작했다. 홍콩예술발전위원회 올해의 예술가상 등을 수상했다. 소설집 『송수관의 숲』 『평온한 짐승』 『연 날리는 가족』 『잃어버린 동굴』 『인피자수人皮刺繡』, 장편소설 『회색 꽃』 『꿰맨 몸』 『원심 분리대』 『빈 얼굴』 등이 있다.

나를 숨기지 않으면 안 된다. 손금 사이에, 죄 없는 자의 가슴에, 빌린 집 안에, 어느 방에, 어느 옷장에, 어느 서랍에, 아니면 어느 이불 속에. 그의 기억 속에. 흙 속에, 관 속에. 그가 나를 떠올릴 때 기억은 칼등처럼 맑고 차갑다.

—『영양羚羊 일기』

이제는 누구도 명확히는 제시하지 못한다. 언제, 어디서, 어떤 이유로 도시에 돌이킬 수 없는 균열이 생겼는지. 그 균열로부터 도시는 침묵한 채 서서히, 알게 모르게 분열해간 것일까. 도시의 뱃속에 도사렸던 짐승이 민낯을 드러냈다.

그런 식으로 갈라지기 전, 도시는 떠들썩하고 활기찼다. 많은 사람이 머지않아 닥칠 도시의 종말을 생생히 목격하고 온 것처럼 말했고, 더 많은 사람이 불안을 선동하는 말에 도취해 있었다. 그 무렵, 그 안정되었던 시대, 도시를 채웠던 것은 공허였다. 공허 속에서 사람들은 격렬함을 찾고, 진정으로 살아 있다는 감각을 원했다. 친밀함이 배반을 낳고, 안일이 두려움을 낳고, 반복이 절망을 낳았다. 사람들은 두려움을 묘사하다가 두려움을 믿게 되었고, 그러는 사이 북쪽에서 온 비밀경찰이 소리도 없이 진주해 도시를 장악했다. 그들은 우리를 알았지만(믿을 만한 비공식 정보에 의하면 그들의 거대 데이터베이스에는 도시 주민 전원의 개인정보가 출생부터 현재까지 항목별로 차곡차곡 보존되어 있다) 우리는 누가 그들인지 알 길이 없다. 빌딩 관리인, 청소원, 도서관 사서, 편의점 점원, 버스 운전사, 레스토랑 종업원. 누구라도 비밀경찰일 수 있다. 가상의 감시 아래서 사람들은 차츰 입을 다물었고, 입을 열어야 할 때는 입에 발린 말만 했다. 말은 속마음과는 다른 것을 가리켰다. 얼마쯤 지나자 사람들은 범람하는 무수한 가짜뉴스에도 익숙해졌다. 정치권력이 쉴새없이 양산하고 유포하는 가짜뉴스는 급격히 몸을 불려 스스로를 복제하는 짐승이다. 조금이라도 판단력이 있는 사람이라면 쓸데없이 정신을 소모시키며 거대한 짐승과 맞붙지 않는다(그럼에도 수감되는 사람들은 증가 일로였다. 도시에 새로운 형무소가 착착 건설되는 와중에도 사람들은 제각기 살아 있는 육체와 언어를 사용해 거대한 짐승에 맞섰다). 가짜뉴스에 묻힌 여러 진상을 우리는 냉철하게 들여다본다고 생각했지만, 그것은 피와 살, 근육이나 신경과 마찬가지로 목숨이 꺼지면 육신과 더불어 재로 돌아간다. 그런가 하면 기억은 생명보다 몇 갑절 무르다. 기억은 유사流砂처럼 시간과 환경에 따라 끊임없이 모양을 바꾼다. 온전했던 도시는 언제부터인가 우리와 한참 멀어

저, 혼을 잃고 안개 속을 헤매다 서서히 생매장된 것 같았다.

내 목에서는 보이지 않는 덩굴성 식물이 자라났다. 덩굴줄기는 힘차게 뻗쳐올라 눈을 덮고 머리를 휘감았다. 거리로 나가 오가는 사람들의 얼굴에 떠오른 발설할 수 없는 고통을 보건대 누구에게나 같은 식물이 자라는 것이리라. 엉망으로 찢어지고 나서야 도시와 사람들이 이토록 밀접하며 서로의 내면에 뿌리내리고 있다는 사실을, 주민의 신체가 도시의 진실을 고스란히 투영한다는 사실을 깨달았다. 이를테면 목에서 머리까지 뻗은 덩굴손은 도시에 생긴 '균열'을 닮았는데, 일견 지하철 노선도와 비슷했지만 실은 접속과 왕래가 아니라 운명에 정해진 유형流形을 뜻했다.

*

이제는 흐릿하게 떠오를 뿐이다. 갈라지고 찢긴 파편들이 나뒹굴던 가을에 고양이는 내 인생에 찾아왔다. 그 가을 느닷없이 생리가 멈췄기 때문에 기억하고 있다. 임신도 아니고 너무 이르게 찾아온 노화도 아니다. 그저 몸속을 순환하던 천체가 운행을 중단한 것 같았다.

나는 T지구로 이주한 Y의사에게 온라인 진찰을 예약했다. 이주자 숫자는 격리 정책이 시작되기 전부터 증가 추세를 보여, 사람들은 흡사 종양처럼 절개되어 도시에서 떨어져나갔다. Y의사는 그를 의지하는 환자들을 위해 연락처를 남기고 갔다. 진맥도 촉진도 필요치 않으므로 영상통화만으로 진료가 가능했다.

통화가 연결됐을 때 Y의사의 등뒤로 보이는 새하얀 벽이 마음에 걸렸지만, 보기 좋게 그을린 피부에는 건강한 윤기가 감돌았다. 그가 화면 너머에서 어려운 책을 읽듯 진지하게 내 얼굴을 들여다보았다. 잠시 후 판결이 떨어졌다. "몸이 긴 겨울 속에 들어가 있군요. 추워요, 무척 춥습니다. 적막한 허허벌판이에요." 그는 고개를 숙여 진찰 기록에 약을 처방해 첨부 파일로 내게 송신했다. 말린 대추와 황련이란 단어가 눈에 들어왔다. 황련은 말 못하는 사람에게 걸맞다.*

"이런 겨울이 얼마나 계속되는데요?" 진찰이 끝나기 전에 내가 물었다.

"시간을 헤아리고 따지는 일을 멈추지 않는 한, 시간이 제대로 흘러가는 일은 없을 겁니다." 그것이 Y의사가 통화를 마치기 전

---

* 쓰디쓴 황련을 먹어도 벙어리는 말을 못한다는 의미의 중국 속담 '벙어리가 황련을 먹다'에 빗댄 표현.

마지막으로 한 말이다. 공기와 토양의 변화가 그의 판단에 영향을 주었음이 분명하다. 잣대를 쥐고도 내 몸에서 정확한 균열의 위치를 찾아내지 못하는 것이리라.

마스크와 모자, 고글을 쓰고 Y의사의 처방전을 주머니에 넣었다. 버스를 타고 종점에서 내렸다. 그곳에는 시장이 있다. 격리 정책이 시작된 이래 식료품과 생필품이 떨어지기 전에는 바깥출입을 하지 않았다. 얼마 있자 진짜 세계는 내 집뿐이라는 생각까지 들었다. 시장은 아직 마음속에 있는 몇 안 되는 장소로, 하나같이 좁고 오래된 가게들 사이로 사람들이 탁한 물처럼 흘러다녔다. 그곳에는 살아갈 용기를 일으키는 따스함과 분위기가 있었다.

그 새는 가만히 나를 불렀다. 전신 코발트블루 깃털에, 머리부터 꼬리까지 무지갯빛 무늬가 있는 새 한 마리가 새장 속 횃대에 도도히 앉아 있었다. 새장은 약국 기둥에 매달려 있고, 기둥 밑에 한 남자가 서 있었다. 남자는 새를 바라보고 새는 나를 바라보았다. 약 달이는 씁쓸한 냄새가 몸을 노곤하게 만들었다. 처방전이 든 주머니에 손을 넣었지만 불현듯 꺼낼 마음이 사라졌다. 나도 모르는 염력의 효과인지, 아니면 새의 시선 탓인지 남자가 뒤돌아보았다. "진찰을 받으러 오셨나요?" 그가 물었다.

나는 오른손을 쿠션 위에 올려 팔을 드러냈다. 격리 기간 동안

의사는 모순적인 존재가 되었다. 그들은 잠재적 무증상 병원체 보유자이면서 귀한 안내인이었다. 백의를 걸치지 않은 남자의 검지와 중지가 내 맥을 짚고 해석의 권리를 얻었다. 지금부터 그가 하는 말이 돌팔이 의사의 엉터리 진단이건 샤먼의 예언이건, 어쨌거나 적어도 한 계절—언제 끝날지 모르는 겨울—동안은 내게 영향을 주리라.

"'상상임신'이군요." 남자는 맥을 짚고 혓바닥을 들여다본 다음, 긴 신음을 뱉고서 결론을 내렸다.

"상상임신이요?" 귀에 익지 않은 말이다.

"다음 월경이 돌아올 때까지 팽만감이 반복적으로 나타날 겁니다. 상상임신은 사람마다 병증이 달라서, 계속 흥분 상태인 사람이 있는가 하면 딱히 이유도 없이 우울하다는 사람도 있어요. 자신이 뭔가를 창조하는 중이고, 좀 있으면 완성한다는 착각에 휩싸이는 일도 있을지 몰라요. 단, 헷갈리시면 안 됩니다, 전부 가짜예요." 남자는 말했다. "거꾸로 말하면 온갖 실패나 상실도 환상이니까, 장애물도 진짜는 아니죠."

처방전을 써줄 줄 알았는데 남자는 이렇게 충고했을 뿐이다. "산책하세요. 미지의 장소, 발을 디뎌본 적 없는 곳을 향해 좌우지간 걸으세요. 일주일에 세 번, 하루 한 시간."

"어디까지나 산책이지 고행이 아닙니다." 그가 강조했다.

나는 Y의사가 준 처방전을 휴지통에 버렸다.

*

가을이었다고 기억한다. 근처 공원에 핏빛으로 물든 끝이 뾰족한 이파리들이 융단처럼 깔려 있었다. 나는 처음으로 남자의 충고대로 집을 나왔다. 체내의 냉기를 몰아내고, 기혈을 돌게 하고, 녹슬었던 기동 장치를 움직이려면 아무튼 걸어야 했다. 붉은 낙엽이 뒹구는 공원은 어쩐지 섬뜩한 사건 현장 같았지만, 사람들은 여유 있게 수다를 떨거나, 춤추거나, 조깅하거나, 목청껏 노래를 부르거나 했다. 미화원이 긴 빗자루로 혈흔 같은 낙엽을 쓸어냈다. 나는 오랫동안 수목을 바라보고 나서 깨달았다. 격리 기간 동안 세계가 희미하나마 분명하게 모습을 바꾸었음을.

나무 밑으로 가 옅은 주홍색 낙엽을 손에 쓸어담았다. 집에 돌아가 그것들을 유리병에 넣었다. 집안에 나 말고 생명체는 없다. 잎은 아직 생명의 에너지를 머금고 있었다. 나는 그것을 뱃속에서 굳어 배출되지 않는 핏덩어리로, 발설할 수 없는 언어로, 우체통에 넣지 못하는 편지로, 눈물샘을 가로막은 눈물로 삼았다. 나뭇잎은 시시각각 변화해 산뜻한 빨강에서 연노랑이 되고, 연노랑에서 진갈색이 되었다. 그러고는 조금씩 깨져 마지막에는 가루가 되었다. 그즈음 내가 산책을 나가는 유일한 목적은 낙엽을 쓸어담아와 물질의 변화를 바라보기 위해서였다.

　그날 아침, 고양이는 불꽃처럼 새빨간 낙엽더미 밑에 묻혀 있었다. 고양이를 목격한 사람들에게는 저마다 그냥 지나쳐도 될 이유가 있었다. 길을 가다보면 때때로 발견하지 않던가, 기절해서 보도 가장자리에 떨어진 비둘기나, 도로변에 널브러진 개나, 맨홀 뚜껑 위의 참새나, 심지어 높은 데서 막 몸을 던진 사람을. 대개는 변명처럼 입속말을 한다. 어차피 벌써 죽었거나 거의 죽었어, 쓰레기나 매한가지인데 뭐 어쩌라고, 다들 그냥 가잖아. 그러나 그날 고양이의 초록 눈동자에서는 희미한 시선이 느껴졌다. 그렇다, 이미 나를 본 것이다. 나는 시선의 그물에 잡힌 물고기였다. 꼼짝도 할 수 없었다. 이토록 빛나는 것을 나는 오랫동안 보지 못했다. 이윽고 고양이가 시선을 거두어 힘없이 제 몸을 내려다보았다. 새하얀 털 여기저기, 누더기처럼 갈색 핏덩어리가 말라붙어 있었다. 다가가서 이마와 목덜미를 쓰다듬었다. 따뜻했고, 부드럽게 숨을 쉬고 있었다. 낙엽을 대충 덮고 자리를 떠나면 이 아이는 차가워지겠지. 나는 집으로 달려가 골판지 상자를 찾아내 깨끗한 수건을

깐 뒤 공원으로 돌아왔다. 고양이의 초록 눈에 빛이 반짝 스쳤다. 마치 이렇게 말하는 것 같았다. "그쪽이나 나나 숨은 붙어 있지만, 멀지 않았어요." 안아올려 골판지 상자에 내려놓아도 고양이는 싫은 빛을 하지 않았다. 그저 몸을 조금 늘어뜨리고 긴 하품을 했을 뿐이다.

상자를 유리병 옆에 놓고, 뜨거운 물수건으로 몸을 여러 번 닦아주었다. 눈에 띄는 상처는 없었지만 매우 쇠약했다. 고양이는 이내 깊고 오랜 잠에 빠졌다. 나는 고양이 코앞에 자꾸 손가락을 갖다대보았다.

*

수의사 조수의 목소리는 살면서 아무것도 잃어본 적이 없는 사람처럼 생기가 넘쳤다.

"혹 왕진도 가능할까요?" 내가 설명했다. "고양이가 도저히 데리고 나갈 상태가 아니라서요."

"시국이 시국이라 선생님은 이제 왕진은 안 하세요. 어디든 바이러스가 만연해 있으니까요." 도자기처럼 매끈하고 차가운 목소리였다. "보호자가 이쪽으로 데려오신다 해도 휴대전화에 설치한 모니터 앱에 지금까지 방문한 장소가 전부 기록되어 있어야 해요. 특히 '남에게 말할 수 없는 비밀'도요. 아니면 출입 못하세요." 그녀는 '비밀'을 각별히 강조해서 발음했다. 알다시피 등록한 기관에 비밀을 신고하고 허가받기 전에는 통행증을 손에 넣을 수 없다.

"그렇다면," 나도 모르게 물었다. "이 기간에 얼마나 많은 동물이 구조의 기회를 놓치고 죽음에 이르겠어요?"

"보호자가 모니터 앱을 켜지 않고 진료소에 출입하면 법에 저촉되어서요." 조수가 낭랑한 목소리로 말했다. "어차피 지금 이 순간도, 전 세계에서 동물들이 천 마리씩 만 마리씩 죽어가잖아요. 동물을 기르는 건 죽음도 같이 안고 가는 거 아닌가요?"

*

유리병 속의 낙엽은 오래전에 갈색 파편이 되었다. 그 곁에서 고양이는 곤히 잠들고, 간간이 일어나 물을 조금 할짝거리거나 건사료를 한두 개 깨물고, 네 발을 약간 뻗었다. 고양이는 줄곧 골판지 상자를 가득 채우며 동그랗게 웅크리고 있었다. 이제 고양이가 갑자기 소리도 없이 죽어버릴 수 있다는 생각은 사라졌다. 어쨌거나 때로 한쪽 앞발로 눈을 가려 쨍한 볕을 피했고, 자면서 네 발을 움찔거리곤 했으니 꽤나 바쁜 꿈을 꾸는 것이리라. 고양이는 조금씩 살이 찌고 있었다. 나는 고양이의 모습을 통해 시간을 알았다. 대체 얼마 동안이나 시간이 내 쪽으로 흘러오지 않았는지 기억도 할 수 없었다. 나는 그저 시간의 눈금 속에서, 무감각하게 조금씩 삭아가는 중이었다. 고양이의 몸은 황금색 볕이 움직일 때마다 희미하게 부풀며 반짝임으로써 내게 흉포한 용기를 일으켰다. 생명의 밧줄을 더듬어 과거에 일어나버린 일들을 향해 올라가고픈 용기를. 이따금 우주의 아득히 먼 혹성처럼, 길 위에 설치된 함정처럼, 사람은 속수무책으로 전락해 순식간에 자신이 어디 있는지 알 수 없어진다.

벌써 오래전에 침식되고 닳아 해진 생명의 밧줄에는 날카로운 파편이 가득 꽂혀 있었다. 간신히 구별할 수 있는 것은 실종된 아들 홍더우. 새 가정을 이루어 새 아들의 아버지가 된 남편(오랜 세월 끝에 그는 낯선 타인으로 돌아갔다). 죽어서 더욱 강렬하고 선명한 존재가 된 어머니였다. 갈라진 도시. 만연한 바이러스. 잇달아 나타나는 변이 또 다음 변이. 싸늘해진 자궁. 멈춘 생리의 천체. 피 흘리는 나뭇잎. 되살아난 고양이. 밧줄은 내 체중을 버티지 못할 테고, 그걸로 정상 궤도로 운행하는 세계에 도달하기는 무리였다. 규칙적으로 들썩이는 고양이의 가슴과 배 사이에서 집은 지구의 중심처럼 고요했다. 나는 문득 생각했다. 이른바 정상적인 세계는 어쩌면 일찌감치 시간 속에서 조용히 붕괴해버렸는지도 모른다.

*

수렵대의 먹이에 유인당해 산에서 나온 멧돼지 가족이 보도에서 마취총을 맞고 트럭에 실려갔다. 나는 결국 버스를 타고 시내 쇼핑몰로 가 모니터 앱을 설치할 수 있는 새 휴대전화를 사기로 했다. 고양이를 동물병원에 데려가 정밀 검진을 받아보고, 개체 식별이 가능한 마이크로칩을 장착하려면 그 수밖에 없었다.

　수렵대의 사살 대상은 대형 야생동물로 제한되어 있었지만, 몇 달 후 주인이 없는 소형동물로, 그뒤에는 집에서 기르는 반려동물로도 확대됐다는 말이 들려왔다. 정부 보도관에 의한 바이러스의 정의는 모호하고 불확실했다. 격리 정책이 시작되었을 즈음 '바이러스'가 가리킨 것은 생명을 위협하는, 적어도 시력을 빼앗는 감기였다. 얼마 지나자 공공장소에서 반정부 슬로건을 외치는 일이나 국기에 대한 불경 행위로 범위가 넓어졌다. 그러다가 온라인에서 반정부 기사를 공유하거나, 증오 표현이 포함된 문서를 올리는 행위도 가리키게 되었다. 학교 교실에 잇달아 감시 카메라가 설치되고, 교사가 수업 때 교육국의 '제로 바이러스' 가이드에 따른 수업 내용과 용어를 준수하는지 모니터하기에 이르렀다. 반년 후, 지방 매체 두 곳이 '바이러스를 포함한 사상을 퍼뜨리고' '영토를 분열시켰다'는 죄명으로 경찰에 의해 폐쇄되어 결국 파산했으며, 책임자와 편집장이 체포되었다. 과거에 도시의 보호 동물이었던 멧돼지는 '위험' 동물로 분류되어 시가지라면 수렵대가 임의로 사살할 수 있고, 합법적으로 도축해 가죽과 고기와 뼈를 시장에 팔

수 있게 되었다. 사람들은 더는 어떤 전문가의 말도 믿지 않았다.

바이러스 감염과 전파를 막기 위해 스스로 격리하던 사람들은 이제 본인이 바이러스 취급을 받거나 억울한 죄명을 쓰지 않으려고 격리했다. 도시는 신진대사가 활발한 몸처럼 나날이 새로워졌다. 불확실하게 요동치는 세계에서 안온한 삶을 유지하는 요령을 주민들이 미처 터득하기도 전에 세계는 또 변화했다. 격리는 자기 자신을 보호하는 은거의 수단이 되었다.

격리로 인해 시간이 멈춘 사이, 낙엽에 묻혀 있던 고양이가 내 삶에 활기를 가져왔다. 익사 직전이던 나는 고양이의 보드랍고 새하얀 배털에서 헤엄쳐 닿을 물가를 발견했다.

*

"고양이 때문에요." 나는 휴대전화 매장의 젊은 여성 판매원에게 말했다. 가슴에 달린 명찰에 'O'라고 적혀 있었다. 영어 알파벳처럼도 보였으나, 새로 시작하는 숫자를 나타내는지도 몰랐다. 그때는 마침표를 뜻할 수도 있다는 생각은 하지 못했다. 판매원의 둥근 얼굴에는 모난 부분이 없고, 웃으면 눈이 두 개의 초승달처럼 가느스름해졌다. "저도 고양이 기른답니다." 그녀가 말했다. "고양이를 기르기로 한 순간부터 책임져야 할 목숨이 하나 느는 거잖아요. 지금은 버전 7이나 8, 그 이상의 기종이 아니면 공공장소 출입을 위한 자발적 모니터 앱을 깔 수 없습니다. 동물병원도 마음대로 못 간다는 얘기죠."

그녀가 말을 마친 다음에야 나는 알아차렸다. 그녀의 역할은 말하자면 내가 언제든 내 발로 들어갈 수 있는 동굴이었다. 나는 재빨리 주위를 둘러보았다. 연령, 계층, 성별과 개성이 제각각인 직원들이 제복을 입고 대기중이다. 유리와 목재로 장식된 이 가게에 손님이 들어서면 다종다양한 휴대전화와 노트북 컴퓨터가 전시된 탁자가 맞아준다. 여기저기에 이정표처럼 서 있는 판매원이 손님을 한 기종으로 유도해, 손님으로 하여금 그때껏 자신의 몸에 부족했던 뭔가가 비로소 메워진다고 믿게 만든다. 직원들은 특수한 연수를 받는 것이 분명하다. 손님의 마음속에 있는 공동空洞을 귀신같이 짚어내 손님과 특정한 휴대전화를 둘도 없는 동료로 만들어준다.

"이거, 최신 버전의 자발적 모니터 앱에 대응하는 기종인가요?" 나는 O가 건네준 휴대전화를 쥐어보았다. 전화기가 와이어로 탁상에 고정되어 있어, 끌어당기자 나와 전시 테이블이 힘겨루기를 하는 것 같았다.

"실은 저도 그걸 쓴답니다." O가 소리 없이 웃고 뺨에 동그란 보조개를 떠올렸다. "최신 모니터 앱을 서포트해줄 뿐만 아니라 집사용 스케줄 기능도 있어요. 반려동물의 품종과 연령, 체중을 입력하면 휴대전화가 자동적으로 집에서 가까운 펫 용품점이

나 동물병원, 펫 살롱의 위치와 영업시간을 전부 수집해 '메모' 난에 표시해주죠. 스케줄 기능은 예방접종이나 정기검진 날짜도 알려주고요." 그녀는 나를 쳐다보고, 조금 뜸을 들였다가 말을 이었다. "단순한 휴대전화가 아니라 공동 집사인 셈이죠. 고양이를 기르는 데서 생기는 압박감과 고민을 분담해준답니다. 몇 마리 기르세요?"

"한 마리요." 내가 대답했다. "다른 고양이와 딱히 다를 거 없는 고양이예요."

O는 고개를 끄덕였지만, 그녀의 입에서 나온 말은 다른 의미를 담고 있었다. "세상의 모든 고양이는 한 마리 한 마리가 유일무이하지요."

계산할 때 그녀는 내게 다시 이름을 가르쳐주고, 연락처와 사진이 인쇄된 명함을 내밀었다. "이 기종은 애프터서비스가 이 년 동안 보장됩니다. 기간 내에 휴대전화와 관련한 문제―물론 고양이와 관련한 문제도요. 사실 그 때문에 구입하시는 거니까―가 있으면 영업시간 내에 문의해주세요. 필요하시면 레스토랑이나 카페에서도 상담해드려요. 그것도 서비스 범위에 들어갑니다. '당신은 혼자가 아니니까'요. You are not alone." O는 휴대전화가 든 종이가방을 건네면서 매장의 캐치프레이즈를 상기시키고, 산뜻한 립틴트를 바른 입술을 벌려 치아를 드러내며 웃었다. 캐치프레이즈는 휴대전화 상자에도, 종이가방에도, 직원들의 제복에도, 매장

간판에도, 그리고 그녀의 눈동자에도 각인되어 있었다.

*

집에 돌아오자 겨울볕이 황금빛 강물처럼 흘러들어 창가의 선인장과 낮은 탁자와 바닥에 놓인 스크래처를 적시고 있었다. 볕은 소파와, 거기서 평온하고 곤한 잠에 빠진 고양이에게도 닿았다. 집에 온 지 이 주 만에 고양이는 눈에 띄게 컸다. 나이는 알 수 없고 품종도 불분명했으나 확실한 사실은 이 고양이가 거의 먹지도 마시지도 않는다는 것, 오로지 잠만 자면서, 잠을 양분으로 응당 자라야 할 만큼 자라는 중이라는 것이다.

햇볕은 고양이를 덮었고, 고양이는 내 집 구석구석을 생생한 숨결로 채웠다. 내가 휴대전화로 전화를 걸면 상대는 전화번호를 통해 내 위치를 추적할 수 있다. 내가 휴대전화를 가지고 외출해 자발적 모니터 앱을 기동하면 공공장소에 출입할 권리를 얻는다. 고양이를 집에 데려온 후부터라지만 생존에 필요한 갖가지 교환과 순환이 다시 시작되고, 공기 중에 미세한 먼지가 떠다니고, 발밑의 세계가 천천히 회전했다. 다만 내게 그것들 전부는 너무 이른 감이 있었다.

고양이가 낙엽더미 속에서 나타나기 전, 나의 반려는 마호가니 원목 침실 문이거나(가까이 다가가면 언제나 희미한 나무 냄새를 맡을 수 있었다), 거실의 크림색 벽이거나(여름에 적당히 서늘하다), 기껏해야 몇 년 전 플리마켓에서 사온 서랍장이리라 생각했다. 나는 서랍장의 서랍을 모조리 열어 내 비밀과 불안을 담고 다시 닫는 것을 좋아했다. 그 재질은 시간을 흠뻑 흡수한지라 전부를 소거하기에 충분했다.

이 귀중한, 진공 같은 격리 기간 동안 나는 혼자 집에 있었다. 바이러스(혹은 그 표면적 현상)가 타인의 시선으로부터 나를 완전히 차단시켰다. 나는 자문하지 않을 수 없었다. 반려란 무엇일까? 이상적인 파트너는 언제나 과묵하고, 겸손하고, 무리한 요구를 하지 않으며 멋대로 뭔가를 필요로 하는 일도 없고, 소음을 내지 않고, 타인의 방해가 될 움직임은 삼가면서도 곁을 지켜야 할 때를 안다. 두 사람은 관계 속에서 번갈아 '사물'이 됨으로써 자신을 압축한다. 그로써 관계는 안전한 공간이 되고, 그 안에서 얼마든지 자신을 탐색할 수 있다. 격리의 나날 동안 나는 스스로를 인정하는 용기를 얻었다. 최적의 반려는 '사물'이다. 생명을 지니지 않는 '사물'.

감염됐다가 완치된 사람들, 혹은 바이러스에서 파생한 갖은 법령을 위반해 구금되었던 사람들은 제자리로 돌아온 지 얼마 안 되어 대개 집과 직장을 옮겨 홀로 지내는 쪽을 택했다. 더욱이 인간이 아닌 무생물을 파트너로 하여—H시 대학 사회학부 로버트 교수가 2023년 봄에 실시한 조사에 따르면 입원 또는 수감된 사람들의 칠십 퍼센트를 차지한다. 관청에서 무생물과 결혼 수속을 밟기로 한 사람들은 어떤 의미로는 한 번 죽음을 경험하거나 치명타를 입어 주파수에 결정적 변화가 나타나(표면적으로는 전혀 보이지 않는다 해도), 두 번 다시 타인과 인생을 공유할 수 없어졌을 가능성이 높다고 연구자는 미루어 판단했다. 비록 완전히 죽지는 않았지만 붕괴를 겪음으로써 세상을 진정으로 살아가는 일이 불가능해진 것이다.

대부분의 시간을 깊은 잠 속에서 보내는 고양이는 활화산처럼 배를 들썩여 호흡하면서 집안의 공기 입자를 조용히 바꿔나갔다. 무언가가 조성되고 확대되고 폭발하려 한다. 뚜렷이 감지되는 아슬아슬한 변화의 기미를 저지하고자 한들 이제 와서 고양이를 공원에 돌려놓기란 불가능했다. 고양이는 이미 내 집에 안착했다. 더욱이 몇 해 전 새해 프로그램에서 무속인이 했던 말도 머릿속을 맴돌았다. "밖에서 주워온 동물을 다시 버리면 인과가 태어나 집에 오랫동안 액운을 가져오지요." 소파 위에서 태평하게 잠든 고양이는 말하자면 열매를 맺는 중인 '과果'였다. '인因'이 무엇인지는 전혀 짐작할 수 없었다.

*

세로로 긴 휴대전화 화면에 모르는 번호가 떴다. 아마 O일 것이다. 진동하는 휴대전화를 보면서 이른바 '비밀경찰'은 특정 인간이 아니라 영靈이나 인공지능의 집합체로, 사물이나 동물, 심지어 인간의 뇌에도 기생할 수 있으리란 의심이 싹텄다.

통화 아이콘을 탭하자 전화 건너편에서 O의 목소리가 들렸다. "안녕하세요." 벽시계가 열한시를 가리키고 있다. 영업시간 내의 업무 전화다.

"휴대전화는 잘 작동되는데요." 내가 말했다.

"다행이네요." 그녀가 웃음을 터뜨렸다. "그래서, 고양이는요?"

나는 기억해냈다. 이 휴대전화를 사기 전까지도 이미 오랫동안 내게 연락하는 사람은 아무도 없었다. 걸려오는 전화는 나를 세일즈 대상이나 체인점 회원, 아니면 앙케트 회답자로 보는 것들뿐이다. 그래도 그즈음 나는 전에 없이 전화에 사로잡혀 있었다. 마침내 아무도 내게 연락하지 않는다는 사실이 분명해지자 안심하고 전화가 울리기를 기대할 수 있었다. 누군가 내 마음의 문을 두드리러 올 것처럼. 물론 그런 일이 일어날 가능성은 희박했으므로 난처한 상황을 지레 걱정할 필요는 없었다. 오래된 휴대전화는 긴 혼수상태에 빠진 환자처럼 공격력을 상실했다.

예상치 못했던 것은 새 휴대전화가 나를 미지의 단계로 밀어낸 일이었다.

O의 질문에 나는 고개를 돌려 마침 기지개를 켜는 고양이를 바

라보았다. 고양이는 성장을 계속해 몸길이가 거의 이인용 소파에 육박했다. 나는 알고 있었다. 당분간 성장 속도는 둔화하지 않을 것이며, 생명력이 뼈와 근육을 뚫고 힘차게 용솟음치고 있음을. 처음엔 나도 그저 흔한 고양이 집사들 가운데 하나가 되겠거니 싶었는데, 고양이가 보통의 스케일을 뛰어넘어 개보다 커졌을 때 이 아이를 진찰해줄 수의사는 없으리란 사실을 깨달았다. 내가 알아서 치료할 수밖에 없었다. 그날, 고양이를 세심히 관찰해 그때까지 몰랐던 많은 세부 사항을 발견하고서 마침내 인정할 수밖에 없었다. 고양이는 나의 일부다.

"잘 지내요." 놀랍게도 나는 O의 질문에 성실하게 대답하고 한마디 덧붙였다. "몸이 평균보다 커서 그렇지." 판매원과 손님의 대화로서는 수위가 살짝 높았다.

"아마 워낙 잘 보살피신 결과겠죠." 여전히 티없이 밝은 목소리다. "그래서요, 그게 고민이신가요?"

O의 질문에 짜증이 난 것은 아니지만, 선을 긋기 위해 그것이 결례라는 분위기쯤은 드러내야 할 성싶었다.

"고양이 문제는 휴대전화와 아무 관계도 없잖아요." 나는 예의 바르면서도 강한 어조로 말했다.

"그런가요?" O는 잠깐 침묵했다가 말을 이었다. "우린 이제 휴대전화와 완전히 무관한 건 없는 세상에 살잖아요." 그녀가 웃음을 터뜨렸다. "휴대전화가 인류의 외부 호흡기나 다름없는 시대라고요."

갑자기 초조해졌다. 알다시피 휴대전화가 켜져 있는 한 도청될 가능성이 있다. 얼마 있으면 통화 내용이나 메시지에서 언급한 온갖 주제에 대해 소셜미디어에 키워드 광고창이 뜬다. 휴대전화에 도사린 비밀경찰은 일찌감치 유저의 감정, 생활습관, 연령, 성격, 가정환경을 파악했고, 그것을 근거로 유저를 특정 점포나 루트로 안내한다. 만일 휴대전화가 비밀경찰이라면 O는 필시 비밀경찰 관리자일 것이다. 내가 고양이에게 들려준 인생과 세계에 대한 갖가지 의혹은 휴대전화에 기록되고 읽혀 O에게 송신되었으리라.

"그래서, 무슨 세일즈인데요?" 나는 에두르지 않고 물었다.

"휴대전화 얘기 아니었나요?" 그녀가 놀란 목소리를 냈다. "중요한 건 타인이 당신에게 뭘 팔고 싶은지가 아니라, 당신이 정말 필요한 게 무엇인가잖아요? 이 문제를 생각해본 적은 없으세요?"

그녀는 참을성 있게 설명했다. "이건 휴대전화 애프터서비스예요." 흡사 말이 통하지 않는 사람은 나라는 양.

"새 휴대전화를 구입할 때 인생에 전환과 변화가 나타나기를 기대하셨잖아요." 그녀가 물었다. "아닌가요?"

"당신 누구예요?"

"O입니다."

"본명 아니잖아요."

"신분증에 적힌 이름은 아니죠. 진짜 내가 누구인지 깨달았을 때 저 스스로 이 이름을 붙였어요." 그녀가 말했다.

나는 솔직하게 말했다. "꽤나 요상한 상술이네요."

"그렇게 생각하시는 건 진실을 마주하는 일에 익숙하지 않아서 겠죠." 그녀는 예상했던 반응이라는 듯이 차분하게 대답했다. "판매원의 업무가 상품 판매라 생각하시겠지만, 실은 아니랍니다."

그녀가 잠시 말을 끊었다가 계속했다. "판매원이 할 일은 자신의 존재를 가능한 한 압축하고, 감추고, 할 수 있다면 지워버리고, 빈병이 되어 손님을 담는 일입니다."

"왜요?"

"손님에게 상기시키기 위해서요. 자신이 대체 무엇을 필요로 하는지." 그녀가 대답했다.

"아니, 그러니까 당신들이 이런 일을 하는 이유가 도대체 뭐냐고요?"

"왜냐면 당신은 딱히……"

그녀의 말이 끝나기 전에 내가 통화 종료 버튼을 눌렀다.

*

고양이는 내 집에서 아늑한 자궁 속의 태아처럼 편안해 보였다. 몸은 나날이 커져서 어느 봄날 키가 내 어깨에 닿기에 이르렀다. 그날부터 고양이가 깨어 있는 시간이 차츰 길어졌다. 고양이는 여전히 매우 조용했고, 볕이 들 때는 창가로 가 바깥을 내다보았다. 비가 내리면 여유롭게 실내에 머무르며 방과 방 사이를 천천히 오갔고, 민첩하고 신중하게 꽃병이나 물병, 컵이나 조각을 피했으므로 무언가를 넘어뜨린 일은 없었다. 걱정이라면 고양이가 말이나 양만큼 자라는 일이 아니라, 내가 전혀 두려워하지 않을뿐더러 희미한 기쁨마저 느낀다는 사실이었다―낙엽더미에 묻혀 있던 고양이가 사력을 다해 제 모습을 생생히 드러냈다. 고양이의 성장을 도중에 저지하려 시도했거나, 다 자란 후에라도 교외로 버리러 갔더라면 이성적으로 서로를 지킬 수 있었을지 모른다. 그러나 나는 고양이에게 흠뻑 빠질 수밖에 없었다―그것이 보드라운 털에 대한 집착이건, 곤히 잠든 고양이의 온기에 대한 애착이건, 고양이가 내게 준 일찍이 없었던 생에 대한 용기이건. 나는 잘 알고 있었다. 대형 동물 사육은 위법이다. 어쩌면 어느 아침 여섯시에(수렵대는 늘 심야나 이른 아침에 출동한다. 동물이 활발히 행동하는 시간대이기 때문이다), 법의 집행자가 내 집 문을 거칠게 두드릴지도 모른다. 문을 열지 않으면 아마도 열쇠통을 부수고 들어와 마취총을 쏘아 고양이를 끌고 가 죽이고, 잔해를 해체해 먹을 것이다. 알다시피 수렵대와 법의 집행 부문에는 온갖 짐승의 고기를 마다않는 사람들이 얼마든지 있다. 행정부 건물에서는 종종 골치를 아프게 하는 고기 냄새가 흘러나왔다.

그날, 나는 마침내 고양이에게 이름을 지어주었다. 영양. 굶주린 호랑이떼를 만나도 민첩하게 도망칠 수 있는 영양 같기를 바랐다.

마음을 독하게 먹고 고양이를 바깥으로 돌려보내면 나도 다시 집에 틀어박혀 자가 격리를 할 수 있다—그런 인간이야말로 정부가 의도한 격리 정책의 목적에 부합한다—사람과 사람, 사람과 사물 사이에 딱히 관심도 애착도 품지 않고, 좌우지간 신경을 끄고서 만사 서늘한 표정을 짓고 있으면 된다. 그러면 도시가 봉쇄에서 풀려 거리에 사람이 넘쳐난다 해도 안전이 흔들릴 일은 없다. 그들은 모두 근본부터 세상과 동떨어진 모래알 같은 존재이지, 산이나 바다처럼 알아서 결집해 힘을 지니는 존재가 아닌 까닭이다.

영양과 나의 유대는 너무 깊었다. 그것은 만나기 전부터 내 운명에 깊숙이 심겨 싹 틔우기를 기다렸는지도 모른다. 나는 어른답게 그 인연을 마주보아야 했다—영양을 내 집에 잘 감추어 형태와 그림자를 지우고, 나는 매인 것도 딸린 것도 없는 몸이라는 얼굴을 하고 있으면 된다.

*

펫 용품점 주인은 내가 주문한 고양이 모래 열두 포대를 컴퓨터에 입력하고 나를 흘금 쳐다봤다.

"몇 마리나 기르세요?"

"한 마리요." 나는 뒤늦게 떠올렸다. 이야기할 때는 미소를 지어야 한다. 그것이 사교의 기본 매너다. 마스크로 얼굴의 절반을 가렸어도 눈은 웃을 수 있다.

영양이 나를 각성시켰다―이런 강렬한 감각은 반려인이나 아이에게 하듯이 영양을 위해 내 생활을 조정해야 했던 데서 비롯한다. 나는 플라스틱 대야를 서재에 놓아 영양의 화장실로 삼았고, 거실의 낮은 탁자를 영양의 식탁으로 내주었다. 밥그릇을 바닥에 놓으면 지면에 엎드린 자세로 먹게 된다. 그것은 너무 비굴하고 슬픈 광경이라 나 자신을 모욕하는 것처럼 느껴졌다. 밤이면 우리는 침대에서 함께 잤는데, 영양이 예전처럼 내 가슴이나 배에 올라오는 것은 불가능했다. 지금의 체중으로는 나를 질식시킬 터다. 대신 폭신한 한쪽 앞발을 내 배에 올리고 행복한 시절을 회상하는 정도는 할 수 있었다. 그 무렵 나는 수시로 옛 남편과 아들을 떠올렸다. 침대는 비좁고 온갖 가구를 타인과 공유해야 했던 나날이었지만, 가슴에 복받친 것은 그리움도 비탄도 아니라 매사가 언젠가는 과거가 된다는 허무감이었다. 반고盤古*의 천지개벽과 세계의 종말처럼, 세상에는 애초에 무엇 하나 존재하지 않으며 무엇을 안고 있건 마지막에는 무無로 돌아간다.

---

* 중국 천지창조 신화의 거인.

영양은 아마 사냥하는 꿈이라도 꾸는 것이리라. 모든 사냥감이 완전히 모습을 바꾸었다 할지라도. 영양은 고양이니까 인류를 능가하는 생존 의지를 지닌다.

펫 용품점을 나오다가 아는 얼굴을 마주치고 따뜻한 느낌에 싸였다. 내가 신뢰할 수 있는 상대가 마침 가게 밖에 나타나 문을 열려는 참이었다. 나와 방향만 반대였다. 상대를 인식하기 전에 일종의 본능으로 이를 드러내며 미소 짓고서야 O임을 알아차렸다. 바로 입을 다물었지만 (목격한 사람은 없었어도) 이미 때는 늦어, 그녀는 내 약점을 간파한 뒤였다—서로 의지했거나 두터운 교분이 있던 사람들은 전부 다른 나라로 이주해버렸다. 내 휴대전화에 유일하게 보존된 착신 기록은 O의 것이었다.

"언제고 한번 여기서 마주치겠지 했답니다." O가 말했다.

"어째서요?" 내 생각이 가닿은 것은 단 하나, 휴대전화가 온갖 비밀을 모니터해 누설하는 물건이라는 점이었다.

"고양이를 키우는 사람들이니까요." 반론할 수 없는 대답이었지만, 한참 뒤에 나는 이것이 중의적인 말이었음을 깨달았다.

"혹시 시간 괜찮으시면," O가 제안했다. "여기서 기다려주실래요? 제 쇼핑이 끝나면 같이 커피라도."

나는 그녀의 동그란 눈동자를 바라보았다. 그녀가 고양이 얘기를 꺼냈을 때는 내심 움찔했다. 휴대전화에 비밀경찰이 내장되었다면 O는 이미 내가 집에 영양을 감추고 있다는 사실을 알 것이다. 제안을 거절하면 혐의가 더 농후해진다. 만일 도시의 비밀경찰이 인간이자 사물일 수도 있다면 도망칠 여지는 전혀 없다. 받아들이고, 마주보고, 공존할 수밖에.

내가 고개를 끄덕였고, O는 눈웃음을 지었다.

*

카페에는 구운 과자 냄새가 짙게 배어 있었다. 지나간 시간의 냄새다. 격리가 시작되기 전부터 내가 보는 현실에는 수복 불가능한 커다란 균열이 있었다. 도시의 온갖 사물은 갈라져 있었다. 나는 공공장소에 발을 들여놓는 것이 두려웠다. 특히 이전에 남편과 드나들던 레스토랑이며 슈퍼마켓, 예전 집 근처 공원이나 편의점, 영화관이 무서웠다. 휴일마다 다녔던 그 장소들 어디에나 깊이를 알 수 없는 금이 가 있었다. 한쪽은 과거, 한쪽은 현재. 나는 어느 쪽에서나 배척되어 거대한 균열 속에서 언제까지고 헤맬 따름이었다. 그해, 남편과 저녁을 먹고 강가를 산책할 때면 강 끝에 있는 카페에 들르곤 했다. 그는 늘 장난처럼 말했다. "라테를 마셔줘야 잠이 잘 온대도." 그러고는 그와 나는 친밀한 침묵을 나누어가졌다. 나중에 깨달았는데, 당시의 불안은 행복에서 비롯한 증상이었다. 나는 그와 함께 있으면 어떻게든 달아날 궁리를 했고, 혼

자가 되면 그를 떠올리고 내가 아직 세상에 이어져 있으며 천애고
독은 아님에 안도했다. 그러니까 그가 집을 떠날 때까지는. 더 정
확히는 어느 아침 여섯시, 집에 들이닥친 법의 집행자에게 연행될
때까지는. 비공개 재판에 의해 죄명이 확정된 후부터인지, 형기를
마치고 출소해 다음번 결혼생활을 시작한 후부터인지 몰라도, 내
몸을 피할 곳은 어디에도 없었다. 그를 떠올리면 그저 텅 빈 공간,
아무것도 없는 풍경이 나타났다. 야릇한 공허감이 바깥 세계가 일
으키는 초사焦思를 견딜 수 없게 했다. 내 집만이 안전했다. 그곳
은 과거도 아니고 현재도 아니며, 시간 위에서는 무無다.

건너편에 앉은 O가 메뉴에서 얼굴을 들고 물었다. "뭘로 할지
정하셨어요?"

오랫동안 나는 다시는 누구와도 함께 지내고 싶지 않다고 생각
했다. 사람들 얼굴에서 언제나 겹쳐 찍은 화상이 보였다. 남편이
남긴 그림자는 때로 초목이 우거진 정글처럼, 때로 산산이 깨진
벽거울처럼 나를 에워쌌다. 어떤 사람이나 사물도 제대로 볼 수
없었다. 전부 간단히 지워져버리는 얄팍한 막 같았다.

O가 종업원에게 아메리칸 커피를 주문했다. 다시 우리 둘만 남
았고, 홍수 같은 남편의 잔상조차 밀려오지 않았다. 나는 아무것
도 없는 이 투명한 순간을 붙들어 눈앞의 광경을 더 완전하게, 얼
마간 연장하고 싶었다.

"이것도 애프터서비스에 포함되나요?" 내가 물었다. 실은 인터

넷에서 이 휴대전화 회사를 검색해 커뮤니티 몇 군데를 훑었지만, 판매원이 고객의 사생활에 파고든다는 클레임은 발견하지 못했다.

"그렇게 생각하셔도 상관없어요. 어차피 우린 휴대전화를 계기로 알게 됐으니까요." O가 뜨거운 커피를 한 모금 마셨다. 그녀의 컵에서 선망을 자아내는 향기가 올라와 내가 선택한 차는 실패였음을 일깨웠다. "아니라도 상관없고요, 우연히 마주쳤을 뿐이지 제가 계획한 게 아니니까요." 그녀가 말했다. "자발적 모니터 앱이 기동된 이상 이 도시의 모든 사람이 자격을 갖춘 기관에 자신의 비밀을 공개하고 인증을 받아야 하잖아요? 그럼 필연적으로 우리를 찾게 되겠죠."

"어째서 그곳에서 그런 식으로 휴대전화를 팔고 있어요?" 나는 또 물었다. 그녀가 알 리 없겠지만, 힐문처럼 들릴 수 있는 이 말은 실은 에두른 호소이거나 구조 요청이었다. O, 이 휴대전화의 유일한 등록자를 나는 판별할 필요가 있었다. 그녀가 나를 격리된 동굴에서 끌어내줄 동아줄인지, 아니면 내 목을 감는 뱀인지. 물론 그녀는 아무 의미도 지니지 않는 '──'라는 기호인지도 몰랐다.

"정말 알고 싶으세요?" O가 내 눈을 빤히 들여다보았다. 그녀의 말은 의문문이 아니라 평서문이었다. 나는 잠자코 기다렸다.

"저는 한복판이 푹 꺼진 땅이고, 텅 빈 그릇이에요." 그녀도 처음부터 그 사실을 알았던 것은 아니다. 알고 나서 의심하고 확인하고 기꺼이 받아들일 때까지, 몇 년이나 스스로와 싸워야 했다. 누군가 다가와 그녀가 어떤 사람인지 거울처럼 보여주면 몹시 두려웠다. 그래서 도망치면 다른 사람이 다가와 또 그녀의 민낯을 보여주었다. 그녀는 거울을 깨듯 그 사람을 쫓아버렸다. 또다른 사람이 나타나 이제는 익숙해진 자신의 모습을 거울처럼 비추었을 때 마침내 결심했다. 이번에야말로 끝까지 가보자. 겁내지 말고. 그녀는 작정하고 연애중인 여자를 연기했다. 청순하고 쾌활하게, 사랑에 빠져 자존심도 무엇도 다 버린 여자를. "실제로 저는 그냥 사냥감이었어요. 그는 사냥꾼이 짐승을 잡듯 저를 잡아죽이고 또 죽였어요. 왜냐하면 몇 번을 죽여도 제 안의 어떤 부분이 끝내 살아남았으니까요." 그는 그녀를 먹으려 했다. 그녀는 살갗에 남는 이빨 자국이 뼈에 도달할 만큼 깊은 사랑이라고 스스로를 타일렀다. 그는 잔인한 방법으로, 가차없이 먹어치웠다. 그녀가 위독한 아버지를 병원에서 마지막으로 만날 기회를 먹어치우며 그는 말했다. "갑자기 배가 아프니까 내 간호나 해. 네 아버진 어차피 죽을 거지만 난 살아 있잖아." 그는 논리가 아니라 공포로 그녀를 장악했다. 얼마 후 또 허기를 느낀 그는 그녀가 지닌 몸의 자주권을 먹어치웠다. 그는 성교할 때 그녀가 기력을 잃고 시드는 모습을 보는 것을 좋아했다. 번번이 그녀의 생리 때나 고열이 가라앉은 직후, 위장염을 일으킨 때를 골라 섹스를 요구했다. "여자는 굴욕을 당할 때가 제일 아름답거든." 그는 칼날처럼 그녀의 몸을 찔렀고 그때마다 그녀는 아픔보다 깊고 광대한 것을 느꼈다. 자신도 몰랐던 제 몸속의 이경異境에 발을 들여놓는 감각이었다. 그는 그 이경을 함께 탐색하는 사람이 아니라 그저 전도체 같은 것이었다. 텅 빈 그곳에 도달했을 때 그녀는 외톨이였다. "내 몸과 영혼의 어디쯤에 끝이 있을까?" 끝에 닿으면 돌아서야 할 것이다. 그녀는 심연 속으로 곤두박질치면서도 붙잡을 것이 아무것도 없었다. 그는 늘 허기져 있었다. 만족을 모르는 그 굶주림은 태곳적부터 인류라는 생물종에 새겨진 메우기 힘든 결락의 감각 같았다.

그는 이유 없이 화를 내고, 그녀 같은 얼간이만이 매일 은행 카운터 안에 서서 서랍 속의 지폐를 헤아리고, 트집을 잡는 손님에게 힘없이 미소 짓는 일을 참을 수 있다고 힐난했다. 그녀는 차츰 그런 말에도 무감각해졌고, 그럴수록 그는 놓아주지 않았다. "네가 매일 헤아리는 지폐들 말이야, 그걸 나한테 갖다줘." 그가 응석받이 어린애처럼 졸랐다.

"그게 말이 된다고 생각해?" 그녀가 질겁해서 소리쳤다.

"알잖아, 곤란할 때 믿을 사람은 너밖에 없는 거. 네가 유일하게 신뢰할 수 있는 상대라고." 그가 그녀의 가슴에 얼굴을 묻고 말했다. "나한텐 너뿐이야."

그녀는 현기증을 느끼고 집을 뛰쳐나왔다. 헝클어진 머릿속을 정리해야 했다. 큰길을 달려가 버스에 올라탔다. 버스가 데려가는 대로 몸을 맡겼다. 차창 너머로 고층 빌딩과 가로수들, 공사중인

빈터, 무릎을 감싸고 길바닥에 쭈그려앉아 우는 사람, 폐업한 가게, 담배를 피우는 사람이 눈에 들어왔다. 버스에서 내려 정류장 벤치에 앉자, 이틀 전에 본 사이트에서 소개한 '창'이라는 장소가 떠올랐다. 사이트에는 이렇게 적혀 있었다. '감염병 유행중에는 환기에 유의합시다. 창문을 수시로 열어 바이러스를 몰아냅시다. 마음의 디톡스에는 '창'을 추천합니다.'

"그날 밤 처음으로 '창'의 집회에 참가해 저를 위해 촛불을 밝혔어요. 제 안의 '끝'에 힘껏 맞부딪친 거예요." 그녀가 커피를 마저 마셨다.

나는 그녀의 동그랗고 반짝이는 눈동자를 바라보았다.

"'창'의 '듣는 사람'이 그러더군요, 제가 깊고 움푹 팬 그릇이라고." 그녀는 그들의 물음을 기억했다. "어째서 그 귀중한 그릇을 수치와 고통을 담는 데 써버립니까? 아세요? 그릇은 하늘이 내려준 것입니다." 그날 밤 그녀는 사냥꾼이 기다리는 집에 돌아가지 않고 전화번호를 변경했다. "그때부터 제 몸의 공동空洞보다 소중한 인간 같은 건 없다고 생각하게 됐어요." 판매 일은 자신의 공동에 손님들을 한 명씩 담는 일이었다.

"'창'이란 어떤 곳이죠?" 내가 물었다.

"많은 사람이 비밀을 묻을 수 있는 구멍이 있어요." 그녀는 빈 컵을 바라보면서 적절한 어휘를 골랐다. "때로는 자신도 다른 사람의 비밀을 묻는 구멍이 되죠."

"어디 있는데요?" 내가 또 물었다.

O는 '창'에 대해서는 그 이상 정보를 흘리려 들지 않았다. 헤어질 때쯤 이렇게 말했을 뿐이다. "막다른 골목이라고 생각했을 때, 비밀을 통해 또다른 문이 열리는 일이 있답니다."

*

뒷발로 일어서면 영양의 키는 나와 맞먹어서 마치 나만 지나갈 수 있는 하얀 문처럼 보였다. 나는 그 문을 지나 비밀경찰로 가득한 세계에서 도망치기 위해 몇 번이고 영양을 끌어안고 얼굴을 묻었다. 그때마다 우리가 서로 다른 생물종이며 각자 독립한 개체임을 극명히 깨달았다. 몇 년 전 내가 남편을 떠나야 한다고 깨달았을 때처럼, 보이지 않는 명백한 사실이었다.

영양은 확실히 하나의 문이었고, 더욱이 자신의 의지를 지니고 있었다. 이를테면 영양은 일광욕에 흠뻑 빠져 있었다. 키가 나와 비슷해지면서는 창가에서 몸을 둥글게 말고 볕을 기다리는 일은 원하지 않았다. 영양은 상반신을 창밖으로 쑥 내밀어 최대한 많은 햇볕을 쪼이고 싶어했다. 나는 유리창의 낙하 방지 그물을 걷어냈다. 영양은 이제 제 자유와 안전을 책임질 수 있었으니까.

이웃 사람이 영양을 목격할 수 있다는 생각은 했지만(이곳은 누가 뭐라 해도 동물 사육이 엄격히 금지된 맨션이다), 창밖으로 몸을 한껏 내민 영양의 모습은 마치 비상하는 듯했다. 나도 덩달아 옷을 벗어버리고 거리를 누비는 느낌이었다. 말하자면 일광욕은 고양이에게도 내게도 일종의 해방이었다. 목덜미를 붙들고 데려가 안전한 방구석에 숨겨야지 하다가도 번번이 나도 몸을 포개고 함께 햇볕을 쪼였다.

초인종이 울렸을 때, 아마 우호적인 용건은 아니리라 짐작했다.

문을 한 뼘쯤 열기도 전에 영양은 잔달음으로 침실로 사라졌다. 문 너머에서 관리인이 날카로운 눈으로 실내를 훑었을 때 그가 목격한 것은 조용한 가구뿐이었다.

"이 댁에 거대한 고양이가 있다는 말이 있어서요." 관리인이 내 얼굴을 빤히 건너다보았다.

"없는데요." 내가 말했다.

"주민들 말로는 창가에서 당당하게 일광욕을 한다던데요." 관리인은 물러서지 않았다.

"그럴 리가요. 잘못 봤겠죠." 나는 거의 달래다시피 말했다. "일광욕은 제가 했거든요."

관리인의 모습이 복도로 사라지는 것을 확인하고 문을 닫았다. 그는 조만간 다시 올 것이다. 많은 사람이 내 집 창문을 지켜보는 것 같았다. 심장이 빠르게 덜거덕거렸다. 그것은 두려움이 아니라 이름을 붙일 수 없는 흥분이었다. 어쩌면 영양과 나는 몸을 포갠 채 폭탄이 되어 비밀경찰이 도시를 장악한 격리의 기간 동안 철저히 폭발해버리기를 기다리는지도 모른다.

*

O는 내 전화를 받고도 딱히 의아해하는 기색이 없었다. '창'의 다음 집회는 수요일 저녁부터 심야까지 열릴 예정이었다. 우리는 2번 역에서 만나 같이 집회 장소로 가기로 했다.

역에서 건물까지는 구불구불한 지하 통로로 이어져 있었다. 길이는 가늠할 수 없지만, 무슨 이유인지 해가 지고 나니 완전히 깜깜해졌다.

"여긴 어떻게 조명 하나가 없어요?" 내가 참지 못하고 물었다.

"제가 처음 '창'에 참가했을 무렵엔 이렇지 않았답니다. 언제부터인가 전구가 하나둘씩 나갔는데 아무도 손보지 않아 차츰차츰 어둠에 삼켜졌어요." O가 말했다. "'창'에 드나드는 사람들은 어차피 이 길을 샅샅이 기억해요. 소개 없이 찾아오는 사람은 거의 없으니까, 우리가 '창'의 안내인인 셈이죠."

나는 O의 팔을 잡은 오른손에 힘을 주고, 한번 또 한번 커브를 돌았다. 눈을 부라리다시피 하고 앞쪽을 노려봤지만, 촘촘한 어둠이 감각기관을 모조리 차단해버린 것 같았다. 이윽고 체념하고 완전히 O에게 맡겼다. 굽이치는 뱀의 체내 같던 길은 조금 지나자 인간의 창자 속처럼 느껴졌다. 걸으면서 생각했다. 어쩌면 뱀은 내 몸속에 있고, 그것이 혀로 나를 밀어내 '창'으로 향하게 했는지도 모른다고.

따뜻하고 두툼한 손이 불쑥 내 왼손을 잡았을 때, 낯모르는 그 사람에게 알 수 없는 안도감을 느꼈다. 나는 경계심을 완전히 허물지 않으며 물었다. "누구세요?"

"저는 접니다." 그 남자는 침착하게 대답했다.

"괜찮아요." 오른쪽에서 O가 안심시켰다. "이분은 '창'의 책임자로, 우리 선생님이기도 해요. 우리의 몸속, 신경과 의식 속에 있는 스스로도 모르는 얼굴을 깊은 데서 끌어내주세요. 우린 '비밀의 선생님'이라 부른답니다."

남자는 침묵한 채 악력과 손바닥의 온기만으로 수많은 정보를 맥맥이 전달했다. 그것들은 모스부호나 복화술보다 복잡해서, 내가 가진 언어로는 정리하고 해부하고 여과하지 못하는 메시지가 투명한 막처럼 나를 에워쌌다. 문득 궁금해졌다. 비밀의 선생이라는 이 사람은 비밀을 연구하는 전문가일까, 아니면 스스로를 비밀처럼 은폐하는 지식의 전수자일까.

남자가 입을 열었다.

"이곳을 찾는 한 사람 한 사람을 저는 길 중간쯤에서 기다렸다가 이렇게 나란히 걷습니다. 이 길을 처음 걷는 기회는 누구에게나 한 번뿐이지요. 흐르는 강물을 두 번 만질 수 없듯이 말입니다. '창'으로 이어지는 이 길에 첫 발을 내디딜 때 당신은 자기 자신을 통과하는 겁니다. 빛이 닿지 않는 컴컴한 의식의 모퉁이 너머에 나 있는 길을 한 걸음씩." 남자가 갑자기 말을 중단했다. 그가 얼굴을 내게 향한 것을 칠흑 같은 어둠 속에서도 확실히 느꼈다. "그래서, 비밀을 어디서 잃어버렸는지는 아시나요?" 그가 물었다.

비밀 같은 건 없다고 일축하려 했지만, 남자는 그럴 여유를 주지 않고 내게 스스로를 활짝 열어 보였다. 자신을 한 장의 양탄자나 한 가닥의 길로 삼아 아득히 먼 곳으로 나아가라고 초대하듯이. 나는 망설일 겨를도 없이 그 남자 위에 발을 내딛고 있었다.

"비밀이 없는 사람은 이 길을 지나갈 일도, '창'으로 향할 일도 없지요. 오로지 비밀만이 비밀을 끌어당깁니다. 공포가 공포를 부르고, 사랑이 더 많은 사랑을 만들고, 전쟁이 새로운 전쟁을 일으키듯이. 이 점을 기억하세요. 당신이 우리를 당신 곁에 데려가는 것이지 그 반대가 아닙니다. 그 사실을 머릿속에 넣어두시면 앞으로 나아가는 데 도움이 될 겁니다." 그는 계속 내 팔을 세게 붙들고 있었다. 강제로 연행하는 것 같은 악력이었지만, 그가 나를 지탱해준다고도 생각할 수 있으리라.

그가 말을 이었다. "'창'에 도착하기 전에 저부터 털어놓지요. 제 비밀은 여러 번 환히 드러난 바 있어 이미 비밀은 아니지만, 교환하는 데는 아직 일정한 가치가 있습니다. 이곳을 찾는 이들은 누구나 우선 받고 나서, 내밀지 말지를 결정합니다. '창'은 어떤 사람에게나 매우 안전한 장소입니다."

현기증은 바로 그때 시작됐다. 그것은 바다처럼 밀려와 나를 에워싸고 내 안에 스며들어 마지막에는 나를 가득 채웠다. O와 비밀의 선생은 좌우에서 나를 붙들고 거의 끌고 가다시피 했지만, 그 순간만큼은 망망한 대해 위의 구명정이 되어주었다.

동시에 칠흑 같은 어둠 속에서도 나는 비밀의 선생이 던지는 시선을 분명히 느꼈다. 그것은 '묵시'보다 정확한 '감지'였다. 흡사 얼굴에 있던 눈이 멀고 몸의 다른 장소에 새 눈이 열린 것 같았다.

"그 무렵 저는 물거품 같은 존재였습니다. 지금은 인생의 그 단계를 '물거품의 시기'라 부르고 있지요." 비밀의 선생이 말했다. "예전의 저는 대부분 사람들이 그렇듯 자신을 견고한 그릇으로 벼려 물거품 같은 핵심을 담으려 했습니다." 당시 마흔 살이던 비밀의 선생은 오랜 시간 투자은행에 근무하면서 산 위의 고급 주택지에 있는 단독주택에 살았다. 매일 아침 아내와 아침을 먹고 나면 반짝이는 빨간 자동차를 몰아 산을 내려가 도시의 상업지구로 향했다. 몇 년이나 그는 직위와 업무가 자기 인생의 필연적 부분과 호흡처럼 이어져 있다고 생각했다. 바다를 바라보는 사무실에 앉아 컴퓨터를 켜 대량의 메일을 읽고 쓰고, 쉴새없는 회의를 소화하는 사이에 그는 자신이 누구인지 잊고 있었다. 그는 스스로를 호흡하는 사물이라 생각했다. 그것은 만족감이라고도 할 수 있었다. 때로 산적한 서류들에서 잠시 눈을 돌릴 때, 휴일에 아내와 쇼핑몰을 어슬렁거리다가 본가에 들러 식사를 할 때, 사방에 있는 거울 속에서 말쑥한 명품 옷을 걸친 자신이 청초하고 가녀린 여자를 대동하고 고급 호텔이나, 집회소가 병설된 맨션 로비나, 미술관 통로를 걷는 모습을 발견했다. 거울 속의 모습은 어느 것이나 그가 상상해온 이상적 인생에 부합했다. 그러므로 그는 잘 알 수 없었다. 왜 월요일부터 금요일, 퇴근해서 이튿날 이른 아침까지는 자기 몸의 작은 틈을 벌려 비상문처럼 열고 나가, 훌륭히 짜인 이 인생에서 잠시 탈출할 필요가 있는지. 어쩌면 이해하지 못했기에 욕망은 그토록 강렬했고, 한 주의 며칠 중 그 몇 시간만큼은 어떤 일도 그에게 브레이크를 걸 수 없었는지 모른다.

사무실을 벗어나면 회색 옷으로 갈아입고 도시 구석구석으로 숨어들어, 다양한 방법으로 빈속을 채웠다. 온갖 사적 모임과 친구들이 소개한 바와 회원제 클럽, 정기적으로 열리는 각종 프라이빗 파티에 드나들면서 기꺼이 민낯을 드러내 날것의 핵심을 보여줄 상대를 물색했다. 이른바 '벗겨내기'가 예정된 프로그램이라면, 감정이나 욕망은 도구, 즉 본질에 접근하게 해주고 그가 아무렇게나 적은 줄거리를 생명의 진상인 양 믿게 하는 도구였다.

그 몇 해 동안, 그는 벗겨지고 싶은 갈망과, 무언가를 속속들이 드러낼 힘을 넉넉히 감춘 상대, 혹은 이미 벗겨진 적은 있되 아직 불모의 땅을 품은 상대를 찾는 날카로운 직관을 겸비했다. 누군가 옆에 와서 서기만 해도 바로 감이 왔다. 파고들 만한 상대인지, 아니면 벗기기엔 적절치 않은, 균열 없는 인간인지. 그러나 타인의 전부를 벗기는 경험과 욕망을 공유할 수 있는 상대는 없었다. 주위에 있는 동호인들이 대개 단순히 성애에 빠져 있거나 에로티시즘을 즐겼을 뿐이라면, 그에게 성애는 탐색을 위한 공구였다. 그가 진정으로 도달하고 싶은 것은 타인의 옷을 벗기거나, 자신의 성기를 타인의 성기에 삽입하는 것이 아니었고, 절정을 맛봄으로써 열반에 도달하는 것도 아니었으며, 타자의 내부에 숨어들어 깊숙이 잠들어 있는 핵을 건드리는 일이었다. 그에게는 그것을 표현할 언어조차 없었다.

그는 암호를 사용해 신호를 주고받는 법을 배웠고 오래지 않아 그 기술에 숙달되었다. 회색 옷을 입고 있을 때 적극적으로 신호를 보내면 반드시 긍정적인 반응이 돌아왔다. 그것은 매력이나 개성과는 무관했다. 회색 옷이 그를 아이덴티티도, 성격도, 과거도 없는 인간으로 만들었다. 말하자면 그는 한없이 투명해 거의 '무無'에 가까웠다. 벗겨지기를 원하는 사람에게는 공통점이 하나 있었으니, 대개 '무'의 바다를 떠돌며 존재의 무게를 덜어내기를 갈망했다.

하루 중 회색으로 변할 수 있는 몇 시간이 그를 일상생활의 위기에서 건져냈다. 타락에 몹시 가까워 보이기는 했어도, 위기는 누가 뭐라 해도 눈에 보이지 않는 법이다.

바나 카페나 파티에서 눈이 마주쳐 암묵의 동의가 성립하면, 나란히 자리를 벗어나 말없이 거리를 걸으며 서로의 존재를 느꼈다. 그때 비밀의 선생은 알고 있었다. 자신들이 강물이고, 한번 흘러

가버리면 두번째는 없다는 것을. 그는 상대를 장기 계약중인 바이양호텔의 방으로 데려갔다. 프런트 직원은 의미심장한 표정으로 웃어주곤 했다. 오해에서 비롯한 관용임을 알면서도 그는 그것이 고마웠다.

벗기는 작업에는 집중력이 필요했다. 그는 조용한 호텔방이 마음에 들었다. 그들이 작업을 끝내고 방을 떠나면 청소 스태프가 온갖 흔적을 씻어냈다.

"그 '벗기는' 작업으로 뭘 발견하는데요?" 내가 물었다.

그가 심취했던 것은 사람이 일부러 감추고 있는 부분이었다. 저고리 밑에 감춰져 살갗과 하나가 된 속옷, 보이지 않는 곳에 난 체모, 허벅지의 멍. 혹은 순식간에 지나가서 붙잡을 수 없는 순간—사람은 맨몸이 되면 얼굴에 기묘한 표정을 떠올린다. 갑자기 풀려난 짐승이 어디로 가야 할지 몰라 우왕좌왕하는 것처럼—돌연 사나워지거나, 미치도록 수치스러워하거나, 극도로 흥분하여 옷을 입고 있을 때와는 딴사람이 된다. 그러면 그는 혀로 더듬고 손가락을 넣어 신중히 탐색해 저쪽도 미처 알지 못했던 감춰진 무언가를 끄집어낸다. 그것은 그들이 절로 흘린 비명이나 거친 숨소리, 비틀린 표정으로 누설된다.

밤은 둘로 나뉘었다. 그는 밤의 전반에는 타인을 벗겨 펼치고, 다시 잘 맞춰 닫은 후 자동차를 운전해 산 위의 집으로 돌아간다. 밤의 후반에는 잠옷으로 갈아입고 아내의 침대로 파고든다. 아내의 밤도 둘로 나뉘어, 전반의 숙면과 후반의 불면으로 갈라져 있었다. 그는 어떻게든 아내가 불면에 빠지기 전에 곁으로 돌아가고자 했다. 그곳이 그들이 공유하는 물가였다.

아내를 벗긴 적은 없었다. 그들은 몇 년 동안 셀 수 없이 알몸으로 마주했지만, 사람과 사람이 지켜야 할 최소한의 예의는 지켰다. 아내의 핵심에 관심이 없었달 수는 없지만, 관계에 의해 공동 생활의 모델은 정해져 있었다. 그 근본에는 피차 비밀을 허락하되, 서로 펼쳐 보인 상대와는 두 번 다시 만나지 않는다는 약속이 있었다.

청창을 제외하고는.

청창과는 세 번 만났다. 호텔 직원은 그가 같은 여자를 데려온 것을 보고 묘한 표정을 지었다. 그녀를 방으로 데려가 밤의 절반을 세 번 보냈지만, 끝내 서로의 피부 바깥쪽에 머물렀다. 그는 문을 발견하지 못했고 그래서 그녀의 가장 깊숙한 곳에 들어갈 수 없었다.

그는 친구들과의 식사 모임에서 청창과 알게 되었다. 그녀가 겸업 누드모델로서 조우한 갖가지 일들을 들려줬을 때 그녀를 그대로 벗겨버리고 싶은 욕망에 휩싸였다. 그녀의 눈과 희미하게 올라간 입가에는 비밀의 서광이 번쩍이고 있었는데, 그것을 알아본 사람은 그밖에 없었다. 말하자면 그것은 각별히 귀한 것이었다.

청창의 불꽃 같은 시선은 테이블 위에 어질러진 유리잔과 접시를 넘어 거침없이 비밀의 선생의 눈동자에 도달했다. 시선은 즉각 그의 혼 바깥쪽에 진주했지만, 같은 테이블에 있던 누구도(심지어 아내도) 둘을 수상하게 보지 않았다. 나중에 그는 몇 번이나 그 저녁식사를 떠올리고, 창창이 자신을 노출하는 데 얼마나 노련했는지 감탄했다. 제 몸을 드러낼 줄 아는 사람에게는 본디 감춰졌던 부분도 공개적인 부분이 된다. 숨겨진 부분이 외려 표면이 된다. 그녀가 진정으로 감춘 것은 표면적인 음부 안쪽에 도사리고 있었다. 그녀는 치과의가 차가운 금속 겸자로 부드럽고 민감한 잇몸을 건드리듯 그의 혼 바깥쪽을 바라보았다. 그 친밀함이 그녀를 깊숙이 알고 싶은 충동을 일으켰다.

"뭘 알고 싶은데?" 창창은 호텔의 목욕가운을 걸치고 침대 한복판에 앉아, 흰자와 검은자가 뚜렷한 눈을 반짝이며 물었다. 맑은 눈동자에는 생명력을 지닌 물고기가 헤엄칠 여지는 없었다. 그녀의 태도는 일관되게 느긋했고, 그의 메시지를 받자 이내 그것이 암시하는 바를 깨닫고 따라나섰다. 방에 들어와서는 구석구석 확인하고(감시 카메라가 설치되지 않았는지 조사한 듯했다), 바로 욕실로 가 옷을 벗어버리고는 흰색 목욕가운만 걸친 채 나타났다. 그녀에게서 감춰진 뭔가의 냄새를 맡기는 불가능했다. 그녀의 태도에는 데이트 같은 모호함은 없고, 오히려 일을 하러 온 사람 같았다. 다만 그들이 거래하는 것은 금전이 아니라 추구와 해답이었다.

"모르겠어." 그는 옷을 다 입은 채 침대 옆 의자에 앉아 있었다. 그는 이미 느끼고 있었다. 보호막을 잃은 쪽은 그였다.

창창은 실크처럼 부드러운 시선으로 잠자코 그를 감싸 무장해제시켰다. 그의 입이 벌어져 흡사 조건 없이 목청이 트인 양 이야기가 샘솟았다. 옷은 자연히 사라지고 일찍이 얼굴의 일부가 되었던 가면은 떨어져나갔다. 그는 창창에게 들려주었다. 지난 오랜 시간 동안의 만유漫遊와 모험을, 어디까지나 수단이지 목적은 아니었던 긴 성애의 여로를.

"아무래도 방향을 잃었는지도 모르겠어." 옷을 걸치지 않고도 부끄럽거나 초조한 기색이라고는 없는 눈앞의 여자에게 그는 말했다.

그때까지 그에게 벗겨진 사람과 벗기기 위한 갖가지 프로세스는 전부 머릿속에 각인되어 있었다. 기회가 찾아올 때면 어김없이 긴 밧줄이 나타나 그를 어딘가로 나아가게 인도했다. 언제부턴가 밧줄이 느닷없이 끊어져버렸다. 그는 계속 전진하고 싶었고, 분명히 전진하는 체했지만 제자리걸음만 할 따름이다.

"어쩌면 예전 방법은 이제 안 통하는지도 모르지." 창창의 목소리는 껍질이 벗겨진 상처 위에 깃털처럼 내려앉았다.

그는 입을 다물고, 더 할말을 찾지 못했다.

처음에는 아내에게 두통 핑계를 댔다. 완전한 거짓말이랄 수는 없었다. 아내는 말없이 베개와 이불을 챙겨 손님방으로 옮겨갔다.

침실은 그가 머물 안전한 동굴이 되었다.

마지막으로 창창을 만나고 돌아온 그는 집에 틀어박혔다. 회사에는 일주일 병가를 신청했다. 누구나 중대한 변화를 앞두고는 굴속에서 충분한 용기를 축적하는 법이다.

"자신을 벗겨본 적은 있고?" 창창이 물었을 때 그는 대답할 말이 없었다. 그런 생각은 해본 적도 없거니와 늘 조급증을 내며 자신을 에워싼 세계를 벗기기 바빴던 까닭이다. 창창과 맨몸으로 마주한 동안에도 머릿속을 맴돈 것은 '왜 이 여자는 벗길 수 없을까?'라는 의문이었다.

창창은 안쓰럽다는 투로 말했다. "당신은 물론 타인을 벗기는 데 소질이 있을 거야. 그런데 어떤 상대라도 벗기고 싶다면 우선 자기 자신부터 벗겨봐야지."

"난 도무지 모르겠는데, 왜 꼭 그래야 하는데?" 아내는 그 말을 뱉고 긴 침묵에 빠졌다. 한참 후에야 그는 깨달았다. 그때 아내는 너무 놀란 나머지 살아가는 좌표와 언어를 잃었던 것이다. 그는 아내를 바라보았다. 오랜 세월 어두운 그림자와 거짓 아래 가려졌던 고통이 얼굴 위에 떠올라 있었다. 그는 아무 말도 할 수 없었다. 그것은 말로 할 수 없는 얘기였다. 혼자 방에 틀어박힌 채, 벗긴다는 사명으로부터 도망치기란 이번 생에는 불가능하다는 것을 알았다. 그렇다면 자신을 과감히 벗겨 관찰할 필요가 있었다. 집을 버리고, 일을 버리고, 자동차를 버리고, 아내와 본래의 정체성마저 버린 무소유의 삶. 아내는 그의 일부로서 가타부타 없이 뽑혀 버려짐으로써 껍질 잃은 게처럼 깊은 상처를 받았다. 집을 나온 이래 다시는 아내를 보지 못했다.

"곧 도착합니다." 비밀의 선생은 시간을 재기라도 한 듯 우리가 '창'이 있는 건물의 엘리베이터 홀에 들어설 때 이야기를 마쳤다. "그래서 저는 남의 비밀을 찾아내고, 비밀을 추출하고, 그들이 각자의 비밀 속에서 힘을 얻도록 도와주게 되었습니다." 그가 선글라스를 내게 건넸다. "쓰십시오. 갑자기 밝은 곳으로 나가면 눈이 못 버팁니다."

*

'창'은 화염처럼 밝았다. 선글라스가 눈앞을 적당한 어둠으로 가려 나를 보호했다. 방안에 사람들이 서로 충분한 거리를 두고 둥글게 둘러앉아 있었다. 바이러스 전염을 막기 위해서인지도 모르고, 저마다 지닌 바이러스 같은 비밀을 지키기 위해서인지도 모른다. 그들은 눈을 굳게 감고 경건한 기도를 올리는 것 같았다. "다들 자신의 내부를 들여다보고 있어요." O가 귓전에 속삭이며 나를 원 안의 빈자리로 데려가 양초 하나를 손에 쥐여주었다. "비밀을 버릴 준비가 되면 불을 붙이세요. 그러면 비밀을 말할 수 있어요."

나는 바닥에 앉아 선글라스 너머로 천장을 바라보았다. '창'에는 창도 없고 사람들의 말소리도 들리지 않아 흡사 끝나지 않는 밤 같았다.

방이 조금씩 어두워지기 시작했다. 빛은 서서히, 피부로만 느낄 수 있는 속도로 약해졌다. 이윽고 차진 어둠이 사람들을 뒤덮었다.

비밀의 선생의 목소리가 방 한복판에서 들려왔다.

"비밀을 내쫓을 준비가 된 사람은 갖고 있는 양초에 불을 붙여도 좋습니다. 아시다시피 빛만이 어둠을 삼킬 수 있습니다. 비밀을 풀어주고, 비밀 속에 갇힌 스스로를 석방하세요. 그로써 비밀로 인해 붙잡히고 끌려갈 일은 없어집니다. 만에 하나 붙잡힌다 해도, 비밀이 없는 사람은 마지막에는 도망칠 수단을 찾아냅니다."

비밀의 선생의 말이 부추겼는지도 모르고, 어차피 이들은 뱃속에 내내 감추고 있던 것을 털어놓을 순간만 기다렸는지도 모른다. 방 왼편에서 빛이 일어나는 것이 보였다.

"저는 아내를 배반했습니다." 젊은 남자가 쥐어짜는 듯한 목소리로 말했다. "그녀를 사랑했기 때문에요. 그 사랑에 걸맞게 배반함으로써만 끊으려도 끊을 수 없는 관계가 썩지 않게끔 신선하게 보존할 수 있으니까요."

"관계는 음식 같은 것이라 조리해 보존할 때 씹히고 흡수되어 양분이 됩니다."

아내가 나타나면서 그는 식욕을 되찾았다. 그녀와 만나기 전,

그는 반년이나 식사를 통 하지 못하는 상태였다. 가족들에게 상황을 설명해야 할 때면 일이 너무 바쁘다는 핑계를 댔다. 동료가 왜 늘 그렇게 조금밖에 먹지 않느냐고 물으면 농담처럼 대답했다. "요리할 줄만 알았지 먹는 데는 소질이 없나보지." 레스토랑 주방의 공기, 식재료를 처리하는 과정, 식재료를 대하는 셰프의 태도, 그 모두가 식욕을 조금씩 앗아간다는 것을 솔직하게 인정할 수 없었다.

그가 일하는 레스토랑에 아내가 처음 나타난 것은 런치 타임이 끝나 조금 한가한 시간이었다. 그는 오픈 키친에서 디너용 육류를 절이던 중이었다. 아직 누구의 아내도 아니었던 그 여자의 얼굴에는 오래된 절망의 흔적이 묻어 있어 꼭 볕을 보지 못한 식물 같았다. 그는 몸을 돌려 손을 씻고, 여자가 주문한 셰프 샐러드를 만들었다. 샐러드는 여자에게 너무 차갑다. 여자에게 필요한 것은 뜨거운 수프였다. 그러나 셰프는 타인의 식욕을 만족시킬 뿐이지 간섭하거나 좌지우지할 수 없었다. 그가 할 수 있는 일은 검은 후추를 듬뿍 뿌리는 것 정도였다. 얼굴이 누렇게 들뜨고 야윈 여자는 그로부터 매일 런치 타임이 지날 때쯤 나타나 셰프 샐러드를 주문했다. 햇볕이 제 온기로 덮혀줄 몸을 찾듯 그는 신기한 기대를 품고 그녀를 기다렸다. 그러므로 샐러드 옆에 김이 나는 단호박수프를 얹은 쟁반을 손수 들고 주방을 나와, 그녀의 테이블에 내려놓은 것은 어쩌면 당연했다. 그녀가 의아한 얼굴로 올려다봤지만 그는 개의치 않았다. 그에게는 허기가 몹시 절실했기 때문이다. 그는 자신의 일을 사랑하게 되었고, 더는 불면의 밤에 시달리지 않았다. 모처럼 되돌아온 식욕을 다시 잃고 싶지 않아서 어느 날 레스토랑을 나가는 그녀를 쫓아갔다. 무더운 주방을 벗어나 햇빛이 쏟아지는 도로로 달려가 그녀를 붙잡고 주말 저녁식사에 초대했다.

두 사람은 많은 행복한 나날을 함께 보냈다. 서로가 서로의 세계가 되었으며 필요한 양분을 주고받았다. 두 사람의 살갗은 만족스러운 광택을 냈다. 가정을 꾸리고 나서는 교대로 식사를 준비했다. 얼마 지나 첫 아이가 태어났다. 그녀는 이제 그의 레스토랑에 오지 않았다. 그의 혀는 씁쓸함을 느끼게 되었다. 미각이 둔해졌지만 아랑곳하지 않았다. 그저 밤새 갓난아기를 보살피는 탓이라고, 오랜 수면 부족의 후유증이라고 생각했다.

그가 오픈 키친에 서서 당근과 감자 껍질을 벗겨 잘게 썰고 있을 때, 에어플랜트 같은 여자가 레스토랑 한복판에 앉아 있는 것이 보였다. 눈빛이 깊고 밝았으며 환한 웃음을 짓고 있었지만 어딘지 우울해 보였다. 이유는 없다, 그는 그저 감전이 되었을 뿐. 몸이 필요로 하는 시금치, 바나나, 초콜릿과 뿌리채소류를 먹어주면 저 여자는 정말로 환히 피어날 텐데. 그날, 그는 주저 없이 바나나 스플릿을 그녀에게 내갔다. 마음 설레는 허기가 다시 찾아왔고 식욕이 밧줄 당기듯 일어났다. 그에게는 확실히 셰프의 천성이 있었다. 사람들의 식욕 스위치를 단번에 찾아낼 줄 알았다. 사람들의 배와 배는 본디 보이지 않는 밧줄로 이어져 있다. 그는 그 밧줄로 손님들의 위장이 어떤 리듬으로 어떻게 움직이는지 느낄 수 있었다. 그들이 문을 열고 레스토랑에 들어서는 바로 그 순간에.

여자는 언제나 아름다운 선웃음을 떠올린 얼굴로 레스토랑에 나타났다. 때로 그가 퇴근 후에 야식을 들고 그녀의 집을 찾기도 했다. 그녀는 예전에 아내가 그랬듯 그의 식욕을 자극했지만, 알다시피 아내는 아니다. 아내는 차츰 달라져서 이제 영 딴사람이 되었는데, 그는 여전히 아내를 사랑했다. 다만 사랑이 뭔지 알 수 없어지는 일이 이따금 있었다. 그에게는 눈에 보이는 것이 제일 소중했다. 인간은 살아 있는 한 허기가 필요하다.

얼마 지나, 웬 뚱뚱한 여자가 레스토랑에 들어와 마침 그가 고개를 들면 눈에 들어오는 자리에 앉았다. 그는 파스타를 냄비에서 건지며 여자의 팔과 목덜미, 허리와 허벅지, 그리고 고루 붙은 군살을 눈여겨보았다. 헬륨 풍선이 따로 없군. 저걸 터뜨리려면 식사량을 줄일 게 아니라 전분을 제한하고 고기와 야채 위주의 식사를 해야 해. 그녀가 주문한 요리를 들고 나가 건너편에 앉아, 악의 없는 거짓말을 했다. "저는 영양사인데요, 혹 괜찮으시면 건강에 좋은 특별 메뉴를 만들어드리고 싶군요." 그는 이미 예견하고 있었다. 둘 사이에 짧고 격렬한 관계가 시작되리란 것을.

그는 자신의 일에 전에 없던 정열이 샘솟는 것을 느꼈다. 오픈 키친 밖에는 늘 다른 손님이 있어서 그에게 매번 다른 신선한 허기를 가져다주었다. 아내에 대한 향수는 가라앉고 요리에 모든 것을 쏟게 되었다. 아내는 이미 그가 알던 아내가 아니었지만, 그것이야말로 아내의 본모습인지도 모른다. 새로운 허기를 일으키는 손님의 몸에서 그는 일찍이 아내가 주었던 온기를 찾아냈고, 그로써 한번 또 한번 아내에게 돌아갈 수 있었다. 그리하여 완벽하고 만족스러운 삶에 도달했다.

양초가 거의 타고 희미한 빛만 남았을 때 그가 힘을 쥐어짜 외쳤다. "배반은 헤어날 수 없이 깊은 사랑 자체니까요."

모든 것이 적멸로 돌아가고 칠흑 같은 어둠이 휴식처럼 내려앉았다.

"잘 이야기해주셨습니다." 비밀의 선생의 목소리는 어디에서 들려오는지 알 수 없었다. "성실하고 용감하게 진심을 드러냈군요. 당신은 아내를 사랑하고, 어떠한 대가도 꺼리지 않는—그녀를 잃을 수도 있다는 대가조차도—관계를 견지하며 가정을 온전히 유지하고 있어요. '창'의 모두가 당신의 진심에 깊이 감동받았습니다."

어둠 속 여기저기서 소리 죽여 흐느끼는 소리가 일어나 마치 밤바다에 와 있는 것 같았다.

O가 내 귓전에 속삭였다. "두 번은 없는 이 기회를 잡고 비밀을 해방시키세요. 아시잖아요. 밤은 짧고 기회는 순식간에 달아난다

는 거."

나도 모르게 움찔했다. 비밀의 선생도 O도 멀찌감치 있는 줄 알 았는데, O는 줄곧 곁에 있었다.

나는 양초에 불을 붙였다. 그것은 그저 옆에 앉은 누군가를, 혹 은 O의 표정을 보려는 무의식적인 동작이었다. 눈앞이 빛으로 환 해졌을 때 비로소 깨달았다. 이곳에서 연소하는 것은 비밀이다. 나는 갑자기 다른 어둠 속에 떨어진 느낌에 휩싸였다.

추억의 터널은 축축하고 바닥이 미끄러웠다. 나는 자신을 그곳 에 동여맸고, 몹시 오랫동안, 그렇게 해야만 살아남을 수 있었다. 남편이 구금된 이래 나는 아무도 없는 터널에 갇혀 있었다. 남편 은 육 년형을 선고받고, 사 년 후에 가석방되었다. 나의 금고형은 무기형이었다.

지키기 위해서는 때로 부수지 않으면 안 된다. 사람과 사람이 마주 당기는 힘은 사랑이란 이름으로 서로를 철저히 파괴할 수 있 음을 아는 데서 비롯한다. 그래야만 살아남을 수 있다. 상대 안에 침입하고, 진주하고, 식민지로 삼는다. 남편과 처음 만났을 때, 우 리는 모르는 동지로서 마주서 있었다. 남편은 말했다. "우리 아이 의 얼굴이 보이네요." 그로부터 오랜 세월, 정말로 태어나지는 않 았던 아이를 위해 열심히 관계를 구축하고 유지하고 조바심내며 살았다. 남편은 아이에게 '홍더우'라는 이름을 붙이고, 심심하면 한 번씩 물었다. "우리 홍더우는 언제나 태어나려나?" 그러고는 나란히 웃음을 터뜨렸다. 그는 끝내 몰랐다. 내가 혼자 집에 있을 때, 상상 속에서 어떻게 그 아이의 목을 졸랐고, 배를 곯렸고, 입과 코를 틀어막아 질식시켰는지. 아기가 들어서면 나는 양분을 주어야 한다. 아이가 커지는 만큼 나는 시들어간다. 아이가 세상에 찾아오기 위해서는 먼저 내 몸을 찢어야 한다. 나는 남편 몰래 아직 육체를 갖지 못한 아이와 힘겨루기를 하고 있었다.

나는 남편의 휴대전화 데이터를 몰래 복사해, 친구와 주고받은 메시지를 비밀경찰에 고발했다. 그것은 내가 스스로를 죽이는 방법이었다. 우선 그의 안에 있는 나를 죽이고, 내 안에 있는 그를 죽였다. 남편이 형무소 담장 너머에서 온갖 고초를 겪고, 출소해 다른 여자와 연애하고 결혼하여 아이가 태어나는 (심지어 이름을 홍더우라 짓는) 것을 보면서 나는 한번 또 한번 죽었다. 신기한 사실은 그럼에도 내가 아직 완전히 죽지 않았다는 것이다. 대신 내 안에서 죽었던 남편이 다른 방법으로 살아 돌아왔다.

나는 조용한 추억의 터널에 죽은듯이 살아 있었으나, 오장을 태울 듯한 판결의 시간은 아직 오지 않았다. 그리고 영양을 만났다. 처음엔 영양이 죽어가지만 다 죽지는 못한 나라고 생각했다. 영양은 살아남았고, 쑥쑥 자라나 남편 키와 비슷해졌다. 영양은 태어나지 못했던 홍더우의 영혼을 안고 있는 것이리라.

영양은 곧잘 창가에 서서 숨쉴 공간을 확보하려 함으로써 나의 떳떳지 못함을 깃발처럼 내걸었다. 나는 은밀히 바랐다. 누군가

영양을 목격하고 나를 고발해 법정에 세우기를, 그리하여 내 비명에 정당한 이유를 붙여주기를.

양초에서 뜨거운 밀랍이 흘러 손가락에 떨어졌다. 나는 비명을 지르지 않았다.

"이제 이야기해도 괜찮습니다." 비밀의 선생은 그 말을 몇 번이나 되풀이했을까. 그런 다음 내 주위에 앉아 있는 사람들에게 말했다. "심호흡을 해서 그녀가 말할 수 있게 도와줍시다."

천만 군마가 내 목에 주둔해 나는 한마디도 할 수 없었다. 입을 달싹만 하면 일만 마리의 말이 온갖 방향으로 달려가 나를 산 채로 찢을 것 같았다. 나는 침묵한 채 기다렸다. 숱한 곳에 존재하는 비밀경찰이 내 비밀을 보고, 내 집 문을 두드려, 나를 체포해주기를.

| 작품 해설 |

오이카와 아카네及川茜

   홍콩이라는 도시를 주역으로 한 문학작품의 계보는 시시西西의 『아성』(1975), 동치장董啓章의 『지도집』(1997), 훙라이추와 시에 샤오훙謝曉虹의 공저 『쌍성 사전』(2012) 등이 맥을 잇는다.

   홍콩 작가 시시는 마그리트의 회화에 텍스트를 결합시킨 단편 「부성지이浮城誌異」(1986)에서 똑같은 복장을 한 직립부동의 남자들이 창 너머에서 실내를 바라보는 〈포도 수확의 달〉(1959)에 빗대어 반환 전의 홍콩을 다음과 같이 묘사한다.

   "공중에 뜬 거리. 뒷모습만 비추는 거울. 바람의 계절에 사람은 꿈속에 떠오르고, 땅에는 갈퀴덩굴이 자란다. 이런 기묘한 도시에 매혹된 많은 여행자가 탐색하고, 체험하고, 거울에 자신을 비추고, 꿈을 꾸러 찾아왔다. 방문하지 않는 사람들도 호기심을 품지 않은 것은 아니다. 오히려 많은 사람이 염려한다. 그들은 거리 밖에 서서 열린 창으로 안을 엿본다. 팔을 늘어뜨리고 있어 어디로 보나 실질적 원조는 제공할 수 없을 성싶으나, 그럼에도 지켜보는 일은 참여의 드러냄이고, 지켜봄으로써 감시 역할도 한다."

2014년의 우산혁명, 2019년의 도망범 조례 개정안 반대 운동을 거쳐 2020년 6월에는 정치활동과 언론의 자유를 통제하는 홍콩 국가안전유지법이 시행되어, 1997년 반환 당시 '50년 불변'이라 약속됐을 터인 홍콩은 이미 격렬한 변화를 경험중이다. 훙라이추는 두 권의 일기체 산문집 『불길한 날』(2020)과 『반식半蝕』(2021)에서 오늘날 홍콩에 사는 심정을 기록했다. 감시 사회가 향하는 끝을 디스토피아로서 그린 「비밀경찰」 또한 현실의 뉴스를 구석구석 반영한다. 해외 독자는 이런 텍스트를 통해 창 너머일지언정 적어도 홍콩을 계속 주시할 수 있다.

야생동물 보호와 관련해 「비밀경찰」에는 멧돼지의 언급이 보이는데, 실제로 2021년 주택가에 출몰한 멧돼지에 대한 정책이 관심을 불러모았다. 도시 확장에 따라 야생동물이 주택가에 출몰하는 일은 홍콩에서도 세계 곳곳의 대도시와 마찬가지로 종종 보인다. 2017년 이후 포획한 멧돼지는 중성화 처치를 해 별도의 장소에 풀어주었다. 그러나 효과가 미미하다는 이유로 2021년 11월부터는 안락사로 방침을 전환했다. 야생동물과 인간의 공생을 모색하고, 야생동물보호법 개정을 요구하는 목소리가 높아지고 있다.

대만 문학연구자이자 오랫동안 동물 문제를 다루어온 황쭝지에黃宗潔는 홍라이추를 포함하는 홍콩의 젊은 작가들이 동물을 도시 운명의 메타포로 사용한다고 지적하며, 그것이 '홍콩이란 무엇인가'라는 물음에 대답하는 한 방법이 된다고 본다.* 홍라이추 자신도 권력 계급의 하층에 동물을 두고, "사육자가 없는 동물이 도시 속에서 받는 대접은 때때로 그곳에 사는 사람들이 억압 속에서 부정적인 기분을 어떻게 처리하는지를 반영한다"(『불길한 날』)고 적는다. 홍콩 경찰이 항쟁 참가자를 '바퀴벌레'라는 은어로 부르게 된 데 대해서도 2019년 8월 29일자 글에서 다음과 같이 썼다.

"오 년 전, 지하철 선로 안에 들어왔던 들개를 떠올렸다. 지하철 직원은 개를 발견하고 선로에서 쫓아내려 했지만 칠 분이 지나도록 성공하지 못했다. 다음 열차가 기다리고 있었으므로 운행 책임자는 말했다. 그저 개 한 마리야. 이 이상 시간을 끌면 교통이 정체돼. 그들은 개를 밀어버리며 열차를 출발시키고 '이물 발견'으로 처리했다. 효율 지상주의의 비인간적 시스템 속에서 개는 이물이 되고, 인간은 마침내 바퀴벌레로 간주된다."

시간에 따라 엄밀히 관리되는 사회에서 「비밀경찰」 속 주인공의 시간은 멈추고, 바이러스 만연을 구실로 한 격리생활 가운데

---

* 황쭝지에, 『윤리의 얼굴: 당대 예술과 중국어 소설 중의 동물 부호』, 타이페이, 신학림, 2018.

'고양이'를 발견해 함께 살게 된다. '고양이를 기르는' 사람들은 갈라진 도시 한 귀퉁이에 이윽고 촛불을 들고 모이게 된다.

"내 안에 간직한 책과, 많은 타인들 속에 있는 책에 어느 날 갑자기 상통하는 부분이 태어나리라고는 애초에 예기하지 않았다. 건너편 강가에 서 있는 사람이 여전히 다수지만, 이쪽 편도 차츰 밀도가 높아져 지금은 빈틈없이 혼잡할 정도다. 틀림없는 슬픔의 반면으로, 어두운 그림자가 가져오는 상쾌함도 있다. 나와 이 도시의 주민이 마음속에 품은 책에는 같은 페이지에 포스트잇이 붙어 있을까, 포스트잇에는 같은 내용이 적혀 있을까. 6월의 항쟁과 부상, 7월의 지하철 차내 폭행, 8월에 빼앗긴 안구와 차내의 격투, 9월에 자살로 취급된 많은 목숨, 10월의 성폭력, 11월의 대학 포위⋯⋯ 도시는 여기 있고 세계는 건너편 강가에 있다. 우리는 거듭해 봉인을 풀고 또 푸는 중이다."(「트라우마의 서書」, 『반식』)

홍콩 사회가 경험한 트라우마가 아이러니하게도 상처받은 사람들을 한결 강하게 이어주었다. 갈라지고 깨져 흩어진 것 같던 도시는 홍라이추의 펜에 의해 그곳에서 살아가는 사람들이 저마다 안은 상처를 통해 이어지고, 재생의 가능성과 함께 생명을 얻었다.

구덩이 속에는
설련화가 피어 있다

라샴자

라샴쟈 LhachamGyal

1977년 중국 칭하이성의 하이난 티베트족 자치주에서 태어났다. 중앙민족대 티베트학과를 졸업하고 같은 대학에서 티베트문학으로 석사학위를, 남서민족대에서 티베트불교학으로 박사학위를 받았다. 드랑차르문학상, 준마상 등을 수상했다. 소설집 『길 위의 햇빛』 장편소설 『눈을 기다리다』 『티베트에서 온 친애하는 자』 등이 있다.

1

리크덴 사장에게 작별을 고하고 빌딩을 나왔다.

가을비가 한차례 지나간 베이징의 공기는 촉촉이 젖어 있다. 비를 가져왔던 먹구름이 가장자리에 빛을 머금은 채 도회의 하늘을 오줌 지린 아이처럼 총총히 가로질러 북으로 북으로 향한다. 구름 사이로 곧게 쏟아지는 밝은 햇빛에 일순 눈앞이 아찔해졌다. 빌딩 앞을 지나가는 제4환상선 보도에서 사람들이 발을 멈추고, 놀란 얼굴을 쳐들고 북쪽 하늘을 향해 스마트폰의 카메라 셔터를 눌러댄다. 올려다보니 무지개가 걸려 있다. 도시의 동서를 가로지른 무지개 건너편에는 아직 두툼한 비구름이 검은 장막처럼 내려와 있다. 바람이 가로수를 건드리고 지나가 빗방울이 후두두 목덜미에 떨어졌다. 나는 흠칫하고 잠시 무지개를 바라봤다. 스마트폰을 꺼내 사진을 찍을 생각은 없었다. 예쁘다고 보는 족족 보존하고 싶지는 않다. 팔짱만 끼고 있다가는 놓친다고 누구는 말할지 몰라도, 보존하면 보존하는 대로 괴로움이 태어난다. 그런 건 싫다.

조금 전 리크덴 사장은 "자, 천둥이 멎었군" 하고 말했다. 사장실은 짙은 쑥향과 커피머신이 추출하는 커피 냄새로 충만했다. 사장은 굳이 말하자면 전형적인 장년 남성이다. 나무로 치면 나이테가 켜켜이 쌓여 밑동이 굵고, 크고 작게 뻗은 가지에 잎도 무성하다. 울울창창한 숲에서 자라는 흔한 나무일 뿐, 딱히 특징은 없지만. 대개 그 나이쯤 되면 꽤나 거목처럼 구는 경향이 있는데, 실은 겉만 번드르르했지 알맹이가 썩 실하지 못한 경우가 수두룩하다.

"비도 완전히 그친 모양이고." 리크덴 사장이 창 너머를 내다보며 손목시계를 흘금 쳐다봤다. 대화를 더 할 생각이 없다는 신호였다. 나는 일어나서 작별을 고하고 사장실을 나왔다.

복도를 지나 엘리베이터를 타고 내려가면서 다시 나무 얘기를 떠올렸다. 굳이 나이를 들먹이지 않아도 요즘 사람들은 누구나 나무처럼 태어나 나무처럼 사는 게 아닐까. 도시에 살면 특히 절감하는데, 사람과 사람의 관계는 큰 숲에 자라는 나무들의 관계와 비슷하다. 서로 뭔가 이어져 있는 것도 같고 전혀 상관없는 것도 같다. 더 말하자면 나무는 살아 있되 의식은 지니지 않는지라 서로 자비를 베푸는 일도 없다. 리크덴 사장도 그런 나무 중 한 그루일 터다. 지금도 그렇다. 자기 밑에서 삼 년을 일한 직원이 그만두고 떠나는데 배웅은커녕 앉은 자리에서 일어나지도 않고, 아니 손도 까딱 않고 쳐다만 보았다. 그조차 아마 내 상상일 뿐이리라. 내가 사장실을 나올 즈음 사장의 눈은 이미 책상 위의 서류를 향했을 것이다.

"선생님의 훌륭한 턱수염은 잊지 못할 거예요." 조금 전 나는 사장에게 농담처럼 말했다. 오늘밤 베이징을 떠나 라사로 갈 생각이라고 하자 사장은 낯빛도 바꾸지 않고 최후의 훈시를 베풀었다. 나는 진지하게 새겨듣거나 황송하게 고개를 숙이는 대신 싱거운 농담으로 되받았다. 이제 와서 설교를 들은들 딱히 할말도 없지만 묵묵부답으로 앉아 있는 것도 어른 대접이 아닌지라. 리크덴 사장은 냉소를 짓고 "자, 천둥이 멎었군"이라는 한마디로 그만 가보라는 말을 대신했다.

베이징발 라사행 열차는 저녁 여덟시에 떠난다. 회사를 나와 어디서 시간을 죽일지 생각하며 구물거렸다. 종종 겪는 일이다. 나는 문득문득 뭘 어떻게 할지 몰라 머릿속이 휑해지며 얼간이가 될 때가 있다. 가을비가 지나간 베이징의 길모퉁이에서 멍하니 무지개를 바라보았다. 무지개는 광채가 점점 흐려지더니 마지막에는 흔적 없이 사라졌다. 세상의 아름다운 것들은 모두 이런 운명이라고 일러주는 것처럼.

나는 스물한 살. 베이징의 하늘에 무지개가 걸린 이날, 삼 년 다닌 직장을 그만두고 태양의 고을 라사로 향하려는 참이다. 조금 전까지 내 고용주였던 리크덴 사장은 이곳 베이징에서 티베트어 서적 편집 프로덕션을 경영한다. 흔히 말하는 머리가 빠릿빠릿한 인간이다. 특출나게 총명하지는 않은 나 같은 인간들을 모아 일을 시킨다. 물론 세상에는 사장보다 머리가 잘 돌아가는 인간이 수두룩해서, 그가 경영하는 편집 프로덕션도 대형 출판사의 하청업체에 지나지 않는다. 우리 종업원들이 그에게 굽실굽실하듯이 그도 대형 출판사 사원들 앞에서는 고개를 들지 못한다. 지난 삼 년, 나는 이 프로덕션에서 열 명의 동료와 더불어 양장본 북 디자인, 갸름한 판형의 불교 저작집의 본문 입력과 교정 일을 했다. 하루종일 컴퓨터 화면을 들여다보느라 시력이 확 떨어져 먼 곳이 희미하게 보인다. 오기로라도 안경은 쓰기 싫어 늘 눈을 찌푸리고 보는 버릇이 생겼다. 아침부터 저녁까지 책상에 달라붙어 있어도 급료는 보잘것없어서, 혼자 빠듯이 생활하면서 눈곱만큼 저금할 정도밖에 벌지 못했다. 동료들은 중노동인 데 비해 월급이 짜다고 뒤에서는 불만을 흘렸지만, 사장 앞에서 대놓고 항의하는 사람은 없었다. 젊은 직원들에게 사장은 생활을 지탱해주는 어버이 같은 사람이자 세상사에 해박한 교사였다. 그러니까 다들 그를 사장님이 아니라 선생님이라 부르지 않는가. 뭐 꼭 틀린 일은 아닌데, 그가 평소 "자네들 일은 평범한 업무가 아니야, 민족문화를 발전시키기 위한 뜻깊은 과업이지"라고 입버릇처럼 강조하기 때문이다. 거기까지라면 고개를 끄덕일 만도 한데, 그는 한술 더 떠서 옛 학승學僧이 남긴 저작집의 편집·출판에 봉사하면 공덕이 쌓여 내세에는 도솔천*에서 태어날 거라는 말을 덧붙이곤 했다. 그런 설교를 들을 때마다 실소가 치밀었다. 실제로 참지 못하고 쿡쿡 웃어버린 적도 있다.

잠시 망설이다가 제4환상선을 따라 동쪽으로 향해, 스타벅스에 커피를 마시러 가기로 했다. 요 삼 년, 쉬는 날이면 그곳에서 하루 종일 시간을 보내곤 했다. 오늘, 이 대도시를 떠나는 마당에 아쉬운 것이라고는 이 카페뿐이다. 회사고 숙소고 식당이고, 오랫동안 지낸 장소에는 전혀 집착이 없었다. 특히 삼 년 살았던 기숙사는 다시 쳐다보기도 싫었다. 애초에 2LDK에 화장실이 하나뿐인 집에서 열 명이 먹고 자려니 부엌까지 침실로 써야 했다. 처음 기숙사에 왔던 날은 심란해서 닭살이 돋을 지경이었다. 중고등학교 시절 내내 기숙사 생활이라 큰 방에서 또래 녀석들과 우글우글 지내야 했는데 또? 대학 입시에 실패하고 사회에 나오면서 후, 어쨌거나 통조림 같은 단체생활은 면한다고 위안을 삼았건만. 운명은 그

---

* 장래 부처가 될 보살이 산다고 여기는 하늘.

리 간단히 바꿀 수 없음을 깨달았다.

스타벅스에 도착해 여느 때처럼 카푸치노를 시켰다. 커피를 한 모금 삼키자 비로소 정신이 조금 들었다. 남들은 잠을 깨려고 마시는 커피를, 나는 마음을 가라앉히려고 마신다. 이 년 전, 소남 완모의 부음을 들었을 때도 애간장이 타서 이곳으로 커피를 마시러 왔다. 그날, 부드러운 카푸치노 거품이 목을 넘어가고서야 남실남실하던 눈물을 되삼킬 수 있었다. 슬픈 소식을 들었던 그날 밤, 오랜만에 그 꿈을 꾸었다. 입구가 좁고 바닥이 널찍한 어두운 구덩이에 혼자 매달려 있는 꿈. 얼마나 식은땀을 흘렸던지. 눈을 떴을 때는 이불이 축축이 젖어 있었다.

2

소남 완모는 동충하초를 캐러 가다가 교통사고를 당해 죽었다. 내가 베이징에 온 이듬해의 일이다. 나는 스타벅스에서 카푸치노를 마시면서 눈물을 참았다. 비정한 세상 같으니. 무정한 인생 같으니. 그녀는 죽기 일 년 전, 내가 대학 입시에 실패해 몹시 풀이 죽어 있을 때 나를 위로해주었다. 그날 그녀는 산달이 닥친 커다란 배를 안고 느린 걸음으로 우리집에 찾아왔다. 임신 탓으로 기미가 도드라진 얼굴에 함박웃음을 짓고, 내가 있는 중정 안쪽까지

들어왔다. 찡그린 얼굴이 트레이드마크였던 애가 결혼하더니 사람이 달라진 것처럼 웃음빛이 흐른다. 왜지? 인생이 착착 풀리는 낌새도 아닌데. "와, 뭐냐 너, 완전 엄마 돼지잖아. 또 새끼를 낳는다고?" 수위가 제법 높은 놀림에도 꿈쩍없다. 외려 생그레 웃으며 "오빠, 대입 불합격이었다면서? 아아, 나 시집가지 말고 기다릴 걸. 그랬으면 오빠랑 결혼하는 건데. 이미 늦었지만" 하고는 둥그런 배를 쓰다듬으며 내 옆에 영차 하고 몸을 내려놓았다.

"산달 들어섰지? 조심해야 된다. 여기저기 돌아다니면 못써." 엄마가 부엌에서 나와 소남 완모에게 말했다. "옛정을 봐서 불쌍한 우리 아들 좀 위로해주렴." 엄마는 그렇게 말하고 서둘러 부엌일을 시작했다. 엄마는 말 그대로 일 년 열두 달 쉬는 법이 없었다. 나풀대는 나비처럼 동에 번쩍 서에 번쩍, 아무튼 바지런히 움직였다.

"열여덟도 안 됐는데 돼지처럼 애를 펑펑 낳고, 뭐 좀 남세스럽다는 생각은 없냐?" 내가 한껏 밉살맞게 말했다. 나는 원래 좀 비뚤어진 구석이 있어서 남과 사이좋게 지내는 재주가 없다. 대학 입시에 실패하고 까칠해진 기분을 냉수 끼얹듯 그애에게 발산했다.

"하여간 심술궂기는." 소남 완모는 여전히 생글거리며 못된 농담을 흘려버렸다. "뭐, 낳고 안 낳고를 내 맘대로 하는 줄 알아?"

"그러게, 코흘리개 라손과 결혼해 새끼 돼지를 쑥쑥 낳는 걸 보니 행복한 모양이다?" 내가 또 불퉁스럽게 말했다.

소남 완모의 집과 우리집은 나란히 붙어 있었다. 밑이 갈라진 아기용 바지를 입고 아장대던 시절부터 우리는 같이 자랐다. 초등학교도 함께 다녔다. 졸업하고 그애는 부모님의 반대로 중학교는 가지 못했지만, 방학이 돌아오면 둘이 산에서 양을 쳤다. 내가 고등학교 일학년 때, 그애는 한마을 라손에게 시집가 이듬해에 첫 아이를 낳았다.

그날, 배가 남산만한 소남 완모가 이런 말을 꺼냈다. "산에서 우리 양 칠 때, 오빠가 나 밧줄에 매달아 구덩이에 내려보냈던 거, 기억해?" 웃음기가 사라지고 진지한 표정을 짓고 있었다. 그렇다, 세상 걱정 다 안은 것 같은 얼굴. 둘이 양 치던 어린 시절, 그애는 늘 그런 얼굴이었다. 남쪽 하늘이 별안간 흐려지면 눈살을 있는 대로 찡그리고 "비 오려나봐. 큰물이 지면 어쩐대?"라고 말했다. 양떼가 그늘진 산비탈 쪽으로 우르르 몰려가면 "저쪽에 늑대라도 있으면 큰일인데"라고 말했다. 한번은 암양 한 마리가 유별나게 우는 것을 보고 "왜 저래, 혹시 독수리가 새끼를 채갔나?"라고 말했다. 그럴 때마다 나는 학교에서 배운 '토끼가 하늘 무너질까 걱정한다'는 고사성어를 써먹으며 놀리곤 했다. 어린애가 무슨 걱정이 그리 많은지, 아직 닥치지도 않은 일을 일일이 근심하느라 얼굴 펴질 날이 없었다. 오죽하면 내가 웅고두쿠마(찡그린 얼굴)란 별명을 붙여줬을까. 돌이켜보면 그런 걱정은 대부분 기우로 끝났다. 딱 한 번, 걱정이 맞아떨어진 적이 있는데 초등학

252

교의 마지막 여름방학 때다. 양 치다 말고 그애가 잔뜩 그늘진 얼굴로 "우리 아버지, 아무래도 나 중학교에 보내줄 것 같지 않아"라고 말했다. "응고두쿠마, 너도 참, 걱정을 사서 한다"라고 핀잔을 주었지만 그해, 그애의 아버지는 딸의 진학을 끝내 허락하지 않았다.

"구덩이로 내려보내면서 나한테 뭐랬는지 기억해?" 소남 완모가 말을 이었다. 그애의 눈은 우리집 중정 너머에 있는 산 쪽을 바라보고 있었다. 분명 몇 해 전, 저 산에서 밧줄에 매달려 구덩이로 내려갔던 일을 떠올리는 것이리라.

"응고두쿠마." 순간 내가 오랫동안 그 별명을 부르지 않았음을 알아차렸다. 우리는 성장하면서 각자의 길을 걷게 되었다. 그것은 우리가 서로 다른 나무가 되는 과정이었는지도 모른다. 가지가 뻗어나고, 잎이 무성해지고, 몸통은 가려져 서로의 모습이 잘 보이지 않게 되었다. "왜, 이번엔 또 무슨 쓸데없는 걱정 타령인데?"

"구덩이 속에서, 나 말이야, 정말로 설련화를 봤어." 소남 완모가 혼잣말처럼 중얼거렸다.

베이징의 하늘에 무지개가 걸렸던 날, 나는 스타벅스에 있었고, 몇 시간 후면 라사로 떠날 터였다. 카푸치노를 마시면서 소남 완모를 생각했다. 베이징에 온 이래 그애를 곧잘 떠올렸는데, 이 년 전 그애가 교통사고로 죽은 후로 더 그랬다. 왜 자꾸 생각나는지는 잘 모른다. 때로 눈앞의 도시의 생활이 반짝이는 컬러사진이라면 그애와의 기억은 오래된 흑백사진처럼 느껴졌다. 컬러사진은 자극적이고 풍요로워 피로감이 느껴진다. 흑백사진은 심플해서 마음이 편안해진다. 이유를 진지하게 따져본 적은 없다. 나는 리크덴 사장에게 수시로 "또 틀렸네 또, 교정할 땐 제발 집중하래도"라는 꾸지람을 듣곤 했다. 그런데도 툭하면 망상에 빠지는 습관을 좀처럼 버리지 못했다. 이를테면 사진 얘기도 그렇고 나무 얘기도 그렇다. 나는 그런 식으로 내 과거나 주위 사람들을 머릿속에서 이리저리 엮어 이해하고, 그 이해를 기반으로 세계와 타협해왔다. 그 바람에 골탕을 먹는 일도 다반사였지만.

삼 년 전, 인터넷 구인란에서 베이징의 편집 프로덕션 구인 광고를 발견하고 전화로 지원했다. 면접 때 리크덴 사장은 업무 내용을 세세히 설명했다. 사장은 "티베트의 차세대를 떠안는 우리에게 옛 성현의 저작을 충실히 편집해 출판하는 일은 매우 뜻깊은 과업이지"라고 강조했다. 반면 급여 설명은 무척 간결했는데, 그때는 아무 생각도 없었다. 그런 것이겠거니 하고 사장 말을 믿었다.

나중에 많은 불교 저작집을 컴퓨터로 입력해 조판과 교정을 무한 반복하는 작업에 쫓기면서 나는 차츰 지겨워졌다. 사장이 쏟아내는 거창한 설교도 무덤덤하기만 했다. 갈수록 일에서 마음이 멀어졌다. 동료들은 봐도 봐도 끝이 없는 원고에서 한번씩 고개를 들고 "옛사람들도 참 너무하네. 무슨 책을 이렇게 많이 써서 우릴 이 고생을 시킨담"이라고 실없는 소리를 했다. 누군가 "별게 다

불만이다. 그 덕에 먹고살면서"라고 편잔을 주면 누군가 "참새 눈물 같은 월급으로 입에 풀칠이나 하면서 무슨, 불쌍한 신세지"라고 되받았다. 요 삼 년, 이런 환경에서 일한 덕에 성장이란 먹고사는 데로 눈이 쏠리게 되는 과정이고, 성숙이란 생활의 참모습을 기꺼이 받아들이는 것임을 배웠다. 그리하여 나도 동료들처럼 푸념을 툭툭 흘리다가 마침내 사장과 임금 협상을 해보자고 그들을 쑤석거리기에 이르렀다.

카페는 한산했다. 동료들은 회사 컴퓨터 앞에 앉아 일사불란히 일할 시각이다. 나는 느긋하게 카푸치노를 홀짝이며 시간을 죽였다.

3

그해, 소남 완모네 양 한 마리가 서럽게 울어댔다. 그애는 낯을 찡그리고 중얼거렸다. "뭐지, 독수리가 새끼라도 채갔나." 아니나 다를까, 보아하니 무리 속을 뒤지고 다니며 새끼를 찾는 기색이다. 어미 품으로 달려오는 새끼의 모습은 보이지 않았다. 이번에는 그녀의 불안이 기우가 아닌 것 같았다. "봐봐, 독수리가 채간 거 맞네." 소남 완모가 말했다. 나는 "구덩이에 떨어진 거 아니고?"라고 어림짐작으로 말했는데, 잠시 후 어미 양이 내 말을 증명해주었다. 세상의 엄마들이란 참 위대하다. 동물도 제 새끼가 안 보이면 구슬피 울면서 우왕좌왕 찾아다닌다. 조금 지나자 암양이 좁다란 길에 서서 또 울었다. 달려가보니 검은 구덩이가 입을 벌리고 있었다. 안에서 새끼 양이 우는 소리가 들렸다.

소남 완모는 처음에는 펄쩍 뛰었다. "아니 저길 나더러 내려가라고? 싫어, 무섭단 말이야."

"근데 생각 좀 해봐, 가벼운 사람이 내려가야지 그럼 내가 내려가냐? 너 내가 내려가면, 끌어올릴 수 있어?" 내가 조곤조곤 타일렀다.

소남 완모는 여전히 내키지 않는 눈치였다. 입구가 좁다란 구덩이는 컴컴해서 바닥도 보이지 않았다. 흙덩이를 던져보니 잠시 후 퍽 소리가 났다. 썩 깊지 않고 바닥은 꽤 넓은 듯했다. 새끼 양의 울음소리가 가까워졌다가 멀어졌다가 하는 걸 보니 밑에서 돌아다니는 것 같았다. 그 얘기는 덮어두었다. 괜히 말했다가 소남 완모가 더 질겁할 테니까.

"응고두쿠마, 무서워할 것 하나도 없어." 나는 그애를 진정시키고 말을 이었다. "구덩이 속에는 설련화가 피어 있다고."

"정말?" 그해, 소남 완모는 눈을 반짝이며 내게 되물었다.

"내가 뭐하러 거짓말을 하나?" 말이 먹혀드는 눈치라 그대로 밀고 나가기로 했다. "작년에 우리집 새끼 양도 저런 구덩이에 떨어졌거든. 아버지가 나를 밧줄에 매어 내려보냈는데, 그때 똑똑히 설련화를 봤어. 어둠 속에서 환히 빛나더라."

"하기는 『죽은 귀신 이야기』*에도 그런 얘기가 있었지." 소남 완모가 구덩이 옆에 쪼그려앉아 옛날이야기를 꺼냈다. 그 이야기라면 나도 어른들에게 들은 적이 있었다. 분명 컴컴한 구덩이 속에 홀로 피어난다는 어여쁜 꽃 이야기였다. 중요한 순간 그것이 응고두쿠마를 구워삶는 데 쓸모가 있을 줄이야.

"거봐, 설령 나는 거짓말을 한다 쳐도 옛사람들은 없는 말은 안 하지." 내가 말했다.

각자의 옷에 두른 띠를 풀어 튼튼히 잇고 그애를 묶어 구덩이 속으로 내려보냈다. 나는 내심 흡족했다. 누가 옆에 있었다면 내 입가에 번지는 짓궂은 웃음을 들켰으리라.

소남 완모는 조금씩 어둠에 삼켜졌다. 모습이 거의 보이지 않게 되었을 때 흐느끼는 소리가 들렸다. 땅바닥에 배를 붙이고 안을 들여다봤지만, 다 내려갔을 그애의 모습은 보이지 않았다. "응고두쿠마!" 내가 소리쳤다. 우는 소리를 듣자 나도 더럭 겁이 났지만 이미 어떻게도 할 수 없었다.

"응고두쿠마, 울지 마. 눈을 감아. 잠시 가만히 있다가 눈 떠봐. 그럼 구덩이 속에 핀 설련화가 보여." 내가 큰소리로 말했다.

"오빠, 설련화는 모르겠고, 새끼 양이 있어!" 잠잠해졌나 싶더

---

* 죽은 귀신이 화자인 민화집.

니 소남 완모가 소리쳤다.

　새끼 양과 소남 완모를 끌어올렸다. 소남 완모가 눈물 자국이 남은 얼굴로 딸꾹질을 해댔다. "뭐야, 심술쟁이." 그애가 내 어깨를 꼬집으며 볼멘소리를 냈다. "맨날 거짓말만 해." 어미 양이 매애매애 울면서 달려왔다. 어미와 새끼의 재회는 훈훈했다.

　"근데 설련화, 정말 못 봤나?" 한번 더 말했다가 어깨를 또 꼬집혀 절로 비명이 터졌다.

　몇 년 후 소남 완모는 남산만한 배를 안고 우리집 중정에 앉아, 컴컴한 구덩이 속에서 있었던 일을 털어놓았다. "다 내려가니까 칠흑 같아서 아무것도 안 보였어. 바닥은 꽤 넓고 찬바람이 횡횡 불잖아, 꼭 누가 입김을 뱉는 것 같아 어찌나 소름이 끼치던지. 나도 모르게 울음이 터졌어." 소남 완모는 커다란 배를 어루만지며 먼 산을 바라보았다.

　"오빠는 안 당해봐서 몰라. 진짜 말도 못하게 무서웠다구. 어둠 속에 뭐가 도사리고 있지는 않은지, 정말 오싹했어. 얼마 있으니까 오빠가 열심히 말을 걸어주는 게 들렸고…… 새끼 양이 다가와서 코를 비비잖아. 겨우 안심했지. 인간 참 별거 아냐."

　소남 완모가 혼잣말처럼 중얼거리고 덧붙였다. "구덩이 속에서, 나 말이야, 정말로 설련화를 봤어."

　"얘 봐라, 응고두쿠마, 이제 와서 나더러 그 말을 믿으라고?"

　"오빠, 입시에 떨어졌다고 무서워할 것 하나도 없어." 소남 완모가 의기소침한 내게 말했다. "지금은 그때의 나처럼 시커먼 구덩이에 떨어진 기분이겠지만, 구덩이 속에는 설련화가 피어 있다고 믿는 거야. 그럼 어떤 상황이 닥쳐와도 희망을 품을 수 있거든."

4

소남 완모가 교통사고로 죽었다는 소식을 들었을 때도 스타벅스에 왔다. 그날, 나는 이를 악물고 슬픔을 견뎠다. 베이징에 온후로 고향에는 한 번도 돌아가지 않았다. 삼 년 전 그날, 우리집 중정에서 나눈 말이 그애와 나눈 마지막 대화가 되었다. 그날 그애는 대입에 실패한 나를 위로하기만 했지 자기 얘기는 일절 하지 않았다.

죽음의 경위는 가족에게 전화로 대충 들었다. 최근 몇 년, 고향 사람들은 봄이면 고지대 목축지로 동충하초를 캐러 가고, 여름과 가을에는 도시로 나가 건축 현장에서 일했다. 이도 저도 가계에 한푼이라도 보태기 위해서다. 소남 완모는 라손에게 시집가고 삼 년 만에 내리 두 번 출산했다. 우리 엄마는 "소남 완모처럼 착하고 여무진 아이를 데려가다니, 라손은 전생에 무슨 공덕을 쌓아 저리 복이 많은지"라고 말했다. 그러고는 사뭇 아쉬운 것처럼 한마디 보탰다. "어릴 때부터 붙어다녀서, 너희 둘이 맺어지겠거니 했는데." 나는 소남 완모보다 한 살 많다. 그애는 어릴 때부터 오빠, 오빠 하면서 내 뒤를 졸졸 따라다녔다. 엄마가 내심 그애를 며느릿감으로 점찍었을 줄은 상상도 못했다. 사실 당시는 피차 어린 묘목이라 장래는 안중에 없었다. 고등학교 일학년 때 소남 완모가 라손에게 시집간다는 말을 듣고 '조장발묘助長拔苗'란 말이 떠올랐다. 빨리 자라라고 모를 뽑는다는 말인데, 무리하게 힘을 더해 도리어 나쁜 결과를 부른다는 뜻이라고 한문 시간에 배운 기억이 났다.

새해 첫날, 새벽녘이었다. 세시 풍습에 따라 해도 뜨기 전에 소남 완모가 정월 선물을 들고 집에 찾아왔다. 어린 양 가죽으로 지은 아름다운 저고리를 입고 한껏 멋을 낸 모습이었다. 저고리 위에 연주홍색 띠를 두르고, 허리 양쪽에 젖 짜는 통에 거는 후크와 해와 달을 본뜬 은장식을 늘어뜨린 채로, 목에 부적을 걸고 있었다. 여우털 모자를 쓴 그애가 걸을 때마다 찰그랑 소리를 내며 우리집 중정으로 들어섰다. 남매처럼 자란 응고두쿠마가 갑자기 어른으로 보였다. 나무 꼭대기에 열린 무르익은 복숭아 같았다.

"어머나, 소남 완모, 못 알아볼 뻔했다. 정말 예뻐졌구나." 엄마는 여전히 옆집 딸을 당신 자식처럼 귀여워했다. 엄마가 그애의 옷소매를 끌어당겨 부엌으로 데려갔다.

"좀 있으면 시집가는구나. 어때, 행복하니?" 엄마가 정초에 쓰는 용 그림이 새겨진 밥공기에 밀크티를 담아 내놓으며 푸념을 덧붙였다. "우리집 멍청이 아들은 복덕이 모자란 게지. 이번 생엔 며느리로 삼지 못했구나. 너무 아깝다."

소남 완모는 그날 아침 우리집에 한참 머물렀다. 축하의 밀크티를 다 마시고는 바로 일어나 자잘한 집안일을 도왔다. 그애가 움직이면 은장식도 찰그랑거렸다. 뒤에서 보니 등에 늘어뜨린 붉은 헝겊 위에 은거울이 주렁주렁 달려 있었다. 긴 머리카락 끝에 동여맨 새하얀 천이 눈부셨다. 어릴 적 친구 응고두쿠마가 새신부의 표시를 몸에 걸치고 이틀 후면 시집을 간다는 사실을 비로소 실감했다. 뭐라 말할 수 없는 슬픔이 올라와 나는 부엌을 나와버렸다.

소남 완모가 쫓아왔다. 갑자기 짠한 그리움이 밀려들었다. 옆집 사는 이 아이는 어릴 적부터 "오빠, 아이 참, 오빠" 하면서 내 뒤를 졸졸 따라다녔지.

그날 아침 그애가 따라나와 말했다. "오빠, 할말이 있는데. 잠깐 밖으로 안 나갈래?"

"응고두쿠마, 할 얘기가 있으면 여기서 하면 되잖아." 중정에서 툭 내뱉은 말에는 분명 짜증이 묻어 있었다.

"밖에서 얘기하고 싶어." 그애에게 소매를 끌리다시피 해 밖으로 나왔다. 정월 초하루의 새벽 해가 떠올라 동쪽 하늘 모서리가 차츰 환해졌다. 멀리 산들의 능선도 어슴푸레 보였다. 농지 바깥문에 매어둔 바둑이*가 개집에서 나와 목줄을 절거덕거리며 몸을 털었다. 마을 여기저기서 토지 신을 공양하는 불길이 올라갔다. 폭죽 터지는 소리가 연이어 들려왔다.

"오빠, 나 이 결혼, 하기 싫어." 바깥문 근처에서 소남 완모가 입을 열었다.

"애 좀 봐라, 결혼하기 싫은데 약혼을 해버렸다고? 어쩌려고."

"몇 번이나 싫다고 했지만 소용없었단 말이야. 라손과 결혼한다 생각만 해도 무서운걸. 밧줄에 묶여 구덩이로 내려갔을 때처럼." 새벽빛이 만든 그림자 속에 얼굴이 잠겨 표정은 읽을 수 없었다. 모르긴 해도 잔뜩 수심이 담긴 예의 표정일 터다.

"그럼 어쩔 건데."

"오빠, 나랑 같이 도망가주지 않을래?" 소남 완모가 뜻밖의 말을 입에 담았다.

"어디로 도망을 가."

"라사로 가자." 그애가 말하고 내 손을 잡았다. 손바닥이 땀에 젖어 축축했다. "내가 구덩이로 내려갔을 때도 오빠가 끌어올려줬 잖아. 이번에도 도와줘. 부탁이야."

"애, 응고두쿠마, 구덩이 속에는 설련화가 피어 있다고 했지? 무서워할 것 없어." 왜 그런 말을 해버렸는지 지금도 알 수 없다.

---

* 눈 위에 반점이 두 개 있는 개를 뜻함.

말하면 평생 후회하리란 예감은 들었는데.

"오빠 정말 심술궂구나." 소남 완모가 내 손을 놓고 말했다. "거 짓말쟁이고."

"응고두쿠마, 웬만하면 사서 걱정부터 하는 그 성격 좀 고쳐 라." 나는 입버릇처럼 하던 말을 되풀이했다.

소남 완모는 돌아서서 가버렸다. 그애의 뒷모습이 새벽 어스름 속으로 사라졌다. 옅은 어둠 속에서 찰그랑찰그랑 은장식 부딪치 는 소리가 났지만 그것도 이내 잠잠해졌다.

라손은 소남 완모보다 다섯 살 많았는데, 천성이 게을렀다. 엄 마 말로는 그 집 형편이 그나마 좀 핀 것도 소남 완모가 시집가서 혼자 아득바득한 덕이란다. "운도 지지리 없는 것"이라며 엄마가 전화 너머에서 한숨을 쉬었다. "집안일도 바깥일도, 사내 일도 여 자 일도 저 혼자 다 하느라 어린 것이 팍 삭았지 뭐니."

동충하초를 캐러 갔을 때 소남 완모의 큰아이는 두 살, 작은아 이는 한 살이 채 되지 않았다. 그애는 아이들을 두고 혼자 소형 트 럭에 올라 험한 산길을 지나 산으로 향했다. 나는 카페에 앉아 그 애가 집을 나갈 때의 모습이며 트럭에서 흔들리는 모습을 상상한 다. 사고가 난 날 아침, 내 어릴 적 친구는 불안한 얼굴을 하고 있 었을까. 동충하초를 많이 캘 수 있을지 걱정했을까. 응고두쿠마답 게 제대로 교통사고 걱정을 했으면 좋았을걸, 뭔가 마음이 안 놓 인다고 트럭을 타지 않았으면 좋았을걸.

눈물이 뺨 위로 쉼없이 흘렀다. 얼른 손등으로 눈물을 훔쳤다. 밤이 오기를 기다리면서 나는 거듭 생각했다. 그애와 함께 라사로 갔더라면 좋았을걸. 아아, 소라고둥 같은 하얀 달이 차듯이 내 바람이 이루어졌더라면. 그랬으면 소남 완모와 나는 나란히 라사로 떠나는 순례자 동지가 되고, 평생을 함께하는 반려가 되었을 것을. 지금 와서는 전부 꿈이고 환상이다. 내가 맞닥뜨린 현실은 운명을 쉽사리 바꿀 수는 없다고 웅변할 따름이다.

5

베이징에 무지개가 걸렸던 날, 나는 라사행 열차를 탔다. 열차가 움직이기 시작했다. 차바퀴와 선로가 닿는 금속음과 열차의 발진음이 들렸다. 차창 너머 보이는 베이징의 거리는 어둠에 덮여 있었다. 빌딩 불빛과 가로등, 지나가는 자동차의 헤드라이트가 밤의 얼굴을 얼룩덜룩 물들인다. 풍경은 차츰 모습을 바꾸며 뒤로 사라진다. 베이징의 거리가 완전한 어둠에 덮일 일은 아마 없으리라. 어둠에서 벗어나려는 인간의 욕망을 이 도시는 얼마나 훌륭히 구현했는가. 빛에 감싸인 이 도시에서 얼마나 많은 인간이 나처럼 길을 잃고 막막해할까. 그들은 일찌감치 보이지 않는 어둠에 삼켜져 매몰됐는지도 모른다. 나처럼 어둠 속에 홀로 남겨져 공포를 곱씹는지도 모른다.

베이징에서 지낸 삼 년 동안, 사람 사는 게 참 가시밭길이란 걸 배웠다. 나는 현실 앞에서 자주 망연해졌다. 내 월급으로는 먹고 살기도 빠듯했다. 문제는 그게 아니라 그저 먹고살기 위해 그토록 혹독하게 일해야 한다는 사실이다. 자유 시간은커녕 잠시 여유를 부릴 시간도 거의 없다. 이따금 주말에 시간이 빌 때 회사 근처 스타벅스에서 카푸치노 한 잔을 마시는 일조차 갈수록 사치처럼 여겨졌다. 그렇게 삼 년을 보냈다. 돈이 조금 모이면 가끔 본가에 부쳤다. 엄마를 통해 소남 완모의 둘째 아이에게 분유를 보낸 적도 있었다. 한눈 한번 팔지 않고 일해도 만족스러운 수입을 얻지 못하는 것은 리크덴 사장 탓이라고 생각하게 되었다. 사장은 고액의 자금을 받고 일을 끌어다가 눈곱만한 급료만 떼어주고 사람을 호되게 부린다. 요컨대 대부분 사장 주머니로 들어가는 셈이다. 동료들도 사실을 뻔히 알면서 모르는 척한다. 그들은 리크덴 사장이 누누이 강조하는, 이런 고생도 다 선조의 귀중한 문화유산을 지키기 위해서니 얼마나 보람 있느냐는 말을 믿는 시늉을 한다. 어디까지나 대의명분이 먼저고, 생활이나 수입 얘기를 꺼내는 것은 옹졸하고 부적절한 짓이라고 세뇌당한다. 나는 참다못해 사장과 임금 협상을 해야 하지 않겠느냐고 동료들을 쑤석거렸다.

"여기서 일하기 싫으면 자네가 나가면 돼." 동료들에게 임금 협상 얘기를 꺼냈다가 불발로 끝난 이튿날, 리크덴 사장이 나를 호출했다. 사장실에는 짙은 쑥향과 커피머신이 내리는 커피 냄새가 감돌았다.

"선생님, 일하기 싫다고 한 기억은 없는데요." 나는 시침을 떼고 짐짓 황송한 말투로 대답했다.

"그럼 할일이나 제대로 하지. 쓸데없는 데 머리 들이밀지 말고." 사장이 노여운 낯빛으로 쐐기를 박았다. 그저 흔한 나무였던 리크덴 사장이 순식간에 가시덤불로 바뀌었다. 그의 낯빛과 말에 가시가 돋아나 내 마음과 눈에 쿡쿡 박혔다.

사장실을 나와 컴퓨터 앞에 앉자 동료들도 평소와는 달리 보였다. 내 계획을 리크덴 사장에게 일러바친 사람이 이 안에 있다. 누군지는 모른다. 이 사람도 저 사람도 쐐기풀 같다.

얼마 지나지 않아 퇴사를 결심하고 사장에게 전했다.

그날 밤 실로 오랜만에 그 꿈을 꾸었다. 긴 밧줄에 묶여 구덩이 속으로 내려가는 꿈. 꿈은 꿈이되 어렸을 때 경험한 일이기도 하다. 그해, 산에서 양을 치다가 소남 완모가 겪은 일을 나도 겪었다. 열 살이 채 되기 전이다. 산에 풀어놓았던 양떼 중에 새끼 양 한 마리가 구덩이에 떨어졌는데 아버지가 나더러 내려가라는 것이다. 무섭다고 펄쩍 뛰었지만, 아버지는 두 가지 논리로 나를 설복시켰다. 아들, 생각해봐라, 아버지가 내려가면 네가 무슨 수로 끌어올릴 셈이냐. 거기다 무서워할 것 하나도 없다, 구덩이 속에는 설련화가 피어 있으니까. 나도 일찍이 칠흑 같은 구덩이 속에서, 소남 완모와 똑같은 공포를 맛보았다. 나는 새하얀 꽃을 늠름하게 피운 설련화가 어두운 구덩이 속을 환히 밝혀주기를 빌었다. 당연히 그 바람은 실현되지 못했다. 소남 완모가 그랬듯이 나 역시 구덩이 속에 핀다는 설련화는 보지 못했다. 나는 소리내어 울었다. 소남 완모처럼, 무서워서 울었다. 코앞도 안 보이는 구덩이 바닥에 용이 드러누워 있을 것만 같았다. 내 고향에서는 산의 능선과 골짜기 사이에 곧잘 그런 구덩이가, 마치 대지가 슬그머니 드러낸 비밀의 눈처럼 입을 벌리고 있었다. 한겨울, 하얀 눈세상이 되면 입구 주위만 묘하게 눈이 녹아 질척해진 구덩이가 더러 있다. 그런 데는 십중팔구 용이 겨울잠을 잔다고 어른들은 말했다. 용은 여름이 되면 구덩이를 기어나와 하늘로 올라갔다가 겨울에 되돌아온다. 용의 날숨이 닿아 구덩이 입구의 눈이 녹는다고 했다. 그날, 구덩이 바닥에 혼자 남겨져 그 얘기를 떠올리고 얼마나 무섭던지. 금방이라도 용이 깨어나 커다란 입을 벌려 나를 삼킬 것만 같았다. 용이 어둠이고 어둠이 용인 것 같았다.

그때 위에서 아버지 목소리가 들렸다. "아들, 울지 말고, 눈을 감았다가 천천히 떠봐. 그러면 설련화가 보일 거야." 아버지가 시키는 대로 눈을 감고 한참 있다가 떴다. 설련화는 보이지 않았지만, 눈이 어둠에 조금 익숙해져 주위가 어렴풋이 보였다. 새끼 양이 바로 곁에 와 있었다. 그후로 구덩이에 혼자 남겨져 두려움에 떠는 꿈을 때때로 꾸게 되었다.

삼 년 전, 베이징으로 와 난생처음 부모님 품을 벗어나 혼자 살게 되었다. 그로부터 일 년도 되지 않아 어릴 적 친구 소남 완모가 교통사고로 죽었다. 산에서 함께 양을 치던 우리는 완전히 다른 길을 걷게 되었다. 쌓인 얘기를 풀어놓을 겨를도 없이 소남 완모는 떠났다. 나는 그애가 바닥 모를 구덩이 속에 혼자 떨어져, 잔뜩 겁에 질린 얼굴로 죽음의 어둠에 삼켜지는 광경을 떠올렸다. 숨을 거두는 순간 그애는 어둠 속에 핀 설련화를 보았을까. 만일 보았다면 '찡그린 얼굴'도 천천히 웃는 얼굴로 바뀌었을 텐데. 그랬기를 간절히 바라고 또 바랐다.

열차가 밤의 어둠을 뚫고 서쪽으로 서쪽으로 나아간다. 태양의 고을 라사가 가까워진다. 나는 까무룩 잠에 들었다가 짧은 꿈을 꾸었다.

꿈속에서 소남 완모가 말했다. "오빠, 같이 라사로 도망가자."

그애는 생그레 웃고 말을 이었다.

"오빠, 무서워할 것 하나도 없어. 구덩이 속에는 설련화가 피어 있으니까."

호시 이즈미星泉

라샴자(1977~)는 티베트 청년 세대의 흔들리는 마음과 슬픈 일상을 세밀한 묘사와 절묘한 비유로 그려내 큰 인기를 누린다. 최근에는 젊은이들의 불안을 어루만지고 격려하는 작품을 계속 발표해 '청년층을 대변하는 작가'로 추앙받는다. 작품은 회상을 축으로 해 과거와 현재를 오가는 이야기가 많다. 독자의 기억 속에서 등장인물들의 경험이 포개져 혼연일체가 되어가는 구성이다. 그 과정에서 종종 도회와 시골이 대비된다. 진학이나 취업으로 고향을 떠나, 낯선 도회에서 때로 당황하고 절망하면서도 살아갈 방법을 모색하는 많은 티베트 젊은이들의 불안정한 현실과 호응하는 이야기다. 지은이는 풍부한 비유와 후렴을 구사해 같은 문장도 다른 의미를 품고 여러 결로 읽히게 한다. 이러한 특징은 이

번 작품 곳곳에서도 드러난다.

이 작품은 도회에서 갈 곳을 잃고 막다른 데 몰린 청년이 죽은 어릴 적 친구와의 교류를 떠올림으로써 살아갈 희망을 찾아내는 이야기다. 주인공은 대학 입시에 실패하고 도망치듯 고향을 떠나 베이징에 사는 스물한 살 청년이다. 희망을 안고 도시로 나왔지만 저임금과 중노동 속에서 고단한 나날을 보낸다. 경제성장이 뚜렷한 중국이라지만 소수민족 젊은이 가운데는 대학을 나오고도 번듯한 직장을 잡지 못해 '어둠 속에 남겨진 공포'를 느끼는 사람도 많다고 한다. 제목의 '구덩이 속'은 '어둠에 매몰된' 젊은이들과 상통하는 구석이 있다. 반면 고향에서 주인공과 함께 양을 치던 친구 소남 완모는 중학교 진학도 못하고 열다섯 살에 부모가 정한 상대와 결혼했다. 남녀 역할이 명확한 티베트의 촌락 사회에는 딸을 중학교에도 보내지 않고 가사 노동을 시키다가 일찍 시집보내는 관습이 비교적 최근까지 남아 있었다. 작품에서 그녀의 인생은 거의 다루지 않지만, 게으른 남편 곁에서 아이를 기르며 일가를 꾸리는 일이 어떨지 상상하기는 어렵지 않다. 가계를 돕기 위해서라지만 추위가 물러나지 않은 계절에 동충하초를 캐는 일은 상당히 가혹할 터다. 결국 어린 두 아이를 남기고 세상을 떠나다니 얼마나 고된 인생인가.

이처럼 궁지에 몰린 젊은 남녀의 현실을 보면 그들의 인생에는 구원이 없을 것만 같다. 그러나 저자는 두 친구 사이에 천천히 오가는 마음의 교류를 떠올려 독자에게 보여준다. 블랙 기업에서 열정을 착취당하고 심신이 피폐해진 청년은 일을 그만두고, 짐작건대 충동적으로 라사로 향한다. 열차가 출발하는 밤까지 카페에서 시간을 보내며 죽은 친구와 마지막으로 만났던 날을 떠올린다. 그날 그녀는 대학 입시에 실패한 그를 위로하며 말했다. "구덩이 속에는 설련화가 피어 있다고 믿는 거야. 그럼 어떤 상황이 닥쳐도 희망을 품을 수 있거든." '구덩이 속 설련화' 얘기는 실은 과거에 주인공이 두 번이나 했던 '거짓말'이다. 그녀는 거짓말인 줄 알면서도 어둠 속에도 한 줄기 희망이 있다는 구원의 의미를 헤아리고 소중히 간직한 채 살아왔다. 이번에는 실의에 빠진 주인공에게 진심을 담아 그 말을 선물한다. 그는 친구가 죽고 이 년이 흘러서야 진심을 이해한다. 일을 그만두고 라사로 향하는 열차에서 그는 마침내 친구의 결혼생활이 "집안일도 바깥일도, 사내 일도 여자 일도 저 혼자 다 하느라" 얼마나 고단했을지 깨닫고 그 죽음에 말할 수 없는 슬픔을 느낀다. 라사로 가는 여행은 친구를 그리고 추모하는 순례의 여행, 나아가 주인공이 새 인생으로 한 걸음 내딛는 여행으로 변모한다.

'설련화'는 히말라야에서 티베트 고원에 이르는 지역에서 자라는 국화과 취나물속 고산식물로, 약초로도 알려져 있다. 저자에 따르면 좀처럼 볼 수 없는 진귀한 꽃이다. 티베트어로는 메토 칸라. 메토는 꽃, 칸라는 설산의 신이라는 의미다. 암흑 속에서 피는 설련화라는 희망의 비유가 실은 아버지가 아들에게 들려준 선물임을 주인공이 나중에 깨닫는 묘사도 인상적이다. 주인공도 어릴 적 친구도 훗날에야 참뜻을 깨닫는다. 희망의 꽃은 늘 시간이 흐른 뒤에야—혹은 과거에 누군가가 베푼 애정을 깨달은 순간에야—보이는지도 모른다.

현재 베이징의 중국 티베트학 연구센터에 근무하는 라샴자는 연구자이자 관리직으로 바쁜 나날을 보낸다. 소설 구상은 늘 하면서도 좀처럼 시간을 내지 못하는 것이 최근의 고민이란다. 일본에서도 번역 출간된 『길 위의 햇빛』에는 2018년부터 2019년, 반년 동안 도쿄에서 연구 체재하던 당시 집필한 「길 위의 양치기」와 「아득히 먼 사쿠라지마」라는 두 작품이 수록됐지만, 이 작품들을 마지막으로 소설은 한 편도 발표하지 않았다. 오랜만에 붙잡은 이번 소설은 탈고하기까지 꽤 고생한 모양이다. 내내 어두운 구덩이 속에서 헤매는 감각이었는지도 모른다. 마침내 작가는 「구덩이 속에는 설련화가 피어 있다」라는 작품과 더불어 '구덩이'에서 올라왔다. 좀처럼 펜이 나아가지 않는 소설가를 재촉하는 꼴이 된 번역자는 '설련화는 틀림없이 피어 있다'며 격려하는 역할을 연기했는지도 모른다. 이번 집필을 계기로 새 작품집의 구상이 떠올랐는지, 얼마 전 작가가 단편소설 한 편을 보내왔다. 이 앤솔러지 기획을 통해 한 티베트 작가의 창작 활동에 재시동이 걸렸다 해도 과언이 아니다. 느리게 오가는 말 속에 깃든 작은 희망을 본 기분이 든다.

도피

응우옌 응옥 뚜

* 『Viết và Đọc』 2021년 봄호에 처음 게재.

응우옌 응옥 뚜 Nguyen Ngoc Tu

1976년 베트남 까마우에서 태어났다. 2000년 『꺼지지 않는 램프』를 펴내며 작품활동을
시작했다. 베트남작가협회상, 아세안문학상, 리베라투라상 등을 수상했다. 소설집 『끝없
는 대지』 『섬』 『아무도 강을 건너지 않는다』 『구름 수정』 장편소설 『강』 『물의 연대기』 등
이 있다.

혼탁. 뒤이어 한기. 안개가 천천히 그녀에게 다가온다. 바닥에 쓰러진 먹잇감을 고통이 다부지게 누른다.

"큰 낫을 들쳐멘 해골은 아니었네." 그녀는 조금 안도하고, 자신을 데리러 온 것을 생각했다. 몇 분 전까지는 섬뜩하게 생긴 저 승사자이거나, 뭐가 그리 급했는지 아이들을 남기고 일찌감치 떠난 어머니가 젊은 날과 똑같은 모습으로 후광에 싸여 나타날 줄 알았다. 어머니가 말없이 돌아보고, 깊은 슬픔이 어린 얼굴로 그녀의 손을 다정히 끌어 은빛 문 너머로 데려간다. 며칠 전, 희미하게 떠다니는 코코넛오일 냄새를 맡으며 잠에서 깼을 때 눈앞에 남아 있던 꿈속 정경도 그러했다.

"한밤중에 어머니가 나타나서 같이 가자니까 어찌나 오싹하던지." 날이 새고 나서 남편에게 이야기할 때도 등골이 으슬으슬했는데, 그것이 새벽안개 탓인지 꿈속의 한기가 남아서인지는 알 수 없었다.

"개꿈이야." 훤한 정수리에 남은 몇 올 안 되는 머리카락을 정성껏 누르면서 남편이 말했다. "꿈이 다 맞으면 나는 벌써 하늘을 날고 있겠네."

나중에 남편은 그 대화를 떠올리리라. 욕실 바닥에 쓰러진 아내를 발견했을 때는 이미 몸이 차갑게 굳어 있을 것이다. 그때쯤이면 안개가 아무것도 모르는 몸뚱이에서 그녀의 연푸른색 혼백을 거두어간 후다. 그녀는 깃털 같은 자신의 넋이 가벼움을 주체하지 못해 한동안 어색하게 떠도는 광경을 상상한다.

아직은 넋과 몸이 하나인 채 심장이 가루가 된 듯한 고통을 견디는 중이다. 늑골이 조여들고 사지가 뻣뻣해져 손끝도 까딱할 수 없다. 몇 분 전에는 신음이라도 흘렸고 그 덕에 자신이 처한 비참한 상황을 깨닫고 수치심도 느꼈으나, 이제 신음조차 한숨처럼 가늘어졌다.

'비명은 지를 수 있을지도 몰라.' 가래를 뱉으려 애쓰며 그녀는 생각했다. 목소리가 어디까지 닿을지는 모른다. 아들 바오가 벽 너머에서 축구를 보고 있다. 무릎 위에 동그랗게 웅크린 여자아이를 올려놓고 안락의자에 몸을 깊이 묻고 있을 것이다. 작정하고 소리치면 국영 텔레비전 해설자의 까랑까랑한 목소리를 뚫고 아들의 귀에 도달하리라. 시청자들이 죄다 눈이 침침하여 행여 자신이 일러주지 않으면 공이 어느 사이드를 굴러가고 어느 팀 코치가 노발대발하는지 모를 줄 아는지, 해설자가 한껏 목청을 높였다.

먹잇감을 내려다보려는 것처럼 안개가 잠시 뒤로 물러나 몸이 가벼워졌다. 그녀는 생각했다. 지금이라도 소리치면 안개는 걷힐 것이다. 가느다란 관을 주렁주렁 달고 병원에 며칠 누워 있다가 집으로 돌아와, 허연 머리를 아궁이 연기로 말리고, 마당에 쌓인 낙엽을 태우고, 날개콩을 키울 덩굴대를 만들 테지. 남편은 일전에 진 장기 빚을 갚는다며 어슬렁어슬렁 찻집에 가고, 바오는 변함없이 단정치 못한 자세로 텔레비전 앞에 붙박이리라. 전부 원래대로 돌아간다. 한 가지 변하는 게 있다면 바오가 그녀를 '살렸다'는 사실이다. 아들은 으레 아무하고도 말을 섞지 않을 테지만, 그의 존재 자체가 웅변할 것이다. "엄마가 살아 있는 건 내 덕이야, 그걸 잊지 마셔."

그런 일을 상상하면 몹시 우울해진다. 시합이 끝나고도 해설자는 미련이 남아 입을 다물지 않는다. 바오가 채널을 바꾸어 음성이 범벅되며 헝클어진다. 채널이 바뀔 때마다 아들이 깊은 구덩이 속으로 떨어지는 광경이 눈앞에 떠오른다. 결국 배구건 배드민턴이건 뭐라도 하나 붙들어 추락은 면하지만. 스포츠 채널은 이십사 시간 시합을 마련해둔다. 지금은 농구다. 바닥을 울리는 공소리. 내일모레 마흔인 아들의 처진 뺨 위에 스크린의 청백색 빛이 어른

거린다. 빛은 성벽처럼 견고했다. 지난달, 수위복을 입은 바오가 은행 앞에 앉아 고개를 숙이고 휴대전화를 들여다보는 모습을 우연히 봤을 때는 그 청백색 빛과 아들 사이에 무슨 밀약이라도 있는 건가 의심했을 정도다.

몇 번인가 청백색 성벽을 들이받아 작은 구멍을 내고, 안에 틀어박힌 어린 아들에게 손을 뻗었던 일을 그녀는 기억한다. 어렵사리 얻은 아들이었다. 어떻게든 다시 품으로 데려오고 싶었다. 아들은 꿈쩍도 하지 않았다. 구슬리고 얼러도 소용없고 눈물도 통하지 않았다. 때로 신에게 애걸도 해보았다. 할 만큼 했어, 이 이상 뭘 어쩌라고. 한 발짝 다가가면 어김없이 뒷걸음질치는 아들을 보고 서서히 체념했다.

지금도 그렇다. 아들과 그녀를 가르는 것은 벽돌벽만이 아니다. 그녀는 안개가 발목을 핥고 무릎으로 올라오는 기척을 느끼며 생각에 잠겼다. 차디찬 안개가 척수를 지나 가슴에 다다르자 고통이 사그라지고, 등이 얕은 물에 잠긴 것을 알아차렸다. 바지에 한쪽 다리를 넣다가 쓰러지는 바람에 그녀는 지금 벌거벗은 채 타일 바닥에 뻗어 있다. 양쪽 겨드랑이로 흘러내린 젖가슴이 희미하게 흔들렸다.

한 늙은이가 바지를 꿰입다 말고 숨이 끊어져 욕실 바닥에 굳어 있다. 장례식 내내 조문객들의 머릿속에 그 기괴한 광경이 떠오를 것이다. 남의 죽음에 품는 관심이 전부 동정심에서 오지는 않는다. 사람들의 관심은 자신들의 미래, 요컨대 제 인생의 마지막 순간을 수정하기 위해서다. 깨끗하게 죽을 수 있다면 안심하고 떠날 텐데, 하고 그들은 생각한다.

"옷이라도 제대로 입고 갈 일이지." 누군가 한숨을 쉰다.

자신의 장례식 광경을 그려볼 만큼 정신은 말짱하다. "글쎄 저는 한창 장기를 두던 중이어서……" 몇 가닥 안 되는 머리칼이 헝클어지는 것도 아랑곳 않고 마주치는 사람마다 일일이 변명하며 고개를 꾸벅이는, 허리가 굽은 남편. 그로써 일이 터졌을 때 집을 비웠다는 죄책감을 무마하려 할 것이다. 아내에게 읽어줄 조사弔辭를 한 글자씩 궁리하노라면 인생이란 이리 짧은 문장 속에 담기는가 싶어 복받치는 심정 또한 그는 억눌러야 할 것이다.

조문객이 잠시 끊어지면 장송곡을 연주하던 악단 속 노인 몇은 꾸벅꾸벅 졸 것이다. 나무 북채가 간간이 부딪쳐 울려퍼지는 큰북 소리에 거실 공기가 조급증을 내며 뒤척인다. 부엌일을 하러 온 도우미들이 저녁상에 올릴 부들 줄기를 다듬는다. 바람이 지나갈 때마다 관 아래 놓인 항아리에서 지폐를 태운 재가 휘날린다. 제단에는 둥글게 썬 말린 여주가 놓여 있다.

오직 아들뿐이다. 장례식 내내 뭘 하고 있을지 상상할 수 없는 것은 아들 바오뿐이다.

상가喪家의 흰 천을 머리에 둘렀을까. 두르지 않았을까. 아들은 잊지 않았을 것이다. 모자의 연은 이걸로 끝내자, 죽는 날까지 서로 알은체 말자. 그녀가 목소리도 떨지 않고 선언했던 순간을.

바오의 결혼식 날이었다.

"하고 많은 날 다 놔두고, 지금, 그 얘길 한다고?" 아들은 테이블을 뒤엎으며 분노를 폭발시켰다.

남편도 파르르 성을 내며 양복을 벗어 내동댕이쳤다. "결혼식에서 연을 끊다니, 그건 아니지."

그녀는 말없이 거울을 보고 있었다. 화장은 눈물로 깨끗이 지워졌다. 피로연 전에 미용실에 가서 푸르죽죽한 낯빛을 진한 화장으로 덮었건만. 독한 말을 기어코 뱉었을 때 얼굴에 화장기는 남아있지 않았다.

"영 딴사람 같네." 남편은 미용실에서 돌아온 아내를 보고 놀라서 말했었다.

요란한 가면을 쓴 아내를 낯설어하는 남편에게 그녀는 웃음을 지었다. "오늘은 특별한 날이잖아." 목소리가 떨리지 않는지 내심 확인했다. 하품이 나도록 지루하고 긴 피로연 내내 그녀는 지긋이 기다렸다. 하객들이 돌아가고, 아이들이 건넨 축배의 잔을 받았던 높다란 테이블 앞에 형형색색의 얼굴들이 늘어선 양가 가족만 남는 순간을.

"바오, 지금부터 너하고 나는 남남이다. 모자의 연은 그만 끝내자."

완벽히 떼쳤다. 그때는 그런 줄 알았다. 첩첩이 쌓인 원한과 원망이 아들을 저만치 밀어냈다. 내쳐진 아들은 본가가 팔릴 때까지 끝내 집에 발을 들여놓지 못했다. 한번 신발을 가지러 왔는데, 그녀는 매몰찬 목소리로 옥상 정원을 향해 소리쳤다.

"여보! 손님!"

대문 밖 차도에 아들의 바이크가 엔진을 켠 채 서 있었다. 아들의 아내가 뒷자리에 다리를 꼬고 앉아 있었다. 그녀가 또 목소리를 높였다.

"아냐, 됐어, 손님 갔어!"

문짝이 부서져라 닫고 아들은 나갔다. 문 닫는 본새도 어찌 그리 한결같은지. 난폭하게 둘로 갈라지는 세계. 아들이 닫은 문에 손가락 두 개가 끼어 뼈가 부러진 적도 있었다.

노부부가 교외의 새집으로 이사한 뒤로도 손님은 돌아오지 않았다. 새집 벽에 집주인에게 아이가 있었음을 짐작케 하는 사진은 한 장도 없었다. 새집에서 그녀는 원 없이 잤다. 옆방에서 따끔따끔 빛나는 청백색 빛을 지켜볼 필요는 없었다. 빛이 흘러나오면 아들이 아직 깨어 있다는 소리였다. 새집에서는 단잠을 잤다. 그리고 꿈을 꾸었다. 마당에서 청량한 아이 웃음소리가 들린다. 연근처럼 잘록하고 통통한 두 손이 그녀의 얼굴을 감싼다. 밤하늘의 불꽃놀이 같은 꽃을 피운 자귀나무에서 아이가 떨어져 그녀의 혼백이 얼른 받아안는다. 꿈속에서 그녀는 울지 않았다. 그 정경 어디에 울 곳이 있으랴. 그런데도 늘 눈물에 젖어 잠을 깼다. 이유는 알 수 없다.

눈물은 도무지 모를 물건이었다. 혹시 무슨 병이 아닐까도 생각해봤다. 아들의 휴대전화 화면에 '사랑하는 엄마'라고 뜨는 사람이 자신이 아님을 알았을 때도 눈물이 흘렀다. 그녀의 이름은 등록조차 되어 있지 않았다. 전화가 걸려올 때도 전화를 걸 때도, 회색 숫자 말고는 아무것도 남지 않았다.

"울 일도 없다." 남편은 개미가 나오지 못하도록 벽 모서리에 식초를 뿌리면서, 그깟 일로 눈물을 펑펑 쏟는 아내가 어이없다는 양 고개를 저었다. "당신 번호는 머릿속에 들어 있겠지."

딴은 그렇다 싶어 옷소매로 눈물을 훔쳤지만 금세 얼굴이 또 젖었다. 눈물샘이 단단히 고장난 게지. 남편이 버럭하기 전에 마당으로 나갔다. 눈물이 늘 제꺽제꺽 나오는 것은 아니었다. 바오가 닫은 문에 손가락이 끼어 뼈가 부러지고 퉁퉁 붓고 마비되어도 눈물은 흐르지 않았다.

지금도 그렇다. 안개가 허리까지 삼켜 숨도 못 쉬게 고통스러운데도 눈물이 나오지 않는다. 불안도 없다. 말짱한 정신으로 바닥에 얕게 고여 빠지지 않는 물을 생각한다. 배수관 막힘이 심해진게다. 며칠 전 남편은 욕실에서 머리만 쏙 내밀고 말했다.

"물 빠짐이 살짝 느릴 뿐이지 막힌 건 아니야." 그러고는 잠시 고민하더니 손가락을 경쾌하게 튀겼다. "조금씩 흘려보내면 된다, 그럼 안 넘치지."

참 간단하기도 하다. 식구라 해봤자 삭아가는 늙은이 둘이니 양동이 몇 개분의 물이면 충분하다. 아직 아들이 돌아오지 않았을 때 얘기다.

아들은 한밤중에 들이닥쳤다. 머리가 비에 젖고, 어깨에는 아이가 입가에 침을 묻힌 채 잠들어 있었다. 생판 남이어도 문을 열지 않고는 못 배길 광경이었다. "하룻밤뿐일 거야. 내일 아침엔 나가겠지." 우선 바닥에서 잘 수 있게 두툼한 이불을 꺼내며 남편이 말했다. 천장까지 닿지 않는 가벽으로 나뉘어졌을 뿐 문도 없는 집이다. 노부부의 침실 말고는 방이 없었다. 두 사람은 옛집에 살던 시절을 기억했다. 아들 방 앞을 지나가면 빈 탄산음료 캔과 곰팡이 핀 과일 껍질과 땀이 밴 옷과 괴사한 정자의 쉰내가 범벅된 냉기가 환풍기 틈새로 새어나왔다. 아들 방은 동굴이었다.

처음부터 새로 시작하자고, 아이가 없던 무렵처럼 유유자적하게 살자고 작정했던 새집에 동굴은 안 될 말이다. 그러나 아들이 돌아와 동굴을 만드는 데는 방도 문도 벽도 필요치 않았다. 그애들은 집 한복판, 텔레비전 앞에 진을 쳤다. 벽 없는 새집에서 그애들은 동굴에 사는 생물처럼 살았다.

아들은 마법처럼 시곗바늘을 되돌렸다. 순식간에 십오 년 전으로 돌아갔다. 아들이 있던 자리는 닭 뼈다귀와 더러운 옷과 간장 얼룩이 추상화처럼 말라붙은 밥공기가 굴러다녔다. 그애들은 대낮까지 늘어지게 자고 일어나 주섬주섬 먹을 것을 뒤지고 다녔다.

그녀가 몇 번 그애들이 싫어하는 음식을 만들어 내놓자, 폭삭 쉴 때까지 손도 안 대고 인스턴트 면만 부수어 먹었다. 먹는 동안에도 아들은 휴대전화를 손에서 놓지 않았는데, 액정에서 흘러나온 푸른빛이 아들을 킬킬 웃게도 하고 버럭 소리치게도 했다.

이건 아들이 대학에 들어가기 전이 아니라 틀림없는 현재 진행형이라 일깨워주는 것은 하루종일 제 아버지 무릎 위에 동그랗게 웅크리고 있는 계집아이뿐이었다. 영락없이 폐병을 앓고 난 새끼 고양이 몰골이다. 처음 봤을 때 얼마나 화가 나던지. 어떻게 기르면 이 모양이 된단 말일까. 차마 볼 수 없을 정도로 앙상하다. 네 살이다. 그녀는 아이가 태어난 해를 알고 있었다. 그날, 바오가 병원 계단을 성큼성큼 뛰어 탯줄에 붙일 반창고를 사러 가더라고 한 친구가 일러줬었다. 수염을 아무렇게나 기른 부스스한 얼굴로, 피로에 전 바오가 가습기 삼아 뜨거운 물을 담아둔 냄비를 엎지 않도록 조심해가며 양동이 앞에 쪼그려앉아 기저귀를 빨고 있다. 전화 너머 친구의 얘기를 담담히 들으면서 그녀는 머릿속에 그려보았다. 아들은 아직 제 아이를 안아보지 못했을 것이다. 사람이 많아서 차례가 돌아오지 않은 게 아니라 작은 티눈 하나도 갓난아기에게는 해로운 탓이다. 하물며 막수염이나 긴 손톱은 신성한 작은 생명에게 치명타가 될 수 있다고 엄마들은 믿는다. 그 댁 아기, 머리가 온통 '물소 똥'*(우는 것밖에 할 줄 모르는 아이에게 무슨 고약한 말인지)에 덮였네요, 하고 누가 말하면 발끈해서 눈을 흘기는 것이 엄마다. 제발 아기 좀 안 울게 해봐요, 하고 같은 병실 사람이 한마디 할라치면 그러는 그쪽은 울지 않고 노래라도 부르면서 태어나셨나, 하고 핀잔을 주는 것이 엄마다.

털을 빳빳이 세우고 제 새끼를 지키는 엄마. 그런데 이 폐병 앓은 고양이의 엄마는 좀 다른 모양이었다. 살뜰하게 엄마 손이 간 아이가 아니었다. 앞머리는 쥐가 뜯어먹은 것처럼 삐뚤빼뚤하고 옷도 실이 풀렸거나 단추가 떨어졌다.

"대체 어떻게 기르면 애 꼴이 이렇대?" 그녀가 자신도 모르게 분통을 터뜨렸다.

"그러게, 뼈가 올근볼근해서 만지기도 겁나네." 지난주부터 집에 있는 손녀에게 아내가 관심을 드러낸 데 약간 놀라며 남편도 동정했다.

일주일, 그녀는 아이를 손짓해 불러야 할지 자문하는 중이었다. 한번은 아이가 뒤에서 살금살금 다가와 슥 만지고 도망친 적이 있었다. 이 늙은이가 사납게 짖거나 물지도 모른다는 이야기를 확인이라도 하는 눈치였다. 누군가, 아마 여러 사람이, 아이에게 늑대 사진이라도 보여주며 할머니 이야기를 한 것이리라. 아이는 혹시라도 손톱을 세워 달려들면 바로 도망갈 태세를 갖추고, 멀찌감치 떨어져서 그녀를 바라보았다. 아이가 경계하지 않는 것은 우유와

---

* 신생아 머리에 붙은 부스럼 딱지.

잘게 썬 파파야, 이따금 있는 와플뿐이었다. 그녀가 그것들을 식탁 모서리에 놓고 짐짓 잊어버린 체하면 곧바로 아이의 납작한 뱃속으로 사라졌다.

아이가 엄연히 있는데 집안에 아이 목소리가 없다. 아이가 거의 입을 열지 않는 일도 그녀를 노엽게 했다. "아니 애 엄마가 뭘 어떻게 한 거야? 무슨 애가 조잘거리지를 않아." 아버지 무릎 위에 동그랗게 웅크리고 있거나, 애벌레 모양 베개를 품에 안고 뭐라 속삭이는지 입을 오물거리거나, 때로 머리카락 몇 가닥을 입에 문 채 까치발을 하고 창문 너머 마당을 내다보는 게 다였다. 그녀는 아이가 제 아버지에게 반항하고, 왕왕 울면서 아이스크림을 사달라고 조르거나 길바닥에 뒹굴며 떼를 썼으면 했다. 그러면 속으로 웃고, 너도 네 새끼한테 당해봐라 하고 고소해할 터인데, 이 아이는 말대답 한마디 없었다. 아이가 보이지 않아도 바오의 눈은 아이를 찾지 않았다. 아이가 저한테서 다섯 걸음 이상 떨어지는 일은 없다고 확신하는 기색이다. 바오의 눈은 늘 휴대전화 화면에 박혀 있었다. 구슬이 같은 색 줄로 늘어섰다 사라지는 소리를 그녀는 듣고 있었다.

집에 돌아온 바오는 폭력배들이 서로 치고받거나, 칼을 휘둘러 머리 위에 회오리바람을 일으키거나, 적이 벼르는 집에 총을 들고 쳐들어가는 게임은 하지 않았다. 한자리에 붙박여 손가락만 움직이며 오로지 색색의 구슬만 늘어세웠다.

"아아, 점수만 따는 거네요. 대전 게임이 아니라." 복권 판매원이 아는 체하며 말했다. 과거에 아들이 빠진 게임이 뭔지 사람들에게 묻고 다녔던 것처럼 이번에도 그녀는 물었다. 유혈이 낭자하는 잔혹한 게임이 아니라는 확인이 필요했다.

아침결에 바오가 아이를 바이크에 태우고 나가는 날이 몇 번 있었다. 남편은 재빨리 따라 나가 주위를 한번 둘러보고, 아들의 주머니에 용돈을 찔러주었다. 그저 찻집 같은 데서 시간을 죽이는지 대개 반나절이면 집으로 돌아왔다. 경비회사 일은 그만둔 눈치였다. 아들 부부가 나란히 재판소로 가 정식으로 남남이 되었는지, 아니면 그저 살벌한 부부싸움의 한복판에 있는지 그녀는 알 길이 없다. 며느리 얼굴도 영 가물가물했다. 선조의 제단에 불을 밝힌 때부터 결혼 피로연이 끝날 때까지, 정식으로 신랑 어머니 역할을 했던 여덟 시간 남짓밖에 새신부의 얼굴을 보지 못한 까닭이다. 대신 아이를 은밀히 뜯어보았다. 제 엄마를 닮은 것 같았다. 결혼 전의 아들은 밀크티를 사서 빗속을 뚫고 그 여자 집까지 갖다주거나, 피아노를 팔아 명품 가방을 선물하거나, 떨어져 있기 싫다며 유학을 포기하거나 했다. 어느 날 아들은 졸업식까지 기다릴 수 없다고 선언했다.

"결혼할 거야."

"그럼 그래라." 그녀가 빗자루를 짚고 일어서면서 숨을 뱉었다.

"식 올리면 나가 살 거야."

준비는 전부 신부측에서 알아서 했다. 결혼식은 남들 하는 만큼은 해야겠다고 해서 "아, 그럼 그러시라고 해"라고 했다. 피로연은 양가가 비용을 분담해 호화로운 수상 레스토랑에서 열자고 하기에 "아, 그럼 그러시라고 해"라고 했다. 물려주기로 한 집과 토지는 결혼식 전에 우리 부부 명의로 바꿔줘. 아, 그럼 그래라.

간단히 고개를 끄덕이니까 관대한 시어머니라 생각했을 것이다. 때가 되면 알 것이다, 다 도피를 위한 준비였음을.

"그러고도 끝끝내 떼치지 못했네." 그녀가 긴 한숨을 뱉었다. 벽 건너편에서 채널 바꾸는 소리가 들린다.

안개가 가슴까지 올라왔다. 묵직한 몸뚱이에 이제 고통은 전혀 느껴지지 않는다. 지금이라도 소리치면 가망이 있다. 아들이 돌아온 이래 처음 떼는 입. 아니, 생각하는 것조차 굴욕이다.

눈동자를 움직여보았다. 짧은 수건걸이, 은도금이 벗겨진 샤워헤드, 비누받침. 그것들은 윤곽조차 흐릿했다. 제대로 보이는 것은 작은 창으로 얼굴을 들이민 무늬푸밀라고무나무 덩굴 몇 가닥과 최근 가득찬 칫솔꽂이 정도였다. 칫솔꽂이에 꽂힌 빗은 아들이 머리를 빗은 지 일주일 만에 끈적끈적해졌다. 치약은 뚜껑이 도망가서 튜브 끝에 치약이 말라붙어 있다. 아들은 예나 지금이나 앉은자리가 지저분했다. 계집아이도 제 아비를 닮아 하는 짓이 똑같았다. 아이의 야윈 두 발이 지나간 자리에는 어김없이 사탕 껍질과 밥풀과 과자 부스러기가 떨어져 있었다.

"저애들 뒤치다꺼리는 이제 지긋지긋해." 그녀는 홀가분해진 얼굴에 안개가 밀려오기를 기다렸다.

인연의 빛

주말이면 가족 전원이 본가에 모여 어머니 손맛이 가득한 집밥을 먹는다. 그때마다 나는 어머니를 유심히 관찰한다. 어머니는 며칠 전부터 자식들에게 일일이 전화해 먹고 싶은 게 없는지 묻는다. 그런 다음 큰딸—엄마와 꼭 닮은 내 언니—을 거느리고 시장에서 장바구니가 터지게 식재료를 사다가 주말 밥상에 올릴 요리는 물론이고 따로 들려 보낼 음식까지 장만한다. 사정이 있어 집에 오지 못한 자식 몫도 따로 챙겨둔다. 정작 어머니가 우리와 한 상에 둘러앉는 일은 거의 없다. 대개는 가까이 앉아 요리하느라 흘린 땀을 식혀가면서 혹시 접시가 비지는 않았는지, 고추가 필요한 사람은 없는지, 역시 엄마 밥이 최고라고 칭찬하는 자식은 없는지 살펴보신다. 나는 자식들을 바라보는 기쁨과 피로, 만족감과 허탈감이 뒤섞인 그 눈동자를 통해 세상 어머니들의 마음을 헤아려본다.

어머니의 사랑은 무조건이다. 흔히 내리사랑이라고도 하고 대가를 바라지 않는 사랑이라고도 하지만, 그리 간단히 정의할 수는 없는 관계라고 생각한다. 특히 동아시아에서는 부모 자식 사이에 암묵적인 양해처럼 부모의 희생이 정착한 듯하다. 안타깝게도 이것이 우리 모두에게 덫이 되는 건 아닐까. 암묵적인 양해가 성립하면 사람은 적어도 마음속에서는 더는 변화를 요구하지 않는다.

'엄마는 아이들을 놓고 도망치고 싶었던 적이 한 번도 없을까?' 나는 속으로 묻는다.

소스를 챙기려고, 프라이팬의 생선튀김을 뒤집으려고, 손자가 쓸 수건을 가져오려고 일어나다가 현기증을 느껴 벽을 짚는 어머니를 볼 때면 그런 생각이 든다. 누군가 도와주려 나서면 어머니는 어김없이 손사래를 친다. "됐다, 앉아 있어, 뭐가 어디에 있는지 모르잖니." 남편이나 아이들이 은근히 당신을 밀어낼 때, 이것 혹은 저것을 해달라고 들이밀 때, 자존심이 상한 적은 없을까. 등에 얹힌 시시포스의 바위를 버리고 싶었던 순간은 없을까, 아니면 어머니에게는 그조차 무거운 짐이 아닌 걸까.

어머니란 평생 자식에게서 놓여나기 어렵다, 가령 자식이 먼저 멀어진다 해도. 나는 첫 아이를 낳고서야 그 사실을 알게 되었다. 어머니가 매몰차게 길에 버려두고 가도 아이는 기어코 어머니에게 달려간다. 기억이 있는 한, 어머니라면 포대기에 둘러싸여 몸을 오그리고 있던 조그만 생명체를 결코 잊지 못한다. 세상에서 만나기 위해 그들은 상처를—어머니의 상처는 배 아래에 남고 아이의 상처는 배꼽이 된다—나눠 가졌으니까.

내 새끼. 갓난아이의 분홍빛 손을 쥐어보며 나는 생각한다. 세상이 끝나는 날까지 애는 내 아이야. 무슨 일이 있어도 바뀌지 않는 사실이다. 혹 결혼생활이 순탄치 않아 A씨의 아내, Z씨의 아내가 된다 해도, 나는 영원히 이 아이 엄마다.

'내' 속으로 낳았지만 결코 '내 것'은 아닌 아이. 아이는 제 발로 걷고 제 머리로 생각한다. 내가 꿈꿔온 아이와 일치하지는 않는다. 뛰지 말래도 뛰고, 그만 가서 공부하래도 마냥 텔레비전 앞에 붙박여 있다. 성장하면서 몸도 마음도 내게서 떨어져나간다. 그런데 나는 아이에게서 달아날 수 없다. 아이와 내가 독립된 존재인 걸 알면서도.

불교의 영향일 터인데, 내 고향 노인들은 부모 자식의 연이 전생의 빚에서 온다고 말한다. 현세에서 서로를 찾는 것은 전생의 빚을 갚기 위해서거나, 이번 생이 다른 빚을 만들기 때문이란다. 아마 믿어도 좋을 말이리라. 그러나 내가 합리주의자라면 내 눈으로 직접 본 것만 믿을 것이다. 전세니 내세니 하는 현실과 동떨어진 얘기는 저만치 치워두고, 부모 자식 간에는 애초부터 균형이 결여된 부분이 있다고 생각할 것이다. 책임, 종속, 의존, 구속이 늘 애정과 공존한다.

　그렇다면 도망가는 사람도 있을 터다. 적어도 도망가고 싶다고 생각하는 사람은 있을 터다. 내 어머니는 그런 생각조차 없는 게 아닐까. 주말, 어머니를 쉬게 할 요량으로 자식들이 바쁜 척 한 번쯤 본가 방문을 걸러도 결국은 어머니의 요리가 아직 따끈한 채로 각자의 집 현관에 놓인다.

　한 친구는 아이들이 기어코 찾아오는 게 지겹기는커녕 왜 기쁜지 모르겠다고 한탄한다. 그도 그럴 것이 친구는 쉰 살에 엄마 노릇을 졸업할 기회를 얻었다. 집에서 삼백 킬로미터 떨어진 언덕에 조촐한 암자를 지어 따로 나간 것이다. 아이들이 집밥을 먹으러 오거나, 손자 좀 봐달라고 맡기거나, 잔치 준비를 도와달라기에는 어려운 거리다. 요컨대 뭔가를 부탁하기에는 멀되 친밀한 관계를 유지하기에는 충분히 가까운 이상적인 장소였다. 친구는 몇십 년 전 "엄마는 나중에 혼자 살 거야"라고 선언한 이래 착실히 계획을 진행했다. 입버릇처럼 혼자 살 거라 말하는 사이 자유를 찾아 떠날 꿈은 무르익었고, 결행할 용기도 순탄히 쌓여갔다. 아이들로서는 튼튼한 보호망이던 어머니라는 그물에서 그물코가 하나씩 끊기는 과정이었다.

　엄마가 아이들의 일상에서 사라질 때를 대비해 친구는 미리미리 가르쳤다. 손을 베였을 때 지혈하는 법, 생선을 오랫동안 싱싱하게 보존하는 손질법, 슬픔을 남에게 들키지 않는 법, 서러울 때 혼자 우는 법, 자신만의 특별한 기쁨을 찾는 법을. 수도승처럼 끈기 있게 하나씩 가르친 덕에 아이들은 부지불식간에 무엇으로도 메울 수 없는 공허에 맞설 예방주사를 맞았던 셈이다.

마침내 꿈에 그리던 자유를 얻었을 때, 아이들이 탄 자동차가 모래 먼지만 남기고 시야에서 완전히 사라지자 그녀는 불현듯 외롭더란다. 아이들은 파도였다. 물가로 우르르 몰려들어 모래를 적시고, 돌을 마모시키고, 오롯이 수행하면 속세의 연이 끊길 줄 알았던 어머니의 순진한 환상조차도 닳아 해지게 하는 파도.

실종, 도피, 내버림. 내 머릿속에 거듭 떠오르는 테마다. 펜을 들어 내 어머니나 언니 같은 여성이 자신만의 삶을 모색하는 작품을 쓸 수도 있을 것이다.

이를테면 옛 연인에게 돌아가기 위해 몇십 년을 기다린 여자 이야기. 여자는 아이들 때문에 꿈을 이루지 못했지만, 마지막에 바다―연인이 한 줌 재가 되어 뿌려진 장소―에서 연인과 재회한다. 성취하지 못한 도피일지언정 호호백발이 되어서라도 굴레를 끊고 집을 떠난 것이다.

물론 성취한 도피 이야기도 쓸 수 있으리라. 이를테면 자포자기해서 자기 집에 불을 지르고 웃는 남편을 묵묵히 견디는 아내 이야기. 아내는 매번 집을 다시 지었지만, 어느 날 불길 속에서 힘이 다해 빠져나오지 못한다. 화염 속에 남겨지면 마침내 남편도 아내를 돌아봐주리라 생각했는지도 모른다.

아니면 진짜 자기 인생을 살기 위해 성전환 수술을 받는 남자 이야기도 쓸 수 있을 것이다. 사내아이는 집안의 기둥이 되어야 한다는 아버지의 압박과 굴레를 끊어내기 위해, 남성의 목소리를 버릴 셈으로 성문聲門마저 절개해버리는 남자 이야기를.

유감스럽지만, 끊으려도 끊을 수 없는 부모 자식의 연에서 도망치는 어머니 이야기를 가장 자연스럽고 이상적으로 쓰는 방법은 찾아내지 못했다. 하늘을 날거나 나비로 변신한다면 환상소설이 되어버린다. 내 어머니나 언니가 무슨 재주로 그럴 수 있을까. 아이들이 동여맨 줄과 스스로 동여맨 줄 때문에 부엌에서 아득바득하느라 동네 시장보다 멀리 가는 일도 없는 사람들인데. 어느 날 억지로 자동차에 태워 며칠 피서라도 떠날라치면 냉장고를 반찬으로 그득 채우고도 마음을 놓지 못해, 가는 내내 가족들 걱정을 할 것이다.

어머니와 언니의 삶을 염려해서도 아니고 불교의 가르침 때문도 아니지만, 어떤 극단적인 방법으로도 부모 자식의 진정한 절연은 없으리라 나는 생각한다. 이 작품에서는 그런 절연도 어쩌면 있을지 모른다고 상상해봤다. 아이들이 돌아오는 날 집밥을 먹이기 위해 부엌에서 종종거리는 어머니의 인생과 내 인생은 다르리라 믿는 시늉을 하면서.

셰리스 아주머니의
애프터눈 티

렌밍웨이

렌밍웨이 連明偉

1983년 대만 이란에서 태어났다. 2007년 「상처」로 연합문학상 신인상을 수상하며 작품활동을 시작했다. 시보문학상, 대만문학상 등을 수상했다. 소설집 『토마토 거리에서의 게릴라전』 『블루베리 밤의 고백』 장편소설 『푸른 나비 인간』 등이 있다.

한여름 해질녘, 태양은 아직 섬의 상공에서 빛났다.

방과 후 탁구부원들은 제각기 8인승 밴을 타고 캐스트리스 종합제 중등학교 건너편에 있는 훈련센터에 집합했다. 탁구협회가 임대비를 대는 훈련센터는 콘크리트 벽의 널찍한 건물로, 군데군데 녹슨 양철 지붕이 이층 정도의 높이에 걸려 있다. 내부는 두 공간으로 나뉘었는데, 큰길과 맞닿은 오래된 자동차 정비공장이 전체의 4분의 3을 차지했다. 구슬땀을 흘리며 작업하는 정비공이 웃통을 벗어 야위고 검은 가슴을 드러낸 채 휴식을 취하곤 했다. 나머지 부분이 섬에서 유일한 탁구 전용 훈련센터였다. 넓다고는 할 수 없지만 탁구대 세 대는 놓을 수 있었다. 간격을 조금 좁히면 다섯 대도 놓았는데, 그러면 전후좌우 움직일 여유가 거의 없어져 그 자리에 붙박여 공을 쳐야 했다.

이슈마일이 제일 먼저 도착해, 라켓을 꺼내 존과 미아 둘과 차례로 대전했다. 몇 번쯤 이기더니 주의가 산만해졌는지 뒤로 물러나 골프채를 휘두르기 시작했다. 앤더와 슈리도 도착해 훈련복으로 갈아입고 랠리 연습을 개시했다. 여기저기서 울리는 구호와 고함이 훈련센터를 가득 채웠다. 특히 앤더와 이슈마일은 대전하면서 곧잘 소리를 질러 정신을 가다듬었는데, 차츰 정신 통일보다는 상대의 동요를 끌어내는 수단으로 변질됐다. 변성기의 목소리는 때로 낮고 때로 유리 깨지는 것처럼 날카로웠다. 그에 비하면 슈리는 조용했다. 이기면 가볍게 주먹을 쥐어 보이고, 지면 조용히 낙담의 빛을 띠었다. 세인트루시아의 중학생 이하 주니어 선수 랭킹에서는 슈리와 이슈마일이 성적이 가장 좋아 늘 1위를 다투었다. 앤더는 컨디션이 썩 안정된 편이 아니라 오르락내리락하며 3위 자리를 지켰는데, 컨디션이 좋으면 1위로 올라섰다.

전원 연습을 마치자 크리스 코치는 학생들에게 시합을 지시하고, 청년스포츠부 회의에 출석하기 위해 먼저 시내로 돌아갔다. 이슈마일은 시합 몇 번 만에 싫증을 내고 벽 앞 나무 벤치에 앉아 휴대폰을 만지작거렸고, 앤더도 덩달아 합류했다. 슈리만이 코치의 지시대로 시합을 소화했다. 앤더는 섬 토박이로, 다부진 체격에 윤기 있는 검은 피부를 지녔으며 조상은 아프리카를 떠돌다 이 땅에 온 노예였다. 이슈마일은 젓가락처럼 마른 몸에 황갈색 피부였고, 영국과 에티오피아의 피를 물려받았는데 구체적으로는 영국인과 흑인 하녀의 자손이었다. 슈리는 대만 사람이다. 아버지가 대만 정부에서 파견한 농업기술팀 멤버로, 바나나 반엽병 예방 및 치료 프로젝트의 책임자였다. 가족들이 카리브해의 세인트루시아에 옮겨온 지 육 년 가까이 된다.

아직 다섯시도 되지 않았는데 앤더와 이슈마일은 배낭을 메고 돌아갈 태세였다.

"슈리, 그만해, '새집birdhouse' 보러 가자." 이슈마일이 말했다.

'새집'이 있는 곳까지는 걸어서 십오 분도 걸리지 않았다. 훈련센터의 철문을 벗어나 왼쪽으로 꺾은 다음 완만한 비탈길에서 오른쪽으로 돌아 올라간다. 새집을 최초로 발견한 것은 이슈마일이었다. 처음 목격한 날 이슈마일은 셰리스 아주머니 집 뒤뜰에서 탁구 훈련센터까지 한달음에 뛰어와, 앤더와 슈리에게 연습은 됐고 같이 갈 데가 있다고 대뜸 외쳤다. 집 뒤 왼쪽에는 무너진 채 오랫동안 방치되어 마른 가지와 낙엽이 떠다니는 작은 수영장이 있었다. 오른쪽은 자갈이 그득한 풀밭인데, 울타리 가까이 슈거애플과 망고, 야자나무가 심겨 있었다. 새집은 분명 스스로 움직였다. 앙상한 몸에 가느다란 팔다리. 뒤뜰에 얼굴을 아래로 향하고 엎드려져 오싹한 소리를 내고 있었다. 뒤쪽에 삐딱하게 자리잡은 녹슨 휠체어가 보였다. 우람한 망고나무가 드리우는 그림자 밑에서 앤더와 이슈마일과 슈리는 얼굴을 마주보고, 지금 울타리 너머에 보이는 저것이 대체 무엇일까 고민했다. 설마 괴물이라든가? 괴물이면 넘어져도 제 힘으로 일어나는 것은 일도 아닐 텐데, 눈앞의 저 인간은 왜 깨진 달걀마냥 흐물흐물 땅바닥에 엎드러져 있을까?

"괜찮아?" 슈리가 말을 걸었다.

새집이 굼실거리다 말고 잠잠해졌다.

이슈마일이 쭈그려앉아 자갈을 하나 집어던졌다. 새집의 오른쪽 종아리에 맞았다.

이렇다 할 반응이 없었다.

"죽었나?" 앤더가 말했다.

"그렇게 간단히 죽겠냐?" 이슈마일이 말했다.

이번에는 앤더가 돌을 주워 던졌다. 당장이라도 부러질 것 같은 목에 명중했다.

새집이 미간을 있는 대로 찡그려 사나운 표정을 짓고 젓가락 같은 팔다리를 마구 버둥거렸다. 우스꽝스러워서 일순 장난인가 했는데, 목을 쥐어짜는 듯 날카로운 울음소리에는 뭔가 섬뜩한 구석이 있었다. 이슈마일이 제일 먼저 몸을 돌려 도망쳤고, 슈리가 뒤따랐으며, 허둥대느라 한 박자 늦어진 앤더가 마지막이었다. 이슈마일과 슈리가 훈련센터로 돌아와 한참이 지나도록 앤더는 나타나지 않았다. 슈리는 철문 옆에 서서 자갈을 걷어찼다가 마른 가지를 주워 여기저기 두드렸다가 하며 기다렸다. 이슈마일은 콘크리트 계단에 앉아 휴대폰 게임을 했다.

십오 분쯤 지나 앤더가 다리를 끌면서 돌아왔다.

"진짜 이럴래? 먼저 도망가기야?" 앤더가 부루퉁한 얼굴로 계단에 앉아 왼쪽 무릎을 확인했다. 살이 까진 곳에 흙이 묻어 있다. "뒤에서 불러도 무시하고 그냥 가더라?"

슈리가 생수를 앤더에게 건넸다. "넘어졌어?"

앤더가 왼발을 뻗고 상처에 물을 살살 뿌려 흙을 씻어냈다. 피부 아래서 연분홍색 살이 드러났다.

"속살은 빨간색일 줄 알았는데." 슈리가 눈을 반짝이며 들여다보았다.

"일곱 빛깔 무지개색 아니고?" 이슈마일이 말했다. "아프냐?"

"됐어, 누구 때문인데. 너네 몸속이야말로 똥색이다." 앤더가 샐쭉거렸다.

"네 발이 느린 걸 왜 남 탓이냐? 알 게 뭐야." 이슈마일이 말했다. "게다가 마지막에 돌 던진 건 너잖아, 누굴 원망해."

앤더는 아랫입술을 깨물고, 말없이 일어나더니 배낭을 메고선 뒤도 안 돌아보고 길 쪽으로 걸어갔다.

슈리가 쫓아갔다. "오늘은 같이 갈까?"

"됐어." 앤더가 빽 소리쳤다. "아빠한테 데리러 오랠 거야. 너는 멋대로 가든지 말든지. 밴 따위는 안 타, 그건 너희들 같은 가난뱅이나 타는 거지."

"냅둬. 가자, 슈리. 망고나 따러 가자." 이슈마일이 일어나 비탈길 쪽으로 향했다. "있는 집 애하고는 말이 안 통해."

슈리는 어느 쪽으로 가야 할지 몰라 뻣뻣이 서 있었다.

이튿날 앤더는 왼쪽 무릎에 거즈와 신축성 있는 그물붕대를 두툼히 감고 나타났다.

크리스 코치는 앤더에게 같은 곳을 또 다치지 않게 조심하라고 거듭 당부했다. 앤더는 그러거나 말거나 전에 없이 맹렬히 연습했다. 포핸드와 백핸드 기본 타구를 쉰 번씩, 포핸드와 백핸드 드라이브를 서른 번씩 소화하고, 부루퉁한 얼굴로 입을 다문 채 볼의 바운드와 회전, 왕복의 궤적에만 집중했다. 마지막 시합에서는 각각 3대 0과 3대 1의 스코어로 이슈마일과 슈리를 격파했다.

"다리 괜찮아?" 슈리가 물었다. "안 아프면 이따 타마린드 따러 갈래?"

앤더가 장난기와 분노가 반반 섞인 눈빛으로 노려보았다. "어제는 잘도 배반하더니만."

"미안했어. 너무 놀라서 얼떨결에 이슈마일을 따라 도망친 거야." 슈리가 입술을 깨물고 고개를 조금 숙였다.

"덕분에 더러운 뚱보 아줌마한테 혼났거든." 앤더가 땀을 뚝뚝 흘리며 스포츠드링크를 들이켰다.

"아줌마?" 슈리가 잠깐 생각하고 되묻는다. "셰리스 아주머니?"

"알 게 뭐야." 앤더가 단번에 음료수를 다 마시고 말했다. "아무튼 넘어졌다 일어나보니 눈앞에 딱 서 있더라고. 어차피 나는 발밑만 봤지만. 엄청 열받아서 소리소리 지르더라. 왜 여기서 장난질이냐, 다음에 또 걸리면 다리몽둥이 부러질 줄 알아라. 진짜 쫄았네. 한바탕 더 할 기세였는데, 새집이 비명이라도 질렀는지 그냥 가버려서 살았지. 근데 넌 어떻게 그 아줌마 이름을 알아?"

"우리 반 필이 그 언덕에 살잖아. 걔한테 들었어." 슈리가 말했다.

"너희 반 학급위원?" 앤더가 말했다.

슈리가 고개를 끄덕였다. "걔가 그렇게 유명해?"

앤더가 고개를 젓고는 이상한 웃음을 지었다. "우리 반 조애너가 열 올리고 있던데? 키 크고 훈남이라며."

"니들 뭔 장황한 얘기를 늘어놓고 있냐? 어제 보니까 비탈길 모퉁이에 타마린드 잔뜩 열렸던데. 따러 가자." 온몸이 땀에 전 이슈마일이 끼어들었다. "가자. 꾸물대다가 코치한테 걸리면 또 잔소리 폭발해."

"나 화해한다고 안 했거든." 앤더가 모른 체했다. "내가 너 싫어하는 건 알아?"

"이해한다. 공식전에서 이 몸을 못 이기니까 싫기도 할 거야." 이슈마일이 말했다. "그래서 너 와, 안 와? 어차피 슈리랑 나는 갈 거니까. 그리고 나도 너랑 화해할 생각 없거든. 너 열받은 얼굴 대박 웃겨."

앤더가 고개를 빳빳이 든 채 무서운 눈으로 이슈마일을 노려보았다.

이슈마일과 슈리가 앞장서고, 앤더가 한쪽 다리를 끌면서 따라갔다.

타마린드나무는 무척 우람했다. 아이들 셋이 양팔을 벌려 감싸야 할 만큼 몸통이 굵었다. 키는 이층 지붕 정도고 갈색 가지에 초록 잎사귀가 무성하게 우거져 있다. 오르기 쉽지 않을 것 같았다. 손을 최대한 뻗어도 가지 끝에 닿을까 말까였다. 이슈마일이 먼저 도전했지만 어른 키만큼도 오르지 못하고 내려왔다.

"몸통엔 열매가 없어, 전부 가지에 열렸지." 이슈마일이 멋쩍게 말했다. 슈리는 나무 그늘에 서서 두리번거리며 혹시 보는 눈이 없는지 신경쓰는 눈치였다. 앤더가 배낭을 내려놓고 도전했지만 어른 키 두 배쯤 올라갔다가 겁먹은 얼굴이 되어 내려왔다.

"위쪽엔 많이 열렸던데?" 앤더가 말했다.

"그럼 뭐해, 어차피 못 따놓고." 이슈마일이 말했다.

"너보다는 높이 올라갔거든." 앤더가 되받았다.

"그러니까, 우주까지 올라갈 기세더라?"

슈리가 기다란 나뭇가지를 주워, 두세 번 제자리 뛰기를 한 다음 거목의 가지를 힘껏 때렸다.

앤더는 양손을 뻗어 작은 가지 끝을 잡고 높은 데 열린 열매를 공략했다.

"슈리, 나이프 좀 줘봐." 이슈마일이 말했다. "너 아버지가 준 호신용 접이칼 갖고 다니는 거 다 알거든."

슈리가 주머니에서 나이프를 꺼내 건넸다.

"앤더, 가지 잡아당겨봐, 내가 쳐서 떨어뜨릴게." 슈리가 말했다. "둘이 하는 게 빨라."

타마린드 꼬투리가 후두두 발밑에 떨어졌다. 앤더가 꼬투리를 까자 무르익은 향을 풍기는 진한 커피색 열매가 얼굴을 내밀었다.

"먹을래?" 슈리가 이슈마일에게 말했다.

"됐어. 난 내가 딴 것만 먹어. 나이프 가져가라, 날이 뭐 이리 무디냐? 너 때문에 못 딴 거다, 이건." 이슈마일이 약올리듯 말했다. "셰리스 아줌마 정원에나 놀러갔음 좋겠다."

"또 붙잡혀서 혼나게?" 앤더가 말했다.

"겁쟁이가, 뭘 떨고 있냐." 이슈마일은 쓱쓱 걸어갔다. "나는 새 집 친구니까 뭐."

앤더와 슈리는 새큼 씁쓸한 과육의 씨를 뱉어가며 이슈마일을 따라갔다. 언덕 꼭대기까지 가서 오른쪽, 잡초가 무성한 곳으로 들어갔다. 포장된 길을 걸으며 왼쪽으로 고개를 돌리자 잔잔한 바다가 보였다. 울창한 풀숲에 들어서니 묵직한 습기가 달려들었다. 진흙 위를 개미와 작은 벌레가 기어다니고, 모기가 날아다니고, 발효한 스타프루트가 술냄새를 피웠다. 이삼 분 더 걸어 빽빽한 바나나밭을 벗어나자 철망 울타리가 나왔다.

이슈마일이 발을 멈추고, 거침없이 전진하려는 앤더를 제지했다. "기다려, 새집 목소리 들었냐?"

"아니." 슈리가 고개를 저었다.

"새집한테 놀러가려고?" 앤더의 말투에서는 희미한 두려움이 느껴졌다. "새집은 우리를 싫어하는 거 아냐?"

"새집이 무슨 병을 앓는지 아는 사람?" 이슈마일이 돌아봤다. "아님 뭔가 몹쓸 짓을 저질러서 천벌이라도 받았나?"

"몰라." 슈리가 말했다.

"몰라? 필한테 못 들었냐?" 이슈마일이 말했다.

"셰리스 아주머니는 괜히 건드리지 말라는 말뿐이었어. 머리가 좀 이상해서 아무한테나 막 덤비니까 조심하라고. 새집 얘기는 없었는데?" 슈리가 미간을 찡그리고 잠시 생각했다. "아마 무슨 희귀병에 걸렸거나 교통사고로 반신불수가 된 거 아닐까."

"나 같으면 저 꼴로 사느니 누가 죽여주는 게 백번 낫겠다." 이슈마일이 팔을 활짝 벌렸다.

"알았어, 처형은 나한테 맡겨라. 오래전부터 널 처리하고 싶던 참이니까." 앤더가 가슴을 두드렸다. "권총도 입수할 수 있거든."

"어떻게?" 슈리가 미심쩍은 표정을 지었다.

"사촌이 캐스트리스의 뒷골목 사회에 드나든다 그 말이지." 앤더가 말했다. "텔레비전에 마피아 전쟁 뉴스 제법 나오잖아?"

"쉿, 조용히 해." 이슈마일이 자세를 낮추고, 바나나 잎을 뜯어 몸을 가린 채 적진에 잠복하는 병사처럼 전진했다.

셋은 눈을 활짝 뜨고, 토끼처럼 쪼그려 조심스럽게 나아갔다. 뜨거운 볕이 정원의 햇빛 가림막으로 쏟아졌고 흙바닥에서는 탄내가 올라왔다. 풀숲은 숨을 헐떡이며 죽어가는 사람의 눈빛처럼 사방에서 빛나면서도 한편으로는 이름을 붙일 수 없는 어둠에 감싸여 있었다. 하얀 이층 건물은 페인트가 벗겨지고 전선이 노출됐으며, 발코니의 콘크리트 천사 조각상은 머리와 오른쪽 날개만 남아 있었다. 새집은 변함없이 휠체어에 앉아 있었다. 다리는 새 다리처럼 앙상했고, 간간이 양손으로 머리를 감싸고 심장을 쥐어짜는 듯한 소리를 냈다. 새집의 시선이 이쪽을 향하고 있다는 걸 그들은 알아차렸다. 절실함과 갈망 그리고 형용하기 어려운 낙담이 깃든 눈빛이었다. 앤더가 이슈마일의 왼쪽 어깨를 잡으며 멈추라고 말했다. 철망 울타리가 눈앞의 모든 것을 잘게 나누었다. 다음 순간 셋은 일제히 숨을 삼키고 입을 다물었다. 모두의 눈동자에 두려움이 드러났다.

"봤어? 새집이 손짓한 거?" 누군가 말했다. 이슈마일도 앤더도 슈리도, 그 말이 자신의 입에서 흘러나왔다고 생각했다.

고개를 젓고 뭔가를 진지하게 부정하자 발밑의 진흙이 출렁여 몸이 서서히 가라앉는 느낌이 들었다.

"오늘은 셰리스 아줌마가 집에 없나본데? 가서 새집이랑 안 놀래?" 이슈마일의 말투는 도발적이었다.

"그만 가자." 앤더가 말했다. "또 찍힌다고."

이슈마일은 앤더가 그러거나 말거나 대뜸 울타리를 기어오르기 시작했다.

슈리가 잠시 머뭇거리다가 뒤를 따랐다.

"쫄보." 이슈마일은 폴짝 뛰어내려 어느새 울타리 건너편에 있었다. "쟤는 냅둬."

슈리는 이슈마일 뒤에 붙어 썩은 낙엽과 마른 가지가 쌓인 수영장을 지나, 살금살금 새집 곁으로 갔다.

새집이 고개를 까닥거리며 눈을 휘둥그렇게 뜨고 목에서 이상한 소리를 냈다.

이슈마일이 오른손을 뻗어 손끝으로 새집의 손을 살짝 만졌다. "부드러운데? 뼈가 없는 것 같아."

새집은 이슈마일을 향해 모호하고도 기대에 찬 웃음을 지었다. 마치 자신의 온전한 분신이라도 보는 것처럼.

슈리도 손을 뻗어 새집이 놀랄세라 곱슬곱슬한 머리카락을 살살 쓰다듬었다.

이슈마일은 장난기가 발동해 새집의 얼굴과 목, 가슴, 배, 허벅지와 종아리를 차례로 찔러보고, 바지를 잡아당겨 눈을 반짝이며 관찰했다. "뭐 크게 다른 구석도 없는데?"

"그만해라." 앤더가 어느새 울타리를 넘어와 있었다.

"겁쟁이는 집에 간 거 아니었냐?" 이슈마일이 말했다.

"너희들 말리러 왔다." 앤더가 슈리의 팔을 끌어당겼다. "가자, 저런 애랑 어울리면 너도 똑같아져."

"내 생각에도 그만 가는 게 좋겠어." 슈리도 초조해졌다.

이슈마일이 새집의 왼손을 들어올렸다가 놓았다. 새집의 왼손이 맥없이 떨어졌다. 오른손을 들어올렸다가 놓았다. 역시 맥없이 떨어졌다. 이슈마일은 허리를 구부리고 요모조모 소상히 뜯어본 후에 말했다. "말을 못해? 진짜 못하나? 왜 이 꼴이 된 거야? 뭐 천벌이겠지. 나라면 벌써 오래전에 죽고 싶어졌겠다. 근데 얘는 움직이지도 못하니까 자살도 맘대로 못하고, 진짜 비참하구나. 얘들아, 니들은 새집이 전생에 무슨 죄를 저질렀을 것 같냐?"

"그만해라." 앤더가 이슈마일을 가로막고 나섰다. "안 그러면 코치한테 말한다."

"고자질쟁이." 이슈마일이 경멸하듯 말했다. "얘 괴롭히려고 온 거 아니거든, 그렇게 한가하지 않다고."

"새집을 보면 무척 초조한 기분이 드는데, 왜 그런 거지?" 슈리가 미간을 찡그렸다. "그런 느낌 안 들어?"

"어떤 느낌?" 앤더가 말했다.

"엄청 괴롭다고." 슈리는 고개를 숙였다. "괴로워서 저 녀석을 죽여버리고 싶어져."

이슈마일과 앤더가 얼어붙었다.

이슈마일은 짐짓 대답을 피하고 몸을 돌려 망고나무 밑으로 가 잘 익은 열매를 비틀어 땄다.

앤더는 쭈그려앉아 고개를 갸웃하고, 새집의 몸을 자세히 살펴보려 했다.

"미안, 나도 내가 무슨 소릴 했는지 모르겠어." 슈리가 풀죽은 얼굴로 말했다. "아까 한 말은 그냥 잊어버려, 아는 게 괴로운 때도 있으니까."

이슈마일은 순식간에 빨갛게 익은 망고를 여덟 개나 땄다.

느닷없이 새집이 물에 떠내려가는 사람처럼 외마디소리를 질렀다.

이슈마일이 망고를 따던 손을 멈췄다. 슈리와 앤더는 흠칫해서 새집을 바라보았다. 새집의 얼굴이 일그러졌다. 입가에서 침이 흐르고 혀가 축 늘어졌으며 손발이 멋대로 버둥거렸다. 경련을 일으킨 것도 같고, 중독 증상인 것도 같고, 치료법이 없는 병 같기도 했다. 세 사람은 다음 순간 무슨 일이 벌어질지 아직 모르고 있었다. 갑자기 육중한 몸뚱이가 튀어나와 앤더와 슈리를 빗자루로 후려쳤다. 슈리는 피했지만 앤더는 넘어졌다. 셰리스 아주머니가 이슈마일을 쫓아가는 사이 둘은 울타리를 넘어 훈련센터로 내달렸다. 이슈마일은 빗자루의 맹공 속에서 뒤뜰을 세 바퀴 돈 끝에 겨우 문을 벗어나 도망쳤다. 셰리스 아주머니의 고함이 귓전을 때렸다. "못된 놈들, 다음에 또 걸리면 살가죽을 벗겨줄 테다."

그날, 일이 대체 어떻게 되었는지는 여러 설이 있다.

이슈마일의 이야기가 제일 과장된 감이 있는데, 셰리스 아주머니는 기를 쓰고 쫓아왔지만 불과 몇 분 만에 늙은 암퇘지처럼 숨을 헐떡거렸다. 이슈마일로 말하자면 엉덩이춤을 한번 추고 돌아서서 메롱을 해주었다. 앤더는 넘어져서 지난번에 다친 데를 또 다치고, 성했던 오른쪽 무릎도 까졌다. 집에 가서는 옆구리를 쌩 스쳐지나가는 오토바이를 피하다 도랑으로 굴렀다고 둘러댔다. 슈리는 그때 새집이 말할 수 없이 즐거운 표정이었다고, 마치 같이 놀자고 친구들을 손짓해 부르는 것 같았다고 믿었다.

세 사람은 새집과 셰리스 아주머니에 대해 더 알고 싶어졌다. 새집은 누구 말로는 셰리스 아주머니와 악마가 몸을 섞어 태어난 사생아였고, 누구 말로는 셰리스 아주머니의 손자, 그러니까 교통사고로 죽은 딸이 남긴 아이라고 했다. 또 누구 말로는 셰리스 아주머니가 마녀이며 새집의 정기를 빨아들여 젊음을 얻는다고 했다. 슈리는 다시 필을 찾아가 물었다. 필은 모른다며 고개를 가로젓고, 쓸데없는 일에 관심 갖지 말라고 충고했다.

이슈마일은 셰리스 아주머니의 집 뒤뜰에 또 가고 싶어 안달이 났다. 이번엔 망고를 죄다 따버리고 쓸모없는 수영장에 시원하게 오줌을 뉘주겠노라 큰소리쳤다. 하지만 복수의 날이 오기도 전에 크리스 코치가 의외의 소식을 전했다. 이슈마일이 정식으로 한 달

휴가를 냈으며 여름방학에 있을 국제 탁구 시합 전에는 복귀할 것이라고.

앤더는 슈리를 데리고 훈련센터를 나와 북쪽으로 향했다. 섬을 일주하는 도로를 걸어 환상교차로로 향했다.

"걔는 어쩔 셈이지? 시합이 얼마 안 남았는데 연습을 쉬다니." 앤더가 부루퉁한 얼굴로 말했다.

슈리는 고개를 숙이고 생각했다. 이야기해줘야 할지 말지 알 수 없었다.

"됐어, 뻔하다. 어차피 뭔 일 있는 거지. 그렇게 까불고 다니다가는 언젠가 제대로 말썽에 휘말려 갱들 손에 죽을걸. 지난번 에지볼*로 싸웠을 때는 나더러 니거**란다? 바보 아닌가? 그러는 지는, 심지어 순종 니거도 아니거든?" 앤더는 미움 반, 걱정 반인 낯빛으로 말했다. "그래서 넌 알아? 걔 도대체 무슨 일인지?"

슈리가 고개를 끄덕였다가 다시 가로저었다.

"중국인들은 알다가도 모르겠다니까." 앤더가 말했다.

"중국 아니야, 대만." 슈리가 말했다.

"알았어, 칭챙총, 칭챙총, 어차피 다 똑같이 생겼으니까 나한테는 뭐가 됐건 똑같아." 앤더가 말했다.

---

* 탁구에서 공이 탁구대 모서리에 맞는 일―옮긴이.

** nigger. 영어에서 흑인을 멸시해서 일컫는 말―옮긴이.

"전혀 안 똑같아. 아버지가 그러시는데 최근 정치 상황이 긴박해져서 대만과 세인트루시아는 내일이라도 단교할 수 있대어. 만일 세인트루시아가 또 중국과 친구가 되는 쪽을 택하면 우리 가족은 사흘 내로 짐을 싸서 비행기 타고 대만으로 돌아가야 해. 그럼 아마도 평생 다시는 돌아올 수 없다더라." 슈리가 말했다.

뜻밖의 얘기에 앤더는 대답할 말이 없었다. "뭔가 뉴스에서 본 것 같다, 중국인들이 세인트루시아에 와글와글 몰려와서 화려한 특급 호텔을 짓고 뷰포트에 하이 클래스 국제 경마장을 건설한다던데."

슈리가 미간을 찡그리고 복잡한 표정을 지었다.

"왜들 그렇게 바보 같지? 세인트루시아는 대만과 중국 양쪽과 친구가 되면 안 돼? 그러니까 동시에 국교를 맺으면?"

"안 돼." 슈리가 단호히 말했다. "국교를 맺든가 단교하든가야."

"그럼 넌 여기가 좋아?" 앤더가 동그란 눈을 반짝였다.

"몰라, 여긴 덥잖아." 슈리가 말했다. "대만은 늘 비가 오고 사계절이 있어. 여긴 여름뿐이잖아."

"난 언젠가 떠날 거야. 아버지가 장래를 생각하면 유럽이나 미국으로 가야 한대. 어쩌면 미국에서 탁구를 계속해 크리스 코치처럼 유럽 프로팀에 들어갈지도 모르지." 앤더가 말을 끊고, 짧은 머리를 쓸어올리며 눈동자를 굴렸다. "근데 아버지는 나 탁구 계속시키기 싫은가 봐. 앞으로 수업이 점점 어려워지니까 시험공부도

해야 하고, 여기서 연습이나 하고 있을 수는 없대. 탁구 같은 스포츠는 대학 장학금도 받기 어렵고, 다들 의학이나 국제무역이나 농업, 법률 쪽을 공부하거나, 아님 축구를 하거나래."

"그럼 너도 여길 떠나는 거네." 슈리는 조금 아쉬운 것 같았다.

"아마 네가 먼저 떠나겠지. 그리고 우리를 전부 잊어버릴 거고." 앤더가 말했다. "근데 솔직한 말로, 별로 기억해둘 것도 없잖아. 여기 애들은 모두 언젠가는 섬을 떠나."

앤더는 환상교차로를 한 바퀴 돌아 육교로 올라가 한복판에서 멈췄다. "여기서 자동차 지나가는 거 보면 기분이 좋아. 왜지? 그냥 '위에 있다'는 느낌이 좋은 건가? 누가 내려다보면 짜증나니까."

"그럼 우주비행사 하면 되겠다." 슈리가 웃었다. "엄청 위에 있을 수 있잖아. 아니, 아예 '날아다닐 수' 있어. 거기서 내려다보면 신의 시점 아냐?"

"맞다. 나중에 대만 놀러가도 돼? 정부가 대만과 정식으로 단교하건 말건." 앤더가 슈리를 돌아보았다.

"좋지, 안 될 리 없잖아." 슈리가 말했다.

"대만 사람은 다 너처럼 생겼어?" 앤더가 말했다. "그러니까 내 말은, 대만에도 흑인이 있냐고."

슈리가 난간에 팔꿈치를 짚고 몸을 내밀었다. "햇볕에 까맣게 그을린 사람은 있어도 아마 흑인은 없지 않을까."

"그래? 그럼 난 대만에서 유일한 흑인이 되겠군." 앤더가 몸을 돌려 한 발씩 번갈아 껑충껑충 뛰어 육교 반대쪽으로 향했다. "그 땐 어딜 가건 다들 눈이 휘둥그레져서 나를 보겠다. 스타처럼."

슈리도 앤더를 쫓아갔다. "세인트루시아와 대만은 아직 정식으로 단교한 거 아냐, 그냥 소문이지. 나도 대만에는 돌아가지 않을지도 몰라."

"빨리 가버려, 경쟁자가 하나 줄면 난 환영이지." 앤더가 슈리에게 혀를 내밀었다.

"맞다, 할 얘기가 하나 더 있었다." 앤더가 어딘지 의미심장한 웃음을 지었다.

"뭔데?" 슈리가 의아한 표정으로 물었다.

"원래 나랑 이슈마일은 너 재수없어했어."

"왜?"

"피부는 노리끼리하지, 머리카락은 곧지, 눈은 옆으로 길어갖고 아무튼 생긴 게 이상하잖아. 탁구도 여기서 배운 게 아니고." 앤더가 눈을 반짝이며 손을 뻗어 슈리의 머리카락을 헝클어뜨렸다.

"그럼 지금은?"

"더 재수없지, 당연히." 앤더가 짓궂게 말했다.

농담인 줄 알면서도 슈리는 상처를 받고 희미하게 슬픈 표정을 떠올렸다. "나도 너희들 재수없었거든, 흠칫할 만큼 까매서 무슨 석탄이야? 딱 식인종 같더라."

앤더가 육교를 내려갔다. "뭐 상관없어, 흑인은 줄곧 미움을 받아왔다고 아버지가 그랬어."

둘은 매시스토어에 들어가 부원들의 주문을 적은 메모를 봐가며 코카콜라, 스포츠드링크, 코코넛비스킷, 아몬드초코쿠키, 맥아탄산음료와 생수 여섯 병을 샀다. 돌아오는 길에는 각자 봉지를 하나씩 들고 앞서거니 뒤서거니 하면서 빨리 걸었다가 느리게 걸었다가 했다. 앤더가 발을 멈추고 자동차를 바라보나 하면 슈리가 발을 멈추고 바다를 쳐다봤고, 앤더가 갑자기 내달리나 하면 슈리가 주머니를 내려놓고 팔을 쉬었다.

청량한 햇볕이 섬을 비추었다. 하늘은 새파랗고 바다에는 어슴푸레 빛의 비늘이 나타났다. 섬을 일주하는 도로에서는 오늘도 차들이 맹렬한 속도 경쟁을 펼치며 성마르게 클랙슨을 울려댔다. 슈리는 문득 앤더가 사라진 것을 깨닫고 두리번거렸다. 이마에서 굵은 땀이 흘렀다. 길 앞에도 뒤에도 눈에 익은 앤더의 모습은 없었다.

슈리는 벌받는 학생처럼 그 자리에 서 있었다. 때로 시간은 인간이 정한 정의를 무너뜨리고 오랫동안 응고시켜 만사의 흐름을 잠시 멈춘다. 애써 덮어뒀던 두려움이 순식간에 밀려왔다. 발바닥이 저리고 등이 따끔거린다. 버려졌다는 충격이 자루를 들씌우듯 머리를 덮는다. 두려움과 충격은 가슴속에서 합류해 심장이 뛸 때마다 경련을 일으킨다.

울고 싶다. 참을 수 없이 울고 싶다.

가슴속에 도사린 두려움과 불안과 안타까움을 슈리는 누구에게도 털어놓은 적이 없었다.

슈리의 가슴에는 늘 어딘가 결락된 듯한 떳떳지 못함이 있었다. 그는 자신의 곁에 있어준 가족에게 미안하고, 과거의 친구에게 미안하고, 태어난 아시아의 토지에도 미안했다. 물론 그는 배반자도 사기꾼도 몰인정한 인간도 아니다. 다만 그의 인생이 마침 경계를 건너 이동하는 시기에 있을 뿐이다. 사람이 그렇게 간단히 사라질 수 있을까? 그가 대만을 떠난 것처럼, 언제라도 세인트루시아에서 쫓겨날 수 있는 것처럼. 한쪽에선 사라지고 한쪽에선 억지로 머무르는 데 그는 마음 깊은 곳에서 동요했다. 슈리는 어슴푸레 알고 있다. 원하건 아니건, 자신이 적극적으로 과거를 단절해야 한다는 것을. 그러나 이름을 붙이기 힘든 이 과도기에, 현재의 생활 또한 언제든 단절될 수 있다는 생각이 들었다. 인간이 그렇게 간단히 사라질 수 있다고? 물론이다. 슈리야말로 사라지고 지워진 인간이었다.

이글이글한 햇빛이 살갗을 파고들었다. 숨을 깊이 들이켜고, 발목을 몇 번 돌리고, 저린 팔을 때린 다음 다시 훈련센터로 향했다.

센터에 들어서기 전부터 멀리서 앤더가 부르는 소리가 들렸다.

"뭐하다 이제 와?" 앤더가 라켓을 내려놓고 달려와 비닐봉지에서 스포츠드링크를 꺼냈다.

슈리는 표정을 굳힌 채 아무 말도 하지 않았다.

"혼자 바닷가로 샌 줄 알았네." 앤더가 스포츠드링크를 꿀꺽꿀꺽 들이켰다.

"계속 기다렸어, 네가 말도 없이 사라져서." 슈리가 말했다.

"사라진 건 너잖아? 나 배 아파서 먼저 간댔는데. 지가 제대로 안 들어놓고."

"계속 기다렸는데." 슈리가 고개를 숙였다. 힐난하는 듯한 그의 눈동자는 어두웠다.

"얘가 다 내 탓처럼 말하네? 우리야말로 너 오기만 기다렸다."

슈리는 음료수가 가득 든 비닐봉지를 바닥에 팽개치고, 말없이 구석으로 가 가방을 집어들고 센터를 나갔다.

7월, 여름방학중에 중요한 탁구대회가 연이어 개최됐다.

크리스 코치는 훈련 메뉴를 대폭 강화했다. 매일 아침 아홉시 전에는 훈련센터에 집합해 이십 분간 조깅으로 몸을 풀었다. 근지구력과 유연성, 균형 감각을 높이는 훈련을 하고, 포핸드와 백핸드 두 종류의 핸드 공격을 연습했다. 점심을 먹고 나면 출입문 근처에 저마다 드러누워 윗옷을 낙낙하게 하고 더위를 견뎠다. 오후 두시, 훈련을 재개해 풋워크를 강화하고, 공격 시스템을 짜서 몇 번이고 반복한다. 다섯시부터 여섯시까지는 연속으로 토너먼트전이다. 셔츠는 젖었다가 마르고 말랐다가 다시 젖었고, 가져온 물을 전부 마시고도 목이 탔으며, 땀에 전 몸은 마치 바닷물에 들어 앉은 것 같았다. 매일 해가 기울 때까지 연습하고서야 무거운 다리를 끌며 귀갓길에 올랐다.

이슈마일과 앤더는 또 티격태격하기 시작했다. 크리스 코치는 아무 말도 없었고, 부원들도 이골이 난 눈치였다. 연습에 막 복귀해 시합을 준비하던 이슈마일이 제 입으로 앤더와 복식을 꾸리겠다는 말을 꺼냈다. 평화는 오래가지 않았다. 이튿날 둘은 드라이브의 강약을 놓고 대판 싸웠다. 두 사람은 지금껏 한 번도 정말로 사이좋게 지낸 적은 없었다. 앤더는 초기에 양성된 탁구 엘리트로, 당시 크리스 코치가 매주 수요일 오후 네시와 토요일 아침 아홉시에 두 시간의 특훈을 실시해 포핸드와 백핸드, 커트, 파워드라이브와 루프드라이브 등 갖가지 공격 기술을 가르쳤다. 오랜 훈련을 거쳐 장족의 발전을 이룬 앤더는 몇 시즌이나 초등학생부에서 왕좌를 유지했다. 중학교에 들어가자 아버지의 뜻으로 학업에 중점을 둠으로써 연습 시간이 대폭 줄었다. 그새 이슈마일과 슈리, 미아, 존 등 부원들이 쑥쑥 실력을 키워 앤더의 탁구 성적을 차츰 능가하게 되었다.

실제로 앤더는 이슈마일이 싫었던 게 아니라 그저 지는 것이 싫었을 뿐이었다.

크리스 코치는 말했다. 복식은 호흡이 맞아야 하니까 단식과는 전혀 달라. 단식은 혼자 싸우고 오직 자신과 대화하면 되지만 복식은 서로 협동해야 해. 볼 컨트롤, 3구 공격, 랠리에서 공격하기, 전후좌우 풋워크, 공격과 방어 교대 등에서 전부. 이슈마일과 앤더는 카리브해역 국제대회에서 이 년간 페어로 출전해 첫해는 32강에 들었지만, 이듬해는 첫 경기에서 패했다. 앤더는 이슈마일이 시합 때 긴장해 백핸드 리시브를 하지 못한 탓이라고 했다. 이슈마일은 앤더의 서브가 좋지 않아 하회전에는 횡회전이 들어가고, 너클 서브는 하회전의 빠른 볼이 되는 탓에 좀체 랠리가 성립하지 않는다고 했다. 크리스 코치는 둘이 잘 얘기해보기를 기대했지만 복식전을 할 때마다 번번이 싸움이 났다. 어느 시합에서 이슈마일은 라켓을 내리치며 "아프리카로 꺼져"라고 내뱉어 옐로카드를 받았다. 슈리가 들어오고는 그나마 둘 사이에 완충재가 되었다. 크리스 코치는 슈리와 이 둘이 각각 복식을 짜게 해보았다.

　처음 훈련센터에 왔을 때 앤더와 이슈마일이 어떤 눈초리로 쳐다봤는지 슈리는 기억한다. 호기심과 시기심과 도발이 서린 눈빛. 슈리는 무슨 희귀동물처럼 감상당하고 평가받고 희롱당하는 느낌이었다. 이슈마일은 큰 눈을 동그랗게 뜨고 말했다. "하루 세끼 개고기 먹는 거 아니냐? 아니, 고양이였던가? 아니다, 김치만 먹지?" 슈리는 대답하지 않았다. 앤더는 슈리 뒤로 돌아가 등을 쿡쿡 찔러보고, 머리카락을 한 가닥 뽑고는 웃음을 터뜨렸다. "봐봐, 얘 완전 직모다." 크리스 코치가 이슈마일은 앤더와, 슈리는 미아와 페어로 연습하라고 지시했다.

슈리가 침묵했던 것은 그 무렵 아직 영어가 서투르기도 했지만 세인트루시아 사람들의 영어가 좀 이상하게 느껴진 탓도 컸다. 영국이나 미국의 '표준 영어'와는 달리 음절들이 죄다 한 덩어리로 뭉쳐 마치 동물이 사람 말을 하는 것 같았다. 그렇다, 딱 그런 느낌이었다. 슈리는 주위의 흑인 한 사람 한 사람에게서 고릴라와 마주하는 듯한 압박감을 느꼈다. 언제 이 야만적인 고릴라 무리에 둘러싸여 얻어맞을지 모를 일이었다. 슈리는 그들에게 일절 의견을 말하지 않고 반응도 보이지 않았다. 침묵이 검은 바탕색 같은 보호색이 되어주었다. 이슈마일과 앤더의 적의는 슈리가 단식 시합에서 착착 승리를 거둘 때면 더욱 뚜렷해졌다. 슈리는 승자이면서 기꺼이 모욕을 감수했다. 그러지 않고는 낯선 환경에서 살아남을 수 없었다. 오랫동안 슈리는 자신의 껍질 속에 틀어박혔다. 더는 국제학교로 보내달라고 부모님을 조르지 않았고, 그룹을 나눌 때 동급생이 그를 끼워주지 않아도 불평하지 않았으며, 이슈마일과 앤더의 적의에 주눅드는 일도 없었다. 옛날을 그리워하는 기분을 적절히 제거하고, 마음속 깊이 자리잡은 기댈 데 없는 무력감을 무시하고, 감각과 감정과 언어만 버리면, 어쩌면 새로운 환경에 조금씩 적응해 육체적 황인종에서 정신적 흑인으로 완벽히 변신할 수 있을지도 몰랐다.

시간은 느리게 흘러갔고 슈리는 마침내 새로운 영어 억양을 알아듣게 되었다. 이슈마일과 앤더의 악의 없는 농담에도 익숙해졌다. 동시에 작열하는 태양 아래 나날이 검게 그을리는 피부를 기껍게 받아들였다.

　토요일 아침 아홉시, 그들은 훈련센터 앞에 집합해 크리스와 탁구협회장 앤서니 씨의 자동차에 나눠 타고 오웬 킹 유럽연합 병원 OKEU으로 향했다. 기름을 발라 머리를 붙이고 몸에 꼭 맞는 청결한 회색 슈트를 입은 앤서니 씨가 앞장섰다. 미아는 크리스 코치가 산 꽃다발을, 앤더는 앤서니 씨가 준비한 과일 바구니를 각각 들고, 슈리는 부원들이 돈을 모아 산 큼직한 벌꿀맛 콘플레이크 상자 세 개를 안았다. 그들은 장난을 치거나 두리번거리면서 주변의 환자들을 흥미롭게 관찰했다. 앤서니 씨의 꾸중을 듣고서야 전원 입을 다물고 소독약냄새가 떠다니는 병실 앞을 얌전히 지나쳤다. 병실에는 환자가 네 명 있었고, 침대와 침대 사이에 커튼이 드리워져 있었다. 이슈마일의 아버지는 침대에 누워 있고, 어머니는 갈아입은 옷을 개고 있었다. 이슈마일은 침대 옆 의자에 앉아 휴대전화를 만지작거리다가 일행을 보더니 조금 긴장했는지 난감한 표정을 지었다. 이윽고 휴대전화를 넣고, 침착하지 못한 동작으로 일어나 고개를 꾸벅 숙였다. 크리스 코치와 앤서니 씨가 어른들에게 병세는 어떤지, 퇴원은 언제쯤이며 관련 기관에 급부금은 신청했는지 물었다. 이슈마일은 입을 다문 채 시선을 사방으로 옮기다가 도망치듯 휘적휘적 병실을 나가버렸다. 미아가 꽃다발을 베갯머리에, 앤더가 과일 바구니를 침대 옆 선반에 내려놓았다. 슈리는 앤더와 함께 복도로 나가 이슈마일에게 콘플레이크를 건넸다.

"누가 먹는데?" 이슈마일이 물었다.

"누구라도 좋지." 슈리가 말했다.

"문병 오면서 콘플레이크 가져오는 녀석은 처음이다. 뭐냐, 웃긴다." 이슈마일이 말했다.

"필요 없음 됐거든." 앤더가 말했다. "모두가 용돈을 조금씩 보태서 산 거야."

이슈마일이 얼굴을 굳히고 험악하게 말했다. "가져가, 필요 없어."

"누가 너 먹으래? 너 말고 아버지 드리라고."

이슈마일은 대답하지 않았지만 선물을 거절해서는 안 된다는 건 알고 있었다.

"연습은 언제부터 나와?" 슈리가 물었다.

"아버지 오른쪽 다리가 새로 생길 때쯤?" 이슈마일이 농담으로 얼버무리려 했다.

"좋아, 그럼 복귀 안 하는 거네." 앤더는 그렇게 내뱉고 아차 하는 표정으로 이슈마일의 시선을 피했다.

"상대할 것 없어." 슈리가 말했다. "빨리 돌아와, 얼마 있으면 시합이고 복식 짜야 하니까."

"몰라. 앞으로는 방과후에 시내에서 아르바이트해야 할걸. 다리를 절단한 노동자를 누가 써주냐고. 아버지 대신 일해야지."

"그런가." 슈리는 뭐라고 대답해야 할지 알 수 없었다.

이슈마일은 낙담하고 미간을 찡그렸다.

"괜찮아, 분명 보상금이 나올 거야." 슈리가 말했다.

"아마도. 근데 나와도 대단한 금액은 아니야." 이슈마일이 말했다. "아버지는 임시직이어서 정규 보험도 없어."

"그럼 복귀하는 거야?" 앤더가 말했다. "너 나한테 지는 거 싫잖아."

이슈마일이 앤더와 슈리를 차례로 쳐다봤다. "몰라, 정말 모른다니까."

잠시 셋 다 말이 없어졌다.

"그만 가봐야 돼. 오래 못 나와 있어, 아버지 소변볼 때 받쳐드려야 해." 이슈마일이 말했다.

"기다려." 앤더가 배낭을 열고 초콜릿바 한 상자를 꺼냈다. "이거, 내 며칠분 간식이야."

"너 먹어." 이슈마일이 말했다.

"아버지 드리는 거래도. 그리고 너 복귀 안 해도 돼, 그럼 나도 너랑 복식 짜지 않아도 되고." 앤더는 천장을 한번 올려다보고, 이슈마일의 대답을 기다리지 않고 돌아서서 달리며 소리쳤다. "화장실 간다."

슈리와 이슈마일이 병실로 돌아가자 멤버들은 보이지 않고, 크리스 코치와 앤서니 씨만 앞으로 있을 의료 처치에 대해 이것저 것 묻고 있었다. 슈리는 이슈마일과 함께 각자의 휴대전화를 꺼내 눈이 뻑뻑해질 때까지 게임을 한 다음 병실을 나왔다. 혼자 복도 를 걸으며 크고 작은 병실을 눈여겨보았다. 손이 없는 사람, 다리 를 절단한 사람, 골반이 틀어진 사람, 가슴이 푹 꺼진 사람, 안구 가 돌출한 사람. 병든 이들은 야윈 몸에 산만한 눈빛을 하고, 고개 를 떨어뜨린 채 부자유스러운 몸을 휠체어에 올려놓고 있었는데, 피부에는 회색 곰팡이가 두텁게 피어 있었다. 슈리는 불현듯 자신 이 고통으로 비명을 지르는 나날로부터 숨죽인 채 신음만 흘리는 또하나의 나날로 옮겨왔음을 깨달았다. 어느 환자나 멍한 눈으로, 소리도 내지 않고 모든 것을 받아들이려고, 온갖 일에 담담히 익 숙해지려고 한다.

그것은 일상과 동떨어진 별세계, 변이하고 변형되고 일관되게 오해받는 세계였다.

슈리는 왠지 자신도 그 세계의 일원처럼 느껴져 꼼짝도 할 수 없었다. 몸에 커다란 변화가 일어났다. 머리카락이 털실처럼 곱슬 곱슬해지고, 겨드랑이와 가랑이에 굵은 실밥이 나타났으며, 전신 이 물 먹은 솜처럼 무겁고 뼈는 하나하나 흩어졌다. 목소리가 나 오지 않고 목은 검은 실로 박음질한 것 같았다. 어쩌면 그것은 평 화롭고 조용한, 저항을 포기한 자세인지도 몰랐다. 살기 위한 유 일한 방책은 자기를 버리는 것이다. 그 긴긴 나날, 의자에 가만히 앉아, 반 아이들이 소란을 떨고 장난을 치며 돌아다니는 것을 바라보았다. 악의 없는 장난인지도 모르지만 편리한 오해라고 생각했다. 누구는 손가락으로 그의 등을 찔렀고 누구는 뒤통수를 때렸으며 누구는 바지를 끌어내렸고 누구는 딱딱하게 뭉친 종이를 던졌다. 누구는 검은 매직펜으로 그의 팔에 낙서했고, 내친김에 몸 여기저기를 쓰다듬었다…… 그는 굳게 침묵한 채 상처에서 삐져나온 솜을 한 덩어리씩 몸에 다시 집어넣었다.

기묘한 생각이 몇 번이고 뇌리를 스쳤다. 자신을 새로 꿰매 붙이지 않으면 애써 채워넣은 것들을 하나둘씩 잃을 것 같았다. 한편으로는 전부 활짝 열어버리고 싶은 갈망을 느꼈고, 그로써 최단 거리로 종점에 가닿을 수 있을 것 같았다. 아니, 그건 결국 얼마나 얕은 생각인가. 슈리는 진지하게 죽음을 생각하고, 더 버틸 수 없는 데까지 도달하지 않으면 안 된다. 그것이 당시 자신이 할 수 있는 유일한 보복, 유일하게 존엄한 행위이자 유일하게 스스로를 증명할 방법이었다.

—어쩌면 탁구 훈련센터에서 친구를 찾을 수 있을지도 몰라.

탁구는 비교적 쉬웠다. 영어가 유창하지 않아도 되고, 속마음을 신경쓸 필요도 없고, 시합 때는 상대를 친구라고 생각조차 하지 않아도 좋았다. 단식 시합에서 유일하게 명확한 목표는 승리다. 몸을 낮추고, 라켓을 틀어쥐고, 한번 또 한번 전신을 움직여 매끄럽게 중심을 이동시키며 실수 없이 정확하게 상대의 코트로 공을 때려 보낸다. 커트, 치키타.* 포핸드와 백핸드 파워드라이브, 상대에게 압도당해 실수를 범하지 말 것. 자신과 마주하고 공에만 집중해 몸의 움직임을 통제하면 된다.

슈리는 시합에서 차곡차곡 승리를 쌓았고, 탁구를 통해 산산이 깨져 흩어졌던 자신을 되찾았다. 실력은 일취월장해 순식간에 존, 미아, 앤더를 능가하고 이슈마일의 지위를 위협하게 되었다. 그런데도 코트에서 되찾은 자아는 일상생활에서는 늘 위태위태했다. 실제로 슈리는 이슈마일을 은밀히 부러워했다. 이슈마일에게는 슈리에게 없는 자신감과 충동, 행동력이 있었다.

슈리는 자기 자신을 버리고 따돌림 따위와는 연이 없는 또다른 흑인 이슈마일이 되고 싶은 마음이었다.

슈리는 이슈마일의 가정 사정을 아버지에게 이야기했고, 아버지는 농업기술단장에게 전했고, 단장은 대사관 참사에게 전했고, 참사는 정식으로 대사에게 보고했고 그 결과 특별비용이 준비되었다.

크리스 코치와 앤서니 씨는 머리를 단정하게 깎고 슈트를 갖춰 입은 뒤 이슈마일을 태워 로드니베이의 주세인트루시아 대만 대사관에 찾아갔다. 비서가 오고, 참사가 오고, 대사가 오고, 세인트루시아 청년스포츠부 장관과 교육부 장관도 왔다. 긴 테이블 두

---

* 손목을 활용해 탁구채 뒷면으로 순간적으로 타구하는 기술—옮긴이.

개를 붙여 흰색 테이블보 위에 영어 이름표를 놓고 대만과 세인트
루시아의 작은 국기를 세웠다. 기자들은 테이블 앞에서 인내심 있
게 기다렸다. 슈리는 흰 셔츠와 검정 긴 바지 차림이었는데, 출석
자 명부에는 그의 이름도 올라가 있었다. 열시에 정식으로 기자회
견이 시작됐다. 앤서니 씨가 개회의 말을 하고, 청년스포츠부 장
관과 교육부 장관이 차례로 인사말을 하고, 대사가 오 분간 연설
했다. 마지막으로 이슈마일이 고개를 숙인 채, 떨리는 표정에 쉰
목소리로, 미리 준비해온 감사의 말을 또박또박 읽었다. 대만 대
사관은 새 탁구대 세 대와 셰이크핸드 라켓 스무 개, 시합용 공 여
섯 다스를 증정하고, 우수한 주니어 선수 이슈마일에게 일 년간의
장학금을 제공했다. 기자회견은 삼십 분 만에 끝났고 폐회 선언에
이어 단체사진을 찍었다. 기자와 각 미디어가 저마다 대사와 장관
과 이슈마일을 취재하고, 슈리와 이슈마일을 데려다 마주 세워 악
수를 시키고 사진을 찍었다. 둘은 까닭도 모르는 표창을 받는 사
람들처럼 어색한 웃음을 지었다. 슈리는 나중에 이슈마일과 이야
기를 나눌 생각이었지만 이슈마일은 슥 사라져버렸다.

　일주일 후 이슈마일은 훈련에 복귀했다.

　슈리는 자신이 이슈마일을 도왔고 일시적으로 경제적 어려움을
해결해줬으니 분명 고마워하리라 생각했다. 둘은 이제 절친이고,
끈끈한 의리로 뭉친 한편이라고 생각했다. 그러나 이내 어렴풋이
알아차렸다. 이슈마일은 그를 일부러 피하는 기색이 역력했다. 이

슈마일의 눈동자에는 다시 배척과 성가심과 적의가 번득였다.

연습이 끝나자 앤더는 시험공부를 위해 먼저 돌아가고, 존과 미아는 페어로 선배 부원들과 시합을 했으며, 새로 들어온 후배들은 코트에서 어설프게 공을 주고받았다. 슈리는 또 말없이 사라지는 이슈마일을 저도 모르게 쫓아갔다.

이슈마일이 돌아서서 슈리를 바라보았다.

슈리는 발을 멈추고 주춤거리며 그의 시선을 받았다.

이슈마일은 험악한 표정을 짓고, 화난 사람처럼 걸음을 빨리해 바나나밭으로 들어갔다.

슈리는 머뭇거리면서도 계속 따라갔다.

이슈마일이 울타리 앞에서 멈추고, 뒤뜰에 있는 새집을 가만히 바라보았다.

슈리는 어떤 미지의 벌도 달게 받을 각오가 된 양 조심스럽게 이슈마일 옆으로 갔다.

"따라오지 마, 성가셔." 이슈마일이 말했다. "너 걸리적거린다고."

슈리가 힘없이 고개를 떨어뜨리고 이슈마일의 얼굴을 엿보았다. 대답을 해야 할지 말지 알 수 없었다.

"가라, 그만." 이슈마일이 말했다. "중국으로 가버리라고."

슈리는 자신이 정말로 중국 출신이 아니라고 해명하려 했지만, 말이 입속에 걸려 나오지 않았다.

"잘 들어, 나 너한테 감사 따위 안 해. 노란 아시아 원숭이들이 베푸는 도움은 필요 없다고." 이슈마일이 쏘아붙였다.

"아니, 나는 그냥……" 슈리는 그 자리에 뻣뻣이 서 있었다. "힘이 되고 싶었을 뿐이야…… 미안해, 기분 나빴다면."

"앤더가 나를 바보 취급하는 건 알지만 너까지 그럴 줄은 몰랐다. 니들은 돈다발로 사람 얼굴을 치면 꼭두각시 인형이 되는 줄 알지? 정부가 자금 원조하면 단교 안 할 것 같냐?" 이슈마일은 격한 어조로 내뱉었다. "동정은 사절이야, 우리나라도 사람 깔보는 니들 도움은 필요 없어. 여긴 흑인의 땅이야. 흑인의 땅엔 흑인의 규칙이 있어, 우린 우리 방식대로 산다고."

쏟아지는 질타에 슈리는 차마 얼굴도 들 수 없었다. 어떤 시선에도 그의 눈동자는 상처를 입을 것 같았다.

"따라오지 마, 당분간 말 섞기 싫으니까." 이슈마일이 말했다.

슈리는 좌절과 한 덩어리가 된 말할 수 없는 아픔, 후회 그리고 부끄러움을 느꼈다. 몸이 조금씩 딱딱해져서 건드리기만 해도 부서질 것 같았다.

이슈마일이 울타리를 넘었다. "잘 가라, 난 새집이랑 놀 거야."

슈리는 이슈마일을 바라보고 있었지만 자신의 눈이 무엇을 보는지 알 수 없었다. 이윽고 텅 비어버린 머리에 소리와 영상이 떠올랐다. 그 동작들은 어쩐지 낯설지 않았다. 새집의 앙상한 무릎에 이슈마일이 딴 빨간 망고, 파란 슈거애플, 샛노란 바나나 송이가 가득 놓여 있었다. 이슈마일이 먹고 난 바나나 껍질을 새집의 머리 위에 얹고, 망고 껍질을 하나씩 새집의 팔에 붙이고, 뱉어낸 슈거애플 씨를 파친코 구슬처럼 새집의 주머니에 흘려넣고, 끈끈한 진흙을 새집의 얼굴에 문질렀다. 새집은 흥분해서 팔다리를 버둥거리고, 목에서 그르렁 소리를 내며 희미한 웃음을 흘렸다.

그만해— 누군가 소리쳤다.

슈리는 자신이 그렇게 대찬 목소리를 냈다는 데 일순 크게 놀랐지만, 이내 분노와 두려움, 스스로와 타인에 대한 강렬한 공포에 휩싸였다. 몸이 저절로 떨리고 뭔가 무거운 것이 가슴을 짓눌렀으며 뜨거운 피가 머리로 몰려들었다. 무슨 말인가 하려고 했지만 말 대신 눈물이 사정없이 쏟아졌다. 왜 지금? 슈리는 봇물 터지듯 흘러나오는 감정을 주체할 수 없었다. 가까스로 냉정을 찾고 자신이 지금 있는 장소로 의식을 되돌렸을 때, 그는 와들와들 떨면서 빽빽한 바나나밭에 홀로 있었다. 주위에 암갈색 잎집이 흩어져 있고, 온몸이 진흙투성이에, 아래턱과 손바닥과 무릎은 까져 피가 배어 있었다.

슈리는 매우 오랫동안 제대로 운 적이 없었다. 그는 울면서 말로 형용하기 힘든 위로를 받은 기분이 들었다. 흡사 또하나의 자신이 찾아와 보듬어주고 간 것처럼.

자메이카 국제대회 며칠 전, 슈리는 필의 뜬금없는 메시지를 받

왔다. '새집이 죽었어, 자기 집 수영장에서 익사했대.'

메시지를 받은 오후, 뇌우가 쏟아져 훈련센터 여기저기에 비가 새서 바닥도 젖었다. 셋은 기분이 무거워 집중하지 못했고, 크리스 코치는 사정없이 호통을 쳤다. 연습 똑바로 안 할 거면 항공권 취소한다. 일부러 해외까지 시합 안 나가도 돼, 청년스포츠부도 경비를 절약해서 좋고.

"새집은 정말로 익사한 거야?" 앤더의 목소리는 희미하게 떨렸다.

"몰라." 슈리가 말했다.

"누가 믿어." 이슈마일이 고개를 돌렸다. "필은 툭하면 거짓말을 한다고."

"누군가에게 당한 걸까?" 앤더가 말했다.

"그럴지도 모르지. 영화에선 늘 그렇잖아, 공포 소설에도 그런 얘기 곧잘 나와." 슈리가 말했다.

"쓸데없는 소리 한다, 바보냐?" 이슈마일이 말했다. "새집은 어딘가에서 우릴 비웃고 있을걸? 인간이 그렇게 간단히 죽는 거냐고."

"아무 이유도 없이 죽어버리는 일은 꽤 있잖아." 앤더가 말했다.

슈리가 고개를 끄덕였다. "집 나가서 그대로 돌아오지 않는 일도 있어. 캐스트리스처럼 갱이 틀어쥐고 있는 곳이면 더욱 조심해야 하고."

"난 안 믿어." 이슈마일이 말했다. "대회 끝나면 다 같이 새집한 테 또 놀러가자. 헛소리는 그만 상대하고. 배고프다. 집에 가서 밥 이나 먹어야지."

앤더와 슈리는 벤치에 앉은 채 줄곧 말이 없었지만, 고개를 들 어 시선이 부딪치면 얼굴을 돌렸다.

"새집은 죽고 싶어졌던 거라고 생각해." 슈리가 말했다.

앤더는 부정도, 가볍게 동의도 하지 못했다.

"가서 쉬자." 슈리가 말했다. "우리 푹 자둬야 하잖아."

둘은 배낭을 메고 같이 돌아갔다.

자메이카에서 열린 카리브해역 국제 탁구대회가 끝났다. 닷새 간의 일정으로, 일반과 주니어 부문으로 나뉘고 주니어부는 또 연 령별로 나뉘어 치러졌다. 크리스 코치는 일반 남자 단식 8강, 이슈 마일과 앤더는 나란히 주니어 16강에 머물고, 슈리만 준결승에 진 출했지만 아쉽게도 4위로 끝났다.

대회가 끝나자 크리스 코치는 학생들에게 일주일은 라켓도 만 지지 말고 공도 치지 말고, 대회에서 자신의 어디가 문제였을까 곱씹지도 말고, 무조건 쉬라고 지시했다.

여름방학이 끝나가고 있었다. 이슈마일과 앤더와 슈리는 하릴 없이 훈련센터에 나와 빈둥거리며 선배들의 연습을 구경했다. 이 슈마일이 바나나케이크를 사러 간다며 먼저 나갔다. 잠시 후 앤더도 망고주스를 사러 간다며 나갔다. 슈리는 혼자 벤치에 앉아 공이 왼쪽, 오른쪽, 왼쪽, 오른쪽으로 바운드해 오고가는 것을 바라보면서 왠지 말할 수 없는 권태에 휩싸였다. 슈리는 밖으로 나가, 나뭇가지를 주워 드럼스틱처럼 적당히 바닥을 두드리며 큰길로 향했다. 버스 정류장 표지판이 있는 곳에 앉아 개미들의 행렬을 관찰하고, 도로 옆에 널브러진 로드킬 당한 고양이의 사체를 물끄러미 바라보다가, 어슬렁어슬렁 비탈길로 돌아와 저도 모르게 오르기 시작했다. 슈리는 우선 앤더를 발견했고, 앤더의 시선을 따라간 결과 울타리 뒤에 숨어 있던 이슈마일을 발견했다. 슈리가 앤더 뒤로 가만히 다가가 어깨를 두드렸다. 둘은 이슈마일을 놀래주려고 살금살금 다가갔다. 이슈마일에게 거의 가까워졌을 때 슈리와 앤더가 나란히 발을 멈췄다. 셋의 시선이 일제히 셰리스 아주머니의 뒤뜰로 향했다. 작은 수영장은 물이 다 빠져 바닥에 진흙이 층층이 쌓이고, 마른 가지가 사방에 떨어져 있었다. 바닥을 뒹구는 농익은 과일들이 은밀히 술냄새를 피웠다. 그들은 새집을 봤다고 생각했지만, 잘 보니 초록색 헝겊 인형이었다. 고불고불한 진갈색 머리카락, 검은 눈, 붉은 입술. 가느다란 목 위에 커다란 머리가 얹혀 있고, 몸은 납작하며 팔다리는 터무니없이 앙상하고 길었다. 초록색 인형은 새집의 지정석이던 녹슨 휠체어에 팔다리를 늘어뜨리고 앉아 고개를 살짝 숙인 채 잔잔한 웃음을 짓고 있었다.

새집은 없는데, 새집을 본 것 같았다.

"뭐냐, 니들. 왜 왔냐?" 이슈마일이 말했다.

앤더와 슈리가 얼굴을 마주보았다. 커닝하다 현장에서 들킨 표정이다.

"새집이랑 놀까 하고." 슈리가 말했다.

"나도. 그러는 넌 뭐하러 왔는데?" 앤더가 물었다.

"알아서 뭐하게." 이슈마일이 말했다. "내 맘이지, 니들 나 미행해?"

"그렇게 한가하지 않거든." 앤더가 되받았다.

셋은 동시에 철망 울타리 너머로 눈길을 던졌다.

안에서 셰리스 아주머니 목소리가 들렸다. "밥 먹어야지―"

앤더가 기겁해서 냅다 달아났다.

슈리와 이슈마일도 이내 성큼성큼 앤더를 쫓아갔다.

"기다려, 왜 도망가는데?" 이슈마일이 말했다. "저 돼지 아줌마가 쫓아온 것도 아닌데."

"같이 가자고 부탁한 적 없거든." 앤더가 발을 멈추고 헉헉대며 무릎에 손을 짚었다. "오줌 마려워서 집에 간다. 왜, 안 돼?"

"흥, 셰리스 아줌마한테 쫄았으면서, 시시한 녀석." 이슈마일이 놀렸다.

"아니거든." 앤더가 말했다. "거기 있기 싫었어. 아니, 너랑 같이 거기 있기 싫었다고."

"슈리, 뭐라고 말 좀 해." 이슈마일이 말했다. "앤더 얘는 분명 쫄아서 오줌 지린 거야."

"너희들 하루종일 싸우고 지겹지도 않아?" 슈리가 말했다. "새 집한테 놀러간 거잖아? 그래도 아까……"

"아까 뭐, 왜 말을 하다 말아?" 이슈마일이 재우쳤다.

"아니, 새집 목소리가 들린 것 같았어." 슈리가 미간을 찡그리고 생각에 잠겼다. "기분 탓일 수도 있지만. 새집은 죽었댔잖아?"

셋 다 말이 없어졌다.

"너희들 오기 전에, 난 봤다? 저 초록색 인형이 일어나서 걸어 다니는 거." 이슈마일이 으스스한 웃음을 흘렸다.

"말이 돼? 눈이 어떻게 됐구나?" 앤더가 반격했다. "꿈꿨든가."

"새집이 숨어 있는 거 아닐까?" 슈리는 자신이 말하고도 미심쩍은 눈치였다. "그러니까 인형 속에."

"줄곧 안에 숨어 있었겠지." 앤더가 말했다. "새집은 벌써 오래 전에 자신도 버리고, 이 세상도 버리기로 한 거야."

"어쩌면 비행기로 뉴욕에 날아가 큰 병원에서 치료를 받는지도 몰라." 슈리가 말했다. "그런 뉴스 많이 있잖아. 난치병에 걸린 아이가 독지가의 도움으로 세계 최고 전문의가 집도하는 수술을 받고, 마지막에는 기적적으로 건강해진다는 얘기."

"멍청한 소리, 독지가를 만날 기회는 벼락에 맞을 확률보다 낮을걸." 이슈마일이 말했다.

셋은 훈련센터로 돌아왔다.

그들의 눈은 저마다 반짝였다가 다시 어두워졌다. 철망 울타리가 두 개의 세계를 갈라놓았고, 아무도 자신이 조금 전에 목격한 것 전부를 말하려 들지 않았다.

이층 건물의 경사진 적갈색 지붕, 베이지색 벽과 네모난 유리창, 진흙이 쌓인 조용한 수영장, 지금이라도 끼익끼익 소리를 낼 것 같은 휠체어. 축 늘어진 초록색 인형이 잔잔한 웃음을 떠올린 채 활짝 열린 눈으로 죽음을 응시하듯 먼 곳을 바라본다. 셰리스 아주머니는 휠체어 옆에 앉아 있었다. 손톱이 몹시 길었지만 깎을 생각도 없는 것 같았다. 검은 얼굴에 긴 곱슬머리. 눈빛은 퀭하고 미동조차 없다. 화장은 했지만 입술은 꼭 핏빛이다. 제법 화려한 흰색 바탕에 빨간 물방울무늬 옷은 새것인데도 오래된 느낌이 들었다. 셰리스 아주머니는 날마다 똑같은 투피스를 입고 무표정하게 인형 옆에 앉아 앞을 바라봤지만, 실은 어디도 보지 않는 것 같았다. 햇볕이 몸을 바삭하게 태워주기를 기다리는 것 같기도 하고, 아득히 먼 곳에서 올 답장을 기다리는 것 같기도 했다. 휠체어 오른쪽에 있는 작은 나무 원탁의 유리 상판에 풀꽃과 새와 동물이 그려진 흰 냅킨이 깔리고, 코코넛비스킷과 카사바 빵, 종이팩에 든 사과주스가 놓여 있었다.

숨막히는 한낮의 더위가 자욱이 떠다녔고, 숲의 진흙은 두툼한 혓바닥처럼 부드러웠다. 나무 사이로 맑은 볕이 흘러들었다. 셰리

스 아주머니의 모습은 보이지 않았다. 셋은 다시 울타리를 넘기로
했다.

이슈마일이 휠체어 옆으로 가 초록색 인형을 손가락으로 찔렀
다. 고불고불한 머리카락을 만지작거리고, 오른손으로 인형의 가
느다란 목을 움켜쥐고 흔들었다. 앤더가 두 손으로 휠체어 손잡이
를 쥐고 앞뒤로 움직이자 휠체어가 끼익끼익 소리를 냈다. 슈리는
당장이라도 셰리스 아주머니가 막대기를 들고 튀어나올 것 같아
긴장한 눈빛으로 주위를 살폈다. 앤더가 손을 뻗어 인형을 잡아채
려 했다. 이슈마일은 인형을 빼앗길세라 왼손으로 잽싸게 쥐고 오
른손으로는 계속 목을 건덩건덩 흔들어댔다. 앤더가 두 손으로 인
형 머리를 움켜쥐자 이슈마일은 다리를 틀어쥐었다. 둘은 막무가
내로 인형을 잡아당기며 한 치의 양보도 없이 고함을 질렀다.

슈리가 움찔하며 작은 소리로 중얼거렸다. "그만해."

앤더가 소리쳤다. "전부터 네가 눈에 거슬렸어, 이 인간쓰레기
야."

이슈마일이 맞받았다. "너야말로 매춘부 아들 주제에."

느닷없이 헝겊 찢어지는 소리가 들렸다.

앤더와 이슈마일이 손을 멈추고 슈리를 돌아보았다. 둘의 입이
동시에 벌어졌다.

언제 꺼냈는지 슈리가 호신용 접이칼로 인형 배를 그어 지그재
그로 칼집을 내놓았다.

"네가 한 거다." 이슈마일이 먼저 손의 힘을 풀었다.

"뭘 정색씩이나. 야, 너도 칼 집어넣어, 장난 좀 쳤을 뿐인데."

슈리가 부루퉁한 얼굴로 나이프를 집어넣었다. "미안, 일부러 그런 건 아니야."

찢어진 인형 배에서 나일론 솜이 뭉텅이로 삐져나와 있었다. 앤더와 이슈마일이 솜을 뱃속에 다시 밀어넣고 인형을 휠체어에 앉혔다.

"진짜 일부러 그런 건 아니야." 슈리가 말했다.

"셰리스 아줌마가 보면 발광하겠는데." 앤더가 말했다.

"괜찮아, 어차피 그 할머닌 진작부터 제정신이 아니라고. 알아채지도 못할걸." 이슈마일은 일부러 화제를 바꾸며 짓궂은 표정을 지었다. "봐봐, 참게다."

셋은 잔디를 지나 수영장 바닥으로 내려섰다.

참게가 수영장의 진흙 구멍으로 숨었다.

이슈마일은 미간을 찡그리고 작전을 생각했다.

앤더와 슈리는 쪼그려앉아 열심히 관찰하다가 나뭇가지로 구멍을 쑤셨다.

"잡으면 통째로 구워먹어줄 테다." 이슈마일이 말했다.

"너한테 잡히겠어?" 앤더가 말했다. "거기다 참게를 누가 먹어."

"못 잡는다고? 내가?" 이슈마일이 말했다.

"그럼 잡아보든가, 말만 하지 말고." 앤더가 말했다.

이슈마일은 분한 낯빛으로 바짝 마른 수영장 가장자리를 서성거렸다.

앤더가 무릎을 꿇고 양손으로 진흙을 헤쳐 구멍을 넓히려 했다.

"새집은 여기서 익사한 거 아니야?" 슈리가 물었다.

앤더는 손을 멈추고 슈리의 어둑한 얼굴을 바라보았다. "아마 그랬겠지."

"이상해, 갑자기 새집이 보고 싶다." 슈리가 말했다. "새집 목소리 기억해?"

"알았다!" 이슈마일이 제 머리를 두드리고 내처 앤더와 슈리의 어깨를 때렸다. "오줌 누자, 얘들아."

앤더와 슈리가 의아한 눈빛으로 이슈마일을 바라보았다.

"물 공격이야." 이슈마일이 말했다.

"효과가 있을까?" 슈리가 말했다.

"해보면 알지." 이슈마일은 자신 있게 덧붙였다. "셋이 단체로 구멍에 오줌을 누는 거야, 그럼 못 배기고 나올걸."

앤더는 썩 내키지 않는 기색이었다. "오줌? 다같이? 그건 좀 싫은데."

"나도 싫어. 나오지도 않고." 슈리가 말했다.

"찌질이들. 기껏 친구 대접해줬더니." 이슈마일이 말했다.

"소용없을걸." 앤더가 말했다.

이슈마일이 보란듯이 바지를 내리고 구멍을 겨눠 오줌을 누기 시작했다.

앤더와 슈리는 잠시 얼굴을 마주보고는 일어서서 주섬주섬 바지를 내렸지만 둘 다 아무래도 오줌이 나오지 않았다.

"너 털 났네?" 앤더가 말했다.

"이 몸은 어른이거든." 이슈마일이 약간 거들먹거리며 오른손으로 음경을 건들건들 해 보였다. "돈 벌면 여자 사러 갈 거야. 여자를 사지 않으면 진짜 남자가 못 되니까."

앤더와 슈리는 바지를 올리고, 이슈마일의 오줌이 구멍으로 흘러들어가는 것을 바라보았다.

구멍 입구의 진흙이 무너져 흉터 같은 작은 물구덩이가 생겼다.

"이놈들, 또 여기서 뭐하는 거야!" 셰리스 아주머니의 목소리가 멀리서부터 다가왔다.

앤더와 슈리는 냅다 뛰어 울타리를 넘었다.

이슈마일은 뻣뻣이 선 채 도망가야 하나 잠시 고민했지만 결국 오줌을 마저 누기로 했다. 그는 짐짓 콧노래를 흥얼거렸다.

무서울 게 뭐 있어, 난 이제 어른인데. 거기에 털도 났겠다.

셰리스 아주머니가 어느새 옆에 와 이슈마일을 노려보고 있었다. "내가 벌써 몇 번이나 경고했을 텐데?"

이슈마일은 아랑곳 않고 턱을 쳐들고서 유유히 오줌을 눴다.

셰리스 아주머니가 막대기를 단단히 틀어쥔 채 이슈마일이 볼

일을 마치기를 기다렸다.

이슈마일이 셰리스 아주머니를 향해 음경을 건들건들 해 보였다.

"엄마 부르면서 울 때까지 어디 맞아봐라." 셰리스 아주머니가 막대기를 쳐들어 이슈마일의 엉덩이를 호되게 때렸다.

이슈마일은 꿈쩍 않고 버텼지만, 몇 대 맞고 나더니 갑자기 얼굴빛을 바꾸어 셰리스 아주머니를 들이받았다.

셰리스 아주머니가 비명을 지르며 쓰러졌다.

이슈마일은 성난 눈빛으로 셰리스 아주머니를 노려보고, 막대기를 집으며 내뱉었다.

"새집이 자살하는 것도 무리는 아니네."

"누가 자살해?" 셰리스 아주머니가 눈을 부릅뜨고, 찢어지는 목소리로 부르짖었다. "누가 뭘 어쨌다고?"

이슈마일이 막대기를 쳐들었다.

셰리스 아주머니가 힘없이 고개를 떨어뜨리고 입술을 깨물었다. 멍한 눈에 눈물이 가득 고이더니 조금 전 이슈마일이 오줌을 누다 만 곳에 얼굴을 묻으며 엎드러졌다. "아니야, 누가 죽어, 거짓말, 거짓말이야……"

이슈마일은 막대기를 바닥에 던지고, 철망 울타리 너머 슈리와 앤더를 향해 달렸다.

셰리스 아주머니에게 앙심을 품은 이슈마일은 조만간 톡톡히

되갚아주겠노라 큰소리쳤다.

앤더와 슈리는 속이 탔다. 셰리스 아주머니가 집으로 찾아와 고자질하지나 않을까. 뭔가 기발한 보복을 당하는 게 아닐까. 둘은 여느 때 없이 과격한 연습으로 체력을 소모시킴으로써 마음속의 두려움을 몰아냈다. 이즈음 셰리스 아주머니는 통 보이지 않았고 새집을 화제에 올리는 일도 없었지만, 정경은 수시로 눈앞에 되살아났다. 빽빽한 바나나밭, 진흙이 쌓인 수영장, 초록색 인형, 회전을 멈춘 휠체어, 바닥에 나뒹구는 썩은 망고, 미친 사람처럼 비명을 질러대는 셰리스 아주머니. 영상은 떴다 가라앉았다 하는 사이 차츰 기이한 인력을 지니게 되었다. 초록색 인형은 목이 꺾인 채 웃는지 우는지 모를 얼굴로, 앙상한 손을 들어올리며 분명치 않은 목소리로 "같이 놀자"라며 그들을 불렀다.

앤더는 새집이 죽은 사실을 인정하고 싶지 않았다. 십중팔구 뜬소문일 거라 생각했다. 슈리는 새집이 죽었다고 믿었지만 이런 생각도 들었다. 정말 자살일까? 손발을 자유로이 움직이지 못하는 사람이 자살할 수 있을까? 셰리스 아주머니가 새집을 수영장에 밀어뜨린 게 아닐까? 이슈마일은 조바심을 애써 감추고 상황을 외면한 채, 가슴속의 미혹을 모조리 반항심으로 바꾸었다. 때로 셰리스 아주머니를 흠씬 때려주고 싶은 충동이 일었지만, 그건 너무 유치한 방법일 터였다. 그는 자신이 이미 어른이고, 그러려고 들면 셰리스 아주머니를 범할 수도 있다고 생각했다. 그렇다, 이슈마일은 어른 남자의 눈으로 무엇이든 헤아리고 우롱하고 비웃는 법을, 혹은 전리품으로 삼는 법을 배워야 할 것이다. 이제 그는 어린아이가 아니었다. 상대가 누구건 어린애 취급은 사절이다. 그는 그녀를 철저히 욕보이고 싶었다. 검고 늙고 추한 그 여자가 헉헉 소리를 내며 그곳을 흠뻑 적시게 만들어주고 싶었다. 물론 다 허세일 뿐이고, 자신에게 그런 배짱은 없다는 것도 알고 있었지만.

셋은 저마다 다른 기분을 안고 철망 울타리 뒤에 서서 추측과 깊은 켕김이 드러난 눈동자로 수영장을 바라보았다. 그들은 서로 털어놓지 않았다. 가슴속의 두려움을 내보이기 싫어서 암묵적인 양해하에, 자신들이 몇 번이나 셰리스 아주머니네 뒤뜰에 숨어 저 미동도 않는 초록색 인형을 지켜봤던 일을 함구했다.

며칠 동안 내린 비로 초록 잎은 씻기고, 방치됐던 수영장에도 다시 물이 가득찼다.

"너 여기서 뭐해?" 앤더가 말했다.

슈리가 흠칫했다. "아무것도 안 해."

앤더가 눈을 반짝이며 슈리를 쳐다보고 어색한 미소를 지었다. 자신도 그리 떳떳한 입장은 아니었다.

"근데 왜 여기 있어?"

슈리가 입을 내밀고 눈을 내리깔았다.

앤더는 고개를 돌려 짐짓 슈리를 무시했다.

둘의 시선은 서늘한 여름 바람과 함께 철망 울타리를 넘어 셰리스 아주머니의 뒤뜰로 향했고, 나란히 있지만 먼 곳을 바라보는 그들의 모습은 차츰 나무 그늘에 녹아들어 마지막에는 깜박거리는 두 쌍의 눈동자만 남았다.

시간은 정지하고, 버려진 두 사람은 갈비뼈 밑에서 묵직하게 울리는 고동에 귀를 기울였다.

갑자기 두 개의 손이 앤더와 슈리의 어깨를 눌렀다. "뭐야, 둘이 몰래 왔냐? 벌써 들켰거든."

"여긴 뭐 놀러오면 안 되는 데야?" 앤더가 말했다.

"너도 왔잖아." 슈리가 말했다.

"난 달라, 복수하러 왔다고." 이슈마일이 턱을 쳐들고 말했다.

"셰리스 아주머니한테 또 맞게 생겼네." 앤더가 불길한 소리를 뱉었다.

"걱정 마시지, 난 '자메이카의 번개'보다 발이 빠르거든." 이슈마일이 말했다. "코앞에서 맞닥뜨려도 안 무서워."

"괜한 짓은 이제 그만둬." 슈리가 미간을 찡그렸다.

"무슨 걱정씩이나? 이 몸은 벌써 몇 번이나 왔다 갔는데." 이슈마일이 발끈해서 말했다. "해질녘이면 휠체어 옆 테이블에 진수성찬이 차려지거든. 코코넛비스킷, 카사바 빵, 애플파이, 사모사. 초콜릿우유가 나오는 날도 있어. 니들도 어차피 그거 노리고 왔잖아?"

"아니야." 슈리가 말했다.

"우리가 넌 줄 알아?" 앤더가 말했다. "쥐똥이라도 섞였으면 어쩔래? 세리스 아주머니가 너 잡으려고."

"쥐똥 같은 소리 한다." 이슈마일이 불만스러운 표정으로 말했다. "봐봐, 인형 옆에 또 한 상 차려놨는데?"

앤더와 슈리도 테이블에 카사바 빵과 코코넛 빵, 럼주를 넣은 케이크가 차려진 것을 일찌감치 알아차리고 있었다.

이슈마일이 울타리를 뛰어넘었다. "빨리 와!"

앤더와 슈리는 얼굴을 마주보고 조금 머뭇거렸다.

"내가 다 먹는다." 이슈마일이 말했다. "그 아줌마가 분해서 뒷목 잡게 만들어줄 거야."

앤더는 겁쟁이란 소리를 듣고 싶지 않아 마침내 울타리를 넘었다.

슈리도 조심스럽게 뒤를 따랐다.

이슈마일이 손을 뻗어 초록색 인형을 꾹 누르고 메롱을 한 번 해 보이고는 카카오맛 카사바 빵을 집어 잔디에 앉아 먹기 시작했다. 앤더도 질세라 코코넛 빵을 빨리 먹기 선수 같은 기세로 입속에 밀어넣었다. 슈리는 앤더 옆에 앉아 조심스럽게 케이크 냄새를 맡았다. 셋은 얼굴을 들고, 아직 쨍쨍한 해가 서쪽 하늘을 심장처럼 붉게 물들이며 기울어가는 광경을 바라보았다.

"새집 보고 싶다." 앤더가 말했다. "왜지?"

"새집은 정말 죽었나봐." 슈리가 낙담한 듯 입꼬리를 내렸다.

"우리가 새집을 버린 게 아니라 새집이 우리를 버린 것 같아."

"죽었으면 그냥 죽은 거지 뭐." 이슈마일이 입을 커다랗게 벌려 남은 카사바 빵을 밀어넣고 종이봉투를 뭉쳐 바나나밭 쪽으로 던졌다. "목마르다, 오늘은 주스 없나?"

"이상하지 않아?" 슈리가 말했다. "왜 여기 간식이 놓여 있을까?"

"뭐가 이상해, 셰리스 아주머니의 애프터눈 티지." 이슈마일이 말했다. "아님 뭐야? 괜히 그 몸매가 됐겠나?"

"그만 가자." 앤더가 말했다.

이슈마일이 먼저 일어나 수영장 옆에 쭈그려앉아 손으로 물을 떠마셨다.

앤더와 슈리도 똑같이 했다.

"가자." 이슈마일이 말했다. "오늘은 무사히 임무 완료."

이슈마일과 앤더가 먼저 울타리를 넘었다.

슈리는 가지가 휘도록 열린 슈거애플나무 밑으로 가 열매를 몇 개 따려고 손을 뻗었다. 산들바람이 뭔가의 냄새를 실어왔다. 잘 익은 과일 냄새는 아니다. 땀과 체취가 섞인 짙은 향수 냄새다. 그렇다, 슈리는 이 냄새를 기억한다. 고개를 돌린 순간 슈리는 자신이 엄청난 짓을 저질렀다는 걸 알았다. 셰리스 아주머니는 뒤뜰에 없었지만 슈리는 확실히 그녀를 보았다. 셰리스 아주머니는 흰 바탕에 빨간 물방울무늬 투피스를 입고 유리창 뒤에 서 있었다. 검은 살결이 그새 더 검어진 것 같았다. 셰리스 아주머니는 욕설을 퍼붓지도 않았고, 윽박지르지도 않았으며, 막대기를 들고 뛰어나오지도 않았다. 그저 집안에 서서 그들을 보고 있었다. 그들의 일거수일투족을 지켜보고 있었다. 멍한 그 얼굴은 몹시 슬퍼 보였지만, 그러면서도 흡족한 듯 젖은 눈동자를 깜박이고 있었다.

슈리는 셰리스 아주머니를 바라보고 셰리스 아주머니는 슈리를 바라보았다.

이렇게 서로 바라보면서 자신의 죄에서 도망치려는 사람은 없다.

누구에게도 죄는 없다.

슈리는 셰리스 아주머니의 눈빛에 어째서 이토록 형용할 수 없는 생각이 가득한지 알 수 없었다. 그것은 넉넉히 흘러넘치는 사랑과 비슷한, 거의 자애에 가까운 감정이었다. 그는 자신이 벌을 받아야 한다고 생각했다.

"너 뭐해, 빨리 안 오고." 이슈마일이 말했다.

슈리는 슈거애플 열매를 주머니에 넣고, 돌아서서 울타리를 넘어 달렸다.

이슈마일과 앤더가 개선군처럼 숲 사이를 누비며 걸었다.

떠나기 전에 슈리는 다시 돌아보았다. 시선은 철망 울타리를 뚫고, 초록색 인형을 뚫고, 석양에 붉게 물든 유리창을 뚫고, 셰리스 아주머니가 눈물을 흘리며 잔잔히 미소 짓는 모습을 눈에 담았다.

오이카와 아카네

    2022년 6월 현재 대만과 외교 관계를 유지하는 나라는 14개국
으로, 카리브해의 섬나라 세인트루시아도 그중 하나다. 1979년에
영국 자치령으로부터 독립한 세인트루시아는 아와지섬과 거의 같
은 620제곱킬로미터의 면적에 인구는 18만 3천 명 정도다(외무성
자료). 작품 속에는 수도 캐스트리스의 풍경이 묘사된다. 1992년
노벨문학상을 수상한 극작가이자 시인인 데릭 월컷(1930~2017)
을 배출한 섬이기도 하다.

    세인트루시아와 대만의 관계에는 복잡한 경위가 있다. 1984년
5월 외교 관계를 수립했으나 1997년 8월 세인트루시아의 정권 교
체 후 단교되었다. 2007년 4월 외교 관계가 복원되어 현재에 이
른다.

1971년 유엔이 중화인민공화국을 유일한 대표로 승인한 이래 대만과 수교를 유지하는 국가는 계속 감소하고 있다. 2016년 차이잉원 정권 이후만 보더라도 상투메프린시페, 파나마, 도미니카, 브루키나파소, 엘살바도르, 솔로몬제도, 키리바시, 니카라과 등 단교가 잇달았다. 또한 2003년 사스SARS 유행을 거쳐 2009년부터 2016년까지 대만은 세계보건기구WHO 총회에 옵서버로 참가했으나 2017년 이래 참가가 인정되지 않아, 코로나19 사태가 이어지는 2022년까지도 출석하지 못하는 상황이 대만 사회에 위기감을 몰고 왔다. 국제 사회에서 대만이 차지하는 위치는 세계 규모의 재해나 위기가 있을 때마다 중대한 문제로 떠올라, 차이잉원 정권은 '신남방 정책'을 내걸고 아세안ASEAN과 남아시아 여러 나라, 오스트레일리아, 뉴질랜드 등과 관계를 강화하고 있다.

이런 정세 외에도 세인트루시아가 작품의 무대가 된 데는 이곳에서 자원봉사자로 활동한 렌밍웨이 자신의 경험이 영향을 주었을 것이다. 반관반민 재단법인 국제합작 발전기금회를 통해 각국에 자원봉사자를 파견하는 일은 작품 속 슈리의 아버지가 속한 농업기술단에서 시작됐지만, 현재는 다양한 분야로 확대되었다. 참고로 렌밍웨이는 탁구 코치로 부임해 이슈마일이나 앤더 같은 어린 학생에게 탁구를 가르쳤다. '새집'이라 옮긴 소년의 이름은 원문에서는 한자를 달리 쓴 '새집鳥巢'이다. 작가의 말로는 '巢'라는 한자는 나무 위의 둥지에 있는 새끼 새 세 마리를 본뜬 글자라고 한다. 마치 슈리, 이슈마일, 앤더 세 소년의 모습을 포갠 듯하다. 인간의 몸은 둥지와 같아, 따뜻한 보금자리인 동시에 정신의 어두운 동굴이기도 하다. 휠체어생활을 하는 소년 '새집'이 '줄곧 안에 숨어 있었던' 것처럼, 세인트루시아에서 학교생활을 하게 된 슈리는 노란 피부를 지닌 자신의 몸속에 틀어박히는 시기를 겪었다.

각각 일본과 영국의 식민지로 근대화를 경험한 대만과 세인트루시아는 내부에 균열을 품은 채 새로운 공생의 역사로 발걸음을 내딛고 있다.

절연

정세랑

정세랑

1984년 서울에서 태어났다. 2010년 『판타스틱』에 「드림, 드림, 드림」을 발표하며 작품활동을 시작했다. 2013년 『이만큼 가까이』로 창비장편소설상을, 2017년 『피프티 피플』로 한국일보문학상을 받았다. 소설집 『옥상에서 만나요』 『목소리를 드릴게요』 『아라의 소설』 장편소설 『덧니가 보고 싶어』 『지구에서 한아뿐』 『재인, 재욱, 재훈』 『보건교사 안은영』 『시선으로부터,』 산문집 『지구인만큼 지구를 사랑할 순 없어』가 있다.

가은은 텅 빈 극장의 좌석들이 분말 소독약으로 덮여 있는 꿈을 꾼 적이 있다. 걷다가 극장에 들어가 흰 가루 위에 앉아 영화를 보았는데 화면은 이어질 듯 이어지지 않았다. 꿈속에서도 작게 웃으며 이건 꿈일 뿐이라고 생각했다. 모조리 끝나버렸다면 소독은 누가 했고 영사기는 누가 틀고 있는 것인가. 앞뒤가 맞지 않았던 것이다. 그러나 바로 그다음 해에 꿈과 닮은 세상이 와버렸으므로 내용을 잊지 못하고 기억하게 되었다.

　일어나지 않을 것 같은 일이 일어났을 때, 일어날 만한 일이 일어난 것처럼 받아들이는 데는 능하다고 여겼었다. 그런데 일어나지 않을 거라 믿었던 일을 저지르는 주체가 자신이 되었을 때는 도저히 어쩔 수 없이 동요하고 말았다. 십팔 년을 만나오던 선정

과 형우를 더 만나지 않기로 한 것이다. 반생의 느슨한 인연, 중년
을 지나 노년에도 이어질 거라 믿었던 관계를 스스로 끊게 될 거
라고는 상상도 하지 못했다. 삶에서 미끄러져버렸다고 생각했다.
싱크가 맞지 않는 것처럼 유리되어버렸고 다시는 제자리로 맞추
지 못할 거라고.

"너는 가혹해."

선정이 말했을 때, 그런 말을 들어 싸다고 중얼거렸다. 입안으
로? 입밖으로? 그 부분은 정확하지 않다.

가은이 선정과 형우의 집에 적어도 격주에 한 번씩 갔던 것은
일하고 있는 외주 제작사 근처였기 때문이다. 회사는 상암동에서
도 오기 쉽고 강남에서도 오기 쉽도록 어정쩡한 가운데쯤 있었는
데 사실 어느 쪽에서든 애매하게 멀었고 가파른 언덕에 있어 체력
이 좋지 않은 사람들을 시험에 들게 했다. 늘 앉아 있는 직업이니
출퇴근길에서나 많이 걸을 셈으로 다녔는데, 선정과 형우의 집은
가장 가까운 전철역을 끼고 선 아파트였기에 자연스레 자주 들르
게 되었다. 모여서 무엇을 했느냐면 별로 대단한 것은 아니고 주
로 떡볶이를 먹었다.

"떡볶이에 마늘을 넣으면 미묘한 맛이 다 사라지고 마늘맛밖에
안 나. 나는 고추장도 거부해. 고춧가루 순수주의자야."

형우는 떡볶이를 먹을 때마다 강조했다. 아래위 학번 안에 정말
로 방송계에 진입해 계속 업으로 삼은 이는 몇 되지 않아 서로 만

나는 것은 가은과 형우 정도였다. 회사는 가은이 입사했을 때는 영화사였다가 곧 방송 영상물도 맡게 되었고, 연출부에서 일을 시작한 가은은 현장 편집에서 두각을 드러내다 편집 보조를 거쳐 편집자가 되었다. 몇 년 전에는 영상 편집 회사를 계열사로 독립시켜 기업 이벤트 촬영본이나 개인 방송용 영상도 작업하기로 했는데, 그렇게 생기지 않은 사람들이 보기보다 돈의 흐름을 신속히 쫓아왔다고 할 수 있었다. 소속이 바뀌면 바뀌는 대로 가은도 흘러 흘러 왔다. 회사는 선호하는 편집자를 지목할 수 있는 시스템이었고, 이상할 정도로 내외부의 예능 프로그램 쪽에 줄지목을 받은 것은 특이하다면 특이했다. 유난히 재밌는 사람이 아닌데 희한한 일이었다. 뉘앙스와 밸런스가 좋다는 게 일관된 평이었다. 훨씬 웃긴 자막을 썼던 편집자들이 여러 사고를 일으킨 바 있어서 대조적으로 안전한 느낌을 준 게 아닐까 싶었다. 사고 없이 손이 빨랐다. 그 정도만 해도 실력에 대한 소문에 거품이 꼈다. 없는 맥락도 만들어서 붙여준다는 둥, 귀신같이 몇 컷을 옮겼더니 에피소드가 살았다는 둥, 예고편까지 믿고 맡길 수 있다는 둥, 현장 분위기가 나빠 망했다고 포기한 편도 터뜨린다는 둥…… 왜 치켜세워주는지는 모르겠는데 그렇게 생긴 거품을 굳이 꺼뜨릴 필요는 없을 것 같아 그대로 구르게 두었다. 어두운 편집실에 앉아, 정말로 자신의 소유인지 아닌지 모를 좋고 나쁜 소문을 굳이 제어하지 않은 것이다. 가은의 경력이 휘고 부풀며 굴러오는 동안, 형우는 지

상파 방송사에서 다큐멘터리 프로그램들을 만들다 방송 아카데미 쪽에 안착하게 되었다. 언제나 안온하고 만족스러운 얼굴을 하고 있어, 그 모든 과정이 의지에 부합했는지 어떤 떠밀림이 있었는지 가은으로서는 알기 어려웠다. 애초에 안쪽에 들어가본 적 없는 외주자였던 가은이 짐작할 수 있을 리 없었다. 선정은 일찌감치 전혀 다른 분야의 사무직으로 취업했다가 마흔 가까이 아이를 낳고 일을 그만두었다. 형우와 선정의 딸 지아는 장단 맞추기 힘들 때도 귀여운 아이라 가은은 늦은 밤에 찾아가 지아가 잠들어 있을 때면 아쉽기까지 했다.

"아이를 낳아. 너무 좋아. 세상에 의지가 생겨."

선정은 곧잘 가은에게 권했고, 가은은 그때마다 대답했다.

"언니, 난 안 될 것 같아."

가은은 솔직하게 말할 수 없었다. 여동생이 지난달에도 좋지 않은 상태를 맞닥뜨렸었다고. 집안의 길고 긴 내력의 질환이 동생을 삼킨 게 슬픈 건지, 낳지 않은 아이가 지그재그로 끈질기게 이어지는 기질을 이어받을까 두려운 건지 모르겠다고. 비추듯 토로한 적은 있는데 잘 전해지지 않았다. 사람들은 자신이 살아보지 않은 삶을 거의 이해하지 못한다는 걸 알면서도 이해받고 싶었다.

"지난번에는 가영이가 어릴 때 집에 불이 났는데 부모님도 나도 자기만 두고 나가버렸다는 거야."

"그런 일이 있었어?"

"아니, 전혀 없었어. 그애가 아니라 병이 말하고 있다는 걸 알면서도 섭섭해져버려서. 우리 진짜 가까운 자매였거든. 근데 이제 아주 멀어. 나한테 아무 이야기도 하고 싶어하지 않고, 겨우 이야기할 때는 기억이 어긋나."

사정을 부스러기처럼 조금씩 털어놓아도, 그다음번에 만나면 선정은 또 아이를 낳으라고 독촉했다. 가은은 진지하게 반응하다가, 그러기 귀찮을 때는 느슨할 대로 느슨한 주말부부라 님을 봐야 애를 만들든지 말든지 할 거라며 웃어넘겼다. 형우는 가끔 선정을 말리기도 하고 지아의 귀여운 일화를 곁들이기도 했다.

"하지만 내가 궁극적으로 하고 싶은 건…… 로그아웃이야."

가은은 좀 취해서 말한 적이 있다.

"로그아웃?"

"인터넷 포털 뉴스에 재난 대피민 기사가 있었거든. 거기 어떤 여자가 찍혀 있었는데 화제가 된 거야. 이 커뮤니티 저 커뮤니티로 옮겨져 진짜 입에 담기도 싫은 댓글들이……"

"그런 걸 대체 왜 찾아보니?"

형우가 찌푸리며 핀잔을 주었다.

"오빠, 내가 보려고 본 게 아니야. 안 보려고 해도 보여."

"아예 안 켜면 안 보이지."

가은은 형우가 인터넷을 별로 하지 않는 사람이라 징그럽게 늙지 않았다고 생각했다.

"그래서, 그게 뭐?"

"어제오늘 일이 아니고 더 심한 일들도 많은데, 넘쳐버렸어. 안쪽의 그릇 같은 게. 수용 한계를 벗어나버려서…… 세상에서 로그아웃해야겠다고 마음먹었어."

가은의 말에 선정이 정색을 했다.

"너 나쁜 생각 하는 거 아냐?"

"아니. 자살은 되도록 안 할 건데, 대신 죽을 때 아주 개운할 거라고. 나는 로그아웃한다, 이 더러움에서."

선정과 형우가 더럽지, 더러워 하고 호응을 해주었다.

"결벽성을 좀 버려야 밀고 나갈 수 있어. 지겨운 날도 있지만 그래도 난 늘 나아진다고 믿는데. 우리 때보다 지금이 낫고, 지금보다 지아가 살아갈 날들이 나을 거야."

그 말에서 묻어나는 선정의 건강함이, 지아의 건강함이 부러웠다. 동시에 가은은 그 건강함이 자신에게 없다는 것 또한 확실히 인식했다. 세상을 괴로워하는 기질에 대해 매일 되새기는 나날이었다.

"나는 나를 끌고 사는 것만으로도 아슬아슬하고 지쳐서, 완벽하게 로그아웃할 거야. 그래서 아기들 좋아해도 안 낳는 거야. 아이가 있으면 로그아웃이 아니지. 약간 남는 거지. 지아 같은 애들을 예뻐해주다가 슬쩍 사라지는 이모 정도가 내 최선이야."

가은은 그렇게 말했고, 말한 것을 실천하듯 문이 두 개뿐인 차를 샀다. 뒤에 아무도 태우지 않을 사람들의 차였다. 그러고도 두 사람의 집을 방문할 때면 대화가 맴돌 것을 알았다. 맴도는 것을 맴돌게 두고 젊음이 흘러가는 걸 방관하는 게 좋았다. 취하면 거실에 깔아주는 메모리폼 토퍼에서 자고 오기도 했다. 아침에 선정과 함께 지아를 유치원에 데려다주고 선정의 옷을 빌려입고 출근하며 그런 날들이 이어질 줄 알았다.

가은이 선정과 형우를 좋아한 것은 두 사람이 가은의 구조자였기 때문이다. 이제는 전생처럼 느껴지는 이십대 초반에, 가은은 나쁜 관계 속에 있었고 아무도 가은을 보호해주지 않았다. 당시 남자친구는 그린 듯한 미디어학과의 알파 메일이었다. 가르마가 보이지 않을 정도로 숱 많은, 목탄처럼 검은 머리와 눈썹이 인상적이었는데 186센티미터의 키 덕에 가르마를 보기도 쉽지가 않았다. 키가 큰 미남에게 세상은 얼마나 친절한지, 교수님들과 선배들의 사랑과 기대를 독차지했다. 유명한 아나운서 삼촌이 있어 특강을 온 적도 있었다. 모두 그를 너무나 사랑한 나머지 그가 가은을 때리고 있다는 걸 몰랐다. 혹은 보고도 모르는 척했다. 가은은 말하고 싶은 의지도 없었다. 그저 기회를 봐 벗어나는 것만이 목표였다. 폭행보다도 견디기 힘든 것은 이간질이었다. 알고 했는지 모르고 했는지 몰라도 가은이 누군가와 조금이라도 가까워지려고 하면 가은이 하지도 않은 말을 했다고 하거나 했던 말을 교묘히 비틀어 전해 사이를 벌렸다. 가은이 없는 자리에서 가은의 불안정함을 과장했다. 그 나이에는 불안정하지 않은 사람이 오히려 드물 텐데, 병적인 상태인 것처럼 묘사했다. 가은은 가족력을 곱씹으며 남자친구의 말을 그대로 믿어버리는 날이 잦았고 결국 별수없이 고립되었다. 십수 년이 지나고도 그가 그 모든 걸 의도적으로 한 건지 본능적으로 했는지 헷갈렸다. 어쩌면 의도와 본능이 하나였을지도 모른다.

훤칠한, 활기찬, 촉망받는, 중요한 일들을 맡은 그에게 선정과 형우가 맞섰을 때도 가은은 그 자리에 없었다. 늦은 새벽의 술자리였고 가은 이야기가 나왔을 때 습관적인 비하를 하던 남자친구에게 두 선배가 고개를 저었다고 했다. 너는 가은이를 그렇게 대하면 안 돼, 네가 가은이를 해치고 있단 걸 알아…… 물론 남자친구는 크게 화를 내며 부정했고, 그 자리의 대화는 별로 친하지 않았던 동기를 통해 가은에게 전해졌다. 대체 그 이야기를 왜 전해준 것일까? 미묘한 전달이었던 건 덮어두고, 가은은 자신이 없는 자리에서 자신의 편을 들어준 선배 커플을 좋아하게 되었다. 실제로 친해지게 된 것은 졸업 이후였지만, 자주 속으로 둘의 말을 되풀이했다. 나를 그렇게 대하면 안 돼. 넌 나를 해치고 있어. 선정과 형우의 말을 되풀이하며 가은은 스스로를 구할 수 있었다. 남자친구가 끝끝내 방송계에 안착하지 못했던 것과, 그의 유명한 삼촌이 정계에 진출했다 추문에만 연달아 휘말려 활동을 중지한 것도 기묘한 보상이 되었다. 그가 그 모든 좋은 조건을 가지고도 진입하지 못했던 세계에 얼떨결에 진입해 가장자리에서라도 버티고 있는 자신이 신기했다. 연출부 삼 년에 편집 조수 오 년을 독기로 버틴 걸지도 몰랐다. 알파에서 멀고 먼 사람만이 몸속에 품고도 이겨낼 수 있는 독기로.

그랬으므로 방송 아카데미에 역시 같은 과 출신인 윤찬이 강사 자리를 얻었다는 소식에, 가은은 즉각적으로 형우를 걱정했다. 형우가 어렵고 성실한 길을 걸어 다다른 자리에 윤찬 같은 인물이 얼쩡거리게 되다니 얼마나 속상할지 애가 탔다. 형우의 동기였던 윤찬은 가은의 전 남자친구와 친했던 사이기도 했다. 학생일 때는 큰 두각을 드러내지 않은 조용한 인물이었다가 한 잡지에서 대중문화 평론가로 데뷔하며 "아, 걔가 누구였지?" 하고 모두를 갸웃하게 만들었다. 사실 여자들은 다 그가 누군지 알고 있었다. 학번별로 한 명씩 윤찬과 사귀었으니까. 희고 부드러운 얼굴, 잘 다려 입은 옷이 눈에 띄지 않는 듯 눈에 띄었다. 학기가 바뀌어 과제를 함께할 때 여자친구도 항상 바뀌어 있었다. 그 정도의 인상이었다. 그런 그가 시청자 의견 프로그램에서 시작하여 시사 프로그램과 교양 예능 프로그램의 패널 자리까지 꿰찬 것은 의외였고, 프리랜서 방송 스태프들에게 연달아 부적절한 접근을 했다는 고발이 들려왔던 작년에는 작지 않은 충격을 받았다.

"애매하게 유명해서 애매하게 끝났네."

"가끔 얼마나 나쁜 새끼인지가 아니라 얼마나 유명한 새끼인지가 문제인 것 같아 이상할 때가 있어."

편집실에 들르는 사람들은 윤찬에 대해 이야기하며 징그러워했다. 소문은 어두운 방, 나에게 와서 고이지, 하고 가은은 쓰게 웃었다. 그러고 한참을 잊고 있다가 그 박윤찬이 아카데미에 합류했다는 어이없는 소식을 들은 것이다. 형우를 보자마자 위로하고 싶었다.

"어떤 썩을놈이 그 자식을 갖다 꽂은 거야? 아주 힘있는 새긴가봐?"

분명 위로를 위한 발화였는데, 형우와 선정의 얼굴이 굳는 것을 보고 어쩔해지고 말았다.

형우였다. 형우가 윤찬에게 굳이 강사 자리를 주었다. 훨씬 경력이 오래되고, 평가가 좋고, 아무 문제 사유 없는 후보자들을 제치고 다른 관련인들을 어렵게 설득하면서까지. 형우는 그런 결정을 하면서 분명 선정과 깊이 상의했을 것이었다. 가은은 구조자들이 어느 밤에 나누었을 그 대화를 전혀 그릴 수 없었고, 준비되지 않은 채로 상황을 이어가야 했다.

"왜? 둘이 그렇게 친했어?"

미처 여과하지 못하고 묻자 형우는 불쾌해했다.

"친한 거랑 관계없고, 친하지도 않았어."

"주울 쓰레기가 따로 있지, 대체 왜 그런 인간을? 나는 어느 꼰대가 고집 피워서 일이 이렇게 된 줄 알았네. 근데 오빠가 한 거였어?"

목소리는 점점 높아졌고, 감정이 실리고 말았다.

"선정이랑도 이야기했는데…… 사적인 문제로 공적인 대가를 치르는 건 부당해. 나는 그 부당함에 대해 제대로 이야기할 때가 왔다고 생각해."

형우의 눈썹에 힘이 들어가는 게 보였다. 일그러뜨리지 않기 위해 힘을 주고 있었다.

"여섯 명을 건드렸는데 어디가 부당해? 여섯 명이라고."

한 명도 두 명도 서너 명도 아닌 여섯 명이었다. 가은은 자신이 숫자를 잘못 알고 있나 멍해졌다.

"건드린 거니? 추행도 강간도 아닌데 그게 왜 건드린 거니?"

이번에는 선정이 형우 대신 대답했다.

"어떻게 다시 읽어도 동의해서 가진 관계였어. 성인 여성에게 자기 결정 능력이 그렇게까지 없다고 간주하는 것도 반여성적이야. 여자들은 나약하지 않아. 특수한 상황이 아닌 한 조종한다고 그대로 조종당하지 않는다고. 게다가 그 방송계 여자들이? 난 아니라고 봐."

선정은 가은의 태도를 예상한 것처럼 차분하게 이야기했다. 선정의 머리 뒤로 꽂혀 있는 여성주의 서적들이 마치 소품처럼 정확히 있어야 할 자리에 있었다.

"하지만 내 주변에선 다들 박윤찬 일이 언젠가 터질 일이었다고
들 했는데?"

가은은 혼란스러웠다. 정신없이 바쁠 때였고 누가 와서 전해주
는 이야기만 들었던 것이라 자신이 잘못 알았을 수 있겠다는 생각
이 들었다. 선정과 형우는 꼼꼼하게 알아보고 판단했다고 했다.
성인들 사이의 합의된 관계였고, 공론화될 문제가 아니었다고 말
이다.

"너도 다시 읽어봐. 아무리 봐도 어정쩡한 불륜이던데 이런 일
들까지 공개적으로 왈가왈부하면 실제 피해자들에게 더한 피해가
돼. 자기 선택이 뒤늦게 마음에 들지 않아도 상황을 흐리면 안 되
지."

선정은 확고했고, 가은은 스마트폰으로 지난해의 고발을 찾아
보려고 했지만 금방 눈에 띄진 않았다. 일단 덮어두고 다급히 다
음 의문점을 찾았다.

"동의한 관계라 해도 규칙 위반 아냐?"

"그땐 그 규칙이 없었어."

"없어도 다들 당연히 지키는……"

"없었던 규칙을 소급 적용하라고?"

"아니, 출연자와 스태프 사이가 얼마나 어려운데."

가은은 알지 못하는 여섯 명의 변호인이라도 된 것처럼 말했지

만 목소리가 떨려 나왔다.

"잘나가는 연예인이 아닌 이상, 똑같이 프리랜서일 뿐이지. 언제 잘려도 이상하지 않았던 윤찬이가 뭐 대단히 높이 서 있었나? 게다가 프로그램들 자체가 그리 오래가지도 않았어."

윤찬이 했던 프로그램들은 확실히 길게 간 것들이 없었지만 고개를 숙이고 있자 울렁임이 심해졌다. 이 사람들 누구지, 가은은 자기도 모르게 생각해버렸다. 믿고 따르던 선배들이, 갑자기 전혀 다른 존재로 교체된 것만 같았다. 이제라도 농담이라고 해줘. 심심해서 놀리려 했다고 해줘. 애원하는 눈빛은 그러나 수긍의 눈빛으로 잘못 해석된 것 같았다.

"윤찬이는 못난 놈이지. 그렇지만 범죄자는 아니야. 그런데 세상이 그애를 진짜 범죄자들이랑 섞어서 같은 취급을 하잖아. 그건 달라. 다른 건 다르다고 명확히 해야지."

형우가 '못난'에 강세를 두어 말했고 가은은 형우에게 설득될 것 같았다. 그래서 가장 빈약한 반론을 꺼냈다.

"어떻든 유부남이 그러고 다니면 안 되지. 아주 일찍 결혼한 걸로 아는데."

가은은 윤찬과 친분이 없었고 윤찬의 결혼식에 가지 않았다. 아이가 생겨 서둘러 한 결혼이었다고 뒤늦게 들었다.

"아, 네가 그걸 몰랐구나."

형우가 어른스럽게 웃었다.

"젊은 시절에 실수처럼 한 결혼이었어. 그 두 사람 사이에 남아 있는 게 없어. 형식상의 결혼일 뿐이야. 별거하면서 애들 위해 서류만 유지하고 있는 거지."

"간통죄도 혼인빙자간음죄도 폐지된 마당에…… 사람들이 왜 더 보수적이 되는지. 너라면 알잖니."

가은은 선정의 '너라면 알잖니'를 듣고도 흘렸다. 그보다 더 신경쓰이는 지점이 있었던 것이다.

"애들?"

셋이라고 했다. 첫 아이는 계획이 아니었다 치고 관계가 파탄에 가까운데 둘이나 더 낳았다고? 얼핏 들어도 개연성이 떨어지는 듯했다. 선정과 형우가 윤찬보다는 윤찬의 배우자와 아이들 생계에 마음을 쓰느라 평소의 신념들을 죄 굽혀버린 게 아닌지 의심이 되었다. 당신들 누구야, 당신들에게 대체 무슨 일이 일어났어, 하는 질문들이 되돌이쳐서 평소보다 두 시간은 일찍 자리에서 일어나고 말았다.

이 거부감은 어디서 오는 걸까, 가은은 며칠이 지나도 가시지 않는 자신의 감정이 당황스러웠다. 윤찬에 대해 느끼는 거부감보다 더 큰 거부감을 선정과 형우에게 느끼고 있다는 걸 인정하고 싶지 않았다. 의견이 다를 수 있다는 것을 받아들이지 못하는 쪽이 미성숙한 게 아닐지 괴로웠다. 정교한 사람들이라서 정교하게 고민하다가 멀리 가버린 거라면, 상대적으로 이 문제가 분명하다고 생각하는 자신은 단순한 걸까?

듣고 난 직후엔 별생각 없었는데 '너라면 알잖니'도 목에 알약이 걸렸을 때의 이물감 비슷한 걸 느끼게 했다. 선정의 암시는 가은의 결혼 직전 기묘했던 사각관계에 대한 것이었다. 지금의 배우자와 결혼하기로 했을 때, 그는 이미 타 지역 근무처에 가 있었다. 관계는 안정적으로 좋았지만 영상 매체를 그다지 즐기는 사람이 아니어서 아쉬웠다. 현대의 결혼이란 결국 한 화면을 오래 함께 보는 행위 아닌가? 가은은 그렇게 생각하는 스스로가 기울거나 비틀린 건지 혼란스러웠다. 그 틈새를 우연히 파고들었던 사람이 있었다. 업계의 모임에서 만났는데 대화가 잘 통했다. 하는 모든 말들이 서로에게 흡수되는 것만 같았다. 잠시 흔들릴 때 선정에게 상담을 했었다. 선정은 현재 배우자를 훨씬 마음에 들어했고 새로운 사람이 연락이 잘 되지 않는 시간이 있다는 점을 지적했다. 알고 보니 그에게도 진지한 관계인 상대가 있었다. 가은은 삼각관계로 알았는데 사각관계에 빠진 것이었고 조용히 원래의 상태로 돌아가는 것으로 일련의 일들은 끝이 났다.

"언니, 나도 모르게 내가 '다른 여자'가 되어 있더라. 모르면서 그런 역할로 걸어들어갈 수도 있는 일이더라."

"아무것도 흑백은 아니야, 그치?"

그런 대화를 했고 웃으며 지나간 해프닝이었다. 선정이 그때의 일을 가져와 엉뚱한 일에 붙일 줄은 몰랐다. 칠 년 전, 관계된 모두가 싱글일 때였다. 윤찬이 저지른 짓과는 한참은 멀었다. 서로 손끝도 닿지 않았다. 그저 다른 가능성을 상상했을 뿐. 어쩌면 그게 더 나빴나, 하고 중얼거리며 가은은 자신과 윤찬 사이의 거리를 재보았다. 멀다는 걸 알면서도 찝찝하고 거슬렸다.

꺼림칙한 감정에서 벗어나기 위해 윤찬에 대한 고발문들을 찾아 읽었다. 시간이 지난 폭로는 원본 글이 지워지고 복사본만 남아 있거나 일부는 아예 사라지기도 한 상태였다.

첫번째 여성은 윤찬과 2014년부터 일 년여간 교제했다고 했다. 그동안 윤찬은 이혼을 준비중이라고 말했는데 여성 쪽에서 윤찬의 아내가 둘째를 임신하고 있다는 걸 알게 되어 헤어졌다고 했다.

두번째 여성과는 2015년 한 차례 성관계를 가졌는데, 양쪽 다 술에 취한 상태였다고 했다. 두루뭉술한 동의의 과정은 있었으나 윤찬이 기혼자라는 걸 몰랐으며 성관계 이후 회피적 태도를 취한 것에 큰 상처를 받았다고 쓰여 있었다. 윤찬은 팀 전체에 기혼자라는 점을 여러 번 밝혔는데 두번째 여성이 듣지 못한 것은 자기 책임이 아니라고 주장했고, 두번째 여성은 윤찬의 주장을 신뢰할 수 없다고 했다.

윤찬이 세번째 여성, 네번째 여성과 만난 시기는 겹쳤다. 세번째 여성은 가은의 연배였고 네번째 여성은 사회 초년생이었다. 윤찬이 세번째 여성과 만나는 도중에 네번째 여성에게 접근했고, 세번째 여성이 메인 스태프들에게 항의를 한 기록이 남았다. 그러나 각자 다른 프로그램에 계약되어 있었기에 윤찬에 대한 구두 경고 이상의 처리가 있었던 것 같지는 않았다. 윤찬은 네번째 여성을 가장 오래 만났다. 스물세 살이 스물일곱 살이 될 때까지. 사십대 초반이 이십대 초반을 만나는 것은 어떻게 보아도 기괴한 일이었다. 가은은 낳지 않은 딸에게 서른 살까지 연애를 하지 말라고 설득하는 상상을 했다. 연애가 나빠서가 아니라 세계가 착취자들로 가득해서. 선정의 말이 맞았다. 이런 세계에서 사람들은 보수화된다. 그것이 즉각적인 방어책이 되기 때문이다.

다섯번째 여성은 자신에게 정신질환이 있다는 걸 밝히며 글을 시작했는데, 가은은 이 여성이 혼자였어도 증언이 받아들여졌을지 자꾸 아득해졌다. 믿어주는 사람보다 즉각적으로 공격하는 사람이 몇 배는 많지 않았을까? 고발문에는 윤찬이 접근해왔을 때 거절이 얼마나 어려웠는지, 이별 의사는 또 얼마나 묵살당했는지 쓰여 있었고 윤찬과의 관계 때문에 질환이 한층 심해져 치료가 오래 걸렸다는 끝맺음에는 신음이 나왔다. 다른 증언자들이 없었어도 사람들은 이 말들을 그대로 인정해줬을까? 하비 와인스타인은 애슐리 주드의 질환 내력을 공격하려 했고, 브랫 캐버노의 고발자는 혼자였기 때문에 신뢰를 얻지 못했다. 질병이나 다른 약점이 없는 세 사람 이상이 틈 하나 없이 일관되게 증언해야 일말의 신뢰를 얻을 수 있었고 그것도 끝은 아니었다. 가은마저도 가영이 일어나지 않았던 화재에 대해 토로한 이후로, 다른 기억들에 대해서도 일일이 주저하며 접근하고 있었다. 만약 가영이 윤찬 같은 인간을 만났다고 도움을 청해왔다면 어떻게 했을지 가정의 세계에서도 확신이 없었다. 다른 사람들을 찾아야 한다고 했을 테고, 만약 다른 사람이 없거나 찾을 수 없다면? 상상 속의 자신이 무능하게 느껴져, 자기혐오가 심해지기 전에 스크롤을 내렸다.

여섯번째 여성과 네번째 여성이 서로 아는 사이였기에 윤찬의 행적이 낱낱이 밝혀졌다. 여섯번째 여성은 윤찬이 접근하자마자 조사를 시작했으며 다른 여성들에게 연락하고 증언을 끌어모으고 최종 정리를 했다. 요구사항은 명료했다. 윤찬이 업계를 떠날 것, 자신의 부도덕한 행동을 명시한 사과문을 쓸 것. 윤찬은 방송계를 떠나는 듯했으나 형우가 윤찬에게 복귀의 기회를 주었고, 모호했던 사과문은 지워진 상태라 요구는 양쪽 다 제대로 이행되지 않은 셈이었다.

코로나19가 선정과 형우를 피할 이유가 되어주었다. 가은은 편집실의 환기가 잘되지 않고 여러 사람들과 어쩔 수 없이 만나고 있으니 어린아이가 있는 집에는 가지 않는 게 좋겠다고 둘러댔고 그렇게 반년 가까이 시간이 흘렀다. 형우가 다시 연락해온 것은 과 교수님의 정년 기념식 때문이었다. 식사 없이 마스크를 쓰고 모인다고 했다.

"내가? 내가 거길 왜 가?"

가은은 잘 모르는 교수님이었다. 수업을 들은 적은 있어도 서로에게 별다른 인상을 남기지 못한 사이였다.

"자리잡은 졸업생들이 와야 면이 서지."

형우에게 어떤 할당량 같은 것이 떨어졌는지도 모를 일이었다. 예전이라면 기꺼이는 아니어도 귀찮음을 무릅쓰고 머릿수 하나를 채워줬을 텐데, 가은은 도무지 마음이 동하지 않았다.

"나는 거기 해당사항이 아닌 것 같아."

가은의 거절에 형우가 어떻게 반응했는지 직접 얼굴을 보고 이야기했더라면 바로 알 수 있었겠지만 그런 시절이 아니었다.

완전히 잊고 있다가 단체 메일로 기념식 사진이 왔을 때는 당황스러웠다. 이걸 왜 자신에게 보냈나 하다가, 단체 메일에 큰 의미는 두지 말아야지 하고 열자 실내가 더웠는지 몰래 술을 마셨는지 벌게진 얼굴들 사이에 윤찬이 있었다. 탁한 얼굴로 변해 있길 바랐건만 그럭저럭 유지를 하고 있어서 더 기분이 나빠졌다. 보조 모니터에 그 사진을 확대해두고 깜빡했는데 몇 년째 함께 작업하고 있는 방송작가가 보더니 이 징그러운 새끼, 하고 높은 톤으로 외쳤다.

"우리 막내한테 끈덕지게 달라붙어서, 나랑 한판 했다니까?"

가은은 저도 모르게 빤히 쳐다보고 말았다.

"미안, 꽤 지난 일인데도 치밀어오르네. 이 새끼 사진을 왜 보고 있었어?"

"두 학번 선배예요. 학교에 얼굴 들고 나타났나봐요."

"아카데미 꿰찼다더니 학교에도 강의 들어가는 거 아냐?"

그 생각까지는 못했는데 갑자기 체기가 올랐다.

"그…… 막내 작가님도 많이 어렸어요?"

"응, 막 시작한 애였지. 대처를 못해가지고 낑낑거리다가 나한
테 말해서. 좀 일찍 말해주지. 내가 일하면서 소리 지른 적 몇 번
없는데 그날 정말 나한테 있는 줄도 몰랐던 재능을 발견했다니
까? 의외로 발성이 좋더라고."

"선을…… 얼마나 넘었는지 알 수 있을까요?"

"왜 알고 싶은 건데? 내가 말해주긴 좀 그렇지."

"박윤찬이 정말로 학교에 갈까봐요."

작가는 얼굴이 어두워졌다. 말투에 언제나 감돌던 과장된 활기
가 사라졌다.

"아주 영리해. 선 위에서 놀아. 그래서 지금껏 줄곧 해먹은 거
야. 처음엔 여러 사람이 모이자고 해. 친교 모임처럼. 똑똑한 척
잘하잖아? 괜찮아 보이는 아이디어도 주고. 자기 인맥으로 어려
운 섭외도 다리 놔주고. 비싼 술들, 애들이 제 돈 주고 못 먹는 그
런 술들을 한 일 이 년 천천히 알려주며 사줘. 그런데 별로 경계할
만한 일은 그때까지 안 일어나. 그렇게 가드를 서서히 내리게 하
는 거야. 상대가 편안해한다 싶으면 결혼생활이 파탄났다며 불쌍

한 척을 했다가, 네가 여지를 줬다며 죄책감을 줬다가, 일생일대의 사랑에 빠졌다고 온갖 난리를 쳤다가 하는 모양이야."

"그렇게 길게 조이는 줄은 몰랐어요."

"동시에 여러 명한테 하는 거겠지. 그런데 억지로 만진다거나, 증거가 될 만한 문자를 남긴다거나 하는 일은 없어. 심지어 우리 막내는 통화도 몇 번 녹음했는데 내가 들어봐도 건질 게 없더라. 이 새끼가 똑같은 짓을 계속 해온 포식자인 건 맞는데 아주 교묘하게 선 위에서 놀기 때문에……"

"그래서 걸 수 있는 게 불륜밖에 없었군요?"

"응, 모르는 사람들 눈에는 잘못된 연애로 시끄럽게 구는 정도로 보이게 되어버렸지만 그래도 그 새끼의 이름을 똑바로 부르는 게 중요했겠지. 다음 사람이 피할 수 있게."

윤찬의 이름을 부르는 것보다 윤찬과 그 비슷한 인간들이 하고 다니는 짓을 부르는 이름이 더 필요한 상황이었지만 그것이 아직 존재하지 않았기에 불충분한 대로 할 수 있는 일을 한 셈이었다.

"작가님은 뭐라고 소리 질렀어요?"

마지막으로 문자 작가가 멍하게 한탄했다.

"몰라, 기억도 안 나. 악관절만 매년 나빠져가."

그러고 나서 학교 폭력 고발의 시기가 이어졌다. 성폭력 고발과는 비슷한 부분도 있고 다른 부분도 있었다. 주로 동성 집단에서 일어나 다이내믹이 달랐다. 가은은 촬영분에서 문제 출연자를 삭제하느라 며칠 밤을 샜다. 피디와 작가와 셋이 밤을 하얗게 새고 서로의 줄어든 수명을 가늠해주었다. 돈을 더 받는 것도 아니고 누가 잘한다고 칭찬해줄 일도 아니었지만 예술에 가깝게 해냈다.

한동안 혹여나 모를 실수를 하지 않기 위해, 관련된 기사를 다 찾아 읽었다. 읽으면 읽을수록 명쾌하지 않아 곤란해졌다. 진짜 일어난 일들과 일어나지 않은 일, 일어났는지 일어나지 않았는지 확인할 수 없는 일들이 매일 가장 자극적인 방식으로 기사화되었다. 분명한 폭력과 미성년자들끼리 서로를 불쾌하게 여겼던 기억들이 뒤섞여 거론되는 것이 양상을 엉망으로 만들었다. 가르고 분리해야 할 것들을 아무도 숨지 않고 트래픽을 올리기 위한 소재로 소모할 뿐이었다. 분명 심각한 일을 저지른 이들이 대가를 치르지 않은 채 털어내고 엉뚱한 사람이 다쳤을 것이었다.

같은 일이 윤찬에게 일어났나?

확고했던 의견이 흔들린 것도 그즈음이었다. 윤찬에 대한 고발도 성인과 성인 사이의 사적인 불쾌함에 대한 것이었나? 가은은 선정과 형우의 말들을 곱씹어보았다. 사람들은 원래 불쾌한 존재인데 불쾌하다고 일자리를 잃어서는 안 된다. 그것은 진보가 아니라 퇴화다. 쾌와 불쾌로 범주를 넘어서는 판단을 하는 것 자체가 폭력이다……

의도만큼 생각을 끝까지 붙잡고 파고들지 못했다. 가은이 쓴 자막에 논란이 일어나 난리가 한번 나는 바람에 남의 일을 떠올릴 여력이 없었다. 여러 사람이 감수하고 시사 때도 문제가 없었는데 국어사전의 의미와 인터넷 커뮤니티들에서 쓰는 뜻은 전혀 달랐던 모양이었다.

"그 말뜻이 언제 그렇게 바뀌었는데요?"

"우리가 알았어야 했는데 미안해요."

오래 봐온 피디와 작가도 데꾼한 눈이었다. 해당 팀 사람들은 코로나19 이후로 더욱 사명감을 가지고 일하던 중이었다. 사람들이 볼 만한 걸 제대로 만들 거라고, 그래야 다들 안전히 집에서 시간을 보낼 거라고 말하는 단단한 얼굴들이 좋았다. 쏟아붓는 성향의 사람들만 업계에 모이고 또 버텨내는 것만 같았지만 가까이서 지켜보다보면 그저 응원하고 싶었다. 그 모든 노력은 프로그램 게시판이 터지자 무소용했고 방송사에서 회사가 징계를, 회사 안에서 관련자들이 징계를 받게 되었다. 가은도 몇 개월 감봉 조치를 당한 후 얼얼할 뿐이었다. 사고를 친 편집자로 소문이 돌지는 않을지, 일이 줄어들거나 끊기지는 않을지 우려하면서도 한편으로는 아무 일도 하지 않고 쉬고 싶었다. 이 년쯤 업계를 떠나보면 어떨까, 낮에도 자고 밤에도 자면 어떨까, 동면 같은 걸 하는 동물이라면 좋을 텐데…… 머릿속이 엉뚱한 연쇄 속에 있었다. 지쳤다는 신호였다. 문득 선정과 형우가 보고 싶었다. 그들의 기분좋은 집에 가서, 거칠게 써 지나치게 푹신해진 소파에 몸을 묻으면 피

로가 풀릴 듯했다. 더이상 어떤 문제에도 날 세우지 말고, 다 흘려
보내면서. 그 선택지를 고려하며, 역시 지치면 생각을 외주하고
싶어진다는 것을 깨달았다. 어려운 것은 맡기고 싶어. 이견 없이
동의하고 싶어. 선정 언니가, 형우 오빠가 맞았으면 좋겠어. 끝없
이 가치판단을 해야 하는 날들 속에 고정된 기준처럼 둘이 있어주
는 게 뭐가 그리 나쁘겠어. 다 소화해서 입에 넣어주는 말들을 그
냥 반복할 수 있었으면……

　그러나 그 시기에 사고를 친 것은 가은만이 아니었다. 윤찬이
또다시 사건의 중심에 선 것이다. 아카데미의 공용 컴퓨터에 조건
만남 채팅 프로그램을 깔았다고 했다. 제 딴에는 개인 스마트폰이
나 컴퓨터보다 추적이 어려울 걸 노린 듯했지만, 수강생들이 금세
발견해버렸다. 윤찬이 평소 쓰는 아이디와 유사한 아이디에 더해,
접속 시간을 따지자 다른 사람일 가능성은 전무해졌다. 아카데미
수강생 게시판에 공론화가 되고 연이어 기사가 올라왔는데 이니
셜로 처리되었지만 그게 윤찬인 건 곧 아는 사람들은 다 알게 되
었다.

　며칠 후, 형우가 가은을 집에 초대했다.

　ㅡ너무 오래 못 봤다. 방역 단계 내려갔을 때 놀러와. 지아가
보고 싶어해.

　지아는 자고 있었다. 지아를 핑계로 삼은 것은 서로 아는 부분

이라 안부의 말들이 힘없이 오갔고, 가은은 지아를 위해 사온 장난감과 빵을 선정에게 맡겼다. 선정은 삶은 땅콩 한 바구니를 식탁 가운데에 내려놓았다. 떡볶이일 줄 알았는데 떡볶이가 아니어서 조금 놀라고 말았다. 마치 세 사람의 손이 바삐 움직여야 분위기가 덜 어색할 걸 감안해서 정한 것만 같았다. 볶은 땅콩만 먹어보았던 가은은 삶은 땅콩의 맛이 생소했다. 껍질을 까면 혈색 나쁜 얼굴들이 누워 있는 느낌이었다. 형우가 피곤함을 숨기지 않고 말했다.

"징계위원회 때문에 바빴어."

고개를 끄덕이고 넘어갈 수도 있었는데 그러지 못했다.

"다른 사람한테 맡겼어야 했던 거 아냐?"

형우가 한숨을 쉬었다.

"가은아, 우리한테 실망한 거 아는데 뜻이 나빴던 건 아니라는 거 알잖아."

"조건 만남이라니, 박윤찬은 대체 뭐가 문제야?"

"그 새낀 다 문제야."

"그걸 알면서 왜 무리해서 아카데미에 부른 거야? 그런 인간에게 가르칠 자격이 뭐가 있다고?"

선정이 먹지도 않을 땅콩을 끝없이 까서 늘어놓았다.

"업계의 진짜 강간범들은 여전히 잘살고 있다는 거 너도 알잖아."

가은은 '너도 알잖아'가 선정의 말버릇일 뿐임을 인식하면서도 견디기 어려웠다.

"애매하게 잘못한 놈이 지나친 분풀이 대상이 됐다고 생각했어. 찢어지게 가난한 집안 출신의 뭣도 없는 놈인 거 알아서, 벼랑 끝으론 가게 하고 싶지 않았어."

선정이 시작한 말을 형우가 끝마쳤다.

"그래서 그걸 구해놨더니 신나게 성매매를 한다?"

비아냥이 튀어나오고 말았다. 맥주에도 차에도 손대는 사람이 없었다. 셋은 참담함 속에 앉아 있었다.

"그래서 징계는?"

묻자마자 선정의 한숨에 대답을 알 것만 같았다.

"근거가 약해. 수강생들한테 위해를 가한 건 아니니까."

"기껏 찾아낸 게 품위 유지 조항 위반 정도라……"

가은은 말이 흐려지는 순간들을 참을 수가 없었다.

"강의를 그대로 해?"

"아니, 조용히 자진 사직으로 마무리될 것 같아."

"그럼 기록이 안 남잖아."

기록이 남지 않으면 윤찬은 계속 업계 언저리를 맴돌 것이었다. 그를 불쌍히 여기는 이들이 건네주는 자리가 이어질 게 뻔했다.

"이야, 내가 다큐멘터리를 찍고 싶다. 제목은 '그 남자가 사는 법' 정도로 해서. 박윤찬, 앞으로도 잘살겠네. 세상은 이렇게 유지

되는 거였구나. 복귀해선 안 되는 인간들이 복귀할 때 나는 그게 되게 멀리에서 일어나는 일인 줄 알았지. 이렇게 가까운 데서 일어나는 일인 줄 몰랐어. 언니 오빠 같은 사람들이, 멀쩡한 사람들이 유지시키는 거였어."

가은은 높게 웃었다.

"너도 같은 쪽을 택했잖아."

형우가 중얼거렸다. 항변치고는 중얼거림에 불과했지만 가은은 제대로 들었다.

"내가? 뭘?"

형우가 기다렸다는 듯 욱해 열변하기 시작했다.

"너에게 있었던 일에 대해 말한 적 없잖아. 놔준 거 아냐? 마음 껏 돌아다니게. 윤찬이보다 더한 놈이었어도 고발한 적 없으면서, 네 일은 그렇게 어렵고 남의 일은 쉬워? 사람이 잘하려다가 헛짚을 수도 있지. 균형을 잡으려다 무너질 수도 있고. 우리가 그때 네 편에 선 유일한 사람들이었는데, 넌 우릴 그렇게 얄팍하게 판단해 버리는 거 사실 좀 섭섭해."

몇 년 전이었더라면 울어버리거나 믿어버렸을 것이다. 가은은 둘 다 하지 않고 가만히 형우를 보았다. 선정은 지아의 방을 향해 고개를 기울이더니, 형우에게 목소리를 낮추라고 주의를 주었다. 떨림 없는 선정의 목소리에 가은은 여전히 습관적인 친밀함을 느꼈다.

"넌 아무것도 안 하길 택했어. 그때도, 시간이 흘러서도. 그래서 윤찬이 문제에 집착하는 거야. 너랑 다른 선택을 한 여자들을 편들고 싶어서. 무조건적인 지지를 하면, 네가 하지 않은 일에 대해서는 잊을 수 있으니까. 그건 이해할 만한 일인데 그렇다고 우리한테 화낼 건 아니잖아."

가은은 앉아 있는 상태라서 다행이라고 생각했다. 서 있었으면 주저앉았을 것이었다. 어지러움을 들키지 않기 위해 의자 좌판을 꽉 쥐다가, 문득 깨달았다.

"징계위원회에서도 박윤찬을 대변했구나? 오빠가 놔줬구나, 계속 이 판에서 밥 벌어먹고 살 수 있게?"

가은의 물음에 형우는 대답하지 않았지만, 퍼석하게 부은 눈가가 움찔거렸다. 왜 좋은 얼굴로 늙었다고 여겼었는지, 이전과는 완전히 달라 보였다.

"그래, 박윤찬은 내내 박윤찬처럼 살겠지. 우리만 서로를 안 보게 됐네."

말을 마치자, 벽 안의 배관 소리도 냉장고 소리도 멈춰 마침표처럼 정적이 자리했다. 그 순간 가은은 완전히 유리된 상태에서 중얼거려버렸다. 여기가 편집점이네, 하고. 아주 깔끔하게 자를 수 있는 지점이었다. 앵글을 바꿔가며 힘을 주기 좋은 지점이기도 했다. 그 이전과 전혀 다른 방향의 흐름이 발생하는 몇 초를 몸 밖에서 관찰하고 있는 느낌이었다.

"우리, 안 볼 거니?"

선정의 반응이 예상했던 그대로여서 가은은 오히려 담담해졌다.

"너는 가혹해. 나는…… 피해의 영역을 확대할 때, 우리가 힘겹게 증명해냈던 주체성을 대가로 내려놓는 게 마음에 들지 않았던 거야. 그래서 좀 멀리 가버렸어. 그럴 수 있잖아."

"의견이 다른 것쯤은 넘길 수 있는 사이 아니었어?"

선정의 말은 차 있었고 형우의 말은 비어 있었다. 가은은 일어설 수 없을 것 같았는데도 일어섰다. 선정을 가볍게 끌어안았고 형우의 어깨를 잠시 짚었다. 서늘한 안쪽으로도, 지난 십팔 년에 대한 인사를 했다. 지아를 한번 더, 잠든 이마를 들여다보고 싶었지만 그러지 않기로 했다. 사라지는 이모가 지나치게 빨리 되어버린 셈이었다.

마지막으로 그 집 문을 나섰을 때는 분명한 세계에 흐린 마음으로 디딘 것인지, 흐린 세계에 분명한 마음으로 디딘 것인지 혼란스러웠다. 초점이 돌아오지 않고 여러 겹으로 흔들려서 수십수백 번 걸었던 길의 요철이 자꾸 발부리를 잡아챘다. 아무도 마주치지 않게 준비된 것처럼 길은 텅 비어 있었다. 비어 있는데도 다음 걸음을 둘 곳이 부족했다.

그 밤, 동정의 바깥으로 걸어가고 있다는 것만이 위안이었다.

이전 시대와
헤어지는 일

정세랑×무라타 사야카

진행 김영수

통역 박정소

정리 편집부

편집자 작가님들은 오늘 처음 뵙는 것일까요? 서로 인사 나눠주시고, 오늘 이 자리에 오신 소감 간단히 들려주세요.

무라타 정세랑 작가님이 이 앤솔러지에 '절연'이라는 주제를 제시해주신 데 무척 감명받았습니다. 그래서 만남을 무척 기대하고 있었어요.

정세랑 저도 무라타 사야카 작가님의 작품을 쭉 읽어왔기 때문에 오늘을 달력에 표시해두고 봄부터 기다렸어요. 얼마 전에 다른 소설가들과 만나는 자리가 있었는데 무라타 작가님을 뵙는다고 하니 모두 부러워해서 제가 드문 행운과 기회를 누리게 되었다는 것을 실감했습니다.

1. 절연

편집자 이런 다국적 프로젝트는 흔치 않은 일이지요. 언어부터 계약 관계까지, 실무적인 어려움 때문이기도 할 텐데요. '절연' 프로젝트를 기획하게 된 계기를 이야기해주세요. '절연'이라는 주제를 택하게 된 계기도 함께 이야기 부탁드리겠습니다.

정세랑 항상 일본 문학계와의 교류가 의미 있고 즐거웠던 기억이 있어서 일본의 출판사(쇼가쿠칸)에서 처음 제안 주셨을 때도 무척 하고 싶었어요. 원래는 한국과 일본의 작가가 각각 절반씩 쓰는 프로젝트였는데, 아시다시피 미리 확정되어 있는 계획들을 조정하기는 어렵잖아요. 그렇다면 분량을 줄여서 참여 작가의 부담을 줄이고, 또 이번 기회에 한국과 일본 문학계의 우정을 아시아의 다른 지역으로도 확대시켜볼 수 있지 않을까 생각했습니다. 여러 작가님들께 충분한 시간을 드리고 청탁을 해야 하니 주제도 조금 빨리 정해야 하는 상황이었는데, 요 몇 년간을 뒤돌아보니 오래 알았던 사람들, 좋아했던 사람들, 따랐던 사람들과도 헤어지는 시기였던 것 같아요. 주변을 둘러보니 그 일이 저에게만 일어난 게 아니라 많은 사람들에게 일어났더라고요. 그래서 이 시대는 사람들이 서로 헤어지는 시대구나, 그럼 이것에 대해 아시아의 작가님들과 이야기를 해보자, 하고 정했습니다. 거기까지가 제 일이었습니다. 아이디어를 드렸을 뿐, 그다음엔 출판사에서 작가님들

섭외와 진행을 다 해주셨기 때문에 깊은 감사를 드리고 싶습니다. 참여해주신 작가님들께도 감사의 인사를 전합니다.

무라타 제 기억이 맞는다면 처음 쇼가쿠칸 편집자분께 받은 메일이, 한일 작가들에게 각각 작품을 청탁해서 신고자 한다고 정세랑 작가님에게 부탁드렸더니 작가님이 같은 주제로 각각 다른 단편소설을 쓰는 앤솔러지를 만들면 좋겠다. 지금 생각하는 주제는 '절연'이다, 라고 제안해주셨다는 내용이었어요. 그 규모와 주제에 깜짝 놀랐습니다. 작가님의 넓은 시야와 발상에 소름이 돋을 정도였어요. 일본어로는 '제쓰엔'이라고 하는데, 각각의 언어마다 의미가 조금씩 다를 테니 그걸 알게 되는 것도 무척 재미있을 것 같고, 다른 언어로 작가님들이 어떻게 쓸지도 궁금했습니다. 저 스스로도 많은 이별이랄까 여러 형태의 절연, 사람에 한정되지 않는 절연을 느낀 적이 있는 터라 무척 마음 깊이 다가오는 주제였습니다.

편집자 한국에서는 '절연'이 조금 비장한 의미로 쓰이잖아요. 친구 관계에서도 쓰지 않고 연인 관계에서도 쓰지 않는데, 주로 어떤 의미로 쓰이는지 정세랑 작가님이 한번 설명해주시겠어요?

정세랑 그 단어가 재미있다고 생각했던 게, 아주 무겁거나 아주 가볍게만 쓰이고 중간이 없더라고요. 그야말로 호적에서 파는 정도의 파국에서 쓰이거나 아니면 친구들과 장난으로 "우리 절연이야" 할 때처럼 농담으로는 쓰이지만 그밖에 일상생활에서는 잘 쓰이지가 않는 거예요. 흥미로운 방식으로 극단적인 단어인 듯해 고르게 되었어요.

무라타 무척 재미있네요. 일본어로도 '절교'라는 말은 친구 사이에서 농담처럼 쓰곤 하지만 '절연'은 연이라는 보이지 않는 연결을 모두 끊는다는 인상과 임팩트가 있는 말이라고 생각해요. 서로가 절벽에서 마주보고 서 있는데 둘 사이에는 캄캄한 어둠밖에 없는, 그런 굉장히 장렬한 이미지를 지닌 말로 느껴집니다.

편집자 팬데믹 이후 자유롭게 사람들과 만나거나 해외를 오가는 것이 어려워졌죠. 표면적으로는 그러한데요, 그것 외에 우리가 결정적으로 절연하게 된 것이 있다면 무엇이라고 생각하시나요?

무라타 개인적으로는 '절연'이라고 하면 그저 연이 끊어지는 것만이 아니라 거기에 '절망'이 있다는 느낌이 듭니다. 어디까지나 제 상상이지만, 예를 들어 코로나19 때문에 누군가와 연락이 끊어지거나 만나지 못하게 되거나 그 사람이 내 인생에서 사라지는 것만이 아니라, 사람 사이의 '절연'이라는 말을 떠올리면 어떤 커다란 개인적인 절망이라는 계기가 있는 것이 아닐까 상상하게 돼요.

정세랑 무라타 작가님이 말씀해주신 절연에 내포된 절망에 대해 저도 좀더 파고들어보고 싶어집니다. 한편, 절망 후에는 또 전환이 가능하지 않을까 평소 여겨왔습니다. 우리가 통과하고 있는 시대가 지금까지 살아왔던 방식을 멈추어 의심하게 만드는 듯해요. 개인적으로나 집단적으로나 그동안 성장에만 초점을 두고 계속 달려왔는데 그 방향이 맞았는지, 다른 곳을 향할 수는 없는지 모색해보는 것은 분명한 전환일 것입니다.

요즈음의 혼란이 이전 시대와 헤어지는 과정일 수도 있겠다고 곱씹어봅니다. 그래서 더 무라타 작가님의 작품에 끌렸던 것 같아요. 맹목적인 성장과는 어긋나 있는 미니멀리즘이 느껴진다고 할까요? 사실 이번에 작가님 작품을 읽다가 '무가'에 귀의할 뻔했습니다. (웃음)

2. 아시아 앤솔러지

편집자 아시아라는 영역, 또는 정체성은 작가님들에게 어떤 의미인지 궁금합니다.

무라타 저는 어른이 될 때까지 일본을 벗어나본 적이 없어요. 「無」라는 작품에서 특권 속에서 살아가는 주인공을 그렸지만, 학생 때의 저는 일본이라는 나라 안에서 누구에게도 뿌리에 대한 질문을 받지 않고 겉모습도 발음도 일본인으로 인식되면서 사는 것이 무서울 정도로 엄청난 특권이라는 점을 전혀 자각하지 못했습니다. 투명한 존재로 살아갈 수 있는 특권을 지니고 있었던 것이죠. 그런데 일본을 떠나 많은 분과 교류하면서 조금씩 아시아인이라는 제 정체성을 자각하게 되었어요. 터무니없이 늦은 깨달음이 굉장히 부끄럽습니다. 제가 그런 무서운 투명함 속에 있었다는 것을 계속 생각하고 있습니다. 그런 의미에서도 아시아 작가들이 모인 책에 참여할 수 있어 무척 기쁩니다.

정세랑 저도 한국인으로서 누리는 투명한 특권에 대해 살피고 헤아려야겠습니다. 확실히 한 발짝씩 외부를 경험할수록 정체성을 들여다보게 되는 것 같아요. 가벼운 일화입니다만, 싱가포르에 여행을 갔을 때 했던 경험이 있습니다. 가든스 바이 더 베이의 일루미네이션 쇼가 끝나갈 무렵, 〈첨밀밀〉이 스피커에서 울리니 아시아 사람들만 표정이 촉촉해지고 감상에 젖기 시작하는 거예요. 저를 포함해 울컥하고 울먹이는 사람들도 있었고요. 서구나 다른 지역에서 온 사람들은 '저 사람들 왜 저러지?' 하는 표정으로 쳐다봤습니다. 그때 문득 깨달았어요. 한 사람의 마음을, 내면세계를 구성하는 문화적 요소들은 그 사람이 속한 집단에서만 비롯되지 않는다는 것을요. 인접한 문화권에서 풍성하게 스며드는 것들이 있겠지요. 문학, 영화, 드라마, 음악, 미술, 무용, 패션, 건축…… 온갖 분야에서 경계를 넘어 흐르는 것들을 떠올립니다. 그런 면에서 아시아인들이 스스로 가늠하는 것보다 훨씬 더 연결되어 있을 수도 있겠다는 생각이 듭니다. 이런 교류가 더 늘어, 서로 연결된 지점들을 발견해보면 좋겠어요.

편집자 다른 작품들은 어떻게 보셨는지. '절연'이라는 주제를 생각했을 때 기대했던 이야기가 나왔다거나, 이런 이야기는 예상하지 못했다, 하는 것이 있을까요?

정세랑 티베트의 라샴자 작가님이 쓰신 「구덩이 속에는 설련화가 피어 있다」를 읽었을 때, 소설만이 표현할 수 있는 아름다움에 감탄했습니다. 읽고 싶었던, 이 책에서 기대했던 소설이었습니다. 의외여서 재미있었던 소설은 렌밍웨이 작가님의 「셰리스 아주머니의 애프터눈 티」였는데요. 아시아 앤솔러지라서 아시아가 배경이지 않을까 싶었는데 배경을 멀리 가져가신 것이 과감했습니다. 알피안 사아트 작가님의 「아내」라는 작품은 한 사람이 더 생기는데 '절연'이라서 흥미로웠던 작품이었습니다.

무라타 저도 티베트의 라샴자 작가님이 쓰신 「구멍 속에는 설련화가 피어 있다」를 꼽고 싶어요. 저는 '절연'이라는 말에서 캄캄한 절망을 연상했는데, 무척 아름다운 이야기이고, 그 캄캄한 구멍 속에 꽃이 피어 있는 것을 상상하는 것만으로 눈물이 나는, 그 광경이 제게 새겨지는, 영혼의 어둠 속에 피어 있는 꽃을 이야기로 만들어낸…… 슬픔만이 아니라 무언가 엄청난 힘이 느껴지는 작품이어서 인상적이었습니다. 어둠이 빛을 내는 것 같은, 빛과 같은 것을 느끼게 하는 의외성이 있어서 그야말로 상상을 뛰어넘는 작품이었어요. 「긍정 벽돌」은 제가 평소에 생각하는 것과도 연결되는 점이 있는데, '절연'이라는 주제에서 나오리라고는 생각하지 못한 작품이었습니다. 제 소설 이야기여서 죄송하지만, 지금 쓰고 있는 장편소설이 클린한 감정, 긍정적인 감정밖에 표현하지 않게 된 사람의 이야기인데, 그것이 한 사람만이 아니라 세계 전체로 확대된 것 같았어요. 부정적인 감정을 잃음으로써 끊어져가는 것이 아주 흥미로운 이야기로 드러나 있어서 무척 임팩트가 있고 심층 심리를 꿰뚫는 작품이었습니다.

3. 「無」

편집자 이 작품뿐만 아니라 그간 써오신 작품을 보면 무라타 작가님은 일찍이 '절연'이라는 주제에 대해 깊은 관심을 가지고 계셨다는 생각이 듭니다. 「無」는 어떤 동기로 집필하게 되셨나요?

무라타 최근 무척 관심을 가지게 된 것이, 같은 곳에 있어도 사람들은 서로 다른 광경을 본다는 것인데요. 그렇게 절연이라는 말은 제게 이어져 있는 채로의 단절을 떠올리게 했습니다. 「無」에서는 같은 시대를 살지만 서로 다른 세계를 살아가는 세 사람을 세 가지 시점에서 그려보았어요. '무'라는 것에 최근 무척 관심이 있는데, 내가 텅 비어 있는 것은 아닌가 하는 생각을 자주 하게 됩니다. 나의 말은 어디에서 왔을까? 지금 내가 하고 있는 말은 정말로 나에게서 나온 것일까, 아니면 나에게 들어온 문화로부터 발생한 것일까? 아니면 다른 사람을 모방하는 것일까? 어디까지가 나의 고유한 말인지 알지 못하면서 말하고 있어서, 스스로가 텅 빈

컵과 같은 것은 아닌가 생각하곤 해요. 그래서 자연스럽게 모두가 '무'가 되는, 텅 비는 상황을 상상했습니다. 저는 소설을 쓸 때 결말을 전혀 정하지 않고 쓰는데, 이 소설 속에서 화자는 진정한 의미에서 '무'가 되지는 않았어요. 그들이 '무'라고 부르는 것은 어두운 구멍 같은 인간이고, 그 구멍은 거무스레한 신음 같은 것을 품고 있지요. 화자가 '무'가 되려 해도, 그 텅 빈 곳이 소리를 질러서 쉽게 소거되지 않았습니다. 언젠가는 진짜 '무'에 도달한 세계를 그리고 싶어요.

편집자 작가님의 작품들을 보면 자연스럽게 세대 감각이 느껴집니다. 진정한 의미에서 동시대적 작품을 쓰고 계신다고 할 수 있을 듯도 하고요. 「無」에도 '안전 지향 심플 세대'나 '리치 내추럴 세대' 등 여러 세대가 언급되는데요. 작가님의 이러한 세대에 대한 의식은 어디에서 비롯된 것일까요?

무라타 소설을 쓰기 시작했을 때는 몰랐는데, 시대가 변해가는 소설을 몇 편 쓰는 사이에 주인공이 보고 있는 광경보다 더 뒤로 물러난 곳에 또 한 대의 카메라가 있어서 시간의 흐름을 바라보는 듯한 감각을 가지게 되었습니다. 예를 들어 부모님 세대가 쓰는 말이 사라지거나, 우리 세대에 새로운 말이 생겨나고 의미가 변하면서 다시 사라져가거나. 또는 예전에 먹던 것을 지금은 먹지 않게 되거나, 전혀 먹지 않던 것을 즐겨 먹게 되거나 하는 것 말이지요. 세상은 조금씩 그러데이션처럼 변해가는 것 같아요. 그 점에 강한 홍미를 가지게 되었습니다. 세대가 다른 인물들이 '나'와는 다른 문화를 매우 자연스럽게 향유하고, 그 문화의 파편이 그들로부터 아무렇지 않게 흘러넘칠 때 '나'나 동세대 친구가 전혀 다르게 느끼게 되는, 그런 상황에 매료돼요. 저는 언제나 소설을 쓸 때 스스로의 무의식을 공격하고 있다는 느낌을 받는데요, 화자가 보고 있는 시간의 흐름과는 다른 시간의 흐름이나 거기에 펼쳐지는 광경의 존재를 강하게 느끼게 된 것은 스스로 무의식적으로 알고 있던 광경을 소설을 통해 깨닫게 되었기 때문일지도 모르겠습니다.

편집자 작가님은 어떤 세대에 속해 있다고 생각하시나요?

무라타 저는 이 소설을 쓰면서 '무'의 세대가 아닐까 생각했습니다. 텅 빈 세대. 왜 그렇게 생각했는지는 모르겠어요. 다만 세대는 완전히 분열된 것이 아니라 그러데이션으로 이어져 있습니다. 그것이 홍미로운 점이에요.

편집자 마지막에 '완전한 무'가 된 미요가 내뱉은 '최후의 말' 또는 '마지막 비명'은 '누'라는 발음으로 표현되는데요, 많은 발음 중 그것이 된 이유가 있을까요? 일본어를 아는 사람만이 '누'에서 느낄 수 있는 어감 같은 것이 있을지 궁금합니다.

무라타 저는 소설을 쓸 때 제 의지를 배제하려는 편인데, 다른 소설에서는 '포'가 자주 나온다는 말을 들었어요. 또다른 소설에도 '포포 님' '포포포' 같은 말이 나옵니다. 저는 등장인물을 제어하지 못하는데, 그녀에게 마지막으로 남은 것이 '누'였어요. '누'

는 '아'나 '포'처럼 밝은 울림이 아니라 신음소리 같은, 조금 끈적
끈적한 느낌이 있는 소리죠. 이를 악물고 있는 듯, 하지만 짐승 같
은 야생의 느낌이 아니라 낮게 울리는. 그런 인상이 있는 소리라
고 저는 느껴요. 제가 선택한 것이 아니라 미요 자신이 '누'를 선
택한 것이었어요.

편집자 정세랑 작가님은 이 작품을 어떻게 읽으셨나요?

정세랑 일단 모녀 관계, 혹은 부모 자식 관계에 대해 말하기 어
려운 부분들을 날카롭게 찌르고 들어간 점이 이 책의 테마와 완벽
하게 어울렸습니다. 무엇보다 작품 전체에 기묘한 흔들림이 있어
서 매력적이었어요. 이 사람의 시점으로 볼 때, 저 사람의 시점으
로 볼 때 발생하는 흔들림 속에서 읽는 사람도 함께 흔들리게 되는
특별한 경험이었습니다. 진동과 혼돈을 주는 작품을 사랑합니다.

앞서 말씀드린 것처럼 저는 이 '무'라는 개념에 매혹될 뻔했는
데요, 내면에 조금이라도 괴로움을 지니고 있는 사람이라면 비슷
한 매혹을 느끼지 않을까 싶습니다. 그런데 무라타 작가님이 이
작품을 쓰실 때 안쪽의 텅 비어 있는 여백을 자각하고 쓰셨다고
해서, 이 작품의 원동력이 괴로움이 아니라는 것을 알 수 있었습
니다. 그렇다면 혹시 이런 '무'라는 아이디어를 떠올리게 할 만큼
작가님이 오래 집중하고 계시는 질문 같은 것이 있을까요?

무라타 제가 스스로에게 반복해서 던지고 있는 질문인데, 인간
이 아닌 생물이 본 인간의 모습, 우주인이 본 에일리언으로서의

인간에 대해 계속 생각하고 있어요. 괴로움이라는 관점에서 말하자면, 저는 어렸을 때부터 정말로 내성적이고 말을 잘 못하고 쭈뼛거리는 성격이어서, 빨리 보통의 인간이 되었으면 좋겠다고 생각하면서 살았어요. 그것은 목숨을 위협할 정도의 괴로움이라 오랫동안 제게 상처가 되었지요. 그런데 언제부턴가 그 '보통의 인간'이라는 것 자체가 아주 기묘하고 일그러진, 흥미로운 허구인 것은 아닌가 하고 소설의 화자들이 느끼고 또 말하게 되었습니다. 저는 이제 소설 속에서 인간의 눈을 버리고 싶어요. 비인간의 시선으로 보았을 때 어떤 광경이 펼쳐질지, 조금 이상해 보일 정도로 알고 싶어서 집착하고 있습니다. 뇌 밖으로 나가고 싶어요. 그것이 커다란 질문으로서 계속 제 안에 있습니다. '무'라는 이미지도 그 질문과 아주 밀접하게 이어져 있다고 생각해요.

4. 「절연」

편집자 정세랑 작가님의 작품 「절연」은 관계에 있어서의 분명한 절연을 그려내고 있습니다. 이 이야기는 주인공 '가은'이 그의 친구인 '선정'과 '형우'와 절연하게 되는 이야기이기도 하지만, 부도덕한 행위를 한 인물이 사회로부터 유리(절연)될 명확한 기준이 존재할 수 있는가, 라는 질문으로 보이기도 했습니다. 이 작품은 어떻게 구상하게 되었나요?

정세랑 여러 계기가 있었어요. 표면적으로는 문화계에서 문제를 일으킨 인물들이 복귀할 때 반복되는 패턴이 보여, 그 패턴에 대해 쓰고 싶었어요. 예를 들면 어떤 사람은 말할 때 신뢰를 얻기 위해 굉장히 험난한 검증을 거쳐야 하는 반면, 또 어떤 사람은 아주 쉽게 공감과 동정과 두번째 세번째 기회를 가져가잖아요. 사람들의 마음이 흐르는 통로가 뒤틀려 있다는 것에 대해 써야겠다고 생각했어요.

소설에 쓴 것과 내용은 다르지만, 가족들과 같은 경험에 대해 기억이 어긋난 적이 있었던 것도 모티브가 되었어요. 왜 제 기억만 달랐을까, 놀랐거든요. 요 몇 년 정신 건강이 취약해졌을 때가 있었는데, 만약 그런 시기에 어디선가 증언할 일이 생겼다면 어떤 일들을 겪어야 했을까? 그런 가정 역시 여러 출발점 중 하나였습니다.

더해서, 예전에는 갈등이 억눌리는 것보다 터져나오는 것이 건강하고, 지나고 나면 회복과 치유도 가능하다고 믿는 편이었는데 생각이 달라진 것도 동기였어요. 회복도 치유도 불가능한, 분열과 파열만 남는 갈등도 있겠구나 인식하게 되었거든요. 단순히 불쾌한 일과 완전히 불법인 일들 사이에는 넓고 복잡한 스펙트럼이 있잖아요. 칼로 자른 듯 잘리지 않는, 모호한 구석이 있는 사건들의 경우 그걸 해석하는 사람들의 의견도 올올이 갈리게 되는데, 기괴하게 비틀린 논리가 그럴듯한 얼굴을 할 때가 있습니다. 이 소설은 각자 비틀린 구석이 있는 인물들이 나오는 불쾌한 소설이고 읽는 분들이 모두를, 모든 문장을 의심했으면 좋겠어요. 읽는 이가 핀볼 기계를 통과하는 핀볼처럼 부딪치고 튕기며 자기만의 답에 가닿는 소설을 쓰고 싶었습니다. 불쾌한 종류의 소설을 자주 쓰는 편이 아닌데, 이 주제에 대해서는 불쾌한 방식이 적합하다고 판단했고 저로서는 새로운 시도였어요.

편집자 작품 속에서 다음 문장이 인상적이었습니다. "현대의 결혼이란 결국 한 화면을 오래 함께 보는 행위 아닌가?" 전통적인 관점을 떠나 공동체의 형식을 재정의한다는 면에서 흥미로웠습니다. 거기에서 확장해 '현대의 친구란 단지 소소한 일상만이 아니라 윤리관을 공유하는 관계'라고 이야기해볼 수도 있을까요?

정세랑 꼽아주신 문장은 코로나19 시대에 제가 화면만 쳐다보며 지냈던 경험으로 쓴 문장이라 대단히 깊은 의미는 없습니다. (웃음) 그런데 다양한 활동들이 차단된 상태에서 인간관계의 뼈대가 드러나지 않았나 의문을 가지긴 했습니다. 코로나19가 오기 전에는 같이 먹거나 마시거나 운동하거나 공연을 보는 등등 여러 가지 활동들이 가능했기에 그렇게 깊이 대화하지 않아도 인간관계들이 유지되었는데, 그런 것들이 소거되고 나니 달랑 메신저 대화만 남은 거예요. 유심히 들여다보자 진정한 대화가 되는 그룹이 있고, 오래되었으니 서로를 포기한 채 그냥 같이 가기로 한 그룹이 있었어요. 윤리까지 가지 않아도 대화에서 이미 갈리는 지점들이 있어서, 관계의 엑스레이 같다고 느꼈습니다.

무라타 저는 소설을 읽으면서 조용하고 깊은 아픔을 느꼈습니다. 저도 살면서 비슷한 아픔을 느꼈던 기억이 되살아나기도 했고요. 이런 가치관에 따른 절연을 경험해본 사람들이 많을 거예요. 저도 누군가를 조용히 단념한 적이 몇 번 있어요. 단념한 채로 그 사람과 인간관계를 이어가는 경우도 있었고요. 그 사람 앞에서 마음을 여는 일은 절대 없을 거라는 걸 알면서도 연을 끊지 못하고, 그 사람이 인생에 계속 존재하는 거지요. 그런데 이 소설은 거기에서 한 걸음 더 나아갑니다. 굉장히 슬프지만 주인공의 용기와 힘이 느껴졌어요. 단념하면서도 절연하지는 않는 선택이 아니라 자기 의사를 정확하게 전달하고 살아가기를 선택한다는 건 무척 대단한 일이라고 생각합니다. 주인공은 자신을 배반하지 않고 살아가기를 선택했다고 느꼈습니다. 그래서 아픔도 있지만 굉장히 강력한 한 걸음에 대한 이야기라는 생각이 들었어요. 자신의 영혼이 내는 목소리와 외침에 귀를 막지 않고 나아가는 아름다움이 있는 작품이었습니다.

정세랑 제가 못하는 걸 주인공한테 시킨 것 같아요. 현대의 절연은 발화되지 않는 형태가 훨씬 많을 것이라 짐작합니다. 이제 너를 안 만날 거야, 이제 당신과 일하지 않을 거야, 라는 결심을 안쪽에만 품지 입 밖에 내지 않는 거죠. 픽션의 세계에 다다라서

야 폭발이 가능한 것 같습니다. (웃음)

5. 서로에 대해

편집자 무라타 사야카 작가님은 현재 서울국제작가축제에 참여하기 위해 한국을 방문하셨는데요. 다른 국적을 가진 작가들이 대화하는 것은 드물고 값진 일이라는 생각이 듭니다. 두 분이 서로에게 궁금한 것이 있다면 질문해주세요.

무라타 저는 소설가를 만나면 늘 물어보고 싶은 것이 글을 쓰는 스타일이에요. 무엇부터 시작하는지. 저는 늘 초상화부터 그리는데, 그렇게 손을 쓰는지, 아니면 처음부터 문장을 써나가는지, 이야기가 늘 어디서 시작하는지 말이죠. 언어는 달라도 비슷한 면이 있을 것도 같은데, 그런 점이 무척 궁금합니다.

정세랑 저 역시 시각화에서 출발하는 것 같습니다. 솜씨가 없어 그림까지 그리지는 않지만요. 특정 장면을 구체적으로 떠올리는 데에서 이야기가 형성됩니다. 도입부일 때도 있고 결말일 때도 있고 한가운데일 때도 있어요. 이 인물과 저 인물이 만나서 이런 이야기를 할 거야, 하고 특정 시공간 속의 행동을 상상한 다음에 그 장면에 닿기 위해 달려나갑니다. 단어와 문장에서부터 시작하는 작가분들도 계신데 저는 이미지부터 시작하는 쪽에 속하고, 그런

면에서 무라타 작가님과 통하는 듯합니다.

저도 좋아하는 작가님들께 자주 물어보는 질문이 있는데요, 무의식적으로 반복해 써서 퇴고할 때 꼭 덜어내게 되는 단어가 무엇인지예요. 저는 '희미하다' '조금'이라는 단어를 많이 쓰거든요. 무라타 작가님은 어떤 단어를 빼실까요?

무라타 저는 '정말로'라는 표현을 대화에서 자주 쓰는 편이에요. "정말로 그렇게 생각해" 하는 식으로요. 그냥 "그렇게 생각해"보다 더 깊이 들어가고 싶어서겠지만, 출력해서 보면 인물이 그 말을 너무 자주 쓰는 것이 눈에 띄어서 많이 지우곤 합니다.

정세랑 작가마다 겹치지 않고 다르더라고요. 또 알고 싶었던 것이 있는데요, 보편적으로는 독자들을 이야기로 끌어들이기 위해 공감과 이입이라는 전략을 많이 사용한다고 생각해왔습니다. 그런데 무라타 작가님의 방식은 다르다고 느꼈어요. 그 느낌을 표현해보자면, 충격을 줘서 읽는 사람의 표면에 균열을 만든 다음 거기에 따가운 액체를 붓는 것 같다고 할까요? (웃음) 읽는 동안에는 쇼크에 빠지고 읽은 후에는 오래 곱씹게 됩니다. 작가님 마음속에서 그런 독특한 작가님만의 전략이나 방식을 부르는 말이 있을까요?

무라타 저는 『편의점 인간』을 쓸 때까지는 별로 인기 있는 작가가 아니었습니다. 이렇게 안 팔리는 책을 내주다니 정말로 편집자가 사랑하는 작가다, 라는 말을 듣고는 정말 그렇다고 생각해서 감사했어요. 실은 지금도 별로 달라지지 않았습니다. 많은 독자들이 읽게 만드는 전략이랄 게 없고, 내가 재미있기를, 이야기에 저 자신이 사로잡히기를 늘 바라고 있어요. 저는 소설을 쓸 때 늘 수조의 이미지를 떠올립니다. 눈앞에 텅 빈 수조를 두고 거기에 등장인물과 장소, 냄새 등등 여러 가지를 넣어요. 그러다보면 어느 시점에 수조 속에서 자동적으로 이야기가 생겨나서 인물이 말하고 여러 가지 상황이 발생합니다. 그것을 가능한 한 충실하게 글로 옮기는 거지요. 수조 속에서 인간으로서의 나를 배반하는 일이 일어나도 소설을 배반하지 않으려고 해요. 일종의 실험 같은 것인데, 스스로 재미가 없는 실험은 끝까지 하지 못해요.

어떤 작가분이 책 속에 어떤 벌레 같은 것이 딱 잡히는 책은 끝까지 읽게 된다고 쓴 것을 다른 작가분에게 들은 적이 있는데, 정말 그래요. 읽을 때도 그렇지만, 저는 소설을 쓸 때 제가 딱 사로잡히는 느낌이 들 수 있도록 수조를 관리한다는 느낌이 들어요. 만약 저를 딱 사로잡아서 소설을 쓰게 만든 그 벌레가 소설을 읽어주시는 분들도 딱 사로잡아준다면 더없이 기쁘겠습니다. (웃음)

정세랑 기대했던 대답이었습니다. 간단한 질문 하나만 더 여쭤보겠습니다. 작품과 작품 사이의 예열 기간을 어떻게 보내시는지도 궁금해요.

무라타 저는 초등학생 때부터 소설을 썼는데요, 고등학생 때 소설을 쓰지 못한 것이 트라우마가 되어서, 한 작품을 마치면 그날

바로 새 노트를 펴서 다음 소설을 씁니다. 새 소설을 한 줄이라도 써야 안심이 되어서요. 예열 기간을 두는 편이 좋을 수도 있겠지만, 두려워서 그러지 못해요. 제게 소설을 가르쳐주신 선생님은 계속 써나가지 않으면 소설 변비에 걸린다고 하셨거든요. (웃음) 하지만 개인적으로는, 쓰지 않는 기간에도 소설가는 소설을 쓰고 있다고 생각하기 때문에, 잘 설명하기는 어렵지만, 그 기간을 두지 않는 건 어쩌면 그리 좋은 일이 아닐지도 모르겠네요.

정세랑 독자로서는 정말 기쁜 이야기네요.

6. 그리고 나아갈 길

편집자 최근 창작자로서 고민이 있다면 무엇일까요?

무라타 저는 실험을 하듯이 소설을 쓰고 있어서 고민이라고 할 만한 건 별로 없는데요, 굳이 말하자면 인간으로서의 나와 소설가로서의 내가 점점 분열된다고 느낍니다. 고민이라고 할 정도는 아니지만요. 인간으로서의 나는 소설을 위해 세계에 배양되고 있는 그저 평범한 존재일 뿐이에요. 그리고 소설가로서의 나는 세계에 놓여 있는 그 평범한 인간을 절단해서 단면을 들여다보고, 피가 흐르는 모습을 지켜보고, 잘게 잘라서 실험에 쓸 만한 부분이 있으면 실험에 씁니다. 그 분열에, 역시 고민이라고 할 정도는 아니지만, 이상한 감각, 기묘한 느낌이 들기는 해요.

정세랑 재미있는 표현이네요. 저의 경우에는 지나치게 스트레스가 배제된 콘텐츠를 생산하고 소비하는 게 아닌가 하는 고민이 좀 있었어요. 현대인의 삶은 기본적으로 스트레스가 심하니까 쓸 때도 읽을 때도 이야기 속 가상의 스트레스조차 무의식적으로 피해왔던 것이죠. 안전한 위로의 문학에는 긍정적인 면도 분명 있는데, 또 한편으로는 그런 성향이 강해지면 모서리를 모조리 둥글게 만든 컴포트 존에 머물게 되는 게 아닐지 우려가 생겼어요. 컴포트 존에서 한두 발짝씩 나가보기 위해 아까 말씀드린 것처럼 불쾌하고 요철이 있는 이야기들도 종종 써야겠다고 마음먹었습니다.

두번째 고민은, 저는 작가치고 꽤 외향적인 편인데도 사람들 앞에 서는 순간들이 부담스러울 때가 있다는 것이에요. 수백 명 앞에 서거나, 방송에 나간다거나 하는 일들을 잘하고 싶은데 준비가 덜 된 듯합니다. 작가는 방에 숨어 있고 글만 세상에 나간다고 여겼었는데, 그게 아니라 글에 묶여 작가도 세상에 나가야 하더라고요. 그 점을 잘 몰랐어요.

무라타 작가님이 참여한 이번 서울국제작가축제도 아주 큰 행사잖아요. 작가님은 외부 활동에 대한 부담은 없으신가요?

무라타 국제 페스티벌 같은 행사에 갈 때는 출발 전에 가장 불안해요. 혹시 잊은 게 없을까 너무 걱정한 나머지 벌레 물린 데 바르는 약같이 서울에서는 전혀 필요 없을 것 같은 물건을 챙기기도 하고요. 하지만 막상 일본과 언어와 문화가 다른 곳에 가면 평소와 달리 조금 외향적으로 변해요. 전에 같이 여행한 어떤 작가분도 제가 마치 다른 사람처럼 굉장히 생기 있어 보인다고 하더라고요. 일본에서는 무척 내성적이어서 집에 틀어박혀 상상에 빠지고 인형이랑 이야기를 나누는데, 여행할 때는 사람들과 대화하고 많은 것을 흡수하고 싶은 욕구가 솟아서 아주 조금이나마 외향적으로 변하는 것 같아요. 그래서 실제로 비행기를 타고 현지에 도착하면 기쁨이 더 커집니다.

편집자 이 책은 한국과 일본에서 동시 출간 예정인데요. 이 시대에 문학을 사랑하고, 아시아의 타국 작가에게 관심을 갖는 독자들은 어떤 사람일까요? 그런 독자들에게 전하고 싶은 말씀이 있다면 남겨주세요.

정세랑 저는 스스로를 새로운 문화에 능동적으로 노출시켜보는 사람들이 아주 굉장하다고 생각하는 편이거든요. 큰 모험이든 작은 모험이든 모험을 하면 조금 다칠 수도 있고, 조금 흔들릴 수도 있고, 겪고 난 후 스스로가 변해 있을 수도 있지요. 어느 방향으로 전개될지 모를 분기점에 일단 서보는 일이라고 할까요? 그래서 모험적인 독자분들이 항상 반갑고 감사하더라고요. 저도 그런 독자가 되고 싶고요. 아시아 문학의 모험을 위해, 이 책이 교류의 완성 지점이 아니라 시작 지점이면 좋겠습니다.

무라타 제가 존경하는 어떤 분이 '독서는 음악에 비유하면 연주와 같다'라는 일본 작가 오자와 노부오小沢信男의 말을 들려주신 적이 있어요. 그러니 소설의 문장은 연주가 아니라 악보에 해당한다는 거지요. 저는 그 말을 무척 깊이 새기고 있습니다.

그 말에서 더 나아가 생각해보면, 이 앤솔러지는 여러 가지 언어로 그려진 악보, 여러 악보가 모인 악보집이라고 할 수 있겠어요. 백 명의 독자가 있으면 백 가지 음악이 흘러나오는 것이 독서라고 하면, 이 앤솔러지는 무척이나 다중적인 음악이 흐르는 악보집입니다. 독자 여러분에게도 자신에게서 흘러나오는 새로운 음악을 발견하는 계기가 되면 좋겠습니다. 그리고 그것이 어떤 음악인지, 작품을 쓴 우리 작가들에게도 언젠가 들려주실 수 있다면 커다란 기쁨이 되겠습니다.

옮긴이 **홍은주**
이화여자대학교 불어교육학과와 같은 대학원 불어불문학과를 졸업했다. 2000년부터 일
본에 거주하며 프랑스어와 일본어 번역가로 활동하고 있다. 옮긴 책으로 『일인칭 단수』
『기사단장 죽이기』『수리부엉이는 황혼에 날아오른다』『오래되고 멋진 클래식 레코드』
『장수 고양이의 비밀』『메디치』『여름의 문』『토미의 무덤』『눈의 무게』『보라색 치마를
입은 여자』 등이 있다.

절연

1판 1쇄 2022년 12월 5일
1판 3쇄 2023년 2월 22일

지은이 정세랑, 무라타 사야카, 알피안 사아트, 하오징팡, 위왓 럿위왓웡사, 홍라이추,
       라샴자, 응우옌 응옥 뚜, 렌밍웨이
옮긴이 홍은주
책임편집 김영수 | 편집 이재현 강윤정
디자인 신선아 최미영 | 저작권 박지영 형소진 이영은
마케팅 정민호 이숙재 김도윤 한민아 이민경 안남영 김수현 왕지경 황승현 김혜원
브랜딩 함유지 함근아 박민재 김희숙 고보미 정승민
제작 강신은 김동욱 임현식 | 제작처 한영문화사

펴낸곳 (주)문학동네 | 펴낸이 김소영
출판등록 1993년 10월 22일 제2003-000045호
주소 10881 경기도 파주시 회동길 210
전자우편 editor@munhak.com | 대표전화 031) 955-8888 | 팩스 031) 955-8855
문의전화 031) 955-3578(마케팅) 031) 955-2679(편집)
문학동네카페 http://cafe.naver.com/mhdn
인스타그램 @munhakdongne | 트위터 @munhakdongne
북클럽문학동네 http://bookclubmunhak.com

ISBN 978-89-546-8949-6 03800

www.munhak.com